2017年

贺绍俊　主编

中国短篇小说排行榜

百花洲文艺出版社

图书在版编目（CIP）数据

2017年中国短篇小说排行榜 / 贺绍俊主编. —— 南昌:
百花洲文艺出版社, 2017.12
ISBN 978-7-5500-2548-6

Ⅰ.①2… Ⅱ.①贺… Ⅲ.①短篇小说 – 小说集 – 中国 – 当代
Ⅳ.①I247.7

中国版本图书馆CIP数据核字（2017）第289531号

2017年中国短篇小说排行榜

贺绍俊　主编

出 版 人	姚雪雪
责任编辑	胡青松　辛蔚萍
书籍设计	方　方
制　　作	何　丹
出版发行	百花洲文艺出版社
社　　址	南昌市红谷滩新区世贸路898号博能中心20楼
邮　　编	330038
经　　销	全国新华书店
印　　刷	南昌市红星印刷有限公司
开　　本	850mm×1168mm 1/16　印张 21.25
版　　次	2018年1月第1版第1次印刷
字　　数	300千字
书　　号	ISBN 978-7-5500-2548-6
定　　价	43.00元

赣版权登字　05-2017-476
邮购联系　0791-86895108
网　　址　http://www.bhzwy.com
图书若有印装错误，影响阅读，可向承印厂联系调换。

目 录

1

玛多娜生意

苏　童

1

那些年，我也做过生意。

我和庞德合伙的鸢尾花广告公司开张了五个多月，人气很旺，庞德每天都在公司接待好几拨客人，咖啡机烧坏了两台，一次性纸杯用掉了好几箱，但我后来得知，并没有一份像样的合同，那些人都是来找庞德谈艺术的。有一个摇滚乐手喝啤酒喝醉了，捏着那玩意在公司里跑来跑去，对着每一盆植物撒尿，嘴里高喊，come on! come on! 那些杜鹃、龟背竹、发财树不知所措，没几天，就一盆一盆地枯死了。

必须介绍一下庞德。他是我的朋友，一个业余诗人，一名音乐发烧友，本业则是美术设计，朋友圈公认他为最有艺术才华的人，但现在，他是我们公司的经理，才华不能挣钱，要它何用？大家可以想见我的恐慌，五个月颗粒无收，我对庞德的敬佩，已经变成了愤怒。我多次奚落了庞德的无能，也顺带抨击了他所热爱的一切事物，诗歌的酸腐、音乐的无用，甚至诋毁了庞德最崇拜的大师毕加索，说他不过是个色情狂。也许是类似的电话接多了，庞德的抵御非常理智，逻辑性很强，他说，我请问你，失去一点金钱，就有资格诋毁艺术吗？然后我听着他对经营的失败做出流利的辩解：一切都归咎于一个香港天皇巨星的爽约，朋友介绍来的合作伙伴极不可靠，其中一个是诈骗犯，还有一位洽谈户外广告的家具商人，竟然是目不识丁的文盲。后来不知怎么提到了公司的名称，他埋怨我们盲目听从一个女画家的建议，注册了鸢尾花这个倒霉的名字。鸢尾的花季很短很短，知道吗？凡·高画了鸢尾花就疯了，知道吗？现在可好，鸢尾的诅咒应验了，我也快被你们逼疯了。说到这里，他旧事重提，我本来是要叫南方草原的，记得吗？庞德大声嚷嚷，南方，草原，多么开阔多么好听的名字，是你们反对的。

那一阵子庞德还坚持续租太平洋酒店裙楼的写字间，悉数保留所有雇佣的员工，每天西装革履，开着他的桑塔纳轿车出没在太平洋酒店。他对人心惶惶的员工说，放心吧，苹果树上的最后一只苹果，一定是最红最甜的。有人告诉我，他女朋友桃子生日的那一天，他给桃子送去了九十九朵玫瑰，这让我怀疑他对浪漫与享乐的追求，会把公司账户上最后一点余额挥霍一空。我再一次打电话谴责了庞德，也就是那一次，庞德与我翻脸了。我听见庞德电话里的声音变得傲慢而尖锐，你那点钱，可以撤走，我根本不在乎。然后在一阵蓄意的沉默之后，他向我亮出一张底牌，令人难以置信。玛多娜，玛多娜你知道的吧？庞德清了清喉咙说，我透露一个消息给你，玛多娜要来了，我们的大生意，马上来了。

我在太平洋酒店的咖啡厅里看见了庞德。

他和一个陌生姑娘面对面坐着，喝咖啡，说话，耸肩膀。与以往一样，庞德与姑娘在一起的时候显得格外帅气，意气风发，耸肩的动作会极其频繁。我走过去的时候，他似乎忘了之前的不悦，很大度地向我介绍了身边的姑娘。深圳来的简玛丽小姐，玛多娜生意的合作伙伴。他这么说着，看我猜疑的表情，用胳膊肘捅了我一下，轻声补充道，简老大的侄女啊。

庞德嘴里的简老大，我当然知道是谁。所谓广告界的大鳄和教父，一个传奇的成功人士，白道黑道还有红道，路路皆通。我只是本能地怀疑这笔大生意的真实性，庞德社交生活的浮夸与芜杂，多少让我对这个陌生姑娘心存戒备。我记得很清楚，简玛丽当时没有站起来，似乎是回敬我多疑的眼神，她皱皱眉，将一只手懒懒地伸出来，让我握一下，明显是作为恩赐的。她将嘴里的咖啡渣吐在纸巾里，团了团扔在烟灰缸里，愤愤地说，这叫什么咖啡？瞟一眼远处的侍者，又宽宏大量了，说，什么样的地方做什么样的咖啡，不计较了。什么时候我带你去喜来登，那儿的蓝山咖啡，还算不错。

是一个时髦、高贵而且神秘的姑娘，穿皮裙，短靴，白衬衫。肤色微黑，脸型稍显方正，谈不上多么漂亮，但是，有某种说不出的动人之处。当她的面孔朝向庞德，眼神单纯清澈，微笑的时候，那一丝妩媚与羞怯，似乎还属于一个少女，偶尔目光朝我瞥过来，一切都不同，我从她的脸上发现某种明显的骄矜与冷酷之色，我相信那是刻意流露的，对我的多疑，她给予了必要的报复。

我其实插不上什么话。他们在热切地谈论玛多娜。她的音乐。她的舞台。她的造型和头发的颜色。甚至谈及她新婚的丈夫，一个英国导演，他最近拍了一部什么黑帮电影，杀人，杀得很浪漫。我急于打探玛多娜巡演的代理细节，庞德明确阻止了我，称现在我们还没有资格商谈细节，鸢尾花能否承接这笔生意，还要等简玛丽回到深圳再说，一起都要简老大决定。听起来这是可信的。我问简玛丽，简老大是你叔叔还是伯父？她抿了抿嘴唇，用征询的眼神看看庞德，庞德照例耸耸肩。她突然凌厉地看着我，你猜呢？我并没有从她眼睛里发现任何的虚弱，倒是看到一丝孩子气的调皮，我像庞德一样耸了耸肩，这怎么猜？她发出了突兀的一声冷笑，其实你猜得出的。然后她从包包里掏出一支口红，开始修补唇妆，问我，吕先生你听过玛多娜吗？我说我听过，就是一时不记得她唱了什么了。她斜睨我一眼，忽然灿烂地一笑，我知道你们这款男人最喜欢什么，《像一个处女》，你肯定喜欢吧？

玛多娜生意后来不了了之，这在我们很多人的预料之中。好在事情并未能向前推进，除了庞德陪同简玛丽去黄山和杭州的那点旅游费用，鸢尾花公司并没有什么损失。那个简玛丽究竟是不是骗子，暂时成了我们心底的一个悬念，难以追究。

　　朋友圈内有人在上海遇到过简老大，有幸与他攀谈了几句，自然问起了那笔玛多娜生意，回答是确有其事，只不过中间人太多，演出承包商那边的预付没有谈拢，生意最后黄了。后来问起简玛丽这个人，简老大矢口否认，说他从来没什么侄女。大家对简老大浪漫的私生活都有所耳闻，身边美女如云，否认是侄女，并不排斥是其他什么人，简玛丽与简老大的关系尚待多方查考，那朋友只好自己找台阶下，说，一定是碰巧了，姓简的人不多，那姑娘恰好也姓简。

　　鸢尾花真的很快凋谢了，广告公司关了门。庞德愤怒了几天，又沮丧了一阵，最后一次去公司的办公室，他枯坐在办公桌前，对着一本画册发呆，手里把玩着一把美工刀。有人注意到那是凡·高割耳后的自画像，立刻引起了警惕，告诫他道：庞德你别想不开，公司开开关关很正常的，割了耳朵你怎么泡妞？割了耳朵你怎么听音乐？庞德说，别吵，我离发疯还早呢，我不过是在体会，什么是背叛，什么是悲伤。还好，庞德最后化悲痛为力量，他只是用美工刀在办公桌上刻了四个大字：壮志未酬。刻得缓慢艰难，因为是篆体的。之后他把美工刀扔在字纸篓里，扬长而去了。

　　有一段时间庞德销声匿迹。谁也找不到庞德，包括他的女友桃子。庞德向我们描述过他的好多人生计划，最惊人的莫过于去青海塔尔寺做喇嘛，其中并不包括失踪这一项。有人猜他是设法去美国了，那是他多年的梦想。但桃子说庞德被美国大使馆拒签了，无论是去拉斯维加斯听玛多娜的演唱会，还是去哈佛大学留学的计划，暂时都还是庞德的空想而已。

　　桃子是少年宫的琵琶老师，也是圈内公认的淑女，容貌酷肖邓丽君。之前庞德狂热地追求她，追了三年，还是个朦胧的恋人。桃子的父母嫌庞德浮夸不可靠，一直反对女儿的爱情。等到桃子终于说服了父母，准备谈婚论嫁，庞德却不告而别了。我们都同情桃子的境遇。她的生活已经习惯了两个内容：被庞德宠爱，孩子和琵琶。庞德不在，孩子和琵琶的陪伴便可有可无，桃子的生活彻底失去了平衡。她憔悴了许多，跑到庞德的所有朋友那里哭诉，言辞之间多少流露出对我们这班朋友的抱怨，是我们把庞德拉上一条贼船，现在船沉了，大家都不管他了。哭到伤心处，桃子要大家设法转告庞德一个限期，如果在六一儿童节之前不回来，她会抱着琵琶从少年宫的塔楼上跳下去。有点危言耸听，但桃子以满眼泪水告诉我们，那不是威胁。看着一个知书达理楚楚动人的淑女形象，转眼成为一堆绝望恐怖的碎片，大家都心痛，也感慨爱情的变幻无常。都说他们的爱情是一坛浓烈的蜂蜜，可是这坛蜂蜜居然就打翻了，打翻之后凝结成一把锋利的刀，连我们都被刺伤了。

　　寻找庞德，就这样成了一件人命关天的事，当然也成了我们这个朋友圈的义务。证券公司的小辛先找到了一丝线索。是一张用傻瓜相机随意拍下的照片，背景灯光紊乱刺眼，导致影像有点模糊，但还可以分辨出庞德那张意气风发的面孔，倚靠在他身边的那个外国女郎，银发红唇，艳光四射，引起了我们的一片惊叫，玛多娜玛多娜！那分明就是大家错失了的玛多娜。庞德真的去了美国吗，这么快，他就见到玛多娜了吗？

　　很快就冷静下来，不可能的。定下神来分析那个玛多娜，应该是一次模仿秀，一个替身而已。细看照片的一角，隐约可见庆祝什么股份公司上市的横幅标语。至于庞德身边的那个冒牌玛多娜，她眼神里放出的空茫而妖媚的气息，几可乱真，但仔细甄别容貌，应该是我们的同胞。是谁呢？有人说出了几个当红歌星的名字，而我当时就联想起了简玛丽，只是印象里的简玛丽的脸型稍显方正，做玛多娜的替身，她的脸该怎么拉长呢？还有鼻梁和眼窝，是怎么化妆的呢？

　　后来的消息证实了我的直觉。那个玛多娜，是蛇口玛多娜，所谓蛇口玛多娜，其实就是简玛丽。我们寻找庞德的义务，就这样演变成对一个外地女孩的暗中调查。

很快就水落石出了。简玛丽的履历背景，不像庞德说得那么神秘，也不像我们猜想的那么简单。她最初是川东一个小城的歌舞团演员，跟着几个朋友南下深圳，成立了一个舞蹈团，专门为晚会伴舞。舞蹈团不久散了，朋友各奔东西，只有她留了下来，拜师学声乐。有很多深圳一带爱泡夜场的朋友，见过她狂放的歌舞，说她唱功一般，经常对口型，但舞台形象令人难忘，劲爆火辣，性感无敌，蛇口玛多娜这个艺名，对于简玛丽来说是恰如其分的，她确实住在蛇口。有人了解到的信息属于隐私，说简玛丽曾经被一个香港的中年地产商包养，有一次不知为何拿了一只高跟鞋追打那个香港人，从电梯追到公寓大堂，再追到停车场，邻居们看见她用高跟鞋将香港人的轿车玻璃砸出一个坑，光着脚提着鞋子往回走，对邻居说，这下有点爽了。所以，她在那幢公寓里又有个特殊的绰号，叫作有点爽。还有一些人在电视上见过简玛丽。她参加过很多选秀活动，也在几部电视剧里跑过龙套，甚至还经商，是一种韩国美容乳液的代理商。关于简玛丽的种种消息，我们最关心的是她的现状。她的现状简洁明晰，却没有人敢告诉桃子。

听说在深圳，简玛丽与庞德已经同居了。

2

五月将尽的时候，桃子的父母和庞德的兄嫂联袂去了趟深圳，把庞德押回来了。

不知道为什么，庞德如此归来，竟仍然给人衣锦还乡的感觉。他约了我们一帮老友见面，不在以前我们的聚点太平洋，而是在喜来登酒店的西餐厅，喝香槟，吃牛排，花销明显要贵很多。桃子也在，她很少说话，只是以一种悲伤的手势握着庞德的手，告知我们爱情失而复得的艰辛。庞德穿了一套奇怪的镶白边的黑色西装，当我们对他的西装表示出好奇，他不以为然，说，你们是穿惯冒牌货了，少见多怪，知道吗？阿玛尼的新款，从来都这么出位。我们又问他出位是什么意思，他懒得解释了，耸耸肩，给我们递上了新的名片。公司名字叫热带风暴演出经纪公司，他身兼三职，法人、董事长、总经理。有个朋友讽刺地说，庞德你在深圳就这三个职务？不止的吧？庞德倒是不介意，自嘲道，别的职务，名片上就不写了。他身边的桃子听出了话音，脸上乍然变色，大家就不忍心再拿庞德开涮了。无论如何，六一的隐患已经消除，他们的复合是一件好事，至少省却了朋友们的烦扰。

最初谁也不知道，简玛丽尾随庞德，一起回来了。庞德后来声称他对此毫不知情，那是否是谎言，我们一时无法证实。只是在事情发生之后，我们很多人联想起桃子那天在喜来登西餐厅的奇遇，她不过是去了趟洗手间，白色长裙的裙摆上，居然被人用口红打了一个红色的大叉叉。

那天是六月五号了，照理说桃子的通牒已经失效，但她还是上了少年宫的塔楼。学习琵琶的孩子们说，有个金色头发的玛多娜阿姨一直在等桃子老师，后来庞德叔叔也来了，他们在课堂里听见庞德叔叔与玛多娜阿姨在外面争吵，等到孩子跟随桃子出去，庞德叔叔已经不见了。当天的琵琶课程因此草草结束。孩子们看见桃子和玛多娜阿姨说着话，先是在草坪上，后来桃子老师就拿着琵琶往塔楼上走，那个玛多娜阿姨跟在她身后。

他们站在塔楼上，塔楼上有一面鲜艳的少先队队旗迎风飘展，他们就站在那面旗帜下面，为爱情交涉。两个人影，一个是黑色的，一个是蓝色的。孩子们听不清他们在塔楼上的交谈，只是目睹了黑色与蓝色长时间的对峙，突然，他们听见了玛多娜阿姨尖厉的声音，你跳啊，你跳我陪你跳！

孩子们看见他们的桃子老师扶着栏杆哭泣，看起来真的有跃身而下的危险。有聪明的孩子叫来了别的老师。书法老师先来了，据说他一直暗恋着桃子，他径直冲向了塔楼，随后少年宫的负责人严老师也来了，严老师不敢上去，她脸色煞白，嘴唇哆嗦着，向着塔楼质问，那位小姐，你从哪儿来？玛多娜阿姨回答，从地球上来。严老师跺了跺脚，又向桃子发出了严正的谴责，这是少年宫！看看你头顶的旗帜吧！桃子你别让爱情冲昏头脑，孩子们都看着你呢，当着孩子们的面，就在少先队队旗下面，你怎么敢？立刻下来！

桃子被书法老师扶下来的时候，一直用琵琶盒子遮着自己的面孔，很明显她不想让孩子们见到她崩溃的样子，但琵琶盒子遮掩不了她颤抖的身体。桃子的身体在颤抖，她不停地对孩子们说，对不起对不起，我太软弱了，不配做你们的老师。有个女孩上去扶住了桃子，出于一颗爱憎分明的心，女孩朝玛多娜阿姨啐了一口，你不是玛多娜，你是女魔鬼！

少年宫的人们都看着玛多娜阿姨。那天她黑衣黑裙，戴着两个硕大的贝壳耳环，脚踝上套了一圈彩色布条，布条上系了一只红色的铃铛。他们看见她皱起眉头，用纸巾擦去了女孩的唾沫。再抬起脸来，她猩红的嘴角出现了一丝宽容的微笑。你那么小，还不懂玛多娜。她用手指在女孩脸上刮了一下，有时候玛多娜是仙女，有时候她就是魔鬼。

3

简玛丽就这样成了一个黑暗的传说。

六月发生的事情，让我们对庞德失望透顶，甚至无法确定他的归来，究竟是为了与桃子复合，还是为了与她做个了断，或者干脆相信，庞德到最后都没有拿定主意，他是需要桃子，还是需要简玛丽。对于庞德残存的友谊，迫使很多朋友向他晓以利害，告诉他简玛丽今天对桃子有多么冷酷，未来对你就有多么冷酷。庞德为简玛丽做出了辩护，你们不了解她。他说，她其实很善良。有人尖刻地问，跟一块石头比，还是跟一头狼比？他说，跟我们大家比。又说，跟我在一起的时候，你们不知道她是多么善良。这是可能的，因为爱情。大家没有反驳，他便来了精神，你们猜猜看，她收留了多少流浪猫？没人理睬，他自己回答，举起一个巴掌说，五只啊，她收留了五只流浪猫，一只叫白玛，还有一只叫花玛，跟我们睡在一起的。又期盼地看着大家，等待谁来提问白玛和花玛是什么意思，偏偏没人配合他，他只好自己解释，白玛是白猫，就是白色玛多娜的意思，花玛是一只花猫，花花玛多娜，懂了吧？看朋友们的表情充满讥讽，他无奈了，整了整领带总结道，我知道你们对她有偏见，你们不懂得爱，爱，是独占性的。告诉你们吧，是爱的独占性，才让她变得那么疯狂。

庞德留在了我们的身边。可以说，是在多种逼迫之下做出的选择，也许算是悬崖勒马，也许是出于对桃子剩余的爱，也许，仅仅是某种畏惧，他害怕桃子的以死相胁。不久之后，庞德与桃子举行了婚礼。桃子那天的打扮，以及她的一颦一笑，都酷似我们众人热爱的邓丽君，有个朋友注视着容光焕发的新娘，忽发感慨，说，毕竟是在我们的地盘上，看，邓丽君打败了玛多娜！

我们挽留了庞德，多少也为自己挽留了一些累赘。庞德的热带风暴公司还在，只是离开了简玛丽，也就离开了玛多娜，离开了玛多娜，他对自己能做什么陷入了空前的迷惘。他与桃子的婚房坐落在聋哑学校附近，有一天路过那里，他看见两个美丽的聋哑女孩在学校门口以手语激烈争论，忽发奇想，决定要组织一场聋哑人辩论大赛，让电视转播。必须承认，我们的朋友圈里不再有人愿意再与庞德合作，却有人还愿意赞美他的创意和智慧。庞德受到了鼓励，开始为此奔忙。聋哑学校方面倒是有兴趣借此推广他们的品牌，电视台也勉强承诺，可以先录一台节目，看看节目效果再说。关键是赞助商，要找一个愿意赞助聋哑人辩论的商家，很不容易。那一段时间里我们频频接到庞德的电话，记得最清楚的就是庞德沙哑而充满激情的声音，类似宣言，也好像是恫吓。会轰动的，这一次，商业效益跑不掉，社会效益无法估量，一定会轰动的，他说，你们现在敷衍我，到时后悔也来不及！

只剩下桃子陪着庞德，到处游说。那个做大理石生意的郝老板，我们原来都不认识，听说是桃子的琵琶班上一个学员的父亲。庞德能够与郝老板签署赞助协议，是琵琶，或者说是弹琵琶的桃子立下了汗马功劳。庞德那一阵子去赴郝老板的饭局，总是带着桃子，或者说，是桃子带着庞德和琵琶，吃完饭，她照例要为满桌客人弹一曲《春江花月夜》。我们知道，那是桃子最擅长的琵琶曲。

电视台录制节目的前夕，我们很多人受到了庞德的邀请。为了见证庞德这次辉煌的起步，我也去了电视台的录播大厅。庞德忙得团团转，无暇顾及我们，只是匆匆地向我们介绍了郝老板。那是个胖胖的黑乎乎的福建男人，笑起来很憨厚，眼神里又透出几许精明，桃子陪着他，不知为什么，看起来并没有多少成功的喜悦，倒是心事重重的样子。

聚光灯下的聋哑孩子们在辩论一个关于爱与怜悯的主题，相信那是庞德的构想，对于孩子们来说有点难了，所以我不断地看到一个美丽的聋哑女孩忘记台词，急得要哭的样子，另一个男孩则情绪激烈，以旋风般的手语向对手发起攻击，我问旁边的人他说了些什么，原来那男孩在控诉对手不配谈爱与怜悯，昨天夜里他还被对手逼迫，喝了一杯尿液。突然，那男孩涨红了脸，以手做枪，扳动扳机，向对手做了个开枪的动作。下面一片哗然，有人不停地哄笑，我隐约听见庞德在摄影机那边大叫，红方红方！二辩住嘴！Cut！Cut！

桃子和郝老板静静地坐在一起，有点混乱的录像场面并没有影响他们的坐姿。他们的腿应该在一起，挨得近一些，无伤大雅。但是我无意中瞥见，他们的手在暗处交流。郝老板抓着桃子的手，尽管很快被桃子推开，但我相信，那不是我的幻觉。在郝老板与桃子之间，似乎已经发生了什么。我所不能确定的是，在桃子与庞德之间，到底发生了什么？这么快，桃子就决定背叛庞德吗？为了庞德，桃子背叛了庞德吗？他们之间那份以命相许的爱情，再一次让我陷入了疑惑之中。

庞德的聋哑学生辩论大赛在电视台播出了一期，紧急叫停了。有关部门认为节目导向不明，又涉及特殊人群，没有任何积极意义。庞德写了洋洋万言的申诉材料，奔波于各个部门，最终徒劳，不得不放弃了他的心血之作。之后他疝气发作，住进了医院。我们到医院去看他的时候，他有点委顿地总结了自己的得失，我跟官僚机构天生打不了交道，我还是适合做音乐。他说，你们知道吗？玛利亚·凯丽要到香港了！大家一下就都不说话了。庞德的眼睛放出光来，我过几天准备飞香港，去见见她的经纪人，我有个同学在纽约，认识那个经纪人。我们看他的眼神，等着他的下文，果然他的声音开始变得神秘，那个经纪人对中国市场很有兴趣啊，这是个好机会，你们有兴趣吗?

我们因此提前离开了庞德的病房。在走廊上，我们遇见了桃子。桃子一脸倦容地提着她的琵琶，说是刚刚去乐器行给琵琶换了弦。我们问她是否要跟庞德一起去香港。她露出一丝哀婉的微笑，还去香港呢，机票都买不起了。现在都是我在挣钱养家。她突然拨响了琵琶，拨出一声刺耳的杂音，我现在，上门给学生做家教啊!

4

那年冬天多雪。

庞德在一个雪夜不约而至，敲响了我家的门。一定是临时起意，我注意到他只穿着毛衣和睡裤，满身雪花，看见我他的手举起来，亮出一只料酒瓶子，你看，我家里的料酒都喝光了。他说，现在没地方买酒，你借我一瓶酒。

他的眼神是破碎的，走路的脚步已经踉跄。我把他扶进屋子的时候，他很感恩，忽然在我脸上亲了一下，喷出一嘴酒气。他说，还是朋友好，只有友谊，可以天长地久。

其实我猜到发生了什么，桃子去为郝老板的女儿做家教，做出了些意外的插曲，庞德与桃子分居多日，朋友圈里已经有所耳闻。大家没有想到的是，庞德悬崖勒马，桃子变了心。听说郝老板的妻子曾经找到少年宫去，不知为何，最终也跑到了少年宫的塔楼上。桃子跟着那女人，与她并排站在一起，桃子说，你想想好要不要跳，要跳就数一二三，我陪你跳。这件事听起来很像谣言，桃子这么快就变成了简玛丽，谁也不敢轻信，但有人认识少年宫那个美术老师，按照他吞吞吐吐的口径来推敲，似乎那是真的。

我不知道该怎么开导庞德。我们坐下喝酒。他不说话，指指喉咙，捂捂胸口，意思是嗓子哑了，心碎了。我害怕他跟我谈论他的婚姻危机，试探道，你喝成这样，我们还是谈谈诗歌谈谈音乐吧，要不谈谈毕加索也行。

他目光炯炯地审视着我，看透了我的畏惧，忽然发出一声尖锐的冷笑，诗歌，是狗屁。音乐，也是狗屁。顿了一下，打了个嗝，他哑着嗓子说，毕加索算老几？他不过是艺术的男妓。

我几乎要笑，不忍心，打岔道，玛多娜呢？玛利亚·凯丽呢？她们是什么？

他想了想，没有再贸然羞辱他曾经的偶像，只是坚定地摇着头，我现在不听她们了，一个太商业，一个太肤浅了。他说着从毛衣里挖出一张CD来，你可以放一下听听，震撼，震撼，我现在天天听这个，听一下，心情就好多了。

是一张黑色封面的进口CD，银色的骷髅头长了两片鲜艳的红唇。我不认识那一排花哨的洋文。庞德介绍道，骷髅玫瑰乐队，曼哈顿的地下摇滚。我好奇地把CD放进音响，先听见一阵阵呻吟，伴随着玻璃碎裂汽车奔驰和推土机打桩机的噪声，然后各种电声乐器涌入，夹杂着一个女声疯狂的尖叫。正值夜深人静时分，我赶紧把CD退出来，问庞德，谁给你的CD？吵死人了。他的脸上又出现了我所熟悉的神秘表情，你猜？我照例不猜。他说，是简玛丽给我的，她现在在纽约。又问，你知道那女主唱是谁？我摇头。他说，听不出来？就是简玛丽啊！她的乐队，键盘，吉他，贝斯，鼓手，不是白人就是黑人！他们去过黑暗厨房演出，黑暗厨房你听说过的吧？简玛丽现在不跳舞，做地下摇滚，成功了！

我知道简玛丽去了纽约。我以为她是去寻找玛多娜的，预计她暂时会在一家中餐馆或者服装厂洗衣店打工。庞德嘴里简玛丽的成功，我凭本能觉得可疑。然而，庞德不容我对简玛丽的成功提出任何质疑，他捏着拳头捶了下大腿，我错过了她，我说过只要给我五年时间，我就会把她打造成国际巨星，你们都不相信我。庞德说着说着伤感起来，抱住头说，我错过了她。也错过了我自己的幸福，我不怪你们，怪我自己被绑架了。我一惊，谁绑架你了？他愤愤地看着我，突然吼道，道德！还有你们这帮虚伪的朋友！你们利用了我的善良！然后是他所擅长的自问自答环节，善良是什么东西，你知道吗？他说，告诉你们吧，善良，是个最大最臭的道德狗屁！

窗外大雪飘飞。我想象此刻纽约的街道上说不定也在下雪，此刻的简玛丽会在做什么，我头脑里却一片空白。我与简玛丽匆匆一面的印象已经模糊，说起简玛丽，我眼前浮现的竟然都是玛多娜且歌且舞的样子，有点吵，有点窒息，但某种妖娆的挑逗隔空而来。真的有点奇怪，一个川东姑娘，就这样以玛多娜的形象驻扎在我记忆里了。

那个雪夜庞德留宿在我家里。他酒醉严重，去卫生间吐了两次。第一次呕吐的间隙，他还清醒，向我透露了下一个人生计划，说他在等简玛丽的绿卡，她有了绿卡，他就可以去美国了。第二次呕吐很厉害，庞德抱住马桶，流出了眼泪。他抱着马桶哭泣，有点胡言乱语了，他说他恨不能从马桶里钻到美国去，要是可以钻过去，简玛丽一定会在下水道的出口等他。

5

现在看来，庞德的去国之路，其遥远程度堪比丝绸之路。简玛丽的绿卡遥遥无期，而庞德等不及了。是一个旅行社的朋友替他安排了一条漫长而诡谲的路线。他先去了云南，从云南去了越南，从越南去了澳大利亚。按照他们事先的计划，最终还是要越过太平洋，目的地确定不变，是美国。

大多数朋友都收到过庞德在悉尼歌剧院门口的照片，是与卡拉扬的演出广告合影，他说他听了卡拉扬的音乐会，无比震撼，还将去听瓦格纳的歌剧《尼伯龙根的指环》，必将更加震撼。这如果是真的，当然令人羡慕，只可惜无从证明。悉尼有我们的朋友。最初我们听到他的消息，大抵是找工作找住房之类的琐事，庞德没少去麻烦别人，后来便失去他的音讯了。大家以为他是设法去了美国，后来知道，庞德没有能去美国，不清楚是他无能，还是简玛丽那边的变故，他瞒着悉尼的朋友，去了新西兰，到一家葡萄园摘葡萄去了。

没有人料到他在新西兰摘葡萄，摘了那么多年。也是葡萄，后来与庞德结下了不解之缘。大约是五年之后的一个夏天，朋友圈里纷纷得知一个消息，庞德回来了，兜里揣着一本新西兰护照。他以一个葡萄酒酒庄经理的名义回来，回来开拓营销市场，顺便邀约了过去的朋友，参加一个品酒会。

五年后的庞德依然相貌堂堂，衣着考究，我们想象的艰辛与沧桑在他的脸上并没有留下多少痕迹，只是白色的紧身西裤夸大了他的肚腩，看起来是发福了。他向我们展示了几款葡萄酒，不停地说着单宁、甜度、果香、黑品诺之类的词汇，我们都听不懂，只是注意到席间有个戴耳环的白人男子，看起来四十岁左右的样子，忙着招呼几个洋人，不时与庞德传递眼神，热烈，多义，还有点诡秘。我们都察觉到他与庞德之间关系亲密，悄悄打听他的身份，庞德说，他是杰克，伟大的酿酒师啊。庞德忽然笑了，笑得有点腼腆，大家都看着他，不明白他笑什么，然后我们就听见庞德压低声音说，他妈的，我明明是一串西拉，被他酿成了一杯夏多内！

我们都对葡萄酒一无所知，也就没有人听得懂庞德隐晦而真诚的告白。庞德的美国梦，他自己已经放下，我却记得清楚。我想起那个雪夜庞德的誓言，忍不住追问他，这些年来，你究竟去没去纽约，见没见过简玛丽？他叹口气说，去了，见了，人家已经是两个孩子的妈妈。我问他简玛丽嫁给了什么人，他说，谁也没嫁，一个女孩，是跟白人的混血，一个男孩，是跟黑人的混血。我一时默然，问，现在呢，她会不会还在等你？他又耸肩，做了个天知道的动作。我试探庞德，你为什么还是单身，你还在等她吗？他发出一种短促而夸张的笑声，不知道是对我的愚蠢表示轻蔑，还是表示感伤。你知道我在等谁吗？他的笑容很快变得狡黠起来，瞥一眼远处杰克的身影，打了个响指，告诉你，我和杰克在等李嘉诚，李嘉诚已经收购了我们隔壁的酒庄，我们在等他收购我的酒庄。又晃了一下手里的酒杯，你看我们的酒，这酒体，这果香！庞德说，都是黑品诺，都在玛尔堡，我们不比他们差啊！

庞德与简玛丽依然隔着太平洋，天各一方。他们之间，似乎还刻意保留着朋友关系。两年前的一个春天，我忽然接到庞德打来的电话，说简玛丽要带着孩子回国探亲旅游，会在我们这个城市停留，他要我们几个朋友替他招待一下简玛丽。坦率地说，大家都想看看这个传奇的简玛丽，现在是怎样的一位母亲，朋友们都一口应允，为了纪念大家的相识，也为了向一个破碎的爱情故事致意，我们特意将他们安排在太平洋酒店。

我们请简玛丽一家吃饭。简玛丽带着两个混血孩子，姗姗而来。她那天穿了件白色镶嵌蓝边的旗袍，头发恢复了黑色，盘成一个复古的圆髻，她的脸被很厚的粉底罩住，口红很重，岁月的痕迹被谨慎地涂抹之后，看起来很像是三十年代的烟草广告女郎。有人这么直白地说出自己的感受，她淡然一笑，说，我的打扮很正常啊，现在纽约流行复古风。

我带去的葡萄酒来自庞德的酒庄。她瞥一眼酒瓶就猜到了，说，基佬酿的酒，味道都很复杂，我要多喝一点。果然就喝了不少，人也显得松弛了。席间不知是谁提起了桃子，被人在桌子底下踢了脚。没想到她倒坦然，主动问，听说桃子后来嫁给一个大富翁了？听说有几个亿？大家猜到是庞德夸大其词了，在任何时候，我们都需要掩护庞德的虚荣心，没有人轻率地接茬，简玛丽也没有再追问下去。庞德酿造的葡萄酒在她身上起了奇妙的效用，她勤于回忆往事，又毫无保留地披露她在纽约的生活。是她自己主动提起了少年宫塔楼上的那件往事。说到跳楼，真的没什么大不了的。我在曼哈顿，差点也要跳，三十七层的大厦啊，比少年宫那塔楼高多了。她这么说着，诚恳地看着我们，我不光是为了爱情，也是为了房租，为了，为了——心碎。她艰难地选择了心碎这个词，眼睛里忽然闪烁出一丝泪光，我都已经写好遗书了，我已经走到楼顶了，知道是谁救了我吗？空气骤然紧绷，大家都紧张地看着她，猜测她要宣布的人选，我记得我当时思维偏向电影化，脑子里跳出的是玛多娜，而我注意到对面小辛的嘴型，他明显轻轻吐出了庞德的名字。简玛丽抿了一口酒，以莞尔一笑，原谅了我们的轻浮或愚昧。别猜了，你们猜不到的。她突然用手指着她的混血女儿，是露西亚，露西亚那年才五岁，她穿着睡衣追到楼顶上来了，她对我说，妈咪你别丢下我，我陪你跳，你抱着我，我们一起跳。

一时满桌静默，谁也不敢说话，大家的目光都聚焦在露西亚脸上。露西亚是一个美丽的混血女孩，腿很长，头发是亚麻色的，眼睛有一点点发蓝。我们很少见到蓝眼睛，难以定义露西亚的眼神，它流露的究竟是纯真还是早熟，是羞怯还是无畏。她正与弟弟一起玩游戏机，这时候抬起头，以一种谴责的目光看了看她母亲，她用英语说，妈咪，你喝多了。我不准你再说话了。

简玛丽吐了下舌头，果然不说话了。为了调节气氛，有人小心地与露西亚搭讪，露西亚，小美人，你喜欢玛多娜吗？

露西亚摇了摇头，说，不喜欢，玛多娜早就过时了。

原载《作家》2017年第1期

最短的白日

迟子建

是冬至的正午，我在古兰甸附近的一家乡镇卫生院做完三台肛肠手术，搭乘一辆破旧的运输水果的货车，赶往大连。

货车司机是我第二台手术的患者的哥哥，看上去五十上下，虎背熊腰的。他见了我先问吃了没？我摇摇头，告诉他我去高铁上吃。他一抹嘴说："咳，早知道把剩下的半盘饺子给你带来好了，冬至的饺子夏至的面，不吃的话，就觉得这日子没过似的！我老婆今儿包的饺子，是鲅鱼韭菜馅的，可鲜亮呢。我吃了满满一盘，还抿了两盅酒呢。"

我坐在副驾驶的位置上，抽了抽鼻子，我的过敏性鼻炎发作了。司机以为我是在闻他酒气大不大，说："放心，我喝了一两不到，你没看脸都没红吗。这点酒对我来说，就跟女人抹口红差不离，沾沾唇，表面光鲜，肚里还素着呢。"说完，他打了一个悠长的呼哨。

司机的快乐不是没来由的。他顺路载我去大连，我们少收了他弟弟几百元钱，他就不用给他钱了。不然照当地风俗，亲人进医院做手术，哪怕只是摘除个阑尾，也得出个三头五百。

我从早晨八点进手术室，平均一小时一台。手术间隔我不过喝口茶，抽支烟，做做深呼吸，略解疲劳。所以现在两腿酸痛，双手僵直，手脚有被捆绑的感觉。

货车离开灰蒙蒙的小镇，驶上高速公路了。

我想趁此打个盹，可司机不知是生性好说，还是酒精作用，谈兴很浓，他一边开车一边问："你头晌做了几台手术？"

我懒得用言语答他，伸出左手，竖起三根手指。

"我弟说他比进城做手术少花不少钱呢。就是这样，在镇卫生院，也得花四五千，你得分掉其中一多半吧？你是外请的高手，主刀的，肯定拿大头！"他用右掌拍了一下方向盘，像法官在宣判时落下法槌，给我一锤定音了。

我含糊地"哦——"了一声，算是回答。

他"咳"了一声，说："技术跟技术的命真不一样啊，握手术刀的，就比我这握方向盘的吃香！你割仨屁眼，四五千块钱到手了吧？我起早贪黑地干，活儿好的话，半个月才能挣这么多哇。"

虽说我外出做的这类手术风险很小，患者术后在卫生院监测一下体温、呼吸，如无感染和其他并发症，一周内即可出院，但我毕竟是肛肠病专家，司机称我为"割屁眼的"，让我不爽。我白了他一眼，身体后倾，头搭在座椅靠背上，抱起胳膊，耷拉下眼皮，身体呈现出一种为他闭幕的状态，他只能长叹一声，专心开车了。

从哈尔滨西站到大连北站，再从大连北站到哈尔滨西站，这两三年来，我数次往返于这段旅程。通常来说，我从哈尔滨出发是正午，四个多小时后，就置身大连了。如果是夏秋时节，我会在黄昏时分先去泡个海水澡，然后吃顿海鲜，踏实睡上一觉，第二天清晨奔向手术地。我付出精湛的医术，受痛又受惠的，是那些在大城市医院亟待手术却排不到床位的人，是对大医院的手术费望而却步的人，是小病终可小治的普通患者。我与乡镇卫生院有约在先，收取足够丰厚的专家主刀费。要是一天能做四五台手术，我的钱包就是被蜜浸润的蜂巢，叫人心甜。有时赚个千头八百的，我也乐意跑一趟。为患者解除病痛，毕竟能给我黯淡的生活带来一丝明媚，让我觉得自己是个有用的人。当然，到了冬季，寒流就把我泡海水澡的享受剥夺了，而冬闲下来做肛肠手术的人，却如涨潮的海水，汹涌而至。到了此时，我抵达大连后，会直奔手术地的乡镇（它们多在古兰甸周遭），吃一顿农家饭，在异乡的夜晚，关上房间的灯，坐在窗前吸烟看星星。古兰甸在我眼里就是葵花的花蕊，而那些乡镇是四散的金色花瓣，温暖地照耀疲惫的我。

我像我这个年龄的绝大多数中年男人一样，上有老，下有小。父亲十五年前去世了，如今八十多岁的母亲跟弟弟一家生活。同在一座城市，自从我儿子进了强制戒毒所，母亲见我就生气，每年只允许我看她两次了。一次是七夕节她生日的那天（她会数落我为父失职，害得她长孙没法给她拜寿），还有就是腊八节的那天，她会赐我一碗粥喝。母亲有严重的肺心病，一到冬天病症就加剧，尤其是雾霾天。她声称要活到长孙出戒毒所的那天，代我教育儿子。母亲与我老婆一样，说是子不教父之过，把儿子吸毒，完全归咎于我。这时我会心虚地辩解："子不教，父之过"中的"父"，不单是指父亲吧。母亲和老婆闻听此言，总是将双目瞪向我，像要发射子弹一样，令我脊背发凉。

我也的确比较娇宠放任孩子。他自幼想干什么就干什么，想要什么，我就尽量满足他。我以为一棵不经修剪的树，才能顶天立地。可我忘了，他生活的现实丛林，远比真实的丛林要物质和险恶。

我以前在某医科大学一家附属医院的肛肠科工作，作为常上手术台的主刀医生，工资奖金外加患者送的红包，日子过得很滋润。而我收红包，总要还给患者一半。虽说我知道即便这样，我也不是个正人君子，但至少良心稍安。

我的职业让我看多了说死就死的人，医院的太平间从没冷清过，就像妇产科病房总是人满为患一样。不同的是一些人彻底在这世上闭嘴了，一些人则哭喊着来了。不管人生多么悲苦，没谁死后会为自己哭上一场，所以我对灵魂的有知始终持怀疑态度。死了便死了，如同空中的一朵云，散了就散了，不会有同样一朵云的复原。这也决定了我对人生和金钱的态度，该挥霍就挥霍，因为人可以大把大把地赚钞票，却不能大把大把地赚时光。我不讲究穿戴，以我的职业，一件白服得穿大半辈子。我曾跟人说过，要是人人皆是医生，布店的老板就得哭晕。而我穿白服的时候，总觉这是给自己在提前吊孝。除了穿，其他的享乐我都注重：住得舒适，吃得可口，开一辆自己喜欢的车。所以我们家很早就卖掉安发桥下的旧居，在道外买了一套可以看松花江的房子。

说起道外，我老婆不喜欢那个区。我是外县人，可她是在哈尔滨南岗的俄式老房子出生的，那一带原是俄国人的中东铁路高级职员居住区，每幢房子都是带庭院的花园小洋房。虽说后来居于此的中国人是两三家共用一幢，但出生在那儿，她总有点跟贵族沾亲带故的优越感，瞧不起旧时下里巴人居住区的道外。如今的道外虽然大加改造了，但依然杂乱，达官显贵极少居此，所以房价相对便宜。而我要的就是道外的这种世俗气，街巷不规整，小店小铺四处开花，夜市吆喝声不绝，古玩市场前是卖糖人和烤红薯的，花街前趴着打盹的狗，载货的三轮车夫一边蹬车一边哼着小调，剃头的依然在盛夏时赤膊在街角招揽生意，生活不就是在这乱象中，才活力毕现么。我最爱道外老字号的小吃店，一个豆腐馅包子，一碟酱牛舌，一瓶啤酒，便是我周末的好享受了。

我老婆在一家事业单位工作，是园艺设计师，收入虽没我高，但也不错。她的工作节奏是：上班绘图，下班搜包。这时的她像个训练有素的医生，而我的钱包则是病灶，她总能不留死角，干净利索地将钱一扫而空。当然，有时她下手慢，会被我儿子先行搜罗去。儿子懒于学业，高中时就三天两头逃课。打网游，泡酒吧，最后只考上了一所郊区的民办大学。他有宿舍却不住，而是租房，和女友住一起。当然，他的女友是不固定的。

我老婆拿了钱，最热衷的是买貂皮大衣。寒风凛冽时足蹬高跟长筒靴，身披款式花色各异的貂皮大衣，"咯噔——咯噔——"地走在中央大街的石子路上，是她最惬意的时光。在哈尔滨这座城市，园艺设计师冬天多半闲起来了，她有充裕的时间炫美。

因妻儿搜我钱包成瘾，迫使我在办公室的抽屉里放私房钱，还在工资卡外，另开了一张卡，不定期存些钱，以备不时之需。密码他们很难破译，747474，就是"起死起死起死"的谐音。一个医生用这样的密码，等于为自己立下了"救死扶伤"的座右铭。我明确告诉老婆儿子，这张卡是我的日常消费卡，休得惦记。除了吃喝和养车，每月支付给母亲一千五百元生活费（打到弟弟的账户上），我还有不能公开的花销。因为除了老婆，我还有一个女人，她是道外开馄饨馆的，丈夫因病去世了，有个上大学的女儿。我先是被她家的馄饨诱惑住，接着是她。虽然她也告诉我，她不止我一个男人。她说不再婚了，哭男人的感受，她不想经历第二次。我和她并不常见，有时彼此忙，或是都没有情人在一起本该有的需求，我们会两三个月也不见一面。有时我有心情了，去馄饨馆找她，赶上她食客不绝，或是她突然渴望我了，冒充病人来挂我的专家号，见我无暇抽身，我们只能在陌生人的包围中，热辣辣地对望一眼，无奈走开。

一个多小时后，货车驶入大连。司机一进城就把我甩下了，说是卡车限行，让我自己打车到北站。我在寒风中等了近二十分钟，才打到一辆车。抵达北站时离开车只剩一刻钟了，我加塞取票，走急客安检通道，才没误车。

上车后未等坐稳，车就开了。高铁列车从海滨城市驶出，就像一条闪着银光的带鱼，是我童年唯一在过年时能吃到的那种鱼，扁头，身形如长剑，异常雪亮。得益于我第一台手术的患者，他是乡企老板，给我在网上订下一个特等座，否则我自购的不过是一等座的票。

特等座与一等座在同节车厢，以车厢门为分割点，由磨砂玻璃幕墙，隔成了两个独立空间。特等座占这节车厢的四分之一吧，一共八个座位，却只有两名乘客。另一位乘客是个中年男人，他坐在临窗座位上，哇啦哇啦打电话，与人说玉米的价格，看来是个生意人。列车驶出大连后，他扫了我一眼，嘟囔道："高铁不让人抽烟，真能把人憋屈死"，见我未应，他又开始打电话，这次他是打给家人的，他想家里的狗狗了，非要听听狗狗的叫声。大概狗狗不太配合吧，只听他骂道："真是白疼你了，等我回家，不打烂你的狗头，不算完事！"

列车员进来验过票，分发给每人一个牛皮纸袋包着的食品。我打开一看，不过是两块饼干，一小包花生米，三颗山楂果脯，根本不顶饿。我问列车员，特等座给提供餐食吗？他"哼——"了一声，说："想吃正经饭，你得掏钱买"。我问怎么买？他语气和缓了一些，说："谁下午两点了还不吃饭？饭口早过了。不过我可以帮你问问，看有没有剩下的盒饭。"

列车员走后不久，果然来了个服务员。他像医生一样穿着白大褂，手持托盘上是三份卖剩的盒饭。他问谁要？我说我要。他说了声二十块，让我自取一盒。我付过钱，把手伸向三份盒饭，摸了一份稍微温乎的，捧在手中。饥饿的肠胃立刻开足马力，将半生不熟的大米粒和憔悴不堪的青椒肉片，卷入囊中。吃过盒饭，倦意袭来，我斜倚车窗，朝外望去。

天空灰蒙蒙的，原野一片苍茫。飞速掠过的风景中，是光秃秃的庄稼地，三三两两的牛羊，低矮的房舍，火光中烧麦秸的人，以及坟场。是冬至的缘故吧，这些景物在大地折射出长长的影子，与实物相映，看得我眼花缭乱，很快就睡过去了。

我醒来时天色已昏。那位乘客不见了，不知他是在营口、鞍山还是刚经过的沈阳下的车。

一个穿制服的小伙子，与我平行坐在过道另一侧，低头摆弄着手机。他虽坐着，但看得出他身形高大，一双长腿斜伸着，阔背宽肩。他见我伸着懒腰站起来，笑眯眯地盯着我说："叔，你可真能睡，从鲅鱼圈一路睡到沈阳。"

他四方大脸的，宽额，浓眉，不大不小的眼睛，敦厚的嘴唇，圆润微翘的下巴，元宝耳。那挺直的鼻梁，在他平和的面目中，就像一道坚毅的墙，彰显着他温柔中的强悍。

"是啊，我一觉就把天睡黑了。"我对他说。

"叔，这不怪你，这得怪冬至。今天是白天最短的日子，太阳不待见咱，回得太早了。你说太阳相当于天庭的CEO，它又不用打卡，谁管得了它啥时来啥时回呢。"他幽默地说。

我问他是特等座的服务员么？他摇摇头，说："我是设备维护和故障处理的。"

我说："那就是技工了？"

他点点头。

"怎么特等座这么少人坐？到了沈阳这样的大站，也没人上么。"我说。

"叔，这车从起点到终点，才四个来钟头。搁过去，站都能站下来，现在二三等座的也挺不错，坐一等座的人都少，别说特等座了，这么贵，谁花这个冤枉钱啊？"小伙子摆了一下手，说："要是我，就买三等座！省下的钱，下车后找家馆子，吃了它。"他"吧唧"一下嘴，大概想起某种美味了吧。

我说："我当年上大学，寒暑假回家，总是坐硬座，也没觉得苦。现在呢不管岁数大小，屁股都娇气了，知道挑座了。"

小伙子说他观察了坐特等座的，商人和官人多，还有就是"小姐"多。他说那些一身名牌，目光空虚，颐指气使，身上散发着浓烈香水味的女孩，都是不知被什么人包养的人。

我说："你怎么那么肯定？"

他说因为特等座多半闲着，所以他常来此歇歇。这样的女孩上车后，就煲电话粥，他能从女孩的话中，听出端倪。

我问他："你今年多大了？"

"二十五，跑车都三年了。"小伙子说。

我叹息一声，说："你比我儿子才大两岁哇，就自食其力了。你一个月能挣一万么？"

小伙子把自己的耳朵当风铃了吧，轻轻拨弄了一下，说："叔，一听你就是做大买卖的，挣一万哪能呢！每月最多时开七千，平常也就五六千块。在同学眼里，他们还羡慕我挣得多呢。他们不知道我遭的是啥罪啊，在车上吃不上一顿好饭，能像现在这样清闲坐上一会儿都是少的。有时赶上我休班，领导一

23

个电话又叫你上岗，你要是不来，得罪了领导，哪有好果子吃啊，就得硬挺着上。谁都知道透支身体，不是好事啊。我们段上有个跑车的，比我大四岁，刚结婚两年，连着跑了一个月的车，下车后坐公共汽车回家，结果卖票的发现有个乘客趴在座上睡觉，老不下车，就扒拉他，问他哪站下。结果发现人都硬了。"小伙子叹息一声，说："幸亏他还没孩子呢，要不把媳妇可坑惨了。"

"那你成家了吗？"我问。

"叔，像我这样的人，哪好找啊。我处过一个对象，第一次约她吃饭，就跟她吹了。"小伙子跟我细说原委："我点菜时，客客气气地叫服务员过来，结果服务员走后您猜她怎么说？她说你又不是不花钱吃饭，对服务员那么恭敬干啥？我一听就觉得这女孩素质不好。结果大师傅把鳇鱼炖土豆做咸了，她吆喝过来服务员，一顿训斥。挨了骂的服务员通告了后厨，大师傅满头大汗出来道歉，说昨夜没睡好，手感不如往日好，盐搁多了些，这道菜他来买单，不收我们钱。可她不依不饶，非要人家重做。我一看哪，她一点同情心都没有，不想再见她第二面。吃了饭，我买了单，出了饭馆把她送上出租车，就把她电话列入我手机黑名单了。我想找个朴实的女孩，不张扬，善解人意，能尊重人的，要不将来我妈都得跟着遭罪。"

小伙子的话刺痛了我。我儿子的女友，我见过两个，都是穿奇装异服，满嘴脏话，玩世不恭，喜欢抽烟喝酒的女孩，可他却欣赏她们，称其活得明白。他就是带第二个女友泡吧时，沾染上的毒品。那个女孩无论冬夏，都穿超短裙。等我发现儿子的脸色和精神出现异常时，他已染毒两年了。因为从我这里得不到足够的钱，他和女友借高利贷吸毒，所以他进戒毒所，我得为他们偿还近百万元的债。我被迫放弃过去的工作，去了江北一家条件虽一般，但收入和自由度更高些的专科肛肠病医院，这样能外出多揽些活儿。当然，一个人该有的享受我还是要的，吃顿海鲜，看场电影，偶尔去快捷酒店开个钟点房，和馄饨馆的情人私会，短暂快乐一下——而哪种快乐会长久呢。

我曾问儿子，明知毒品有害，为什么要吸？他说生活太无聊了，毫无想象的空间，有钱没钱都空虚。可他吸食毒品后，在幻觉中却无限充实。他想当皇帝就是皇帝，可以锦衣玉食，嫔妃成群，想斩谁就斩了谁。他想做风雅的乞丐呢，就怀抱酒壶，破衣烂衫地穿行在飞舞着蝴蝶的桃花林中。他在幻觉里可以舀银河之水泡茶，可以捉一个地狱的小鬼给他当马夫。当然，他那时还可以给我当老子，发号施令，而我是跪在他面前俯首帖耳的儿子。我根本不知他的空虚从何而来，在我想来，他衣食无忧，即便学业荒疏，不成栋梁之材，也该做个正常人，过个安稳日子。

小伙子见我沉默着，说："叔，是不是你觉得我不该跟那个姑娘吹？反正现在的女孩太多这样的了。不看人品，认钱的多。还有就是爱耍性子，好像不'野蛮'点，就不可爱似的。像您这么有钱的，您儿子身后的小姑娘，肯定一帮一帮的，您是不愁找儿媳妇的了！不像我妈，四处托人给我找女友，五十出头的人，都成白毛女了！"

"那你爸不管你的事？"我问。

"我十岁时，爸就没了。他那时在粮库上班，有一年刚上冻时，他赶着毛驴车运粮，为了抄近路，贸然上了一条还没冻严实的冰河，结果冰裂了，他连人带车一起掉进冰窟窿。我爸真可怜啊，驴扑腾着上岸了，他和粮食却沉下去了。我妈憎恨那头驴，她说好牲口能在危难时救主，坏牲口却是扛着招魂牌的小鬼，把主人出卖给阴间了。"

列车到达铁岭西站了。小伙子起身忙他的活儿去了。他起身的一瞬，我看清了他的身高，至少一米八零，真是魁梧。天已黑透，上下车的旅客不多，站台看上去有些冷清。

我心底喜欢上了这个阳光而结实的小伙子，期待着再和他聊聊，可自铁岭起，直到四平和长春，来特等座的，是其他乘务人员了。他们坐下来摆弄一下手机，小憩片刻，也就走了。这样又剩下了我一人。

车窗外是滚滚夜色，如墨流淌。有时经过有灯火的地方，这墨里就撒了星星似的，闪闪烁烁。在时速三百多公里的列车上，窗外所有的风景都仿佛长了腿，拼命在奔跑。所以即便灿烂的灯火，转眼也成了"昨夜星辰"。

列车到达终点站前，小伙子又来了。他见了我亲切地笑着，说："叔，再过一站，就到哈尔滨了，您快到家了。"

"听你口音也是东北人，你家在哪儿呢？"我问。

"已经路过了——"小伙子有点惆怅地说。

他没有告诉我他家具体在哪儿，只说那地方在他高考的那年，出了著名的舞弊案。他和作弊的考生在同一考场，知道他们作弊，一直在答卷过程中与自己斗争，是否向监考老师举报（他说怕同学报复，最终选择放弃），所以发挥失常，只考上了一所铁路专科院校。而他的梦想，是学艺术。

"学艺术？"我有些惊诧。

"我爱电影。"他说："最喜欢伊朗的马基·麦基迪、阿巴斯，还有日本的黑泽明、北野武，他们拍的片子太牛了！"

"那你喜欢黑泽明导演的《德尔苏·乌扎拉》吗？"我问。

"那还用说么！"小伙子如遇知音，兴奋地竖起大拇指说，"叔，您是我跑车以来，遇见的最有文化的商人！"

小伙子告诉我，他并不喜欢目前的工作，累，枯燥，还危险。有一回列车高速行驶着，雷电突袭，列车紧急停车，车厢也停电了。外面是黑咕隆咚的夜，他打着手电下去查看，站在高架桥上，看着坠落的高压线，就像看着要扼住自己咽喉的绞索，直打哆嗦，差点没掉下去。危险还不止于此，小伙子说高铁的高压电线是2.75万伏的，他感觉头上悬着一把看不见的利剑，担心常年工作会受到辐射，虽说专家说不会对乘务人员的身体有害，但他就是怕。他曾想着不干了，购置点专业设备，和几个志趣相投的朋友，一起做微电影，卖给大的网络平台。小伙子边说边从手机中，翻出他用手机拍的一部微电影，点给我看。

这是一部时长只有五分钟的片子，一个三轮车夫在风雨中运货，他穿过一条泥泞而逼仄的小巷，镜头追踪的是车夫的背影，与他并行的，是个打着黑伞拎着一只鸡的紫衣女人。鸡的翅膀被别在一起，像是打了死亡的蝴蝶结，它的冠子在雨中那么鲜艳，可它的腿却在无力地挣扎着。而与车夫相向而行的，先是个披着蓝雨衣一瘸一拐的老汉，跟着是一条垂头丧气的黄狗，再跟着是个挎着一把胡琴，将一块塑料发泡当雨布擎在头顶的赤膊男孩，他仿佛顶着一团雪白的云。三轮车夫所经过的房屋，低矮破旧，有的屋顶还生长着碧草。他就这么蹬着车缓缓向前，越走路越高，也越艰难。到了一个高坎的时候，那个紫衣女人踅进一家小饭馆，大约是卖鸡去了；而先前那条黄狗，不知何时掉过头来，追上三轮车夫。车夫攀越高坎的时候，它在其后，用嘴顶着货物，拼力助推。镜头就此戛然而止。车夫是否越过高坎，黄狗是否帮上大忙，雨最终停了没有，影片都没有交代。

"真好。"我觉得这两个词，不足以说明它对我的震撼，又加了一句："走心。"

他说："谢谢叔。可惜设备不行，要是有专业的，我会做得更棒。我积累了不少这样微电影的素材呢。"

"这里的人物是真实的，还是你找的演员？"我问。

"你看他们像演员吗？"小伙子对我的判断力有点失望吧，他略带嘲讽地翘起嘴角，说："你能看出演的成分吗？这是我前年夏天休假去乡下玩时，雨中抓拍到的。"

"那你怎么没按照自己的想法辞掉工作，做喜欢的事情呢？"我问。

"叔，正当我想这么做的时候吧，半年多前，我妈有天突然上不来气，浑身出汗，嘴唇比茄子都紫，话都说不出来了，幸好那天我休班，见她不好，赶快送到医院急救。一做心脏造影，发现冠脉有堵塞的地方，得需要放俩支架。医生就问一句'进口的还是国产的'，这话听着这个冷哇，就好像人到了鬼门关，小鬼说有钱的升天堂，没钱的下地狱一样，我都想哭。国产支架一个一万多，进口的两三万呢。咱当儿子的，咋能说不用进口的呢。就这样，我妈一场手术，把我上班后辛辛苦苦攒的六万块钱给整没影了，哪还有钱购置设备啊。

叔，我觉着没啥，妈就一个，得好好待她；微电影么，我用手机可以先拍着玩，就当是练手啦。再说了，万一我真的置齐了设备，鞍子行了，马却没动力跑起来了，也许还拍不出好片子呢。万一创业失败，我拍的微电影在网上没人点击，得不到报酬，吃饭都会成问题。到了那时，我妈看着我得多闹心啊，还不如跑车呢。"

小伙子从他所崇拜的大银幕电影导演，聊到他的微电影梦，意犹未尽，又谈起了读书。他说喜欢纪实类作品，尤其是艺术家传记，让他有梦里见到隔世亲人的感觉，说不出的温暖和忧伤！他说曾在一家读书网站，按照畅销排行，买过几本排在前列的虚构类小说，中国的外国的都有。小伙子调侃道："那种书翻了开头就知结尾，它的功用就是骗骗小姑娘，让睡不着觉的人看三页打个盹，让——"

小伙子话未说完，一个面色寡白、表情严肃、身材瘦小的中年男人进来了，他穿制服，佩戴"列车长"臂章。小伙子见着他霍地起身，打了个立正，歪头冲我扮个鬼脸，迅疾离开了。他走到玻璃感应门前时，那自动弹开的玻璃门，在他硕大的身躯面前，就像毕恭毕敬的仆人。列车长漠然扫了我一眼，旋即离开。

我不知列车到达终点后，在万家灯火时分，我到哪里能吃上一顿冬至的饺子。我老婆热衷于逛商场，说是节假日时一些名牌商品，可以低至三折出售。她逛累了，就在商场的快餐店吃碗过桥米线或是砂锅丸子。儿子进了戒毒所后，她依然爱逛商场，但她一样东西也不买。以前她从商场回来，总是英雄凯旋似的，手中大包小裹的，满面荣光；现在则跟乞丐一样，面色凄苦，空空而归。我渴望着这个夜晚，她或者馄饨馆的女人，能唤我吃碗她们做的水饺。然而没谁给我打一个电话，或者是一个温柔的短信问候。也许老婆正漫无目的地逛商场，而馄饨馆的老板娘，在这个生意红火的夜晚，满脑子是赚钱的念头，哪能想到在她生命中本就不很重要的我呢。

我心灰意懒地用手机上了一会网，浏览了一下当日新闻，昏昏沉沉睡去。

等我醒来时，列车已驶入哈尔滨西站。

终点站到了，酣睡了一路的手机，此时却苏醒了，来电铃声悦耳地响起来。我接起电话，是我做手术的那家卫生院的院长打来的，他告诉我上午做的第三台手术的那位环形痔患者，术后本来一切正常，但半小时前他突然肛下大出血，陷入昏迷状态，现正紧急送往大连途中。

我大声问："怎么会这样？我的手术可以说是天衣无缝的。"

对方只得实言相告，说患者术后感觉良好，因为冬至，亲属送来一饭盒饺子，他一高兴，全吃了不说，还喝了一瓶啤酒。

"刚做完肛肠手术，这么大吃大喝不是找死吗？"我走下列车，站在喧闹的站台上，与对方吼着。

"不管怎么的，手术是你做的，你最好返回看看。虽然我们有护理责任，但要是出了人命，你我都没好日子过了。"

"本来我就没有好日子过。"我气咻咻地挂断电话。

"叔，你咋还不出站？人都走光了。"小伙子拉着一个精巧的黑色拉杆箱，从我身边经过。

"出了点事，我还得返回大连。"我沮丧万分地说。

小伙子停下来，从兜里掏出手机，察看着什么，说："叔，那您赶快去二站台。再过十五分钟，有一趟车去大连。"他指点给我，该怎样转往二站台，然后又嘱咐道："您没票，跟验票的列车员说有急事，先上车后补票吧，特等座不是在车头就是车尾，您放心，肯定有空着的！"

小伙子挥手与我告别。他拉着行李箱，走进哈尔滨冬至的夜晚，而我则在抵达故乡的一瞬，又开始了夜色中的旅程——我们奔向的都是异乡。

原载《十月》2017年第3期

火烧云

鲁　敏

1

居士下山买药的时候，半道上碰到一个女人，后者边走边四处张望，神色悠然，像是误入此地的游客。二人擦肩而过。居士脚步未停，也没有告诉她，上面没有风景，也没有人。

买了药，还有新米、陈醋、元书纸、苏打饼干。菇素之后，挺容易饿的。上山的访客，也会带来些茶叶、糕点之类，但还是不大够。他们带上山来的主要是痛苦。

坐下来未及喝茶，访客们就开始掏出那些痛苦，讲述中淌出无助的眼泪，有的放出声音来哭，包括男人、老人。居士耐心地听，极少询问或劝解，他们并不需要。讲完了，情绪就好了一小半。然后会跟着居士四处巡走一番，他们从各个角度询问居士的过往与现在的生活细节。很直率，热气都要呼到脸上。原来你做什么的。为什么要这样呢。有过孩子吗。喜欢看什么书呢。从不上网吗。他一一作答。他们参观他吃饭、睡觉、读经写字的地方。有的揭开锅子，里面有半碗煮蚕豆。有的捏捏薄垫被。有的打开经书，呀，竖排的。到这个时候，他们的情绪已基本稳定了，泪水流过的地方风干了，显出一点愉悦的惭愧：还是你这样好啊，可惜我上不了山。不早了，下次再来看你。下次来的时候，他们会带着新茶与新的痛苦。有的访客在道别时会注意到，居士的木房上有块小木匾，上面刻着"云门"二字，描以墨色。哦，云门，这是你的法号？斋名？还是山名？

居士淡笑着摆摆手，也说不上来。此地多山，大都无名，这座山头尤其不值一提，爬得快的话，四十分钟即可到顶，可以俯看到嶙峋的山坡，稀疏分布着些灌木。五年前，居士也是无意中访到，发现山顶有几间旧屋，粗木框架，有后院，院里有承接天水的大石坑，前后转转，有如前生所在，十分亲切。遂动手整修一番，搬来必要的物件，住了下来。云门是他自己刻着玩的，有人讲，该配副对子才好。总没想好，他说。还会有人问，怎么不索性出家做和尚？我不够格的。问者于是很懂地点头：那你这就是居士了，也好的。像是替他松口气，同时又更多几分同情。居士的叫法，大致就这么来的。山下的人们显然需要这么个叫法，那就随便吧。

居士回到云门的时候，已近黄昏。他忙着烧热水洗澡用药。是瘙痒症，很顽固，每到春夏之交都会犯上一通，也做过检查，原因不明，算了。方才下得一趟山，似又加重了，整个腹股处都是红肿的包块，一阵阵刺痒。水准备得差不多了，听到有人拍前门。

居士！居士！是女声。

这时间还有人来？只好重整衣衫，走到前屋开门。

女客直通通进来。你就是那位居士？穿的就是平常人衣服嘛。语气鲁莽，还有点揶揄。认出来，正是下山途中碰到的那位女游客。

居士点头，示意她坐下，一边倒茶水，并供上半根线香。他在这里住下半年之后，莫名的，有了零星访客，节假日还会多些。他起初很不适应，这完全不是他的设想。后来好一些，并慢慢形成一种待客之道。淡淡的，但也是真心的。他住着这个小山头，也是人们给他的施与。如果他们觉得偶尔上山来看看他，有助于继续山下的生活，也好。等于互相帮助。

女人连喝两盏水，一边四处打量。不等他指引，就起身四处走，像查问投宿的客栈。共几间屋？水打哪里来？全靠柴火做饭？那可要注意安全。哟，这里还有个菜园子。

居士一边答话一边观察。他常用视觉来判断访客，以修正他们所说的。这位女客眉宇间很空，并无常见的烦忧之色。是急性子，总是不等回答，又跟着问下一句。她会无故发笑，可显得有点凶。可能由于左上额角那道疤，静时被头发所遮，仰头一笑，现出疤，凶了。

我要住在这里。我也要做居士。女人看完菜园子和接水石坑后，很轻便地这么说。

居士一下子感觉到，这轻便，可不只是轻便，是无所谓，亦是无所畏。

这些年，他承接过访客们各样的问题或要求。要断绝某种人伦关系的，要自尽的，要堕胎的，要给他一大笔善捐的，要他的题字或手抄经（其实他只是会使毛笔而已），要他替新生儿取名的，要他下山去劝谏某人的，等等。人们似乎认为他无所不能，他越是表示不能，人们越是认为他能；并且有时候，也确乎能够歪打正着，在不自知中解决一些难处。不知这一次能不能呢，他谨慎地没有吭声。

这山不是你的，房子也不是，反正也有空屋嘛。女人神情专断。我东西都带来了，就在山下的车子里，我们两个人下去，一趟头就能拿上来。

居士突然想到他的洗澡水一定都凉了。同时也意识到，瘙痒症这会儿竟消停一些了。可……想这些干什么。他的神情想来是非常为难的。

忌惮我是女的？她嘲弄他。你不是居士嘛，况且我现在也是了。我们可不是一般的人了。她在"不是一般"上加重语气。

自然不是男女分别心。是他全然不想与人共处，一宿也不愿意。他试探地质疑：居士……也不是随便能做的。

这还有什么门槛，阿弥陀佛。她念句佛，表明她能做，一边仰头露疤而笑。反正我是不想再见到人了。

我也一样的呀。

哦。她总算听出来。我妨碍到你了？那我还认为你妨碍到我了呢。这样，先一起下山取东西吧，速去速回。她在前面先走，同时嘴里还在说着。我是讲道理的……

出于礼貌，也是为了听清，他跟随其后。

我是讲道理的，并不指望你能主动让出。我们不如摊开来比比，看谁更需要这个地方。她像谈论一样紧俏物品，谁的资本多，谁就可以豪取。等我歇下来，我跟你讲讲我的事情。你讲不讲你的，随便。听完了你再看看，谁该走，谁该留。

这话也并非全无道理，不大好辩驳。

居士心里很不自在。早几年前，他一直有些担心，会被什么力量从这里赶走，比如政府、原屋主或其后人、旅游开发公司，或者打猎的、养蜂的。安定久了，就卸下了这样的担心，并渐渐把这里看作他独有的所在，亦可能是终身的所在。他有时都会憧憬着那样的画面，他很老了，再也下不了山去买东西，再无能力接受访客的茶与痛苦，差不多吃喝殆尽，也便平静告终了。木匾上的"云门"二字更是洇去，像从未写过。这想法当然也是有些美化了。但无论如何，从没想过会有另一个人，同样以居士的身份，来与他竞争此地。

……若从佛理上说，这必定是有缘故的，是有前因纠结的。因果说，所向无敌，万事万物都会温顺下去。于是他的不自在里，掺杂起了几分谦逊与顺从。

山下有条不是很好的马路。路边的树荫之下，停着一辆鲜红色小车，四轮都是泥，但车子崭崭新，车座上的包膜都还在。她有些笨手笨脚地打开后车门、打开后备厢，分别拿出东西。有衣服，有毛巾被褥，有瓶瓶罐罐，塑料盆里装着圆镜子吹风机什么的。

上面没电。他连忙讲。也没网。快递，也送不到的。

她马上蹲在路边，掏出吹风机，又从其他包里掏出手机、接线板、充电器、相机什么的，一起扔在车子里。想了想，又递给他，用下巴指指。劳驾你，替我扔到那边去。五十米开外处，有只垃圾桶。他接下那堆缠绕成一团的东西，心里也随之一重。

重新往山上走。她仍是不停地谈话。因拿了东西，走路带喘，问话短促。

我老家就在邻县，你呢，也是本地人？

不是。

听不出口音嘛，念大学出来的？

嗯。

我连小中专都没毕业。你多大？有四十吗？

不止了。

那比我大不少。你叫什么？

姓穆。

穆居士，能这样叫吗。

随意。

那我么，就是……姜居士。哈哈我现在叫姜居士。哈哈。

有点暗下来的山道里，她骤然响起的笑声惊起了两只林中鸟。

2

他习惯早起。先上下跑二十分，然后在院子里做几组俯卧撑、高抬腿与足下蹬。上肢总是差点儿。他一直想买对石锁，太小了不成，大一些的话，拿到山上又有点困难。后来就算了，也不一定需要有很像样的肌肉。

练到一半，出汗了，腹股处的包块们又开始刺痒了，真想尽除衣衫。这才想起，这里有外人。他停在院子当中，小心放慢动作，扭头看了看，"姜居士"所住的柴屋里尚没任何动静。他正要吁口气,一道人影却猛地推门出来。哈哈,这里的木门,全是缝,我可瞧了你一会儿。

他忍住不去搔痒,向她问早。

这里蚊子太多,根本睡不着。你看看,我这胳膊。

你这间,原来是柴屋。

但是我没有打蚊子。做居士,是不能杀生的吧。她有点得意。

我这里有蚊香,回头你拿点去。讲完觉得不对,听上去像长久计了。

闻到粥香没有?我老早爬起来熬的。她往厨房奔去,走到一半,折回房间,拿着几个瓶罐出来。

我带了橄榄菜,还有红方豆腐乳、酱萝卜干。她精心挪动布置着碗筷,左看右看,突然又拔脚走开。重新来时,手里扯了一把碎野花。她抱怨着这里没有花瓶,只好把野花也放在一只小碗里。

旧木桌子上突然显得花花绿绿。他脸上十分勉强,努力着,筷子已举到一半,终于还是端着碗出去了,一筷小菜也没夹。他坐在院子里,齿舌搅动,吃不出味道。他听见她呼呼喝出声音、叽叽嚼着小菜,隔着窗户确认他不需要添加之后,把剩下的稀粥一股脑儿扫光。心里又感到惭愧。

整个上午都在抄经。她则拿了蚊香回柴房睡回笼觉,中午也不起来。他遂跟平时一样,下了碗香菇青菜面。到下午饿了,找些苏打饼干出来打发。她这时倒出来了,睡得满足的样子,倒水喝,又伸手过来自取饼干,吃得下巴上、衣襟上都是屑子。"我改天下山去买些别的。有一种进口的小熊饼干,黄油味很浓!"

他没吭声。他买东西,都挑最普通的,只有线香要好的。点上之后,他与访客,均会感到宁静。他早年有些积蓄,加上常有访客赠送四时东西,故不致局促。这种枯索主要是心理上的需要。秋果累累的繁华,家人亲友的团聚,都会令他哀伤而疲劳。两张椅子,一张软一张硬,他肯定不会坐在软的那张上面,如果两张全是软的,他宁可站着。

她吃完抹抹嘴、拍拍屑子，自说自话地到他抄经的地方找到纸笔，提笔写起购物单，口中念念有词。

澳门蛋卷。小熊饼干。奥利奥。德菲丝巧克力。速溶咖啡。砂糖。你呢，也换换口味吧？我请客。她大咧咧的样子，好像要郊游野餐。

不需要，我昨天下过山了。

你多久下去一次？

等买的米、面、干货什么的吃得差不多了。

哦。她不以为然。我可打算放开来！原来舍不得吃的，通通都买，也不怕长胖了。看到我那车子了吧，卖掉它，足够我吃进口巧克力进口饼干的。她笑起来，看上去仍是令人不悦。他现在明白了，她的笑相显凶，不全然是因为疤。是她不会笑，她并不明白"笑"是什么，像不懂棋的人在挪动黑白，她只是在挪动五官与皮毛。

你不要老盯着我的疤。她扯两下刘海。其实可以去整容院弄掉，我是特意要留下来的，好记得我爸。这是他用菜刀砍的，他当时正在剁饺子馅，顺手啊。但刀口朝着他自个儿，砍了我两下，也伤了自己两下，他流的血比我还多呢。

他本来半埋着腰，一听这话，忙悄悄让自己坐直，放平眼睛看她。她也正一眨不眨地看着他呢。

自上山来，听过很多访客的事了，他们会在往事里反复逗留，用沉醉的调子，也用悲惨的调子，或者说，悲惨也即是一种沉醉。有时他也会拿他们的事情来跟自己的比一比。当然这没有意义的。谁的肉身都是由往事堆砌而成。

第二天，我爸就丢下我一个人离开家了，桌子上放着家里的存折和他的两张卡。你都想不到吧，我后来就再也没见到过他。她眼睛还是不眨，像在进行干瞪眼比赛。

他眼睛累了，移开去。

嗳，你就不问问，我爸为什么砍我吗？原来你就是这么听人说话的？她仰头笑起来，好像发现一条投机的捷径。我知道经常有人专程到山上找你来说话，还以为那多高级呢。那我以后也会了，等你走了，我也可以这么接待他们。不过，你问我一下吧，这样才像聊天嘛。

你爸，为什么呢？于是他问。

她却避而不答，只龇了龇牙。我当时一点不疼，反而替我爸疼，他真该拿刀口砍我才对，一次性解决掉才好。他不能再见到那样的我，我也不想再活在我爸眼跟前。她双目保持溜圆，眼珠子离上下的眼睑很远。

他倒更想眨眼睛了。

讲实话我一直在等着我爸砍我。他也真够笨的，直到这天打算包饺子，直到他开始剁饺子馅，无意中扭头瞅我一眼，这才突然"发现"我肚子大了。他实在是太迟钝了，再不"发现"我都吃不消了。明白吗，我再也遮不住了。我已经遮了多久啊，从暑假遮到寒假，他妈的真遮得我累得要死，饭都不敢吃饱，走每一步都得他妈的提着气。噢，做居士能不能讲脏话？

我不讲的。

那下面我注意。不过该你问了，问我，大肚子里头，是谁的呢？我爸砍了我两刀背，停下来，他半边脸淌血，他不管，只是这么问我，谁的呢，告诉我是谁的，我这就去砍死他。我爸能做到的。初中时有个男生写条子给我，他找到男生家里，砸烂人家一橱柜的碗。嗳，你问啊，问我，谁的呢？她提示，对他的木讷有点不耐烦。

谁的呢？他发现，问和不问，确实是不一样。哪怕只是最简单的问询，还是产生了某种介入感。他甚至也瞪起眼睛来，专心了。

问题就是，我也不知道哇，没看清，也不敢看。那时我在市里读幼师，暑假回老家，出了车站搭一个摩托，他一下子把我拉到一个废桥下……只记得那人很胖，满身汗馊味。我理理裙子就急忙忙回家了。绝不能让我爸晓得，他绝对不能接受的，我太可怜他了。就是没料到，后来肚子会大。

她停下来，像是等他问点什么。他沉默着。她也没有提词。

隔了片刻，她嘻嘻一笑。我爸一走，我倒彻底解放了。不要再遮了，放开肚皮吃东西了，也不要去幼师上学了。我连家门都不要出了。四个月后，我半夜起来解大便，没有大便，倒解出个肉孩子。

他脑子里盘算，要问什么？这里应当问什么？他是有几分关切的，但更多的是茫然，茫然于她并没有表现出痛苦。要别的女客，这个时候，该换过三包纸巾了。

她眼珠灵活转动着，突然又拿出购物清单补充。你这里筷子、案板，都太旧了，我要换上新的。哎呀，我差点儿忘了写上花瓶，高的买一个，矮的买两个，插花插草插叶子都成。你发现没有，花瓶真的很奇怪，随便掐点东西放进去，接上清水，放在那里看看，怪舒服的。

他心里下着判断，看看吧，她还在意这些调调子，此地实在不宜于她。

3

这天夜里，他看到了母亲。多日不做梦了，他曾为此欣然，以为达到了一枕无梦之境。

……仍是在操场上，食堂与篮球场之间，母亲自千里之外赶来，突然出现，来来往往的人流中截住他。他直直地朝母亲跪下，母亲别过脸放声大哭，突然伸手抽他耳光，打得非常用力。他整个头在梦里都肿疼起来。周围他有许多的同事、学生，默不作声地围看。

随即他发觉自己睁着眼，他是醒着的。后半部分不是梦，是记忆。那年春季，他评上了副教授，院里最年轻的一个；去哥廷根大学的交换学者也正在办手续。他突然写了张条子，向院里提出：他要离去了。只因试验室有事多耽搁了两天，才被得到消息的母亲堵在了操场上。此前，已与家里有过漫长的电话沟通，母亲死活不肯应声。母亲这番赶来，当众打了他这一通耳光，那样地用力。他明白：老母亲这下算是放手了。这些年，山下的所有来客里，从没他一个亲人。

这正是他求索数年、绝境式的孤独。真不愿意这样的局面被"姜居士"所介入和打破。

表面上看，接下来几天，跟第一天也差不多。他独自在院里吃早饭。她吃完又去睡，到下午才出来，跟他一起吃苏打饼干。晚饭比较早，他仍是端到院子里。按他原先的采购，米、面，差不多能吃一个月。现在以加倍的速度在减少。他算算将要告罄的时日，希望在那之前，这云门里，只有一个人了。

对方看来也是同样的想法。她以云门未来主人般的态度，更为细致地查看，不断地往她的购物清单上加东西。薄荷种子。黑胡椒粉。黑米，香糯米。碧根果。芝麻糖。果脯。等等。吃的上面，她想一出写一出，简直像开动脑筋地要满足自己。

他真想与她大声分辩。像她这样，真不如在山下，在镇里，在自己屋子里，不是更方便吗。居士本来就可以居在家的。他又担心她以同样的问题来反问他。他的确也问过自己。非得执着、依赖于云门，才能达到孤境吗，这说明他内心的赤诚是很不够的……

他闭上眼睛。他愿意再做一次那样的梦，再一次朝母亲跪下，再一次被打得脑袋肿疼。

4

对了，烛台！要多买几种烛台，不同的地方摆不同样子的。蜡烛也可以换换花样啊，动物形状，水果形状的。如果是过节的话，就点那种带香气的，她唰唰地在纸上连写几行。天没完全黑，她总会迫不及待点上蜡烛，带点娱乐地走动着，观看自己的影子在高低不平的粗木墙上摇晃，由淡渐浓，忽大忽小。

他一个人时并不大用蜡烛，一则这里全是木墙木门，二则也因它融化太快，如流似淌，看着总觉十分惋惜。晚上他一般长时间地打坐，月色已足够用的了。即使没有月光，如果静心静气，也能看到室内的物件仍是有光泽的，白天积蓄下来的天光，反哺般地勾画出一团团混沌。从漫长的打坐中睁开眼来，万物含情如照，内心可以获得七八分的欣悦。

我爸以前教我玩过这个，我也教我儿子玩过这个的。她用两只手对烛比画，在墙上成狗，成猫，成鸽子，都不太像。你肯定也带小孩子玩过的吧。她兴致盎然地问。

他脑口突然荡悠了一下，云中踏空一般，想否认，又想着不该打诳语，便点头了。他惊讶地意识到，他不愿意点蜡烛，不是因为节省和小心的缘故，是他经不得这蜡烛光的摇动。

我只跟儿子玩过两次，就不玩了。许多好玩的游戏，打水枪啊，木头人啊，画鼻子啊，我都只玩一两次，以免和小孩生出感情，现在想想，我从一开始就知道，最后会像现在这样。

儿子呢？问话一出口他十分失落，真的退步了：他关心起来了。

你问哪个儿子？我可是不止一个呢。她得意于他的主动发问。烛光照着她牙齿上的笑。她什么时候能控制住不乱笑，就好多了。他没吭声，快到打坐的时辰了。

刚才讲的是老二。头胎儿子，我根本没等到他能玩游戏。她口气显得一本正经的。生小孩这件事，跟解大便一样容易，但又不能像大便一样冲掉，一生下就哇哇哇总在哭，我当时才十七岁，哪里会带小孩？总不能把我妈妈从地底下揪出来帮我吧，估计她也不肯活转来做我的妈。我很不耐烦这小孩，真蛮讨厌的。好在有个邻居大嫂，主动来帮我，做主变卖家里的东西。她经常带不同的人来，围着我家的东西左看右看。好像都不值钱，怎么卖都不够用的。邻居大嫂有天带了一个外地女人，两个人轮流替我抱孩子。我那时已经在家闷了三四个月了，不，不止了，从我爸走了就闷在家里，有一年多了。我特别想出去，随便哪里，只要出去就好。我对镜子梳头，镜子里看到那两个女人换来倒去、从头到脚地查看小孩。我突然明白了，高兴坏了，这次是要变卖掉这个孩子吧。我有心掩饰，想着不能像家具电器那样，价钱都那样的低。她们比我老练多了。两人你一言我一语，挑了小孩许多毛病。塌鼻子。后脑勺太扁。有黄疤。奶水不足。是个强奸犯的杂种，假设是被大学生强奸了还好说些，是个开无证摩托的呀，这孩子怎么可能成器呢。等等。她们讲得很有道理，我真担心她们不肯要了。拿走吧快拿走，只要替我买张火车票就成，到上海到广州到北京到南京。

蜡烛就是烧得快。烧到尽头，火光跳亮了一下，照到她，果然又在笑，嘴巴咧得很大，带点定格，像正在拍照。

烛烬的微光中，他起身回房间打坐去了。他今天要加半个钟点，他要拂去烛光里的那些旧身影。

5

下午三点多，来了访客。客人提了桃子、杨梅，还有几盒坚果，走亲戚一样的。他连忙道谢，客人直摆手，我两年之前来过的呀。他定目细看。客人以前可能比较胖的，带点官员气派……现在清减了，衣服是皱巴巴的麻布。

客人介绍说他现在搞了一所灵修学院。在郊区置了地，开设大师班、精进班、普照班。学员集中在一起，主要是种田和冥想，不给好的吃，不给好的住，不给好的用，劳动收成也全都捐给养老院。每期名额都被抢空，预订的队伍排到一年半后。其中大师班参照了巴菲特午餐模式，要竞标的。来客的语气竭力谦逊，时不时夹带几句国学句子，手里一直盘弄着个油光光的核桃。

他默默听着，肚子有点饿，犹豫着要不要照常吃东西。想到苏打饼干，突然想起了她，她一般在这时睡醒了出来。

居士可知道，我这灵感哪里来的？就是上次拜望过您之后所得到的启发啊。来客继续侃谈。这灵修学院，不搞则已，一搞则通啊，各方面路子都打开了，来往出入的全是很高级的人物。

他用三分之一的注意力留意侧门那边。

我在想着，要不要再走远一点，搞一个殿堂级的课程，克隆你这个避世独修的模式，比方说，就叫云门班如何？

她这时睡眼惺忪地推门进来了。客人猛地噤口站起，虽设法掩饰，脸上仍是奇峰变幻。

她倒是眼尖，一下子看到桃子和杨梅，猫见鱼一般，径直走来取了。你们谈你们的，我去洗。

灵修客换下手中的核桃，脱下腕珠来开始捋捻。捻了好大一会儿，他若有所悟。看山是山，看山不是山，看山还是山。居士，您这是到了第三层次吧。

他欠起身子张开口，并没什么要隐瞒的。

不，不。灵修客急切摆手阻止。居士不必详解，我懂的。这个山，可以喻指到鱼肉，人民币，女人，宅屋，恩怨等等，涵盖到整个俗世红尘。客人露出极为佩服的表情，有点激动。我突然有个预感，居士您这个境界，会对我下一步的殿堂班课程有很大的生发，真正的灵修，就在名利欢场，什么都不用避讳、什么都不要禁忌。

她把水果装在小碗里，一路走一路吃。冲客人咧咧嘴，牙齿已是紫的了。我最爱吃杨梅了，你挑得也好。

路边正好看到，瞧着还挺新鲜。客人打个哈哈。过一阵我再过来看你们。他起身告辞，急于投入新的业务思考。

欢迎啊欢迎，下次还带水果吧。她尾随相送，主人般约定。

他打开饼干盒，干巴巴地嚼起苏打，其实饿劲儿已过去了。这位访客实在过于机灵，"第三层境界"说虽算是免除了他的尴尬，但他并不感念，他早不在意外人的看法了。但访客的到来与表现，如一声来自外面的叩门，他这才骇然地意识到——她在这里，都住下五六天了，竟也没什么特别的不妥。

干吗不吃？你怕酸？我都尝过了，甜的。她那口气，也已是家常的了。她咬着桃子，牙齿间发出爽利有汁液的声音。他连忙起身到院子里坐去了。

院里阳光略斜，打在木板墙上，形成一半的阴影与一半的明亮。从来都是这样，哪怕只有两个人，哪怕只有短短几天，就会渐渐成为人间了。他心里涌起旧时的不适感——早晚添衣，谈论食物，四时枕席，叮当作响的餐桌。这些，都跟软椅子一样，他不要坐上去的。

她并不察言观色，只管含着满嘴的汁水说话。我怀第二胎的时候，没头没脑地就想吃杨梅。季节不对，我明知吃不到，还是煞有其事地闹了好一阵子。其实也不是那么要吃，就是觉得，我得要有个"孕妇"的样子嘛。第一次他妈的遮遮掩掩，像罪人似的。对不起，又讲脏话了。我不仅闹嘴，还闹流产，还闹卧床保胎，闹羊水不足、胎位不正，当然，更少不了脸上长斑，肚上长纹，小腿高肿等等，差不多弄了个大全套。亏得厨子对我不错，他越对我不错，我越是闹得凶。我跟你提起过厨子吗？

他摇头，遽然起身去抄经了。他不要重温这些生养孕产之事，骨肉缠绕，很容易产生映照与折射，血水里拖动起深长的阴影，沉渣泛起。

是谁发明了抄经的？再好不过了，一笔一画，一个字一个字。他个个认得，又字字含糊。越抄越慢，如镂金刻银。

6

午后忽降大雨，四下如百泉倒挂，雨声十分喧嚣。她比往常醒得早了，怔怔地坐在那里，一杯水举在跟前，半天送不到嘴里。

这里，经常下大雨吗？她突然问，语气难得地带点畏意。

嗯，这个。他不太确定。

最不喜欢下大雨了，否则我不会这样的。我在南京一直都好好的，打过各种零工，发广告单啊，卖寿司啊，推销手机啊，长途车拉客人啊。我有个特点，就是到哪里都干不长，因为很快就会有男朋友，然后我很快会辞工。我不挑人的，只要找我，我就跟他好，反正总比一个人强吧。只是他们但凡知道我以前的事情，就会露出厌恶来，一时半刻都不能忍，还四处跟人抱怨。于是我就离开。我换了多少男朋友，就换了多少工作。这倒有个好处。对分手或换工作这样的事情，我是很习惯的，不痛不痒，家常便饭。她显出一丝怡然自得。

这里经常这样吗。瞅着外面的雨幕，她又问。忘了她已问过，也忘了他的不置可否。

有天我在街巷里闲走，一边扭头看两边的门面铺子，突然觉得处处都很熟悉——唉呀呀，我这才发现，我在多少家小店打过工啊，我在多少家小店都有过男朋友啊。也说不上来这是该高兴还是不，正琢磨着呢，天色突然变了，下起大雨，一顶一的暴雨，跟这会儿一样。街上所有人都甩胳膊抬腿地跑起来。我也一样，跑啊跑。跑了一阵子，我不跑了。他们都有地方好跑，都为着什么人在跑。我倒是往哪里跑呀。这不搞笑吗。于是我照常不紧不慢走路，浑身浇得湿透，还蛮痛快的。

她掠掠头发又抹把脸，好像那雨水直到这会儿，还在往她头顶上浇似的。

她今天太啰唆了，他有点疲倦。他倒是喜欢天气大乱的，最好狂风裂枝，巨雪如孝。越像末日世相，他便越是有种超脱的愉悦。他离开的那天，风和日丽、春景怡人，但在他的想象中，他正是走在那样黑白无色的天地里的，一步步地走，他看到自己从大到小，到一个小黑点，到看不清，到完全地没有。

就是那天，我动了念头，想过起小日子了。这样，下次再落大雨的话，我也就能有个地方、有个人好奔过去了。当时在一家川菜馆端盘子，有个年轻厨子正稀罕着我。得，碰点子吃糖，就他。这次我可学乖啦，什么也没有讲，两人亲热时，耍了点花招，把床上弄出第一次的血。厨子是乡下来的，吓得带我回老家见了父母。看看，这不就搞定了。她提高声量重复。搞定了，我很快大起肚子来，都要一家三口了！

他往前一冲，发觉自己竟打起瞌睡了。

嗳！马上就有刺激的了。她有点抱歉地连忙预告。你想想，我怎么可能真的过上小日子呢。尤其厨子对我越来越好，兴冲冲买下各种小孩衣物。我日甚一日地吊着心胆，怎么也睡不着，老觉得有个大坑就在前头等着我。我问你，你若是那时的我，会对厨子讲出实情吗。她像老师提问。你得说话呀，否则又睡着了。

我？他理理衣襟，腰部一阵刺痒，像呼啦圈一样，整个一圈都痒。他忍住不去抓，反而把话给憋了出来。我一向囫囵吞枣，不求甚解。我觉得人和人之间，就该这样。

她直摇头。我可不行，真不如我自己赶紧跳进坑里去踏实呢。半夜里，我猛地起身，掀亮灯，把厨子拼命摇醒。你知道，我从老家到南京的第一张火车票，是怎么来的吗？

7

夜里起了大风，院子里的木门响了整个后半夜。本想去关紧，后来又算了，朦胧中听着也好。木门互叩，一会儿密，一会儿疏，如同问答对话，自有一种长吁短叹的节律，听得都入了迷。

早醒就有一个麻烦——以前的事情都会从黑暗中冒出来，像奶白蘑菇，东一朵西一朵。也像盲目的幼蚕，在脑子里蹒跚兜转、相互跌撞。他克制了一会儿，还是把右手伸向左手的无名指根部，那里曾有很深的一个戒指圈印。刚摘掉时，极不自在，老要去抚摩确认，如舌头舔刚刚空出的牙床。多少事情空出来了啊，身上有多少旧印子好去抚摩啊。

他有自知。他仍是向俗的、不能免除于俗的。不免想到前一日她所讲的，主动跳向大坑的那句话。心里有点惊怵。她一以贯之的粗率里，有种自求的苦厄，几可谓以身饲虎。倘若真摊下来比一比，他未必能胜过她……他倏地翻起身，四顾一番，心里十分沉痛。

8

她四处找活，给菜园子加篱笆，寻找刚刚冒出来的杂草。把墙上的蛛网小心移到室外（她认为这更有利于蜘蛛捕食）。有限的几样器皿家什，反复抹擦得几可鉴人，甚至擦洗走道的石板与台阶。她变花样做饭。菜饺子。西红柿疙瘩汤。碎菜叶摊面饼。手擀面条。甚至想到要买烘烤机与模具……他提醒她这里没电，方才从购物单上划掉。

那条购物清单，已经快写满两页了。光是下大雨那天，她起码就写了半页。要买些彩珠子来穿手链项链。要买些白扇来画画，她以前在幼师，学过一学期水彩呢。还可以结毛线衣结围巾不是吗，买齐各颜色的全羊毛线和粗的棒棒针。这样念念叨叨的，她似乎就已获得很大的满足。

他只管抄经，加倍地抄，不间断地抄，并给自己假定出一个目标，以后但凡有客人过来，就赠送手写心经一幅。

这当中迎来第一个周末，确有好几批客人来访。

客人们气喘吁吁地来到山顶，满怀急需吐露的烦恼，赫然发现云门里竟有了两个居士，一男一女，无不惊悚失色。有的勉强敷衍几句，懊恼地看着手中的提篮赠礼。有的大为绝望，似天地倒合。也有人促狭地会心一笑，认为此中别有谐趣。

他半张着口准备着，若真有人问起，他会如实相告。人们却不问，他们带着各自的判断匆忙离去，三步两步几乎是奔跑着下山了，从他们的背影可以看出：他们是不会再上山来了。

她深感可惜，很直接地催促他：我看你真是要早点离开云门才好。这样既耽搁我也耽搁你。

他听而不闻，继续抄着手中的这一页经。他心里有数，客人暂时倒不会少的，接下来的两三个周末，没准还会多些。总有些闻风而来、想要瞧个究竟的人，有些从没想过要上云门可这下反倒改变了主意的人。这里会热闹上好一阵子的。估计在很长时间里，只要提起云门的两个居士，山下的人们恐怕都要笑出声来。他是不怕成为笑话的，只是可惜了云门啊。还有他抄的这许多心经，也不再合适赠予了。

她手里不知疲倦地擦洗着被来客们踩脏了的石板与台阶，突然又恍然大悟地检讨起来：不，不能怪你，也不能怪他们。怪我。我这个人，一看上去就是比较的什么的吧。我都这样了，连人带娃都被厨子给扔了，男人们还是会拐弯抹角地找上门来，讲不到三句两句就要跟我"那个"。我也好奇，为什么啊，为什么找我啊。他们哧哧笑着，手脚身子一齐都上来了，说你很随和啊你很好睡啊。

正好抄完一页，他搁下笔，卷好纸。顺便抬头瞥她一眼。做清洁时，她把头发扎上去，额疤坦荡无遮，显得双目妙长，鼻挺唇丰——他一阵讶异，但也无心追究，倒是想起自己久未照镜。他而今只凭用手摸着，便能剃净胡子，也能剃光头顶。只是不知现在自己成了什么面目。

我是蛮能睡的。一个人时，能接连睡个大白天。不是一个人的时候，就由着对方睡。我没再做工了，我都不想再干其他活儿了。说来也怪，我以前是不大喜欢"那个"的。她沉吟着，似乎自己也有些困惑。可后来就尽愿意做着这件事了。加上有那么些人，也很会。

他伸手去捏捏毛笔头子，半干了。最好还是继续抄经。有没有人赠予，都要抄的，抄经就不该有送人的想法。抄经吧只管抄经。

你呢？真能丢下"那个"了？她并无涩意，眼神平静地从他脸上滚过去，像问他馋不馋肉。后一个问题她的确问过。当时他们在吃蒸土豆，味道寡淡，她便谈起肉，列举各种肉的各种做法，也谈到斋食里的素火腿素香肠素鸡排，形神味俱备，可素食为什么偏要装成肉呢？既是吃素为何还要想着荤的？她不满地咕噜着，把一碟土豆咽下去。

我忘了。当时被问到肉滋味时，他也是这样答的。想了想，又如实补充：只要一个人待着，最后就都会忘了。

你能忘了风吹在皮肤上？忘了三伏天喝井水？忘了瞌睡遇到软枕头？她随口反驳，也不逼问，只接着讲自己。

可就算一直不停地跟男人"那个"，总也有完了的时候，他们还没抬起身子呢。我一睁眼所看到的，就是孩子，并且还不是一个。你不知道，自从这第二个落地，我反倒想起那第一个来，他们哭起来是一模一样。因此我一睁眼看到的，不是一双眼，而是两双小孩眼睛，一眨不眨地盯着我。这让我非常地难挨。

外面起风了，木门又传出无规律的敲打之声。毛笔头此时已被墨汁重新浸软了。他重新打开纸理平整，打算再写。

她识趣地起身，一边瞧着他的笔头，有所发现似的。哟，都快秃了，得买新的呀。我替你记到单子上去。你以后不如写大字吧，省力气。不要写得好，越是弯弯扭扭的，越是显得高级。她快活地揶揄，已丢下半分钟前讲的那两个孩子了。

这种随行随止、疏可走马般的心性，着实让他不解。笔重新落到纸上，行进不畅，听着她的步子不紧不慢地去了。

9

一晚上都没睡成，瘙痒症大发作，从腹肌扩大到胳肢窝，又扩大到胸部和小腿，凡有体毛的地方，都起来一层层红疹。指甲抓出血痕，药膏涂得像砌墙，这样下去，恐怕很快就要不够用了。

睡不成也好。睡了恐怕又会做梦，又会是怎样的梦？这一整个晚上，他就拼命忙着搔痒、忙着涂抹，脑子里也是一刻不闲、各个方向打架，由肉到灵，皆不堪推敲。

10

数日前来过的那位搞灵修的访客，今天着人送来一大堆东西。两个被差遣的，几趟上下，搬得脸色通红。

捎什么话了吗？他问送东西的。

院长最近在搞新课程，忙得见不着。他把意思吩咐下来，东西是我们做主买的。

送货人走了，她细细查点了一番。一整套不锈钢厨具。十八头的盘碗碟勺，另有一对带盖带托的讲究茶盏。毛巾浴巾床单真空棉被。五公升的色拉油两瓶。一级面粉两袋。保温瓶一对。塑料盆数只。各种干货。

她跟他排数，有点喜滋滋的。嗬，这简直能过小日子了嘛。她把东西安置到各处，反复腾挪，忙乱了一整个下午。到晚上，还点起蜡烛来欣赏那对讲究茶杯，花纹是黄底青龙图案。她托在手上，假意拈起盖，碰出声音，一边感叹。早晓得那人这么热心，我该把那张现成的购物单子给他的哪。

他有点愤然。灵修客人逆众人之恶评而行，带来这些成双捉对的礼物，等于是表达声援和勉励之意，这种理解，比不理解，更糟糕。更让他苦闷的是，原先这里的食物存量有限，随着每日消耗，怎么着也会推动出一个了断的结果。这些东西一来，两人又可以吃上好一阵子的。

注意到他的闷闷不乐，她越发乐呵呵的，甚至用新杯子斟了茶，放到二人中间。新杯子的异光显得十分奢侈。

晚上我不喝茶，不利睡眠。他已有数晚不宁了，竟也不困，身体里的钟一直在嘀嘀嗒嗒，永动机一般不知终点。

那你该喝点酒。她毫无顾忌地开玩笑。酒可是好东西，我现在的好办法，就是酒后想出来的。不知是哪个男人哪天丢下的半瓶酒，我无意中看到，灌了下去，脑子里一下子亮了，冒出个好主意来。她若有所思。要不要在单子上写上酒呢，没有规定说居士不能喝酒的吧。

不要那样。他有些生硬地劝阻，感到一丝恐惧。

她瞥他一眼，又露出伤疤笑了。那主意可真妙极了，可谓万全之策、一劳永逸。我为什么不把这个孩子也转手了呢，正好让他们兄弟俩往一条路上去，谁也不必再瞪眼瞧着我了。你说绝不绝嘛！这回我可是有经验了，我从来就没那么能干过。各种渠道过来的买家，我分清先来后到，轮流跟他们接触，非常耐心把价格往上抬。事情就是这样，你越是贱呢，越是没人理，反过来呢，大家就要抢。到最后，简直像拍卖啊。他们分别跟我叫价，我合计一番，把最高的报价透露出去，从而形成新一轮反馈……我这次可真一点没有吃亏，我甚至想到，就算将来跟男人弄出十个八个孩子，都可以这样办的。嗳，你猜猜看，最后我得了多少？

猜不出。他勉强发声，同时感到一种不可解释的臣服感。

哎呀，稍微动动脑子嘛。我既是问你，你就应当能猜到的。她挤挤眼，带点要宝的神情。

你为什么，要到云门来呢。他突兀地打断，他一直不想问这个的。多少次，他也被山下的人们这样问过。他认为这是最不该问出的问题。

她倒也不以为忤。别打岔，这还要问吗。你也真是白做居士了，还不如下山去呢。你还是猜猜多少钱吧……其实你都见过！不就是我山下的那辆红车子嘛。她失望地一拍手讲出答案。

车子。他呆板点头。

那么大一笔钱，我就想一下子花光，正好看到电视里做小车广告，那就买部车吧，价钱刚刚好。到车行才想起来，妈呀我都还不会开车呢。她哈哈直乐。

那你也就没有用上了。他觉得这倒也好一些。

是哎，只好一直寄放在车行。直到来这儿，才让那边把我和东西一起送过来。她挺潇洒地努努嘴。

新茶杯里的茶凉了，她惋惜地收拾着去洗了，顺手带来那张购物单，到底还是添加上了酒。你放心，不买红不买白，就买米酒好了，居士总可以喝米酒的吧。那我还得加上小烫壶、加上陈皮梅子呢，到天冷下雪了，可以烫热了喝，我到时炸上一碟花生米。她脸上一层快活的愉悦。

他闭上眼，清清楚楚地看到那一幅雪色披盖、二人对饮的图景，心跳忽然变慢，千丝万缕地扯动。不好了，真的不好了。春有百花秋有月，夏有凉风冬有雪，他一下子全都想起来了。真是悲怆，继而又至为感动。

11

次日，他吃完早饭就打算下山了。走之前，他在院子里坐了一会儿，四个方向挨个儿看了看。没有风，没能听到木门相叩的声音。

我下山去买药，上回买的快没了。他跟她打个招呼。

她照例是要去睡上午的大回笼觉，听这话，忙去拿来购物单子。喏，带上这个，能买多少就先买多少。

还是你下次自己买比较好。他没有伸手去接。

嗬，是怕我不给钱吗。不是跟你说过的，我会把车子卖了的。她掸掸单子又伸过来。

是个好主意。他挺礼貌地答，两只手只对握着包袱。昨晚他收拾了这个小包袱，也没带上什么。房间里最多的就是那些抄好的经。笔墨都旧了，纸也差不多写光了。三双鞋子倒是都拿上了，正是旧得最舒服的时候，适合走远路。

那你先去打听打听二手价钱，或者找找什么中介。她掩口打了半个哈欠。

这个，也还是你自己处理比较好。他不想胡乱应承。

她刚调转头往柴房方向，听到这句，步子停下，人又扭转回半边。声音清醒多了。买药？哪里不好？

没什么，小毛病。说这话时想起来，昨天晚上竟是一点没有瘙痒，倒像是好了。暗中用手抚一抚，毫无感觉了。

光买药？

也办点别的事。

愿意的话替我看一眼，看我的车子还在不在那里。估计全是灰，落的全是叶子和鸟屎了。她讲话有点慢慢吞吞的，眼睛并不看他。他想她是明白了。

好，我看看车子，一下山就会看到。

云门这里，你放心的吧？她笑了一下。她到现在还是不会笑。

没什么不放心的。云门也不是我的。

知道吗，我这，也就是写写的。她哗啦啦晃动手里那两张都有些皱巴巴的购物单。最后我一样都不会买的。

写写蛮好的，我不是也一直在写经嘛。

写经才像居士呢。我这不像的。

哪里啊，你比我像多了。

他们认认真真又非常乏味地对着话。太阳已经高升了，有点烫地打在脸上了。

他抓紧时间下山了。他不再是居士了。

12

几个月后的一个夜里，云门起了大火，幸之后半夜猛降暴雨，加之四周草木本不繁茂，火势并没有太大的蔓延。云门的几间木屋，倒的倒，塌的塌，崩飞散裂，都没了形状，连云门的匾牌也残缺不存了。有具女身，紧躺在柴门后，是想打开门，还是想关上门，不得而知。据说体肤尚好，只是被烟熏窒息，若能打开柴门，断不会如此。有人查点余物，除了少许家伙器物，已油枯米尽，无一物可食了。道听途说的人们摇头咂嘴，不免有各种猜想，到底也是索然无味。云门的最后这则消息遂也自生自灭，随风而逝了。

原载《上海文学》2017年第1期

小恶棍的春天

东　君

老酒汗，敢不敢喝？！马荣把杯子推到我鼻子底下问。

我十三岁的时候喝过一种高度"老酒汗"。"老酒汗"之烈，不下于东北高粱做的"烧刀子"，对南方人来说，烈酒等同于一把剜胃剐肝的刀子。但有些人到死都喜欢这种酒。被酒放倒，好比是牡丹花下死。

那天请我们喝"老酒汗"的人，是我的同学马荣。马荣是这样对我们说的：醉过之后，你就是男人了。马荣仅仅比我大一岁，就以男人自居了。在同龄人中间，他应该算是早熟的。他没有查过字典，也没翻过什么书，居然知道"鸡奸"是什么意思，而我们那时所理解的鸡奸就是公鸡与母鸡之间所发生的性行为。

敢不敢喝，老酒汗？！马荣卷起了袖子问我们。说话间，突然朝我吐出一道白气，如马喷鼻。我被浊重的酒气一熏，仿佛挨了一记耳光。心中有些不快，但不便说出来。

酒馆里还有几桌闲客，吃过了午饭，便坐在那里饮酒吃茶，杂谈声涸开，有了一种大概可以称之为散淡的氛围。他们如果没什么事，照例可以聊到太阳西斜。

之后我们就看见"西门勇"进来。他背着我们，在窗口的位置坐下。也就是说，他坐在南面，而我们则坐在东北角，中间相隔四张桌子和一扇雕花镂空屏风。

毫无疑问，"西门勇"是马荣最崇拜的人物。这条街的南北货市场原本是无序的，"西门勇"来了，很多事也便由他说了算。凡是在他势力范围之内的外地摊贩，都要向他交保护费；没有交的，也行，日后与人纠纷，他概不出面回护。但交了保护费，就等于请来了一尊保护神，剩下的事就看财神的保佑了。

马荣"嘘"了一声说，我看到"西门勇"背后藏着一件家伙。他的声音很低，除了我们一桌人，谁也不会听见。我们转头瞥了一眼"西门勇"的背影间，什么家伙？马荣说，你们猜猜看吧。长头说，好像是一把刀。李颉说，不对，刀藏在衣服里，不小心还会伤到自己，可能是双节棍。铁腰说，双节棍没有那么细，应该是一把铁尺。马荣同意铁腰的看法，认为西门勇背后那根家伙就是铁尺。那个年代，很多流氓常常操持铁尺，它没有被归类为刀具。但我坚持认为，西门勇身后插着的是一把带鞘的短刀。

马荣把脑袋凑过来说，谁如果敢掀开"西门勇"背后的衣裳，摸一下那件家伙，我马荣就在街头爬三圈。他的两根手指弯曲着，在桌上作爬行状。

我见过"西门勇"的刀，马荣说，有一回，"西门勇"来到我爹的打铁铺，让他把一柄有些年头的刀重新锻打一遍，血槽刻得更深一些。从马荣口中，我们略知一些与"西门勇"有关的轶事。他带在身边的只有刀和女人。晚上，女人睡在里侧，带鞘的刀放在枕下。刀只有一把，女人也只有一个。他喜欢的女人从来不许别人染指。有一回，有个小痞子在电影院里摸了一把他的女人，此人走出电影院之后，五根手指就不再属于他了。

马荣把我们的脑袋往下按了按，悄声问道，你们当中有谁敢去摸一下？李颉问，摸什么？当然是他背后那件家伙，他敲了一下李颉的脑门说，难道是他女人的屁股？怎么，你们敢不？没人应声。而我装作没听到。马荣却偏偏把目光盯住我说，有两件事证明你胆子是否足够大。一是去摸一下"西门勇"身后那件家伙；二是拿石头去砸林小雨家的玻璃。提到"林小雨"这个名字，我左臂的肱骨就会隐隐作痛。但我的舌头只是在杯子里吸溜着，没吭声。胆小鬼！马荣腾的一下站起来，提起那壶酒朝"西门勇"那边走去。他绕到"西门勇"跟前，哈着腰低声说了几句什么，接着做出一副要敬酒的模样。"西门勇"挥了挥手，示意他走开。马荣进也不是，退也不是，只好拣边上一张桌子坐了下来。那一刻，他就坐在离"西门勇"最近的位置，那神气仿佛是坐在王座边上。

大概是因为酒能壮胆，我喝了一小口"老酒汗"之后，内心突然涌起了一股不可阻挡的勇气，也跟马荣那样腾的一下站起来，端着酒杯，走到马荣身边，十分镇定地坐了下来。酒的热气正好抵达腹部的位置。

"西门勇"有一张线条粗硬的侧脸，泛着淡青色的下巴微微上翘，而嘴角向下撇开，仿佛有两股相反的力量正在相互牵扯着。不过片刻，楼梯口响起一阵迟缓而滞重的脚步声，他蓦地转过脸来。进来的，正是周老师。许久不见，周老师消瘦了许多，整张脸也仿佛薄了一层，隐约透着黑气。他身上的灰色哔叽中山装显得有些宽大，好像是临时从别人那里借来的。周老师跟"西门勇"点了一下头，就在他面前坐下。

周老师是我们学校的数学老师，也是"西门勇"的数学老师。他的书教得如何，只需要看底下同学们的表情就能明白。周老师每每见大伙打不起精神，就会讲一个故事。他喜欢讲《三国演义》里面的故事。偶尔也夹杂一些奇奇怪怪的事，据他说，大半是在下放林场那些年亲历的。说是有一回，他夜宿林场木屋，忽然听到刀剑相交的声音，惊起。打开窗户，院子里面月光是白的，草木是黑的，四下里没有一丝人影，也没有任何打斗过的痕迹，但厮杀的声音依旧不绝于耳。周老师即便捂住耳朵，也无济于事。因此，他疑心这是幻听。第二天，他早早起来，问林场的老汉，昨夜可曾听到什么动静。老汉说，他听到了刀剑碰撞的声音，但他念了几句不晓得从哪儿学来的咒语，这声音就渐渐消失了。周老师问，这怪异的声音是从哪里来的？老汉指了指地下说，这里原本是古战场遗址。那些埋在地下的将士大约不甘寂寞，又在地底厮杀起来了。老汉这样说着就把周老师带到一口古井边说，声音就是从井底传来的。周老师讲完这个故事，缓步走到窗口，指着外面那个落满枯叶的古井说，那口井就跟这口井一样。我们听了，都深深地抽了一口冷气。尽管我们都知道周老师所讲的鬼故事是编造的，但还是有些害怕。他为了达到预期的教学效果，就在每堂课上留一点时间用来讲故事。有一个学期，每堂课临近结束时他就跟说书人一般，给我们讲关云长。铃声一响，他就立马打住，把悬念留给我们。很长一段时间，我们忘掉了他教给我们的方程式解答，却独独记住了那些离奇的故事。周老师本人也颇有些传奇色彩。一年前，他用石头砸过一个人。那人命硬，脑袋砸出了一个大窟窿，居然没死。因为这事，周老师坐了牢。据说有两个律师因为石头是钝器还是锐器相持不下，所以周老师的案子迟迟没有审判结果。至于他在牢里有没有给狱友讲那些离奇的故事，我们不得而知。

马荣隔着一张桌子，朝周老师打了个招呼。周老师的嘴使劲嚼动了几下，看起来好像十分勉强地挤出一个微笑。但他终究还是没笑，只是点了点头，就迅速别转脸，跟"西门勇"静静地对视着。有那么一阵子，他们什么都不说，又好像什么都说了。

"西门勇"递上一根烟，问，吃不吃？周老师说，我不吃烟。"西门勇"说，嗯，我早就听说，你是喜欢吃酒的。我今天特地给你准备了一壶好酒，加热了就送来。

我现在没心思喝酒。

一酒解千愁，这是你当年挂在嘴边的一句话。喝吧喝吧，该办的事，我是一定替你办掉的。

"西门勇"吐着烟圈，形状宛如上吊绳的绳圈，仿佛可以置人于死地。

我要找的人呢？周老师有些焦急地问。

"西门勇"咕噜一句：阿德这小子，说好这个点上来的。于是把头探到窗口，朝楼下喊了一声：黄毛，你上来。不多时，那个叫黄毛的瘦个子便走了进来。"西门勇"说，你把阿德叫过来，就说周老师要跟他会个面。

黄毛走后，一壶酒已摆上周老师面前。周老师摇摇头说，我现在真的没心思喝酒。"西门勇"说，我们喝完了这壶酒，阿德差不多也就到了。说着，就给周老师的杯子里筛酒。

午后的悠长时光拉长了酒馆里面的阴影。眼下我似乎暂时忘掉林小雨跟我们之间的过节，倒是很想看看周老师与那个名叫阿德的家伙之间究竟会发生什么。而"西门勇"，他究竟要干什么？事实上，在我们这些小孩子眼中，"西门勇"一点都不可怕。他看见街上的小孩，通常会摸一下他们的脑袋，而且非要把他们的头发弄乱不可。有一回，他曾用那只拿刀的手摸过我的后脑勺。我不知道他为什么会摸我，还冲我扮个鬼脸。凭良心说，"西门勇"从来没有欺侮过小孩。

"西门勇"说，这一壶酒也差不多喝完了，阿德也该过来了。话刚说完，"黄毛"进来说，阿德说他不来。"西门勇"说，他不来也得来。"黄毛"说，阿德让我转告说，都是一些小问题，没必要惊动大哥。

但"西门勇"挂下了脸，明摆着就是要跟"小问题"过不去。他说，阿德如果不来，你就让他自己剁下一根手指来见我。

周老师说，我今天是从牢房里偷偷跑出来的。如果我见到了阿德，他给我一个让我满意的说法，我就立马回去自首；如果他不来，愿意剁下一根手指来见我，我也就认了。从此之后，这笔账我不会再去追究。

我们意识到，一件动刀子的事就要发生了。刀可以让复杂的事突然变得简单。但也有可能会让简单的事变得越来越复杂。

"黄毛"转身走后，"西门勇"又叫了一壶酒，说，你再把这壶酒喝完了，阿德如果不来，也会带来他的一根手指。

没有人带来阿德或阿德的手指。一阵风吹过来，撩动我们的头发，就像有人摸了摸我们的脑袋，走了过去。

知道我为什么要敬你三分？"西门勇"举杯对周老师说，因为你是条汉子，跟那些胆小怕事的教书先生不一样。你应该还记得十多年前那个夏天的事吧。那天傍晚，你只身一人，光着膀子，进了我们郑家祠堂，从那些拿刀的人里面带走了你的学生。

不错，那个学生就是阿德。他爹打了郑家的长辈公，引发极大的公愤。他爹是跑了，可郑氏族人却冲到学校，把阿德给绑走了。我气不过，报了警。警察过去要人，也没消息。阿德他爹是我的拜把兄弟，我岂有坐视不管的道理？放学后，我就孤身一人来到郑氏祠堂。族人说，要赎人，就带阿德他爹的一只手来。可我伸出了自己的手告诉他们，如果谁有种，就剁掉我的手。

那时我就躲在人群里，看着眼前发生的一切，觉着自己有一天也可以像你一样威风。现在我倒想问问，你身上什么家伙都没带，不怕？

正因为我身上什么都没带，所以不怕。

可你就凭一股气势，让全场的人压低了半个头。因此我还想知道，你身上的一股气势是从哪儿来的？

气势这东西，本来就是无中生有的。

无中生有？我是粗人，不明白你的意思。

打个比方吧，周老师把杯子举起来说，我们喝酒，要的不是这个杯子本身，而是它空无的内里。这个内里，就叫"无"。你看到了它的"有"，偏偏没用，能用的恰恰是它的"无"。也就是说，杯子空了，才能倒这个酒；双手空着，才能生出那气势。说到这里，周老师又像是回到了课堂，正对着一个资质驽钝的学生讲解一道难题。

"西门勇"似懂非懂地点了点头，说，你有了刀，身上不一定有那气势；不带刀，反倒有了气势。你说的是这意思吧？

差不多是这意思了，周老师突然做了一个摔杯的动作，像是自言自语地说，如果我把杯子砸了，"有"就消失了，"无"也跟着消失了，一切也就完了。你在摇头，你不会明白我的。

渐渐地，他的脸涨红了，好像愤怒就隐藏在他的皮肤里，好像愤怒是红色的。喝完了最后一滴酒，他往后一靠，打了个酒嗝说，阿德还是没来。

"西门勇"笃定地说，他会来的。

阿德，全名叫王阿德。这条街上的人只要提起阿德，就知道是谁。阿德一直喜欢周老师的女儿，小周对他却没一点意思。周老师坐牢那阵子，就把女儿托付给阿德照看。有一天，阿德和几个朋友带着小周去爬山。其中一个朋友说口渴了，让阿德带着空酒瓶去溪那边盛水。阿德回来时，发现小周不见了。直到天黑，小周才捂着疼痛莫名的下体回到家中，把自己关进房间，再也没出来过。后来，阿德就觉察到她有点不太对劲了，但凡看见男人（包括阿德）进入房间，她就会掏出枕头底下的剪刀，在空中胡乱挥舞。周老师得知此事，在监狱里面断断续续写了上百封起诉书，要严惩那几个强奸犯，但每回寄出起诉书，都没有回音。周老师有些按捺不住胸中的怒火，就让那些出狱的人给外面捎带一句话：法律不能解决的事，只能用刀来解决。这一回，他偷偷跑出来后，没有立马动刀子，而是找到"西门勇"，请他出来主持公道，让阿德出来，好歹给个说法。

你放心，"西门勇"拍着胸脯说，我让阿德过来一下，他敢不过来？！我们知道，如今的"西门勇"已不同往常，不用做出狠相，都能教人膝软；不用出面吱一声，只要托人传个话，也能把事办了。那一刻，我们都等着瞧阿德的好戏。

没多久，"黄毛"进来说，阿德跑了，只留下一句话：他要去一个谁也找不到的地方。

"西门勇"说，无论他跑到地球上的哪个角落，我都会花点时间把他找出来。

周老师喝完了这壶酒，说，我没时间了，警察很快就会找到我。等我出来的时候，恐怕已经拿不动一把刀子了。

周老师把手伸进怀里，哆嗦着掏出一把明晃晃的刀。

在我的想象中，"西门勇"也会把背后那一把更锋利的刀抽出来，插在桌子上，说一句发狠的话。然后，就会有一场异常精彩的打斗。最完美的结局当然是，"西门勇"带着这把血迹未干的刀离开这里。

然而，我所想象的场景并没有出现。"西门勇"把左手伸到后腰的位置，好像要掏家伙了，但他的手指只是微微动了一下，没有掀开衣服。

周老师把刀尖指向自己的胸口说，临死前，我求你一件事，用我这把带血的刀剁下阿德的手指。

把刀给我，"西门勇"伸出一只手来说，我会给你一个交代。

周老师把刀递了过去。"西门勇"接过刀，咔嚓一下，剁下了自己的一根小手指。

手指在桌子上蹦跳了几下，不动了。窗外有鸟飞过，"西门勇"忽然张开双臂，仿佛那一刻他听到了鸟翅扇动的声音。还要补上一刀？他问道。

周老师面色铁青，嗫嚅着，你这是何苦？！

就这样了结了？

就这样了。不过，我如果能活到出狱那一天，会请你吃一杯酒。

"西门勇"把那根血淋淋的断指捡起来，放进口袋，一句话也没有说，只是低垂着脑袋，向大门那边阳光汹涌的地方走去。背后那件凸出的家伙，居然没有掏出来。我指了指说，那是一根夹住的尾巴。

一个胆小鬼，李颉说，就这样夹着尾巴走了。

不，马荣说，他是一条好汉。

那天下午，我们第一次干掉一瓶"老酒汗"，头有些重。我走到大街上时，一道阳光迎面照过来，差点把我击倒。这一路过去，我不再像往常那样清点大街上的电线杆。胃里好像有什么东西在搅动，酒是一种温和的火，可以让人慢慢燃烧起来。

前面就是林小雨家，你敢不敢过去？马荣指着前方说。我们三三两两，任由早春二月的风吹乱头发。冬天的荒寒迹象尚存街角，而春天依旧瑟瑟缩缩地躲在树后。这条街上，唯一绽放的花朵是花圈店里那些面朝死亡、毫无生气的纸花。

我站在林小雨家门口，铁门依然紧闭。马荣把石头交给我。我没有接。铁腰把石头交给我。我也没有接。李颉把石头交给我，我还是没有接。

我握紧拳头，积蓄力量，随时准备拿起一块最锋利的石头，朝那个黑洞洞的窗口投掷。风吹过来，我的手一点点松开……感觉拳头里凝固的愤怒被风吹散了……

话说半年后，"西门勇"在浙南边境一个暗旧的修车铺找到了满身油污的阿德，他跟阿德谈话时，看见一辆末班车缓缓驶来，就使劲抓住阿德的手。阿德越是不依，"西门勇"越是紧抓不放，结果扯破了阿德的一只袖子。一分钟后，他登上了车，顺便带走了阿德的一只手。"西门勇"还没回到县城，就在途中被警察逮住了。那一年，国家推行严刑峻法，因此就把"西门勇"列为"严打"对象，判处死刑。跟随"西门勇"（包括黄毛）的小兄弟全都坐了牢。至于阿德，断了一只手之后就再也没有消息了。"西门勇"死后三年，街头还有一些年轻人仍然在谈论他。

有一天，马荣说，我跟你们打一块钱的赌，"西门勇"之后，这条街上还会出现一个厉害的角色。

有一天，马荣像老大哥那样把刀子递到我手里。我仍然不知道自己要干点什么。

原载《天涯》2017年第1期

檀香插

南 翔

天色已晚，繁闹了一天的城市渐次被灯火笼罩。罗荔从三招出来，步态不稳，俨如醉汉，她想象得出自己的步态一定很难看，面色也苍白如纸。走过一条不甚宽的细叶榕和木棉交织的林荫道，便到了海滨大道的辅道，她连抬手打车都费劲，上了一辆电动蓝的，司机连问三遍，几乎将头反向贴近她的嘴唇，才听明白这样一个失魂落魄的女人要去哪儿。她就如时下说的"北京瘫"软在后座上，根本不理会或许根本没听到司机叫她系上安全带。

一闭上眼，她脑海里尽是在三招里看到的电视画面，那样的画面，任何一个成年男女，或许都会激发起好奇与兴奋，对于她这个特殊又特定的旁观者，却只有一种感情，那就是恶心！

在本市，三招是一个言者会心的所在，一栋在成群的华丽转身又不无个性张扬的大厦中日渐颓败的楼宇，几乎尽人皆知，因为它是一个办案子的地方。有一群人成年累月地在这里办公，他们衣着俭朴，表情严肃，走在大街上与众人无异，可是在他们默默无闻背后的研判与讯问，一经新闻发布，常常如投石入水，在本市激起一圈又一圈的涟漪。

罗荔忽然成了这个涟漪中的一环，准确地说，是罗荔的丈夫肖一木，即将成为一个小圈子中令人好奇因而围观的涟漪。平心而论，丈夫所在的一家企业小之又小，小得开始听别人叫肖一木肖总，罗荔都替他难为情。早两年就听说这么一家交通局下属的消防器材公司，要合并同类项，那么会计师出身的肖一木，充其量是一个更大公司的财务主管角色，可是偏偏就一拖再拖，在合并乃大势所趋的时刻，肖总出事了。与那种民间甚嚣尘上的无官不贪的热议相较，罗荔冷静很多，就以身边的一木为例，凡事都未必雷同，她不相信一个自律甚严到刻板地步的会计能够泥沙俱下，混入浊流。她很早就抱怨又不无骄矜地跟同事说过，肖一木从不允许他的公车让家人单独乘坐，那时候距离不允许公车私用的条例颁布，还有两三年。

她的住家一直踞守十多年前政府分配的低成本微利房——荣华村，在一个以日新月异为荣耀的城市里，十多年意味着很多壕堑填平，很多洼地的隆升。原先的公务员与职员陆续迁居到某某水榭，某某山庄，仍旧蹲在有"村"却未必"荣华"的肖总及其家人，好在并无失落之感，这跟他有个通坟起啰，就在"村"口的富强学校教语文的罗荔老师，四十多岁的人生履历，见过贫寒，也见过繁华，春风得意之人自不必说他，马失前蹄之人更令人惊悚惕厉。她只要一木及13岁的女儿健康快乐就好，学校工地一块硕大的白底红字标语：平平安安上班，高高兴兴回家。送给的是每天带着黄色安全帽的建筑工人，又何尝不是她日常心情的写照？

一木"被出差"的那一天下午，她正在办公室批改初三（3）班讲的中考模拟试卷，他连打了两个电话进来。平时她不愿上班接电话，尤其不愿像某些同事那样，一讲家事便没完没了，尽管做耳语状，在寂静得只有卷子翻页声的四周，还是扰人视听。电话连着两次震响，间隔只有十秒，现出那头的急切，她才接了。他告诉她，他有点事情出差几天，今晚不能回了。他叮嘱蜜儿回来，功课不要做得太晚，十点半之前要睡觉的，女儿的近视发展太快了。她只当作一个普通电话，在办公室也未及多问，于是，那头空了一小会儿，就悄悄挂了。

电话消停之后，她逐渐心神不宁，此种不宁，如水洇草纸，浸润虽慢而渗透有力。盖因最近听到各种熟悉与不熟悉的官员出事的消息太频繁了，还因这种当天出差才告知的事情，不是老公的常态。待到斜对面曾老师的一把乌木镇纸掉到地上，她听到的是哐当一声，有如铁门关上的巨响。她显然不能安坐了，眼前再熟悉不过的卷子，此刻在眼里全哗变成了陌生的符号，莫名其意。她低头，再低头，非常希望听到手机的再一次震动，屏幕的再一次闪亮；譬如，他的一个提醒，或者一个遗忘……那都会绽放出一个家庭需要的温馨而灿然的暖意。

没有，眼前是死一般的寂静无声。

她悄然把手机拿起离开了座位，一直走到走廊尽头，这里有一个死角，两个直角走道过来的目光，都被雪白而冰冷的墙壁无情地挡回了。她回拨了一木的电话，回答是对方已关机。她顿时浑身发颤。深秋的斜阳在南国依然散发出灼人的热力，窗前的一棵乌桕树始终不肯以红叶告知季节已然变换。她木木地等到下班，回家一路上想到的都是他一定不是出差，如果出差，只有乘飞机才需要关手机，从他单位到机场直至换牌登机，起码是两个小时以后的事情，他何必关机呢？依次推断，他说谎了。一个有家室的男人，什么情况下才需要说这样一个谎呢？要么去相好那里了，要么呢，是……比较后一种令人透不过气来的揣测，前一个揣测简直令人轻松得捧腹跌坐，打一个不大恰当的比方，后一种相当于听说亲人遭遇了一场生死未卜的车祸，前一种充其量是亲人因为气管炎或者流感住院了。

换言之，如果前一种与后一种叠加在一个女人身上？又如何？

此时此刻，这种叠加不幸降落到了罗荔头上。富强学校，喜欢写作的语文教师不多，罗荔算其中的一个。都说爱写作的人，就是富于想象力的人，可是，任罗荔如何富于想象，即便幻想，又如何能敌得过现实如黑铁一般的严酷。一木"被出差"几天了，手机处于关机状态。她的晨昏颠倒、丢魂落魄，连蜜儿也不能掩饰过去。她当然只能告诉女儿，爸爸出差了。原本阳光开朗的女儿，转瞬变得沉默寡言，那是对母亲不堪一击谎言的有力洞穿。平素父女或母女关系太亲密了，也好也不好，那就是相互间，既不能有一丝丝遮掩，也难容忍一些些尘埃。父亲出差那么多天了，事先既不"请示"女儿，事后也不向女儿"报告"，此乃常理不容！况且，去哪里出差？何时回来？做母亲的也从不解释，更不要说，父亲出差的当天晚上，母亲平素最拿手的青椒土豆丝，咸得能让人齁死，还把一瓶陈醋当作了老抽！

几天过去了，她没有勇气去询问他的同事，更没有勇气去相关部门打听。

从早到晚精神恍惚，浑身乏力，连年级组长都问她是不是要去看看医生。这时候，接到一个具体的存在，一个坐实的定论，比什么都重要，要来的终归要来，最坏的消息或许也比悬在空中，让脑子疯了一般从一个惊悸奔向另一个惊悸要好十倍百倍。

故而，今天上午接到一个陌生电话，请她九点半到三招304去一趟，瞬间她的心反而镇定了。

她的第一句话是问，要不要告诉我女儿，我今天是不是回家？对方的回答很平和，甚至是蔼然的，不用，你今天当然要回家，不过，你要给单位请个假。她心里更加踏实了，给学校请假简直不是事情，年级组长原本就敦促她去看医生，这回只要说约了医生即可。她后来经过佐证，事先唯一没有料到的是这次并不能见到他，此说明她对现实生活的严酷性并没有充足的预计，徒然让她事先做了一番心理训练：如何当着办案人员的面，不要在见到他的一刹那失态。

整一个上午，她都坐在304房间里接受讯问。新华字典解释：讯问，严厉的盘问。这么来说，讯问用之于她，一个奉公守法的公民，一位工作勤勉、品格端正的人民教师，显得强蛮了。接受询问呢，又不免矫情。你家老公有犯事嫌疑了，现在需要你配合一些调查。汉语语汇应该在讯问与询问之间再铸一个新词，才接近她现在面对的状态。铸一个什么新词才好呢？

很多年前，三招就不对外经营了，三招早就成了一个特指，一个本市公务员耳熟能详又心照不宣的地方，一个专门办内部案子的所在。房间里当然也就不是招待所的陈设，一张略显硬实的三人沙发，一旁是玻璃茶几，对面是一张长条的办公桌，办公桌上面的门框一侧，装有一个黑色的录像头。讯问者二人端坐在办公桌后面，一个略胖，一个显瘦。她就坐在三人沙发上，沙发后面的墙上装有电视机。她脑子里瞬间想到，到底是招待所改装的，电视机还保留着呢。

上午的问话，简单而略显松弛，除了姓名、职业、住家等等户籍要素，很快就进入实质性问话：两年前，肖一木跟本企业一单生产设备招投标发生了联系，他当时也是主管，据举报，肖一木为此受贿几十万，你是否知情？

到三招来，罗荔已知为何而来，心情不免紧张，却没有了最初的忐忑。她来配合调查，他们先后说了"请"与"需要"，这两个词，当然有轻与重的微妙区分。她来三招，肯定不是为自己的事情，因为自己，她一辈子都不会与这栋楼发生关系。如今，不止一次耳闻过的这么一个陌生的大楼，终于还是与自己发生了关系，原因在于自家先生——先生这个词，比起老公，尊敬又疏远。世上人与人的关系大致分为三种，一种是血缘关系，一种是血缘之外的关系；介乎二者之间的，是两个没有血缘的人结合，生产出与两人相关的一种血缘关系，这两个人也就具有了另外一种关系，这种关系，清晰又朦胧，坚韧又脆弱，此之谓：夫妻。

她断然摇头，她不知情，她不仅不知情，甚至认为不可能。几十万，对他们这个小家庭不算是一个小数字，她不可能不知道；凭他俩结婚将近二十年的亲密关系，他没有必要瞒着她。多少年了，他自奉甚俭，甚至不沾现金和存折；他在安徽六安老家的父母，每月寄一千元以表孝心，都是她之所为……

她汩汩滔滔，不急不缓地说了二十多分钟，半节课左右，有对肖一木为人处世的总体评价，更多的是他生活中无欲无求的点点滴滴。那种呈现，宛如一幅徐徐打开的卷轴山水，既有大块泼墨，淋漓氤氲，又有细笔勾勒，须毫毕现。如果罗荔以为自己有一番真情告白的辩说，会让办案人员幡然而悟，那就大错特错了。对面的两个人，在听一个女人为自己先生评功摆好的时候，表情是漠然的；其中一位悄悄在看座下的手机，另一位则心不在焉，东张西望。此情境，不阻止便是最大的鼓励，罗荔简直像溺水者信手抓到了一块浮板，尽情挥洒。这时候，如果肖一木站在旁边，听到一番从来没有听到过的妻子的真情表扬，没准会感动得泪水承睫。

终于轮到他俩说话了，问呢，你就对他那么肯定吗？

即使他在家里不花钱？如果其他地方，其他人问他要钱花呢？……

她一愣，其他地方？什么地方呢？其他人？什么人？能不能讲具体一点点？

她不是装傻，她是真不知道，希望二人给予一些提醒。那个略胖的，鼻子哼了一声；那个显瘦的，微笑中透露出意味深长的暧昧。

接下来却是一些似乎不着边际的问话，肖一木的日常爱好，生活习惯，女儿读几年级了，平时跟爸爸多还是妈妈多……总归是家长里短，儿女情长，颠三倒四，言不及义。快到了吃午饭的时间，他们电话叫人去打了饭上来。她说不必了，如果没有其他事情，她就回去了，下午还有一节课呢。

他们没有答应，甚至要她"既来之，则安之"，吃了饭，下午还有一些事情要交流。

就在中午准备吃饭的当儿，电视不知触动了哪根神经，竟然自动打开了。电视开始是混沌的，不知从哪里传来浊重的喘息声，很快发现，这种喘息不是来自医院，不是来自通道，显然来自床笫之间，很是不类同平时看到的任何一档电视节目。随着屏幕上黑色的减退，朦胧中看出来的是，一男一女在宾馆裸体缠绕的画面……她顿时觉得血往上涌，一种窒息感紧紧掐住了她的咽部。画面阴暗，男女的镜头看不甚清，她完全不知那女人是谁，肯定是她没有见过的一个。男人的声音，即使听不明白，形态与动作却是她再熟悉不过的，况且朝夕相处一二十年的两个人，喉咙里的一声嗽响，也挟带着不容误判的信息。

如此这般的画面给了她又是沉重一击，其穿越感，超越了平时的无穷想象。这么些年以来，自媒体嘉年华一般地上映一对对演艺明星的风流艳事，在读者眼里都是见惯不惊的节目与谈资，只有某一天结结实实落到自家头上，才有缤纷的挫败与沮丧，劈面而来。

她起始僵直，呆板，继而沮丧、愤懑……电视之后的画面变成了亮丽的蓝天、旖旎的荷塘、青翠的山林。

下午讯问者二人再来，见桌上的饭菜几乎未动一箸，自然有几句不露声色的关心。一下午的有一搭没一搭的询问也好，讯问也罢，再无推演的任何可能，只有放她回家。她走出三招的那一刻，讯问者的提醒与忠告，她压根一句也没听进去。

走在街上，看到所有的人嘴唇嚅动，包括大声打手机的，在她眼里，他们一概只有动作，没有语言。

女儿居然还没有回来，一看手机，才发现有若干微信，包括蜜儿的姑姑发来的，说是晚饭叫蜜儿去他们家吃羊肉饺子了。蜜儿的姑姑大概也知道兄弟犯事了，才会让侄女儿暂且回避一下那个沉闷的家。

连同笨重的身体与挎包，一屁股卸在卧室的电脑桌前，始觉得浑身的瘫软有了着落。

窗户洞开，依然气闷。她从书橱上拿出一只檀木香插，这是三年前他们住宅小区的过街对面，建立了一座工艺美术大厦，他们闲逛的时候，买了这么一个檀香插，价格是一个很顺的数字：260元；再花60元买了拇指粗细一筒线香，标志为"国宝檀香"，启盖，内盛比细面还细的熏香五六十支。他俩不约而同地喜欢上了檀香插上的那只蜗牛，蜗牛头上伸出两只等长的触角，触角上的两颗小芝麻粒便是蜗牛的眼睛。

她永远不会忘记，捧着檀香插和一筒小小的檀香，回家路上的对话：

她问，不晓得这个香插是不是真的檀香木？线香是不是真的檀香？

他答，小小物件，只要喜欢就好。忽然道，我有一句上联：檀香木插檀香，你对下联吧？

她想了想，摇头道，这个太难了。

他道，要说难，也不难，凑近她的左耳说了一句什么。

她茫然地回味了一会儿，脸倏然红了。发现他在一旁坏笑。

大街上，她不习惯将床头私语拿来开心。她说，木头的蜗牛她喜欢，如是真蜗牛，她会害怕。她从小害怕软体动物，从蛇到鸡雏鸭雏，再到蜗牛。

他说，他喜欢蜗牛的生活，慢腾腾的，不急不躁的，简简单单的。看得出来，他不讨厌繁华富丽，他也不会让自己成为一个时代的落伍者；但是，对身边一切冒进的贪婪与攫取，他是不屑与鄙夷的，因为，那与他的天性与本色不吻。

一个喜欢简单生活的人，岂会冒险拿自己以及家庭的幸福做赌注！

她忽然想到，他们说的是"据举报"。举报就是并没有坐实的事情，可能真，也可能假。如果坐实了，他们也不可能叫她过去配合调查了……这么一想，她心里顿时有窗户洞开的昙然一声敞亮。

一片乌云忽又漫遮过来：那个与丈夫一道进宾馆房间的女人是谁？那个画面是真实的吗？是"举报者"偷拍的还是PS的？如果丈夫没有受贿而与一个女人有染？你将来还会原谅他吗？比较一下，一个是受贿，一个是出轨偷情，二者居其一，你能够接受前者还是后者……当然，最好是两个事件都是凿空的，最后的结论是：经查，肖一木既无受贿事实，也无带一个非婚女子宾馆开房的记录……

生活如果像檀香插上的蜗牛那样简慢而单纯，该有多好啊。

檀香插上的一根细细的线香早已燃尽，女主人在一缕自由游走的熏香中昏昏睡去。忽然有门锁转动的声响，她眼前豁然一亮，闪进来一个人的剪影。

谁呀？她大声发问。

这个时候进来的人，还会是谁呢？低沉的带一点磁性的男中音，这不是一木还会是谁呢？

她背靠椅子倏然站起来了，惊问道，一木……你怎么回来也不给我打一个电话？

给你一个意外不是更好吗！

她猛然扑了上去，哇的一声叫道，我，我不要意外嘛！我就要你按时上班下班，平平常常，如是出差，前面给我一个电话，后来给我一个电话。一个嘛字，带有太多的惊恐之后的喜悦，还有那么一点点娇嗔。

他双手扶住她的肩，紧紧地，能感受到她内心的战栗波浪一般涌动。

他轻轻问，蜜儿呢？睡了，还是在做作业？

女儿有时太累，父母一致认为她应该先睡一会儿再起来吃晚饭，然后，做作业。看着女儿酣睡、吃饭，以及做作业，是这个家庭一天中最为轻松、柔软与温馨的一段时光。如同他们仨某个周末一块儿逛野生动物园，瞅见几只小狮子在母狮子身边打滚、打架、攀爬并滑落，便会久久逗留与瞩目。

她说，女儿没有回来，在她姑姑家吃饺子呢。

他就把她搂紧了，咬着她的耳朵说，你这也是一只饺子，一只饺子皮，又一只饺子皮……我这几天在外面东奔西跑，太累了。

她双手在他背上抚摸、盘桓，他身上这一袭雪花色的休闲西装，是五一那天一道去天虹商场买的。分明在付账后交给营业员熨烫过，却又嫌人家熨烫得太马虎，她回家支起蒸汽挂烫机，从上到下，从前胸到后背，重新熨烫了一遍。她再一次嗅到了那股子熟悉的蒸汽的味道，夹着淡淡的若有若无的檀香。自从买了檀香木插，但凡在家做事情，包括给他熨烫衣物，她就爱燃点一支香，那种气息和意绪，令她久久回味。

回来了就好，回来了就好，什么都别说了。她心里有万千感谢。问，晚上想吃点什么？她帮他脱下西装，两人有个约定，无论出门远近，衣服新旧，回家第一件事情就是换鞋，更衣，洗手。他俩都信奉，讲卫生一定少生病，尤其为了尚未成年的蜜儿，他们一定要讲卫生，甚至，尽量不去吃馆子。

正当她将衣服抖抻，挂上客厅衣架的那会儿，一缕灯光映射在雪花色的西装右肩，她看到一色异样！再仔细一看，是拇指盖大小的一点胭脂红，暗沉，却带着针芒一般的刺目，哗啦哗啦。

她心里的潜伏与沉睡瞬间被唤醒了，拥抱丈夫的万千感激与喟叹，很快被席卷而来的愤懑扫荡一空。

她双手抖动着这袭西装，厉声问道，这是什么？什么脏东西，你带回来了？！

丈夫赶紧趋前，一手扶着她的肩，一手捂向她的嘴，哀求道，你不要大声嚷嚷……你让我看看是什么……哦，这可能是……在哪里蹭的，你晓得我有时候也要到工厂去看看的，工厂里，到处脏乱差，八成是蹭到了油漆了。

你这么讲究的人，会穿西装去厂里？会蹭到油漆？你是一定蹭到别的脏东西了……她的声调降低了，满腔愤怒却有增无减。脏东西，脏东西……中午电视里的画面，哗啦哗啦，猝然在她眼前迸射出万丈毫光，她的双眼被刺痛了，将西服揉成一团，奋力朝他身上扔去。

他捉住她的手，闻着她的咻咻鼻息道，你刚才还讲了，回来就好，什么都别说了。你知道吗？我今天回来是为了取一些东西的，外面还有……我们可能会很久很久，不能相见了……

她怵然一惊，上前牢牢抓住他，声音如蝌蚪一般滑动，啊？！什么，你跟我说，这不是真的，这不是真的！我不要你走，再也不要！！

我也想问问自己，这是不是真的……应该不像是真的……

檀香燃尽了，燃成一线灰白；窗外黑尽了，黑成一块浮雕。

一个女孩推门，门是虚掩的，屋里悄无声息，她朝着窗前俯着的一团朦胧而坟起的黑影，大咧咧地叫了一声：姆妈！

无尽的檀香，浓密又灼亮，如同晨雾一般向女孩包抄过来。

原载《芙蓉》2017年第2期

吼 水

秦 岭

1

谁听过这样的吼声呢？那天的尖山人纷纷竖起耳朵，拉直了追寻的目光。吼声分明走样了，像曲里拐弯的老藤，一网子过去，把尖山兜了。

早先的尖山人习惯了吼，但咋吼也到不了这嗓子。日子里的吼声往往是这样的："哎——娃他大——回来吃饭来——"。这是女人们站在村口、崖畔、沟沿的吼法，一吼，准有男人从庄稼地里冒出来，晓得饭熟了。后来旱象重了，吼饭慢慢变成了吼水："哎——娃他大——回来喝水来——"。男人就晓得女人找着水了。人这东西，像极了脚下的庄稼，缺肥，蔫也就蔫着，可一旦缺水，身子上下就没了形。人活一口气？不对，人活一口水。老子训斥懒汉小子："你简直是个饭桶。"小子态度诚恳："大大，我是饭桶，但更是水桶，渴！"再后来，连吼水也稀罕了。你敢吼？试试，女人麻绳一样的尾音还在崖畔绕呢，准有人翻墙蹿进厨房，水缸里那么点稠泥浆，准被搜刮得不见一丝湿气。

"啊——吁——啊——"。

72

那天的吼声来自董球，真格是惨透了！像尖锐的铁钩子。——事情是这样的，当时，习惯了吃草的马，突然抢前几步，大嘴一张，从董球身后发起了袭击，目标很明确：董球的左耳。只一口，像是一片汁满肉厚的嫩叶没了。

　　正午的空气瞬间拉紧了弦。那天的日头，喷火的意思。天旱已经让尖山村伤痕累累，日头一毒，等于伤口上铺了厚厚一层盐巴。当时，帮董球修建水柜的帮工们渴得要命，都歇了手，眼巴巴期待董球从山下背来的水呢。一顶顶草帽，宽檐儿，像嘴脸的掩体，抵御着紫外线狂躁的扫射。董球和他的马终于从山坳里探出了头，像平地冒出来一个泉眼儿，清亮亮的，由小变大，越来越近。"水！来了。"包工头邓念泉悲壮地喘了一声。好像董球和马都不是真的，只有水才是真的。帮工们一个个伸长黝黑的脖子，像一只只困在旱地的黑鹅。事情就这样发生了，从天而降。

　　有那么几秒钟，董球像是木了，呆了，一只手照样攥着缰绳，另一只手朝身后揽着装满水的塑料桶，半边脸像崖畔的树杈上钩住了一块湿漉漉的红绸布，在没有风的正午飞流直下。几秒钟后，董球才被自己的惨叫惊醒，撒手，慌忙光顾自己的脑袋。塑料桶自杀一样从他佝偻的背上一跃而下，轰然开裂。水逃命似的蹿出来，尚未形成流窜的态势，就被枯焦的大地合围吞没，只剩几丝残留的蒸汽。苍天在上，不可一世的日头，在那个瞬间一定愣神了，头重脚轻，一个倒栽葱要翻到人间来的样子。

　　倒栽葱的只是董球。陡然升腾而起的干尘弥漫开来，这是驴打滚时才有的云遮雾罩。董球的两手死死捂着左耳部位——左耳早已告别了脑袋。显然，马用的是毁灭的力量。面对惊愕的帮工们，这匹驮着水泥和石料的马目空一切地昂起它干瘦的头颅，目光轻蔑，下巴上扬，惨白的牙齿锁成了地牢，上下唇夸张地外翻，托出一团熊熊燃烧的红色火焰，那是乡亲董球的血。

　　只有麻雀狐疑不定地从头顶掠过，从这个树梢，落到那个树梢，从那家屋檐，落到这家屋檐。群山一如既往地凝重、苍白、肃穆。家家户户的泥瓦房呈阶梯状悬挂在层层叠叠的崖畔上，每户人家院外正在修建和刚刚建成的水柜，高高矮矮，肥肥瘦瘦，都说像抗日影片里的半截炮楼，可是，从对面坡上望过来，像是院外多了一只大眼睛。这几十只眼睛似乎睁得很大，目光射向董球家的水柜工地……

"快！"帮工们仿佛从大梦中醒来。

当务之急，解救耳朵。帮工们走南闯北，都是鬼精。耳朵离开人体，趁紧些，能接上的。邓念泉和几个村民合围了马，钢钎都用上了，马嘴被撬得鲜血淋漓，但就是不松口，一双失神的大眼睛眺望着山外。

"牲口咬人耳朵，盘古开天头一遭，这是为啥嘛？"

"这混账东西的心，还在山外呢。"

"要不是董球把它从骡马市场救出来，它早成城里人餐桌上的马肉了。"

过去的骡马市场，是给种田人选帮手呢，如今的骡马市场，是给城里的餐桌上选肉呢。几月前，董球来选马，卖主说："这马又聪明又善良，真舍不得让它上餐桌。"董球说："不是的，我是买个帮手。"

"帮手？这年月，你不去打工，还种地？"

"不，建水柜，驮建材。"

董球成了马的救命恩人。得救的马，眼泪像花儿一样绽放。董球牵着马，翻山越岭往尖山赶。马像个温顺的女人，时不时用嘴唇轻吻董球的手背、肩膀和背。马的轻吻，挟裹着一股热流，痒痒的，陌生，新鲜，刺激。董球回头看了马一眼，马收回了嘴，大眼睛扑闪了一下，羞怯地低了头。明明是一匹纯种公马，却像个相亲中的大姑娘，慌乱、紧张，非常不好意思了。马头再次抬起来的时候，羞怯像云一样从目光中飞走，这是一双明亮的眼睛，乌黑的瞳仁飘溢着一层温热的光亮，蓄满女人一样的柔情。女人，是女人。那天的董球，从来没有如此强烈地想到离他而去的女人。一兴奋，就吼起了秦腔："本为王走四方微服私访，惩贪官察民情坐稳江山……"

女人是从后梁嫁到尖山的。用村里知识分子的话说，女人嫁给董球，是邓念泉最为杰出的、足以彪炳史册的伟大贡献。本村的姑娘都留不住，一个个从小丫头长成了大姑娘，腿长了，胸满了，进城一打工，就跟上外地人去有水的地方过日子。小媳妇们也跑了好几茬，跑了，又来了，来了，又跑了，跑了的终归比来了的多。后梁比尖山还要缺水，别说水柜，连水窖都没有。都传呢，说是后梁人早上的第一泡尿，一半儿给茅坑沤肥，一半儿留给自己洗脸。是不是真的，没人考证过。谁要是较真，那就是乌鸦笑猪黑、罗锅笑瘸子。山里人缺水，不缺心眼儿。都传，当时的姑娘与董球见第一面之前，直言不讳地问媒婆子："对方——就是董球家，有水柜没？"

"当然……有哩。"

于是有了第一次见面，不是见人，而是见水，见的就是邓念泉家建在崖畔后的水柜。姑娘问董球："这水柜，真是你家的？"

"真的。"

姑娘带着对水的梦想，一夜之间变成了媳妇。年轻的媳妇每次挑着担子去水柜打水，一脸的灿烂，腮帮子上浮泛着山丹花的花瓣儿那样的光亮。细细的腰肢一闪一闪的，风吹杨柳的意思。打水，也不忘走颠步，变秧歌了，口气又大方又自豪："喂——如果用水急，就不用一大早下沟了，用我家的水吧。"

女人吼水的音嗓，吼秦腔一样："哎——我的球哎——回来喝水来——"

满村人偷着乐。董球只想哭，半晌跨不出地头。

邓念泉靠这全村唯一的水柜，骗来了后梁、后寨、后洼一带的许多姑娘，姑娘们理所当然成为尖山光棍们的女人。骗，是个难听的字儿，山里人把这种骗不叫骗，叫哄。哄来一个，等日子上了路数——生米煮成熟饭后，娃儿快鼓捣出来了，再亮底儿。女人们号啕一夜，只能忍气吞声。为了哄下一个，当年的被哄者继续帮着瞒天过海，谜底再次满世界封存。就像一段麻绳，系死，又解开；解开，又往死里系。全村的光棍、新郎们谁不巴结邓念泉？挨个下雨天，宁可让自家的缸空着，也要朝邓念泉的水柜玩命，把屋檐水一担担往邓念泉的水柜里灌。雨地里，滑，人人不惜摔一身泥。

有个简单的逻辑，当初如果不是邓念泉的催逼，董球就不会重返尖山，就不会买那匹要命的马，就不会失去一只耳朵。当时，在兰州打工的董球接到邓念泉的电话，瓮声瓮气地回应："我女人和娃娃都跑了，即便建了水柜，也不像个家。"

"家家户户的水柜该开槽的开槽、该起桩的起桩、该埋管的埋管，就剩你了。怪不得女人要领着两个娃儿离开你，像你这夹样儿，娶个母猪，人家也得挪窝。"邓念泉的口气像镰刀刃子，一割，一个疼。

都说月是故乡明。明，有啥用？除了过大年，谁敢还乡？如果不是修建水柜，鬼才还乡呢。鬼是要还乡的吧？谁晓得鬼到底喝不喝水。"靠天吃饭"。老话了。一年到头，从娘胎里带来的一点力气，全耗在了找水上。过去，只有邓念泉家有水柜，一柜水能支应三五个月。这些年旱得紧，下雨像掉眼泪似的，邓念泉家的水柜就成了金柜。这次政府给尖山村安排的水柜建设项目，公家补贴，农户自建，一年集流几次雨水，所有的光阴就有指望了。千年等一回，天南海北打工的尖山人候鸟似的"扑棱棱"往回飞。

董球像个不争气的小学生，太迟到了。在董球眼里，人人仿佛都变成了民办教师，但没有人批评他。

不少人主动提出义务为他投劳。董球的任务是去山外镇子上驮建材。天麻麻亮，董球就牵马动身，天麻麻黑，董球牵着马回来。每天往返六趟，每一趟，马背的一侧五花大绑地驮着几块石料，另一侧五花大绑地驮着几袋水泥。镇子距村里二十里地。六趟是啥概念，一百二十多里。生产队时没这么驮过，土地分到户时没这么驮过，如今为了建水柜，驮了，破天荒了。

事情，就出在那天的第四趟上。

"老天说旱就旱咧，女人说走就走咧，牲口说咬就咬咧……"人们的感叹，像一曲古老的甘肃花儿。

2

"一头牲口半个妻"。老说法了。

平日里，没人发现董球和马的关系有多么糟糕。董球自己也认为，对马，他从来是真心的。开工前，董球每天不忘翻山越岭到麻子沟割草，顺便找一桶水回来。草和水，不够填马的肚子，就另加两碗玉米和黄豆。疼马，疼女人的意思。

董球后来曾告诉过村里人，那天，也就是咬掉耳朵之前，马其实曾两次靠近过他，不是咬，是吻，吻了他的耳根。董球说："我早已习惯了马吻我，一直以为是表达救命之恩呢。"董球说，"这年头，要说知恩图报，牲口比人还懂。"话一脱腔，董球意识到失口了，脸憋成了红篮球。要说牲口比人懂得知恩图报，那村里人为他义务投劳，图个啥？人家邓念泉堂堂一个包工头，光赔不赚，又是为个啥？啥东西最能见人心，水！就是个这——水。

当天的第一吻来的时候，真正的人困马乏，极限了！羊肠小道像斩不断的青烟，让人心烦意乱。但一想到要建水柜，董球快要散架的身子像注入了鸡血，灰暗的眼珠子就有了亮色。他前面牵着马，塑料桶像山一样压着他。董球能报答帮工们的，只有水了。饭是管不了的，一个男人烟熏火燎做出来的饭，谁忍心端那个碗？

一看前后无人，董球就回头对马说说真心话："马啊马啊！你是公的，我是男的，公的男的，总归都是一个性。我是个有良心的男人，将来咱水柜建成了，我绝不会卸磨杀驴，不，是杀马，不会把你卖给城里人吃掉。我给你找匹母马，让你弄弄爱情。咱这里母马少，不过母驴倒是有的，爱上了，都差不多。"

马打了一个响鼻，也许是听懂了吧，也许，根本就没懂。

日头挪到了头顶，毒，像敌敌畏。男人和马浑身上下像开锅的馒头，热气蒸腾。——第二吻来的时候，感觉不仅是痒，还有几分麻。马用的不光是嘴唇，牙齿也搭上了，牙面黏糊糊地贴住了他的耳根，真正的异样了。这让董球浑身起了一层鸡皮疙瘩。扭过头，发现马伸长脖子，正在舔他背上的塑料桶。舔得执着，舔得明确，舔得不卑不亢，带着一种情绪。情绪里，有一种不加掩饰的委屈、嗔怪和责备。一滴湿漉漉的东西挂在马的睫毛上，不是汗，是泪，晶晶地亮，是一种折射了阳光的亮度，像蓄满了水的塘坝，那么大，蓄得了整个世界。

董球这才醒过盹儿来，马是图水呢，吻里面有求援的意思。在帮工和马的天平上，水朝哪边倾斜，好像不是一个多么复杂的难题。董球迟疑了足足有一袋烟工夫，最终选择了拒绝。董球轻轻拍了一下马嘴，说："忍一忍，再忍一忍吧，将来……"

手掌上粘了一抹抹的血，是马的。马嘴上的裂痂，一道道的，渗血丝儿。

一股热浪从心头涌上来，溢满了董球的眼眶，他一拽缰绳，转身，再也不敢正视马的眼睛。为了表示和马同甘共苦，同病相怜，董球坚持不喝一口水，任凭肺火攻心。背上的塑料水桶光滑冰凉，在阳光下浮泛着水一样的光芒。水桶里好像有万顷波涛，"哗哗哗"的。马吃力地跟在后面，像在大海的彼岸。马丝毫没有放弃舔塑料桶，并不时延伸力量，舔，上升到了拱。拱的力度，像电流一样一遍遍传导进董球的身体，让每一寸神经地动山摇，山呼海啸。董球泪流满面，不敢回头。

快进村了。大老远，董球能看到自己的水柜工地，混凝土浇筑了一半，瘦骨嶙峋的钢筋裸露在光天化日之下，帮工们目光中充满期待。当时邓念泉那一声悲壮的"水！来了"，没人晓得董球是否听到，但马分明有了反应，它不再拱塑料桶，悄悄拉开了距离，然后……

那天的事件现场，血，糊了董球一身，糊了人们视野里久违的家乡。

大家来不及评头论足。邓念泉当机立断："兵分两路，第一路，扶上董球奔乡卫生院。第二路，拽上马，跟上。等人马都到了卫生院，请医生撬马嘴，接耳朵。"人算不如天算，天算不如马算。第一路早已开拔，第二路却举步维艰。马，就是不撒蹄。有人急了，抢起铁锹，照准马屁股猛拍。"啪——啪啪——啪啪啪——"马浑身抽搐，屁股都烂了，就是不挪步，像是老树生根了，根扎到十八层地狱了。硬的不行，村民们就来软的。"扑通扑通"给马跪下了，还磕了头，当老祖宗了。可是，老祖宗像神龛里的一尊雕像，淡定，从容，还有那么一点说不清楚的庄严。

董球的伤口在卫生院缝了十针，到第四天出院，偌大的卫生院也没见马的影子。

"耳朵，被马吞进肚儿了。至于马，你放心，大家替你养着哩。"

"不要对马计较，你要像理解你女人一样理解牲口。"

"女人还从四川给你寄钱呢，马的心眼也没有完全坏透，它要真害你，半路上一个急转身，就把你掀翻到悬崖下去了。何况，马选择了进村才咬你，选择了人民群众。"

拆线后的董球，半边脑袋光秃秃的，反而让右边的耳朵突兀得有些扎眼，像一个尘封几千年的单耳陶罐出土了。邓念泉送了他一顶宽边长檐的鸭舌帽。从没戴过帽子的董球，鸭舌帽往脑袋上一扣，活脱脱一个背运的炼钢工人。

夜晚的月光下，董球呆呆地看着马，马呆呆地看着董球。一人，一马；一马，一人。啥话都不用说，还能说啥呢？那个空空洞洞的耳朵眼儿，像一个永远合不拢的小嘴巴，无声胜有声。"我晓得，你和我，都是为了一口水。"董球终于开腔了，"我一直把你当我女人看待呢，你还……"缓缓地，马把嘴伸了过来。董球吓得跳了起来，吼："你个畜生，想咬我的另一只耳朵吗？"

马立即耷拉了脑袋，像理亏的女人。董球想起女人说过的话："你看那大雁，如果不离乡背井，该多好啊！"春去秋来，尖山的天空总有雁群飞过，一会儿飞成一个人字，一会儿飞成一个大字。假如，假如不飞呢？

女人是被一个在兰州经营餐馆的四川老板黏走的。当时董球每天蹬着三轮车给餐馆进货，女人给老板收拾餐桌。两口子混兰州有两个目的，一是打工挣钱，好歹有水喝；二是躲计划生育。第二个闺女就是在兰州生的，取名董陇华。陇是甘肃省的简称，华是中华的意思，认准了，纵算超生，也是共和国的人。四川老板在老家有好几幢别墅，妻子儿女都在老家享福呢，还不忘在兰州包个女人什么的。老板待董球一家不薄，老板说："你董球真有福气，娶了这么好的一个妹子，真是深山出俊鸟啊！你发现没有？让城里的自来水一滋润，妹子至少年轻了十岁。"悠闲的时候，老板喜欢给两个娃儿讲他的家乡，他告诉娃儿，他的家乡有长江，还有嘉陵江。是说给娃儿的，却听得两口子心痒痒，像进入一个水汽氤氲的梦幻世界。江，那是多少的水啊！准比水柜里的死水好喝吧。

那样一个夜晚，说来就来，迟早要来的。女人吐出了憋久了话："晓得不？许多有钱的城里人，都把娃安顿到国外了。咱没本事去那，但咱有本事把娃安顿到有水的地方。祖国，也号召关心下一代呢。"女人给四川老板开出的条件是："包我，行，但必须捎带上我的娃儿。"

女人就领着娃儿跟四川老板走了。"我的球，无论四川的家伙把我包多久，我也会给你寄钱的。"女人说。

董球亲自帮女人和娃娃打理行囊。董球不想让分别的时刻阴云密布，像死了人似的。他给女人唱了一曲甘肃花儿《下四川》：

> 脚踩上（者）大路（哟噢），
>
> （哟嘀嘀）心（哟噢）（哟嘀嘀）牵着你，
>
> 心牵着你（哟），
>
> （吆嘀）喝油也不长（者）肉了。
>
> ……

唱花儿时，董球调动了全身的力气，让挤出来的笑堆积如山。

女人也笑了，但她是哭着跟四川人走的。四川人大为扫兴，冷冷地说："算了吧，好像我拐卖妇女儿童似的，法治社会，咱要的是和谐。"

"我不哭了，不哭了行吧。"

女人就这样走了，董球就这样回了，耳朵，就这样没了。

董球养伤的日子，谁也不敢使唤那匹马。建材短缺，董球家的水柜成了半拉子工程，像刚挨过炸的炮楼，丑死了。

3

一个大雾弥漫的早晨，有人看见董球牵着马，出村，下山。一只右耳孤苦伶仃地闪了一下，人和马，没了影儿。

"董球一定去骡马市场了，他容不下这匹要命的马。"看到的人叹，"马，要变成马肉了。"

董球在前头，马在后头，中间是一根松松垮垮的缰绳。马从容不迫，一副慷慨赴死的样子，豁出去了。马显然非常清醒，它的未来，在城里人的餐桌上。

谁也没有想到，董球南辕北辙，东绕西拐，去了依山傍水的下河寨。乡谚说："十里不同水，十水不同质。"下河寨的水，真正的琼浆玉液了。无论地下水还是河水，新鲜得像一刀见血。尖山水柜里的水再好，毕竟是死水，差辈呢。下河寨离风景区仙人崖不远，驮送游客的马帮，生意火得很。董球送上门来的马，等于送给了买家砍价的资本。买家一副不耐烦的样子，抑着兴奋，忽视了这个脑袋上捂着宽檐草帽的男人，比他少一只耳朵。

"要高价，你去骡马市场吧，我只给一千五百元。"

这笔账，秃子头上的虱子摆那儿了：当初二千七百元买的，如今一千五百元卖的，还赔了一只人类的耳朵，倒贴了一千二百元医疗费，耽搁了建水柜的工期……

董球没有回村，揣着钱，南下几千里去了深圳。钱，真是个要命的东西，以往乡下人打交道，送力气，帮营生，从来不讲钱的，慢慢地，就变了，特别是自从农民的尾巴梢上缀了个"工"字，钱就像伸到枯井里的一根井绳，没绑得住水，倒是把心眼绑住了，捆小了，一出手，钱说了算。董球一定不会想到，他再次离乡背井以后，家家户户的水柜开始了雨水集流，山外还搞了个水泵站，作为应急水源。不少农民工开始陆陆续续返乡，把水管延伸到了田间地头，搞起了种植业。驮粪的马，耕地的牛，又多起来了。跑掉的女人，也回来了几个。

董球再次接到邓念泉电话的时候，是第二年的谷雨前后。邓念泉电话中说："来吧！你的水柜，村里人给你建好了。"

董球"啊"了一声，说："替我感谢乡亲，但我不来了。"

"水也蓄满了。"

"一个缺耳朵的人，回家乡，丢不起这个脸。"

"……你女人和娃娃回来了，你还不来？"

最后一句，天然的吸引力。董球怔了半晌，疯子一样爬上了开往甘肃的列车。董球没有进村，径直爬上村口的崖畔，那里可以眺望到东坡、西坡的几块承包地。女人和娃娃如果在视野里露头，八成会在承包地里。放眼望去，不少人家的承包地破天荒地栽上了苹果树苗、梨树苗、花椒树苗。指头粗的输水软管像羊肠一样绕来绕去，浮泛着银白的光芒。只有他家的承包地一如既往地荒芜着，老黄风戏耍着稀稀拉拉的狗尾巴草，一个人影儿也没有。他晓得被邓念泉骗了，不！被哄了，就像当初哄后梁的姑娘。

院外。董球看到了梦中的水柜，饱满，盈实，像女人十个月的大肚子。夜半三更，邻居们听到了董球吼水的声音："哎——我的女人——我的娃娃——你们喝水来——"都晓得这是梦话，不！是梦吼。吼……就吼吧。

吼了一夜水的董球，第二天直奔邓念泉家。"泉哥，我要去看看我的马。"

"你这是何苦呢？马换了主人。"

但董球执意出发，背着塑料桶、拎着饮马盆上路。塑料桶里装满了取自水柜的水。村里自从有了水柜，背水、驮水的场面早已像够寿的老人一样逝去，有些人甚至像打发缠身太久的瘟疫一样把驮水用具扔进了沟底，还不忘追下去踩几脚。一脚比一脚踩得狠，踩得猛，踩得准。董球背桶、拎盆上路的身影，从一个个水柜前绕过，像一段遥远往事的投影，像一断过时的黑白片，久久地印在村里人的记忆。

夕阳西下。视野里的下河寨，流水潺潺，遍地青草，无忧无虑地盛开着各种各样的花儿，十几匹马悠闲自在地在坡上吃草。董球一眼就认出了那匹马。这里的水滋润了它，这里的草滋补了它。它已经恢复了状态，体态魁伟，精神抖擞，浑身上下像绸缎一样光亮。马扬起头的时候，远远的，只一眼，就看到了一个缺耳朵的男人。马轻轻收了蹄，锁住了身子。夕阳抚摸着整齐而流畅的马鬃，清风拂动着瀑布一样的尾毛。马有些局促，有些不安。黑亮的瞳仁里安放着两个男人：一个缺耳朵的男人，正朝一个长着两只耳朵的男人靠近，靠近……

"老哥，我是这匹马原来的主人。"

"传说，你的耳朵被马……"这次终于看清了。

"不是传说，是真的。"

新主人呆了许久，说："那……你今天找上门来，是要干啥嘛？"

"不干啥，只求你一件事。"

"啥事？神经兮兮的。"

"让马喝一口我家水柜里的水吧，马在我家的时候，没喝过一次饱水。"

对这样一个不可思议的话题，新主人显然不愿接受。再说，马是灵物，喝惯了这里的鲜活水，怎能咽得下水柜里的死水？谈判到僵持阶段的时候，董球说："老哥，我给你跪一次吧。"新主人只好扶住了董球。董球选择一个平坦的地埂，安稳了盆子，小心翼翼地解下塑料桶，旋开了盖儿，把水"哗哗哗"地往盆子里倒。飞泻而下的水，亮亮的。董球轻轻朝马扬起了手，招一招，再招一招。

"来吧！我的……马，喝！喝！"

马迟疑了一下，走出马群，打了一个响鼻，一口气喝了三大盆，像离开娘胎就没见过水似的。"我的天哪！没想到它还真喝。"新主人自言自语。马抬起头，看了董球一眼，看了新主人一眼。"咴儿——"突然长嘶一声，撒腿就跑。二人还没反应过来，马已经像飓风一样卷到了对面的山梁。马在山梁上立定，回头，在晚霞的背景下，定格成一个漂亮的剪影。只一瞬，马头一摆，四蹄腾空而起，尾巴一闪，不见了踪影。

"没事儿！在我家，这家伙不愁吃，更不愁喝，晚上会回来的。"新主人说。

日头已经缩了脖子，起风了，"呜呜呜"的，万马奔腾的样子。夜幕把大地糊得天衣无缝。太晚了，夜路不好摸，新主人留董球喝了一夜的酒。董球聊了许多大山里的奇闻逸事，聊了马的这个好那个好，唯独不聊马咬耳朵的事，这让新主人有些失望。两瓶酒，算是白搭。在新主人看来，这匹马温顺善良，如果是个人，都够着知书达理的份儿了，咋会制造咬人耳朵的血腥传奇呢？第二天一早，新主人陪同董球进入马圈向马告别。呆了，其他的马安然无恙，唯独那匹马一夜未归，夜草，分毫未动。

"坏了，坏了！"新主人大惊失色，"在我这里，它顶好几个农民工呢。"

煞白漫上了董球的脸，当场给新主人发誓："老哥，马是我吓跑的，我回头喊上尖山人给你找，一定给你找回来，我是个说话算数的男人。"

新主人盯着董球背上空荡荡的塑料桶，目光最后落到董球比例失调的脑袋上，说："你不用发誓了，我晓得马跑哪儿了。"

"你晓得？那，跑哪儿了？"

新主人的表情突然古怪起来："我好像懂这匹马了，你找到它后，别……别……"

"别啥？"

"别送来了。"新主人说到这里，下意识地摸摸自己的耳朵。

马比董球提前到了尖山，当天夜里来的。马绕着董球家的水柜"咴儿咴儿"地长嘶了半夜，把全村人提前拽进了早晨。邓念泉二话没说，把马牵到自己家里，给它上等的苜蓿草。

晨雾深重。全村人都在村口等董球，就像当初等背水的董球和驮建材的马。马站在人群前面，嘴唇合拢，四蹄并立，昂首，像尖山的一个老主人。雾开处，董球从山坳里闪了出来。他一定老远看到人群中的马了。董球的步履突然就慢了下来，一慢，再慢，干瘦的身子由小慢慢变大，由远慢慢变近。

很近了，到了。董球和马，二目相对。

"走吧！去你的新主人那里。"

风静了下来，东山梁上分娩出了一轮明亮的日头。任凭董球拽缰绳，马却死活不走。董球饱含热泪，顺手夺过一把铁锨，高高举过头顶。"你再不走，我……"马左右回首，看看围观的人群，最后，目光就落到了董球的单耳"陶罐"上。马低下了头，前蹄缓缓拔起，第一步，迈起。

铃铛作响。马和董球再一次离开村庄。翻过山梁，横七竖八的山道就成了牵扯着四乡八邻的蛛网，时不时能撞上出山、进山的人。有男人、女人，还有娃娃。马蹄声占领了董球的全部注意力。他在前头，马在后头，缰绳被董球拽得直溜溜的，像杵进他和马之间的一截钢筋。

"你……单耳，是尖山的董球吧。"

董球装作没听见。路人又追了一句："路上碰着一个女人和两个娃娃，娃娃张口闭口，有点四川腔儿，我琢磨……"

这实在是个太意外的消息。女人和娃娃远道而来，今后的光阴是啥成色，董球似乎来不及走心，但这个消息立即让董球的脚步有些慌乱。手里的缰绳抖一抖，松了，又直了。董球一声不吭，只顾赶路。

但是不久，半个月的光景吧，有个外乡人在地头堵住了董球，董球认得来人。来人说："我只是想它了，你放心，我看看，就走。"

"老哥你大老远来，到底想看啥？它是个啥？"

"马。"

"不是还给你了吗？"

"它又跑了。"

"啊？跑哪达了？"

"你问我，我问谁呢？"

"……"

两个男人面面相觑，一样的狐疑，一样的目光，一样的表情，仿佛把对方当成了镜子里的自己。那一刻，两个曾经的马主人，如果不是一个双耳齐全，一个单耳，真像一个娘胎里出来的弟兄。来人不知说啥才好，其实他想要说的是：这些天，马在他那达拒绝喝水，多好的水也不喝，包括桶装的纯净水。他一气之下差点打了它，可刚刚举起鞭子，他突然发现马的眼睛里有一道奇异的光芒，他没见过这种光芒，这种光芒让他唯一联想到的，居然是自己的耳朵。

"哎——我的球哎——哎——娃她大哎——回来喝……"

村口突然传来悠悠的吼声——但没吼出水字来，像树丫上的高音喇叭在最关键的时刻断了电。吼声带着一丝四川味儿。董球晓得是女人的吼声。女人一定意识到返回尖山的日子里，早就没人吼水了。那一瞬间，女人准捂了嘴。

但那吼出的半截儿是收不回去了，全村人都听到了这久违了的吼声。吼声像受惊的夜鸟群一样在屋顶上、树梢上、崖畔上飞窜，并像炊烟一样向满山满洼扩散、弥漫、缠绕……

来人说："女人在吼啥呢？"

"吼水。"

原载《当代》2017年第2期

说多就没意思了

乔　叶

1

你好，我是明天接机的司机小陈，欢迎你来到四川。明天见！

我回复了谢谢，在手机通讯录里存下了"司机小陈"。

因为在单位是个小中层，每次到异地出差时就会被邀请方接站。又因为只是个小中层，来接站的往往便只有一个司机。而我和接站司机的交道一般也就这么一次，最多再多一次送站，所以我从不存他们的号，过后即忘。我估计他们也是一样，彼此之间就是一种紧贴着底线的礼貌性应付。他们中很少有人——确切地说从没有人——会像小陈一样提前一天和我联系，而且还是短信。相比之下，短信显然比直接通话周全。通话虽然快捷，却让人没有时间思忖，多少显得有些鲁莽。况且生号总有诈骗之忧，让人有充足的理由不接，也难免因此误事。所以发短信的这个小陈够认真，也有经验。不太寻常。

翌日中午，航班到达成都双流机场。我刚一落地开机就又收到了小陈的短信，问我到了吗？我说到了。他的电话马上打进来，说他没有去停车场，如果停在停车场，他接到我之后，我还得跟他走很远的路，太辛苦。所以他干脆就在机场附近候着，我落地后坐电梯到三楼出发层六号门那里给他打电话，他会在五分钟之内把车开到那里接我，这样既不累，效率也高。

我只能无条件服从。电话里，他的声音沉着沙哑，有一种相当的自信。能把事情安排得如此科学合理，也确实有理由自信吧。

如他所言，到六号门外，我们见了面。他眼睛不大，矮小健壮，行动敏捷。迅速安顿好我和行李之后，就发动了车。走得不快。尽管有好几个交警在指挥着，出发层上的车还是挤得不亦乐乎。他感叹说都不守规矩哈。我说有交警在，一会儿就好了吧。他说好不到哪里去，交警们才犯不着使劲儿管呢，来机场的人么，谁知道谁是啥子来头？他们也怕管到太岁头上，吃不了兜着走咧。

这个司机，让我想撩一撩了。长年累月在一个老地方闷着，整日看着那些熟脸，听着那些老话儿，当真是无聊至极。所以我热衷于出差，尤其是正出的这种"出版行业深化体制改革交流会"之类的闲差。开什么会议都不重要，都只是由头而已，出差的魅力就是让我有机会和一群陌生人顺理成章又毫无负担地萍聚一场，如果碰到某些有趣的人摆摆龙门阵，那便是惊喜了，摆得越大惊喜越大。

我说哥儿们，你这么准时，素质很高呀。他说兄弟你过奖了，啥子高呀，这是最基本的职业道德嘛。我说最基本的就是最重要的，现在很多人都做不到了，每次迟到他们都会说堵车呀什么的，所以你的素质还是高。他显然很受用，笑着说怕堵车可以早出发嘛，这个理由不像样。我从不这样。我也跟我手下的人说，不能这样。我说你是一个领导呀，怪不得呢。暗自揣测，难道他是单位司机班班长？他的脸色却端肃起来，说这个租车公司是几个朋友合开的，他是其中的大股东。不过既然大小是个公司，即便不是啥子领导，他也赞成立个规矩。规矩就是公司的风气呀。

这话是最熟烂的官腔，却也严丝合缝——论起来，要想严丝合缝，还是官腔最好使。可是会议主办方是一家事业单位，自家应该也有车的，怎么去租车了呢？想了想，便明白了，中央八项规定出台之后，很多单位须得把公车清查封存，大一些的会议用车找租车公司就是自然选择。问他，果然如此。

如今这形势，租车公司的生意应该都很火爆吧？

那可不见得。没听说那句话么，有同行没同利。不过，只要服务到位，总会有饭吃的。他突然一笑，说要是在美国，我这服务应该能挣不少小费咧。

你拉过美国人？

嗯。他目视前方，面无表情：骆家辉，米歇尔，我都拉过。

天哪，真的？

这有啥子好作假的。

我靠，今儿我是碰到大神啦。快，快跟我聊聊，让我长长见识。

其实我不爱说。说多就没意思了。

一看你就是个低调的人，我平生最钦佩的就是你这种低调的人。我呢一般也不八卦的，你看，咱们多有缘分哪。聊聊吧，聊聊。

唉，其实我真不爱说的，不想让人觉得我在炫耀啥子。老大不小的了，浮气。

这可不是炫耀，是分享。档次低没品位的人才是炫耀，你这样的，就是分享。

这个说法有点儿道理。他矜持地点点头说，那就跟你分享分享？

2

你看看这个车证，你看看这个红底儿，这个黄边儿，两年了，颜色愣是一点儿也没掉。这两种颜色也不是随便涂的，国旗就是这两种颜色呀。你再看看这十个字：重、要、会、议、重、大、活、动、通、行。你是文化人吧，应该认得出吧，这是宋体，最正规的公文都用这个字体的，最高级的中央文件都用这个字体的。听说这种字体的笔画都是照着秦桧的字来的，把我笑的。我不信。他那么一个坏人，咋能写出这么好的字来嘛。不过，我猜啊，这宋体无论如何都该是你们河南人造出来的，开封是宋朝的首都呀，宋体就是首都的字嘛，也就是河南字嘛，那个地位，就跟如今的北京话是一个道理嘛。这么说我跟你这个兄弟还真是有缘分吧，所以这个车证我愿意拿给你看。好多人心理不健康，我不拿给他们看的，给他们看他们也不能正确理解，没意思。

你看了这个车证就知道吧，还是外事活动的规格高。我跟你说，我现在留着这个车证也还有用，那个词怎么说？叫余威犹在。就是我这个车子，在成都市区的哪里小停小放一下，你跟他们说明一下，他们不会管你的，灵光得很。内部人都知道这个车证有多重要的。当然，我一般不用。没意思的。没意思。

我接待的第一个美国人，就是骆家辉。这活儿够大吧？没办法，谁叫咱赶上了呢。那是2014年，刚过完元旦——你看多快，转眼就是两年前了——他是一月份来的。他不是第一次来成都，之前还来过一次，是2011年八月份。这不会错，大报小报都登了，我怎么会记错。哎呀他那次来才好玩，去吃了一家苍蝇馆子哩。过几天不是拜登要来么，他要先给拜登试吃。那家馆子小得哟，连一张像样的大圆桌都放不下，连招牌和菜单都没有，也不知道他的手下是怎么找到的。不过也不奇怪，美领馆在成都扎了这么多年，早就知道啥子东西好吃。他们的领导漂洋过海地来了，他们还不请领导去吃一下？在成都，好吃的去处可不就得是苍蝇馆子嘛，大酒店的菜有啥子意思嘛。

"苍蝇馆子"这个名头儿啊，我跟你讲，你们外地人听着恶心吧，我们本地人就是觉得亲咧。这个称呼是我们四川特产，独一份的。为啥子叫苍蝇馆子？倒不是说馆子里满是苍蝇，那谁还会去吃呀是不是？我的理解呢，就是说这个馆子小嘛，小得跟苍蝇一样。地位低嘛，也跟苍蝇一样。还有呢，不喜欢它的人觉得它像苍蝇一样脏，喜欢它的人呢像苍蝇一样追着它吃嘛。你也吃过吧？肯定的。哪个正常人到成都不吃苍蝇馆子呢是不是？肥肠粉嘛，双林北支路是有几家，也还行吧。不过，你们外地人都知道的馆子，我们本地人基本上就不去了。苍蝇馆子这种事，就像暗号一样，本地人是最容易在那里接头的。

我跟你说，哪个成都人都离不了苍蝇馆子。反正我是两天不吃心里就没着没落，一进那个门，丢了的魂儿就回来了。这个社会自古到今三教九流五行八作，你难找到啥子平等，叫我说，要找平等，这些个苍蝇馆子里倒有的是。管你是哪一级的领导，管你是多有钱的富豪，进了这样的馆子，大家屁股一般高，筷子一般齐，老板端上来的菜也都一样好吃。所以你看呀，店门口停着宝马奔驰也停着三轮车电动车，穿汗衫的和穿西装的就得拼桌，一碗饭民工吃得，总经理啥子的他也吃得，肩并肩，脚挨脚，你就吃呗，美食是王道！豆腐脑花、霸王陈喉、荷叶熏肉、面疙瘩鳝鱼、蒜泥豇豆、手撕烤兔……不行，口水都快出来了。你说这么些好吃的东西，他们美国人怎么会不喜欢呢？他们又不傻是不是？

这第二次来骆家辉吃没吃我还真没注意，应该没吃吧，报纸没登嘛。或许是吃了，报纸也懒得登。上次登过了嘛。他这次来名义上是为成都的美领馆啥子工程剪彩来的，其实就是挂羊头卖狗肉，谁不知道他是来给米歇尔打前站的嘛。米歇尔三月份来，这不是很明显嘛。听说也是出的最后一差。他来的那次规模小，没几个人，意思不大。跟米歇尔来的阵仗比起来，简直是小巫见大巫。我就跟你说说这个大的吧。

3

紧张？不呢。紧张啥子哟。我跟你讲，现在反腐败，我们的生意好，以前不反腐败的时候，我们的生意更好。省里的人大会呀，政协会呀，市里的糖酒交易会呀，这样的大会车都不够用的，主办方都会租车的，我参与接待的多了，见到的领导也多了，都习惯了，根本就不紧张。我们要紧张就只紧张交警，哈哈。

没，米歇尔没坐我的车，她当然还是要坐美领馆自家的车嘛，美领馆的车到底少，她的随从没车坐，就得在外面租车嘛。在成都，要租车，我们公司就是一个高大上的选择，这个没的说。车好嘛，技术好嘛，关键是我们有情怀，企业文化好嘛，这个回头慢慢跟你说，别急撒。

圈定了我们公司，美领馆的人早十来天就开始让我们演习，其实就是那两件事：安检，走路线，安检，走路线。安检就是每次出发前都要扫描整个车，走路线呢，就是掐你时间。给你打电话，让你到啥子地方去，比如到香格里拉，车到位，几分钟必须到，时间都卡死。他给你打电话安排的时候，只说A，到哪儿哪儿去，其他啥子都不说。他就看你的水平怎么样。对我们来说，这当然没问题的。还有一些小处的规矩，最主要的一条就是不能多说话，最好啥子也别说，只开车。让走哪条路就走哪条，按规定路线走就行了。

我那个车呢，一共坐了三个人。副驾驶位置上的是翻译，后面两个就是米歇尔的随从，也就是特工啦。两个人，一个高耸耸的，一个肥咚咚的，墨镜一戴，那个威风。我开得蛮小心的。能不小心嘛，这已经不是我自己的事了，也不是我们公司的事了，往小里说，这是有关我们成都形象的事，往大里说，这是有关国家形象的事，你说对吧。

这一小心就是慢，结果那个肥的，他看不过眼了，对翻译说让我开快点儿。我才不能听他的呢，他让我快我就快，他是谁呀。可我不能这么说，也得有幽默感呀，我说开快点儿怕吓到他，他就抖搂激灵了一下说，我也有驾照嘛，说我们会保护你的。这个确实是，如果有啥子突然情况，他们是得保护我们驾驶员的。我们是在给他们服务嘛，美国不是讲究人权嘛，他们有这个责任的呀。

我跟你讲呀，其实米歇尔她们没啥子好说的，她们前呼后拥养尊处优的，吃个饭都得让人家先给试试菜，活到那一层，不接一点儿地气，也没啥子意思了，是不？不是有句话嘛，阎王好敬，小鬼难缠。这些随从就是难缠的小鬼，不过跟他们混了几天，也缠出了一些意思来。对他们，我有两个原则。第一个原则是尊重他们。人家是客户么，服务行业的第一要素就是尊重客户。还有，不管怎么说，人家是外国人嘛，到了咱们家门口，尊重人家是应该的。第二个原则呢，就是他们也得尊重我。这个就不容易了。你想，老美的优越感多强呀，轻易能把谁放在眼里？为了这个，我还跟他们有了那么一场事儿。

事情是这样的。因为当时呢在美领馆那边是不让我们进去停车的，外租的车一律不准进去停车。停车位当然有啊，敞得很，可就是不让我们的车进。这我就看出来了，你服务得再好也没用，人家就不把你当自己人——准确地说，是不把你的车当自己的车。也不听你解释，你再说也不行，再说就把枪给你对上了。后来我就发了脾气，我就让翻译对那个高特工讲，让高特工对他们大使馆讲，我说你们这样谁还有心情为你们服务？为了这么件芝麻小事，你们就拿着枪对人，犯得着吗？这是给你们办事情呀，你们还对我们这样不信任，你们有必要吗？你想你们都把我们的车安检了多少遍了，还能出啥子事？用人不疑疑人不用，你们这样就是打我们的脸嘛。不干了，老子不干了！

他就告诉了他们老大。他们老大是个白头发，脸晒得红红的，风度蛮好的，应该是领事馆的馆长吧，他就点了一下头，对高特工说了一些话。翻译回来告诉我，说OK了，我去张罗一下。结果第二天就可以了，他们在美领馆里面给我们划了几个车位，我们再去就很顺利了，他们啥子也不说了。还很人性化的，专门给我们放了个饮水机，说大热天，天好热的，要多喝水呀。后来嘛，就都OK了。

这你就知道了吧，有时候尊严也是要自己争取的呀。工作结束那天，这两个特工还都给我送了礼物。小费当然有啦，外国人都习惯给小费的。高的给了我三百美金，肥的可能穷一点儿，只给了我一百美金。他给我的时候，耸了耸肩膀，好像有点儿尴尬的样子，就又送我一支笔。喏，你看，就是这个。去年我又拉过别的美国客人——是一对老夫妻——他们告诉我，这是美国选举用的笔，你想，你要去美国买这支笔，那费用可就大了，是不是？

那对老夫妻啊，他们没跟旅行团，自己带了翻译。当时翻译就跟我讲，说他们比较挑剔，要小心一些。我对他说，跟着我这老司机，你的心妥妥地放在肚子里好吧。第一天我就告诉他们，你们的第一夫人我都接待过，我和美国有缘分哪。还别说，挺管用的。几天下来，他们对我那个满意哟，要是玩上个把月，说不准都拜把子啦，哈哈。他们没给小费，我也不稀罕他们给。老年人，不容易，咱拿着心里也不舒服，是不是？

那些特工给的小费，我没花。我在中国就花人民币嘛，花啥子美金嘛。不过，闲着没事我就会看看那些美金，其实我不爱钱，更不爱这美金。为啥子看呢？因为这些美金的意义不是美金，往大里说，这是中美人民友谊的证明呀。往小里说，他们为啥子给了我呢？这肯定是有缘故的。你想呀，他们既然来了中国，就可以入乡随俗省了这个钱的，为啥子还要给我呢，尤其是给我三百美金那个？我起初也不明白，想了又想，想得脑壳子都疼了才想通，他就是在用这个方式来表达心意嘛，就是对我格外尊重的心意嘛。所以说，人必须先自重，别人才会尊重你呀。

这件事呢，我想起来就觉得挺自豪的。说句不好听的话，这是对我一个人的尊重吗？我是中国人呀，这是对中国人的尊重！可是有些人哪，他们就是没有这个高度。那时候我们经常在香格里拉洗车，公司十来部车呢，洗的时候都免费，那个用水是有一点儿厉害的。一个在行政后勤上的小伙子就很嫌弃我们，鼻子不是鼻子眼不是眼，我想，这个年轻人，我得教育教育他呀。就跟他讲了这件事，我说你知道吗，说句不好听的话，我这也是为国争光的，他说我是扯虎皮拉大旗，我说你拉一个给我看看呀。后来和他们关系好了，他就问，这么大个活动，怎么就找了你们呢。我说你是不是以为我们是汉奸呢，哈哈哈哈。

现在嘛，香格里拉，锦江宾馆，还有那个美领馆，这三家，我们都是熟人，关系好得很。我们进去，他们都认识的，都不收停车费的。那时候我就深深感觉到，无论你做啥子工作，只要做得好，就都可以成为精英，都可以成为榜样，遇到事情呢，就都会有人给你开绿灯的。举个例子跟你说，我的父亲母亲岳父岳母，他们生病，都去华西医院。你不知道在华西医院挂个号有多难，那个挂号费都是天文数字。我的岳母那一年得了眼病，青光眼，青光眼不是很重的病，肯定好治，但是最好还是好医生治，是吧。我带了岳母到华西，没找人，先看病，啥子都看好了，医生说，你们明年四月份来做手术。明年四月份？听他们这么一讲，至少还得半年啊。这个东西怎么能行呢。别人的事可以不帮忙，自己的岳母怎么能不帮这个忙呢。我就抱了一个心态，不知道成不成，反正这个事我要做，总归得试一试嘛，你说对不对？我就给华西医院的一个主治医生打电话，可是他不接，我就知道他在上手术，我就给他发了短信，我说医生，我这边啥子啥子情况。晚上十一点，接到了他的短信，他说，是不是确定是你的丈母娘，我说确定。他说把你的住院手续，病人信息啥子的，都拍给我，我就给他拍照发了过去。第二天中午，他就给我打了电话，说已经安排好了手术，下午做。

还有一次是我的母亲，肺脏有点儿感染，虽然不是很凶，不过看那个样子，我好难受，就想找个好大夫给看一看。那是我的老娘呀，可不能有啥子闪失。我就给华西医院这方面最厉害的那个大夫发了短信，表示了我的意思。他第一时间给我回复，说第二天中午他亲自给我母亲做手术。手术做完了，他的司机对我说，陈哥，你可以呀。你知道吗，这个大夫只给省级领导做手术的。有时候，中央的大领导还请他去北京做手术呢。你这是啥子待遇呀。

就是这么厉害，就是这么爽。很牛吧。

4

不客气地说，我这个车就是行业里的明星车了。除了接待外宾，我还拉过很多国内的明星。你莫急嘛，听我慢慢讲。这一段路好堵的，咱们还得半个小时才能到呢。

头一个是咱们国家的第一个奥运冠军，射击项目的，叫许啥子的，坐我的车，他那个人大大咧咧的，下车后把手机掉到了我的车上，我走了一会儿，哎，怎么就看到车上有个灯在闪，我就看到还有一部手机，三星的，嘎嘎新。我就给他送了回去。把他感动的呀，他说太不可思议啦，他掉过很多部手机，我是唯一一个给他送回去的。可能这件事情让他觉得我很不错吧，他就给身边的人指了一下我，说就这个师傅，让他明天还来接我。那几天里，他就只坐我的车，还留了我的手机号。

我没认出他是谁来。名人那么多，那里记得过来嘛。他却记住我了。他走后没过几天，省体育局的人就给我打了电话，问我的各种信息，详细得不得了，说要存我的档往上报，我不知道是怎么回事，心里还挺打鼓的，想着是不是以前搞假发票的事情露馅了。那些年真是挺乱的——你看，左前方那栋大楼，看见了没？叫宇宙大厦，是一个大老虎做后台建的工程。大老虎不是被抓了么？这就是他入股的产业。封了一段，现在又开始运营了。产权归谁了谁也说不清楚，管他呢。不运营也浪费了是不是啊。唉，要是毛主席那个时代，就不会有这个问题了。可是毛主席那个时代，生活也没有这么好啊，是不是？

——扯远了。反正那时候很多假发票都很容易搞得到，再说客户有需要，也总得满足是不？我是一个平头老百姓，也不能免俗嘛。有点儿怕的就是这两年风声紧，给咱小人物秋后算账。结果那人跟我这样那样地一解释，我才知道是虚惊一场。他说我给你存个档，以后你就相当于是我们的编外伙伴了，会有许多业务给你的。再后来，我有了自己的公司以后，就因为这个关系，为省体育局做了很多事情，啥子国标舞大赛啊，跆拳道大赛啊，甚至残奥会啊，都用了我的车。好处还不止这些个呢。你想，那么大型的项目，我们一家公司怎么做得过来？就会推荐其他的同行联合来做，这样同行之间也都建立了交情，拓宽了路子，发财的机会也就成倍增加了。你看多好。等于说就是从我还那部三星手机的时候开始，体育方面的关系就已经在等着我大驾光临了。好多人都羡慕我，我说运气好。我对他们说，没有无缘无故的爱呀恨呀，也没有无缘无故的运气。对，你说得对，这都是我积德积的，除了这个还能怎么解释呢，是吧？所以说，要想运气好，积德要趁早啊。

我也接待过范冰冰呢，那个多少度都没死角的大美女。老听人家说，范冰冰江湖号称范爷，我还纳闷，一个女孩子，叫啥子爷呢。后来见了，才知道气势真是很大。那天我根本不知道是去见谁，公司派的单嘛，我就去了。先接上了两个人，一男一女，穿得花红柳绿的，挺时髦。拎着个袋子，一闻就是酸辣粉和麻辣兔头。让我去IFS广场，那天那里人特别多，有很多便衣——我看着像便衣，那肯定是便衣，阅人无数嘛。我看着像的，肯定就是，这个你不用怀疑——只留下一条通道供车走，我们就开了进去。当然，我们当然也是有车证的啦。进去之后，到了另一辆车前，他们就下了车，那辆车也下来了两个人，他们就开始吃东西，我一看，咦，那边那个女人我好像在哪里见过呀。想了想，哦，是范冰冰。我又慌忙查了一下手机，对着看了一下，没有手机里的照片辣，不过也是展展的漂亮啊。我心里痒痒的，就想跟她搭句话。男人嘛，你懂的是吧。我想了想，就拉下车窗，说了一句，范老师，好吃不？她答我了，答得那个提劲儿呀，她说：安逸得板，巴适得很！呵呵呵呵呵呵呵呵。

我还接待过一个明星，他九十年代是很红的，现在时不时地也还出头露脸。论起来，他是范冰冰的前辈吧。我当时接到他的时候，可没想到他是啥子明星。他是从北京过来的，上来的时候，就像一个吸毒的人。特别瘦，巴掌脸，穿着个风衣，戴着帽子和口罩，不住声地咳嗽。送他到了酒店的时辰是晚上十一点多，我放下他，上了个卫生间，正要回家，他的经纪人给我打来电话，问我，司机呀，你还在么，我说我还在呢。他说你能帮个忙吗，帮忙买点儿药，治咳嗽的药。我对吸毒人印象很不好，就要了嘴皮子，我说这个车呢，公司派我就是从机场到酒店，我不可以乱跑的。这个理由能说得通的。我们在公司里服务，身份证复印件啥子的好多资料都在公司手里，也都交有保证金的，五千块钱呢。保证金保证啥子？就是要保证遵守公司的纪律，不能胡来。要是连公司的纪律都不遵守，那谁知道你怎么对顾客呢？更别说给高端客户服务了。不过话说回来，这也就是个由头而已，我就是不想去。那个人倒是很明白，他说，这个人是个大腕啊，你就好好服务吧，别耍滑头。我一听就更来了气。你使唤我，你怎么比我毛病还大呢。不过药我还是买了，可怜他嘛。可是我不愿意做的事情为你做了，也没啥子好脸色给你看。第二天，他们又上我的车，我就不和他们说话，爱答不理的。他们两个说着说着，经纪人突然对那个人说，你今天好多了，多亏这个师傅。是他去给你买的药。那个明星就说，师傅，谢谢你呀。他今天没戴口罩，气色比昨天好多了，不像个吸毒的了，也笑眯眯的了。我看了他一眼，想，这个人我在哪里见过的。他说，师傅你想啥子呢。我说好像在哪里见过你呀，他说是吧，你再想想。我说我想起来了，唱啥子365个祝福那个！他说是呀是呀，你好眼力呀。

对了，我还拉过一个贪官。怎么知道他是贪官？一看就知道了。我跟你讲，这个贪官啊，胆子小得不得了。他来的时候是2009年，成都有个公交车爆炸案刚发生，你知道吧，全国都知道的。来接这个领导的车很多，有奥迪，有商务别克，我开的是一辆帕萨特，按惯例是坐那些不重要的人的，肯定不是让他坐。可是他不坐前不坐后，最后挑了我的车。前面就是警车开道——现在不敢了，那时候很流行警车开道。他坐在后排，跟我聊天。跟在大车队里走的时候，他还刻意叮嘱我，不要跟得那么紧。我想，这个领导可真低调呀，是好领导。他先说司机辛苦了，又问我成都的爆炸案知道不知道，我说晓得啊，电视都报道了。他问我害怕不害怕，我心想，没碰到有啥子好害怕的，碰上了害怕也没啥子用啊。可我不能那么说，我就说，挺遗憾的——我说的好吧？遗憾这个词用得好吧？他又问我成都的治安到底怎么样，市民们对爆炸案怎么议论，啥子啥子的，一路上都在问这些。到了锦江宾馆，他下了车，秘书说明天领导坐奥迪，不坐我的车了。可我的车还没走出大门，秘书电话就来了，说你先别走，领导说还是要坐你的车。当时我就纳闷了。等到他一连坐我的车坐了七天，都是这样，我就知道，他不是低调，他就是害怕。他那样子，真是害怕死了。现在我分析呀，他一定是一个贪官，大贪官。他要不是一个大贪官，坐个车还有啥子可怕的，他要是行得正走得正，他怕啥子呢怕，他不可能不坐奥迪车，你说是不是？是吧？

5

汶川大地震？你好特别呀，像个记者似的。客人聊天问这个的不多。聊这个很不开心的。做人呢，最重要的就是开心呀。不过，你说得也对。这是个大事，大事不能光论啥子开心不开心呀。打仗是不是大事？就不能开心嘛。朝鲜发射导弹是不是大事，更不能开心嘛。

震的时候，我正在路上呢。后来媒体报道说，当时的公路都跟风中的绸缎一样，波浪起伏的。其实没有他们说得那么厉害，不过确实也很吓人，如果司机技术不是顶顶好的话，那可多半会出事故。我当时正在市里跑车，快到目的地了，还有四五百米吧，一感觉到动静，就赶紧溜边儿停了。我对顾客说，这应该是哪里地震了，您还是走路吧，这会儿人的两条腿可比四个轮胎安全哟。

然后我就去了公司，公司里也是一团乱啊，除了忙着给灾区的亲人打电话，谁也不知道该做啥子。电话谁也打不通，打不通就急，就哭。我还是比较冷静，这么忙乱着还接待了一个客户。是一个武汉人，他赶上这场地震，给吓坏了，他本来想坐飞机回去，可是飞机场都停用了。可能他的酒店就在我们公司旁边，他就拎着行李走进来，抓住我，说要我开车送他回去，说给我一万块。我就笑起来了，我说路况这么不好，我的车开一路要开烂了。他说开烂了再给我买一辆。我没去。这个节骨眼儿上，我们四川出了这么大的事，我哪能图那一万块呀，是不是？就是两万块也不能去呀。

不是有句话说么，上天自有深意。我这一留就留对了。我跟你讲，第二天我就碰到了那两个香港人，他们求我把他们送到灾区去，说他们的亲戚在那里，他们要去看亲戚。我一听，挺感动的，就答应了。我给他们要的价格是一千块钱一天。那时候，在成都包车服务也是一千块钱一天。一千块钱一天，吃住都是他们管，不讲价。

我跟你讲，我遇到的乘客啊，胆大的太胆大，胆小的太胆小。胆小的你知道了，就是那个大贪官。这两个香港人呢，就是我遇到的最胆大的人。怎么胆大？你想不到的。当时灾区的很多地方是秘密保护的，怎么保护？就地做一个木牌：军事管制，就不允许进去了。现场多么惨，你都看不到了。这一管制，咱们内地的媒体听话，就都不敢进。他们可不——对呀，他们是记者呀。他们上车以后，一说话，三言两语我就听出来了。可是已经上路了，预付金我都收了，开弓没有回头箭嘛。再说，我也有我的正义感呀。我想，管制啥子呀管制，有必要这样么？事情发生就发生了，藏着掖着捂着盖着是个办法么？该怎么做就怎么做呗，谁想怎么说就怎么说呗，你说是不是？

我跟你说，风险是有的，可我没有后悔。因为那两个记者，他们太了不起。我开个车有啥子难的，不过是路况差点儿。他们做的事才真叫不容易，跟地下党似的。他们在车里的时候一直讨论，做功课，还跟我学四川话。一靠近灾区呢，他们就开始化装，穿着当地老百姓的衣服，把摄像机啥子的放在背篓里，假扮成当地人，就那么混了进去。我呢，跟他们约定好一个地方，就在那里等着他们。到了时辰，他们不来，我就眼巴巴地盼呀，盼着，头皮都紧着，比我当年谈恋爱还费神呢。等到他们出来了，我就像见了亲人，全身的骨头一松，心落了底儿。

就这么着，我们去了好多地方。北川，青川，绵阳，汉旺，我都去过的。可以说，该去的地方我们都去了。告诉你呀，我也不是光给他们开车，我也没闲着。那时候，我的后备厢每天都装满了水和方便面，还有黄瓜西红柿啥子的，看哪里需要就给哪里。那两个记者都夸我善良。这种善良算啥子呢？小意思，不值一提的。我跟你讲，我跟着他们从13号跑到28号，整整半个月。他们给我结完账后，我把这笔钱都捐给了灾区，一万五。一万五啊，能买多少水？多少方便面？多少黄瓜西红柿？

就因为这两个香港记者，后来我又认识了上海援建的人。怎么认识的？说来都是缘分。人这一辈子，都是缘分牵缘分哪。地震后的一年多里，这两个香港人来了好几次，都是我跟着他们跑。他们还能找别人么？别无选择呀。上海援建的项目里有都江堰到汶川的那条高速，有时候我的车就停在他们临时办公的工地门口，上海人看到我的车每天都是收拾得很干净很清爽，他们就和我聊天。这一聊不得了，他们就和我合作了三年。我为他们跑了这三年，攒下了一笔钱，才有能力和朋友一起开了公司。可以说，这就是我的第一桶金。

上海人，好玩啊。他们就是觉得自己水平高，爱当老师。有一次，我接朋友电话，说到一句，那人姓马，马克思的马。一挂电话，上海人就在旁边说，师傅，马克思不姓马的呀。然后，嘚啵嘚啵嘚啵嘚个没完没了……还有一次，和他们一起吃饭，我点了两笼包子，他们说，师傅，你吃不完的呀。你听听，事儿真多。不过上海人也有优点，他们做事认真，讲信誉。现在我和他们也保持着良好的合作关系哩。

那两个记者？也联系着呢。雅安芦山地震的时候，当时一地震么，电话就响了，他们一开口说陈司机，我就知道他们要过来了。他们说，陈司机，我们今天晚上要过来，大概九点钟到。请准备好车，把车牌号给我一下，我们来办车证。我就按时按点儿接上他们，先去办车证，然后就连夜去了灾区。进灾区肯定还是要有车证的，不过他们这次没化装。比起汶川地震的时候，这回可是简便多了。咱们的政府有的是聪明人，总会吃一堑长一智嘛。

6

还有一个香港人，让我印象特别深刻。那应该也是2011年吧，对，就是。那年我好多朋友都回灾区给死去的亲人做三周年了。好像是六月，天气好热的。我服务的是个香港官员，不，准确地说，应该是个工程师，很大的工程师，他过来检查工程的质量。对，香港也援建了灾区。都是同胞嘛，他们怎么会不援建呢？我们去的那个县，就有香港的援建项目，是一个医院。

他也姓陈，看样子差不多有六十了，叫陈啥子夫，也没带啥子秘书啥子助理，就我一个，跟着他开车，前后跑跑，照应着他。他真是客气呀，我做啥事他都说谢谢。其实我能做的就是最应该的，比如他下车给他开车门，他上车给他开车门，看他累了就把手机调成静音让他休息一会儿。他问啥子，我知道的就给他介绍一点儿。他动不动就说谢谢，我开始还回他不用谢，后来实在忍不住了，就跟他说，你能不能把我当朋友，这些话都省省吧。他笑了笑，说我有意思。完了还是要说谢谢。对这些教养太好的人，你也是没办法。唉。

下了高速，就有车等着，把我们的车直接带到了工地上。工地上的大红横幅都挂起来了，是欢迎他指导的。指导嘛，我们在电视上都见过了，就是站在那里，这儿指指，那儿点点，大家一鼓掌，就行了呗。可他不。到了地方，他还没下车就对我说，陈司机，辛苦你，请帮我拿行李，那个箱子有点儿重啊。我去酒店接他的时候，是酒店的服务员直接把行李放到后备厢的，我没拿。我就去拿他说的箱子，也不过就是个中号的箱子，我心想那能有多重啊。可当我去拿的时候，就叫了苦。真的很重，肯定是个工具箱啊。

我就吭哧吭哧地拎着箱子，跟在他后头。县里的领导们都迎了上来，跟他握手。横幅下面还铺有红地毯，还立着一个麦克风，领导们让他讲话。他摆摆手，不讲。他从我的手里接过工具箱，顺着施工搭的简易楼梯往下走。工地的地基下得很深，从平地一直下到地下三层，足有十几米深吧，他硬是拎着工具箱，一步一步走下去。当时在场的所有人都傻眼了，我估计他们心里都在说，你这个老头儿，你要干吗啊。

我连车都没顾上锁，赶忙跟了下去，从他手里拿过那个死沉死沉的箱子。六月天气，他走到最下面，我眼看着他汗水印子都出来了。他把箱子打开，果不其然，那里面尺子，钉锤，钢钎啥子的，都是全的。他一样样地取着，一趟趟地往柱子啊墙啊那里跑着，开始测量。一会儿蹲，一会儿站，一会儿敲，一会儿打。就这么忙活了好大一会儿，他才收起了东西，上来了。上来后，他说让大家到工地的简易办公室开个会。然后他跟着我说渴了，要喝水。我也得把箱子放回去嘛，就打开了后备厢。一打开后备厢，我就惊呆了。你猜我看到了啥子？茅台。满满一后备厢茅台。我没数。足有七八箱吧。现在茅台降价了，那时候的茅台还是很贵呀，一瓶怎么也得一千多，一箱子应该有小万把块吧。

我当时就跟喝了茅台似的，脑壳子晕晕乎乎的。陈先生叫我，我也没听见。陈先生就走了过来，一看见这些茅台，当时就掉了脸子。他低声问我怎么回事？我说我是跟您下去的，我怎么能知道啊。他说还给他们还给他们还给他们，对，他就说了这么一串。声音不高，却有点儿抖。我知道，这老头儿他气坏了。

看着我把茅台搬完，他就从工具箱里取出了一把锤子，朝办公室走过去。我又连忙跟着他，怕他砸人嘛。他进了办公室，挥起那把锤子，一下子就砸在了办公桌上，桌上的玻璃马上就是稀巴烂。所以说，这个香港人真是很怪啊。他说，各位，我们是同胞，所以这里地震了，香港同胞要和这里共渡难关。可我想不到工程会做成这样。你们知道吗，我太心痛了。然后他开始讲工程的问题，讲了好大一会儿，又开始说那些茅台。他说车里是你们送的酒吧，我告诉你们，我就是回去喝老白干，也不会喝这些酒。我不可能喝这些酒！你们这是在做啥子？你们这样做，我回去怎么对得起那些捐款的人？大陆和香港是一家亲，我不可能为了这一点点利益辜负港人对我的委托，也不可能为了这一点点利益伤害民众的安危。你们这么做，我无法容忍。这个工程，要么，我回去汇报，建议停止援建。要么，你们把这些不合格的地方整改合格以后，我们再继续来投这个款。

同胞们，我跟你们讲，按照我们的工作程序，我只能来检测一次。在这个事情上产生的差旅费，我只有一次报销的机会。这次我没有办成，下次我再来的时候，差旅费就得花自己的钱。我不是富人，我心疼我的钱，我可以拒绝再来的。但是，今天，我跟你们说，我给你们时间，给你们机会。一个月以后，我再过来。这是我的心意，也希望你们能拿出你们的诚意。

当时啊，公安局长在，卫生局长在，财政局长在，县长啊书记啊这些县里的官员们都在，整个现场鸦雀无声。唯一的声音就是这个陈先生，他说完了，突然像个小孩子一样，就哭起来啦。可能是觉得有些不好意思——毕竟是失态了嘛，他抽抽搭搭地哭着，就走出了办公室，扶着办公室的外墙，继续哭。那样子，挺滑稽的。可不知道怎么的，看见他哭，我的鼻子根儿一酸，也可想哭咧。

我知道该走了，就想去发动车。一个官员突然赶上来拉住了我，不让我走。说让我和陈先生说一说，万事好商量嘛。我那个火大啊。我就说了一番话，你看我说的这番话对不对？我说，你们啊，还有脸说商量？有啥子可商量的？算了吧，你们这么做，我也看不过眼。我也是四川人，我是成都人，我为灾区捐了一万五，你们可以去查一查，有记录的。你们这么做，太对不起人。对不起香港，对不起四川，对不起死去的，对不起活着的。你们只有一条路可走，就是按陈先生说的做，哪里做得不好就好好改正。知错就改，善莫大焉！做人啊，总归要讲良心的！

那天晚上九点多，我们才吃上饭。我陪他喝了几杯，泸州老窖，二十来块一瓶的那种。喝着也不错。吃着喝着，这老头儿就又哭了起来，说心里难受呀，太难受呀。我想着那几箱茅台，心里说，你难受，谁心里好受呀。可我也顾不得自己难受，总得去安慰他嘛，总不能两个男人对着哭嘛……

喏，看见了吧？还有一百米，前面那家酒店就是啦。咱们俩这就应了那句话：相谈甚欢，长路变短。后来？那我就不知道了。按他的脾气，应该是会再过来的吧。他没再找我，我也不好去找他。缘分是个自然的事，不能上杆子强求，是吧。兄弟呀，咱们今儿也随缘，哪说哪了吧，说多就没意思啦。

吃的啥饭？啊哟你好奇心还真大呀。吃的就是苍蝇馆子嘛。他一定要请我请我，我没让他请。哪能让他请呢，我说我敬重他，要请他，他说，这样吧陈司机，你这么执着的话，咱们就AA吧。那顿饭，我们就是AA的。也没吃几个菜，花了不到一百块。后来他硬是要给我一百块的小费，我硬是没要。这也相当于我请他了，是吧……好了，请携带好您的随身物品，再见。

7

返程那天，送我去机场的司机很年轻，看样子是九〇后的帅哥一枚。他一路放着音乐，沉默寡言。我试着抛了一两个话题，他很酷地说：抱歉，我习惯专心开车，不便和您聊天。

上到机场出发层，车序依然很乱。徐徐而行中，我一边收拾东西准备下车一边问他认识不认识陈司机，他说他们公司陈司机有好几个，他也姓陈呢。我便向他简略描述了一下陈司机的相貌，他点了点头，淡淡地说认识啊。我便又摘要了一下陈司机的故事，说陈师傅应该是响当当的行业模范吧，他在你们公司一定是有口皆碑吧。小帅哥收起了嘴角本来就敷衍着的一缕微笑，冷冷地看了我一眼，说，我爹这个人，没事儿就喜欢读点儿乱七八糟的小说。

原载《莽原》2017年第4期

都市猫语

张　翎

　　茂盛一觉醒来，习惯性地伸手到枕头底下摸出手机，发现屏幕一片漆黑，才猛然想起昨晚收工回家的路上，他用了三年的手机毫无预兆地死了。

　　这一阵子他生活里发生的事情似乎都是毫无预兆的。比如正月里，他那个向来力壮如牛连医院的门都没进过的爹，头天晚上还在跟人大呼小嚷地喝酒猜拳，第二天到了中午也不肯起床，一摸，已经浑身冰凉。再比如春天里他和哥哥包养的鱼塘，头天鱼还活蹦乱跳的，第二天早上塘面上却是白花花的一片。他还以为是日头反射在水上的光，走近了才看清楚那是死鱼翻起来的肚皮。再比如已经跟他谈了一年恋爱的桔子，五一还在和他谈着聘礼的事，六月里却跟邻村的祥庆订了婚。桔子跟自己什么事情都做过了，而且，他们从来没有吵过嘴。岂止没吵过嘴，连句厉害话也是没说过的。

　　他只是没想到。

　　村里年岁最长见过世面最多的杨太公说其实天底下哪样事情都是有兆头的，只是人的眼睛太笨，看不出来底里。茂盛仔细想想也是：树上的芽叶看起来是一天里爆出来的，其实力气已经攒了一冬天；天边的第一声雷劈下来叫人猝不及防，其实风和云已经憋了很久的气；病虫子说不定已经在爹的肚子里住了三五年，只不过借着那顿酒才把疯撒出来而已。他是个凡人，没长天眼，他只能看见皮肉上突然鼓出来一个脓包，却看不见脓在皮肉底下已经行了九百九十九里路。杨太公见他蔫蔫的打不起精神来，就开导他说树挪死人挪活，换个地方说不定就换了运气。正好村里有一个后生去年到了温州打工，说那个地方天气和暖人好活，他就离了家，到温州城里当了一名的哥。

茂盛从被窝里钻出来，拿脚从床底下勾出拖鞋来，套进去，起了床，手里捏着一柄冰冷铁硬的手机，怔怔地，一时不知做什么好。到这时他才意识到，原来手机是他的眼睛耳朵嘴巴，他靠手机才看得见外边世界的动静，听得见外边世界的热闹，他靠手机才能跟外边的那个天地搭得上话。手机岂止是他的眼睛耳朵嘴巴，手机还是他的手脚，他得靠手机才能摸得着路走得了道。手机活着，他就活着。手机死了，他就成了个四面是水的孤岛，连岸的影子都找不到。连着他和世界的那根线突然断了，他便惶惶不知如何是好。

他抓起枕头，想翻出藏在枕芯里的那张存折，手伸到一半又停住了。用不着看，他脑子里记得那个数字，精确到小数点后面的两位。一万六千八百九十二块七毛九，其中有一万块钱是临走时妈妈塞到他包里的。加上支付宝里的三千块钱和微信钱包里的一点零钱，那就是他在这个城市里的全副家产。他完全可以去手机市场买一部新的苹果机，可是他不能。家里虽然没人张嘴跟他要过钱，可是他知道哥哥要还买鱼苗时借下的债，妈妈要给爷爷做八十大寿，妹妹要交高考补习班的学费…… 他的钱只有一个来头，却有九十九个去处。这九十九个成员的长队伍里，苹果手机只能排在末尾。

待会儿去南站天桥下边的那个手机市场找个人问一问能不能修。如不能修，只能去买一只华为，便宜的那款。他对自己说。

他推开窗，天亮了，又没有亮透。风钻进他的鼻孔，带着细细一丝声响，有点痒。这可不是家乡的风。这个时节家乡的风早就长了牙齿，能把人咬得遍身都是窟窿。南方的天候就是好啊，秋天长得像没有尽头。家乡早该万木凋零了，可这里门前的那棵柑橘树，枝条被果子压得低低的，绿的和黄的颜色上都还挂着油。当初他决定租下这个地方，除了和交接班的司机相近以外，多多少少也是因为这棵树。

那天他来看房子，大老远就看见门前有棵树，在风中抖啊抖啊，抖着满枝的绿和星星点点的黄。走近了，他才看清楚是挂了果的柑橘，只觉得眼睛一亮，心里便先有了几分喜欢。这地方在城郊，离市中心有些路，房子是那种在年复一年的拆迁风声中活活等老了的旧平房，颓败得紧，漏风，说不定还会漏雨，地板踩上去惊天动地地叫唤。但他一打开窗户满眼便是那片绿和黄，又听得房主开口说两间房统共月租六百——那个价格在城里刚够租一间厕所。他闭着眼睛还了五十块钱的价，暗想着一定招骂，没想到人家竟爽爽快快地答应了，他就猜那是天意 —— 那棵柑橘就是老天爷给他的好彩头。

当然，那时他并不知道这屋里不久前刚死过人，是一个久病的老人，实在挨不下病痛而上吊死的。当茂盛得知真相时，已经是几个月之后的事了，那时他已经和这屋子摩擦出了暖意，竟不知害怕了。

他不知道现在是几点钟。自从有了手机，他就不戴手表了，嫌沉。老黄依旧横卧在床尾，在被子窝出来的一条皱褶里露出半张脸，扑哧扑哧地打着呼噜。他就猜想还没到六点。每天到六点，老黄就会睁开眼睛跳下床来，跑到墙角那个大瓷碗跟前，等着茂盛来喂食。老黄的脑袋瓜子里好像埋了一张磁卡，老黄比日头比钟表比打卡上班的工人都守时。

老黄是一只母猫，皮毛通身灿黄，只在两眼之间有一道棕色的竖纹。老黄身形硕大，四腿颀长，看起来更像是一只经过驯养的迷你虎。在成为茂盛的宠物之前，它曾经是沿街乞食的野猫。有一天茂盛起床，开窗时发现外边的窗台上蹲着一只猫。那猫全然没有街猫惯有的惊恐之态，见人并没有逃跑，而是懒洋洋地翻了一下白眼，若无其事地接着睡觉。茂盛忍不住喂了它几口前晚吃剩的盒饭，猫吃了，第二天竟在同一时间回来找茂盛。后来干脆自说自话登堂入室，赖在茂盛屋里不走了。茂盛每日下班回到家里冷冷清清，有只猫走动着也算是有点生气，就留下了它，取名老黄，随口喂些剩饭剩菜。幸好老黄有一副与硕健的体格不相匹配的小胃口，费不了茂盛几个饭钱，实属皮实好养。

很快茂盛就发觉老黄是只有脾性的猫。那脾性有点像自卑，又有点像自傲，总而言之有几分硌涩。每日茂盛在哪里，老黄就尾随到哪里。茂盛下班回家，它远远地听见了脚步声，早早就跑到门口等候。待茂盛进了门，它却又后退几步，用那双介于猫和虎之间的灰绿色眼睛，定定地看着茂盛，看得茂盛心里发毛。那眼神很是复杂，有傲慢、好奇、警戒、期待，也有那么一丝半点的哀怨，却绝对没有阿谀。它和茂盛之间隔着的，总是那样不远不近的三步。茂盛进了，它就退；茂盛退了，它就进。就连睡觉，他们也保持着那样的距离，一个在床头，一个在床尾。老黄从不肯轻易接受茂盛的爱抚，茂盛从老黄身上得到的唯一一次接近于亲昵的表示，是有一天夜里他踢了被子，老黄在他赤裸的冒着汗臭的脚板上轻轻地舔了一舔。茂盛几乎有些受宠若惊。那湿漉漉的一舔，以前从未发生过，后来也没有被重复——老黄把亲近的主动权，毫厘不让地攥在了自己的手心，就连最美味的猫食也买不通。茂盛无可奈何。

老黄终于醒了，从被子的皱褶里探出身子，伸了一个长长的懒腰。这是一个架势十足的懒腰，腰和后臀所形成的那条弧线，几乎像一张扯得很满的弓。突然，它的耳朵兔子似的抖了一抖，嘴里发出一声低沉的嘶吼。那声音让人联想起丛林，而不是街道。紧接着，它从床上一跃而起，身子在半空划出一条灿黄的流线，然后轻轻地落到了门口——它赶在茂盛之前听到了，不，感受到了，来人。

敲门声是几秒之后才响起来的，很重，很急，一声压着一声，在这个时辰听起来有几分心惊。茂盛开了门，只见门前站着一个身穿桃红色腈纶棉外套的女人。女人手里拖着一只拉链已经开爆的蓝色拉杆箱，身上背着一个双肩包。双肩包是倒背着的，沉的那头坠在前胸。

"你是叶茂盛？"女人问。

女人说话的声音沙哑粗糙，声带喉咙和舌头像在砂纸上走过了一遭——一听就是个烟鬼。

"我叫赵小芬，是大头介绍来的。"

大头是和茂盛交替着开同一辆的士的司机，茂盛开早班，大头接他的手开晚班。

女人化着很浓的妆，睫毛膏在下眼睑印下一排黑色的污渍，唇膏在牙齿上溢染出一片猩红，一动表情，脸上就扬起一丝细细的粉。

她该叫"小粉"，而不是"小芬"。茂盛暗想。

茂盛觉得嘴角轻轻牵了一牵，就知道那是笑的前兆。他狠狠地咬住嘴唇，扯紧了已经松开的脸肌。

老黄对来人显示出了异乎寻常的兴趣，它彻底打破了先前那个苛严的三步规则，围着女人转了一圈又一圈，不停地闻着女人的腿，鼻子里发出响亮的咻咻声，这一刻老黄的表现更像是一条没见过任何世面的乡野土狗。茂盛只是没弄懂，老黄的兴奋到底是出于愤怒，还是欢喜。

"大头说你要找房客。他给你打了一夜的电话，你都没接，所以我直接来了。"

茂盛这才想起昨天跟大头说过的话。这阵子满街都是载客的车，滴滴、优步、神州……百样千般，的哥的生意清淡了许多。下个月老板要加份子钱，茂盛就跟大头说想找个房客来分担房租。本是一句随口的话，没想到大头上了心。他更没想到，大头介绍来的竟是个女人。

"我知道你不要女房客，可是大头说你上早班，我上的是夜班，我们可以不照面。"

女人似乎看穿了茂盛的心思。

"我不怎么做饭，耗不了多少水电。"

女人把双肩包卸下来，放到地板上。这时老黄的兴趣一下子从女人身上转移到了女人的包上。老黄的喉咙里传出一阵怪异的声响——是声带发出的低频震颤，听起来像是在寻找，又像是在召唤。那声响与其说是耳朵接收到的，倒不如说是皮肤感觉到的。

女人的包突然蠕动了起来，过了一会儿，半松的袋口钻出一个黑乎乎的东西。

女人打开袋口，从里头抱出一只猫来。

"大头说你也养猫，我就把小黑带过来了。"

女人把猫抱在臂弯里，犹犹豫豫地看着虎视眈眈的老黄。

"没事的，它看起来凶狠，其实是个孬种。"茂盛替老黄辩解着。

女人将信将疑地将手里的那只猫放到了地上。猫很小，大概刚断奶不久，皮毛几乎是纯黑的，只是尾巴上有两块白斑。它站在老黄跟前，似乎还没有老黄的一条腿高。它想站，却没站稳，脚一软，似乎要倒。

老黄走过来，用鼻子嗅了一下小黑。小黑向后跌跌撞撞地退了一步，老黄斜过半个身子，堵住了小黑的退路。两只猫睁大眼睛彼此对望着，地球咔嚓一声停止了转动，空气中有一些噼里啪啦的声响——那是两道目光的狭路相逢。老黄和小黑身上的毛突然噌的一声竖了起来，像是两朵结了绒的蒲公英，一朵大，一朵小；一朵黄，一朵黑。

小黑的毛发先矮了下去。它喵地叫了一声，声气孱弱，犹如一根要断没断的线。老黄身上的毛也渐渐平伏了下来。接下来发生的事情，让茂盛吃了一惊。

老黄伸出它那根粉红色的舌头，开始舔小黑。老黄舔小黑的时候，力气是用两，不，是用钱来计量的。它只用了半根舌头，神情极是小心翼翼，仿佛小黑是一件稀世名瓷，多一钱力气就能将它碎成齑粉。

老黄舔了很久很久，一直到把小黑舔成一团湿淋淋的毛线。老黄把平日舍不得花在茂盛身上的口水，像海洋一样慷慨地奉献给了素昧平生的小黑。

"狗东西。"

茂盛暗暗骂了一句。

茂盛就是在那一刻决定留下那个女人的。他一直也没改得了他的脾性，他总会为一些莫名其妙的原因做出一些莫名其妙的决定。比如几个月前，他就是为门前一棵精神抖擞的柑橘树，决定租下这个住处的。而今天，他又要为这只老黄见了化成一摊水的小黑猫，决定把房子分租给这个女人。

"六百。"茂盛粗声粗气地说。

他期待着女人还价。就是杀下两百块钱，他依旧合算。

"你这鬼地方，离城里一千里地。除了我，连鬼都不稀罕住。"

女人从一个脏得几乎辨不出颜色的手提包里，扯出三张同样脏得几乎辨不出颜色的纸币，扔到窗台上。

"五百五，多一分也别想。月初给三百，月中给两百五。"女人说。

茂盛心里一阵狂跳。这个女人将替他交付全部的房租，从今天起，他将在这个屋子里白住。他觉得离那只想象中的苹果手机，已经接近了一大步。

茂盛并不知道，女人被房东赶出去，已经在客运站的候机厅过了两个夜晚。她，连同她的猫。

就像先前他不知道这个屋子里死过人一样。

赵小芬说得不错，在她住进来很长一段时间里，他们都没有照过面。他出门上班的时候，她还在睡觉；而他回家的时候，她已经出门。他们周末都不休息，一周七天连轴转。

只是家里多出了一些东西，在提示着他屋里还存在着另外一个人。

比如说浴室里摆放的那些化妆品。

小芬的化妆品不是收在一个化妆包里，而是随意散落在浴室的各个角落。洗手盂旁边立着几支唇膏，肥皂架边上放着两瓶指甲油，洗澡时放干净衣服的凳子上搁着几盒粉底霜和粉饼……每一个瓶子每一个盒子都是脏的，内容涂溢到容器外边，混杂着女人的指痕唾沫和皮屑。茂盛不太懂女人的行头，桔子除了脸霜和口红之外，几乎没使过什么化妆品。桔子的口红是浅红的，接近于唇色，涂和不涂并没有太大的差别。茂盛是在那些散乱的化妆品里，发现了小芬的重口味的。宝蓝色的指甲油，黑色的唇膏，艳红的带闪光颗粒的胭脂……这个浓妆艳抹的女人走在街面上会是什么一副模样？茂盛突然对女人上班的时间和地点产生了一些奇怪的联想。

有一天他上厕所，发现马桶边上的垃圾桶里扔着几团染着血的手纸。他赶紧扯了一片干净的纸盖在了上面。那一整天，那几团纸一直在他的脑子里飞来飞去，像受了伤的蝴蝶，睁眼闭眼都是。

还有一天，他在浴亭的挂钩上看见了一条半湿不干的黑色内裤。其实那都不能叫作内裤，它至多只是一条剪裁成丁字形的窄布，布边上镶着精致的蕾丝，中间的某一个地方缝着一朵小小的红玫瑰。茂盛盯着那朵玫瑰，觉得有块烧得通红的炭火在他心里落了下来，他听见了嗤嗤的声响——那是皮肉烧焦的声音。他只觉得这个叫赵小芬的女人在这个屋子里埋下了无数块这样的炭火，他走到哪里都有被烧焦的危险，他简直防不胜防。

于是他在冰箱上贴了一张字条。

"请收好卫生间里的东西，卫生间不是你一个人的。"

第二天他下班回家，发现缝着蕾丝和玫瑰花的内裤消失了，化妆品装进了一个有锁边的大塑料口袋，垃圾桶也清空了。冰箱上却出现了一张字条，就在头天他写的那张纸条之下。

"穿过的袜子不要丢在沙发上，沙发是公共场所。"

女人的字迹像是被一巴掌拍扁了的昆虫，模糊潦草，却还保持着一点恣意横行的意思。

当时他还不知道，这是他们漫长的隐身对话的开始。

后来冰箱上还持续不断地出现过许多张纸条。

"不要喂猫吃剩饭。下班带包猫食回来，一样的牌子。上次是我买的。"

"别光说猫食，上次的猫砂是我付的钱。"

"下班回家轻点，有人要起早。"

"上班关门别那么大声，有人还在睡觉。"

"提醒：明天是十五日。"

"房租塞你门缝底下了，丢了别赖我。"

很快那些纸条就排成了长长一支队伍，很奇怪，谁也没想起来把过期的那些揭下扔掉。

有时茂盛没事，端着一碗泡面站在冰箱跟前，一张一张地看着那些越排越长的纸条，心里竟有点想笑。这是两个人躲在错位的时间之后的喊话。不，是顶嘴。他说的每一句话，女人都会顶回来，不仅是内容，而且在句式，甚至到词语，很有点两国交兵寸土不让的意思。

而他们的猫，却每时每刻寸步不离地腻在一起。

小黑渐渐长大了些，就很是淘气起来，窗外每一阵风吹过，屋里每一声细微的响动，窗口射进来的每一块光斑，都是它信手拈来的玩具。实在没有东西可以牵绊住它的注意力时，它就会抓着自己的尾巴转，一圈又一圈。老黄蹲在小黑身边，看着它永动机似的片刻不停地跑来跑去，满眼都是慈祥和溺爱。老黄到茂盛家不过才几个月，茂盛还没见过老黄发情时的模样，也不知道老黄从前在街上生没生过崽。看它现在的样子，老黄似乎跳过了恋爱生子的阶段，直接成了祖母。

有时小黑玩腻了，就过来招惹老黄。小黑用糍粑一样大小的爪子，拍打着老黄的脸。老黄从不气恼，通常只是轻轻地摇一摇头，像轰苍蝇似的躲着小黑的爪子。有时实在烦了，就用牙齿咬住小黑的耳朵，以示警诫。其实那不是咬，更确切地说，那是含。老黄把小黑的小耳朵轻轻地含在嘴里，怕化了似的，小黑老鼠似的吱的一声——是撒娇，老黄就松了口，伸出一条肥厚的舌头，开始舔小黑。老黄一天不知要舔小黑多少次，老黄的舌头有七七四十九种功能，是洗洁精、擦脸毛巾、镇静片、安慰剂、安眠药……小黑安然享受着老黄的爱抚，既不推让，也不俯就。

老黄对茂盛的被子已经彻底失去了兴趣。老黄现在在沙发角上睡觉。老黄睡觉时把身子摊得很开，把自己做成世上最柔软舒适的一张床。小黑则把身体蜷成一个小球，尾巴勾成一个黑白相间的圆圈——就像它还在母腹里的样子，枕着老黄的手臂，贴着老黄的肚皮，安然入眠。看着小黑睡觉的样子，茂盛不知怎么的就想起了桔子，却又不知道这两件事中间到底有没有一毛钱的关系。

有一天，茂盛正睡着懒觉，被一阵声响惊醒。开门一看，小芬穿着一身棉睡衣，大马猴似的站在电磁炉跟前炒鸡蛋。热油里落进了水，油花炸得噼里啪啦，音响开得惊天动地，某个黑人歌星正在声嘶力竭地吼着一首谁也听不懂的歌。茂盛咳嗽了好几声，小芬才听见，回过头来看到他，见了鬼似的跳了起来。

"你怎么，没上班，今天？"她问。

"车坏了，老板拿去修了。"他大声喊叫着。

她就把音量调低了些。

"我以为屋里没人。"她说。

茂盛说这响动，你耳朵受得了？

小芬说不吵，一点也不。

小芬关了电磁炉，鸡蛋已经炒老了，焦煳煳的很难看。她从锅里舀出一碗粥来，吃一勺粥，夹一筷子鸡蛋。鸡蛋吃了半口，又把剩下的那半口递给了坐在她脚下的小黑。小黑是吃猫粮长大的，不吃人食，偏过头去不予理睬。她又把那半筷子鸡蛋伸到老黄嘴边。老黄吃过人食也吃过猫粮，却对那鸡蛋兴趣索然，舔了一舔也把脸扭了开去。

"你不是不让喂剩饭吗？"茂盛说，说完就想起这是某张字条上的内容。

"大少爷！"小芬愤愤地骂道——她骂的是猫。

茂盛打开冰箱，拿出一瓶腐乳，递过去给她。

"在家没做过饭吧？连猫都不吃。"茂盛说。

小芬抬头斜了他一眼，说什么样的人就有什么样的猫，都嘴刁。

她毫不客气地打开瓶子，夹了一块腐乳出来，放到碗里，吃一口，喊一声咸。

她刚洗过澡，头发还没干，披散在肩膀上，滴滴答答地淌着水。她还没来得及化妆，洗去了脂粉的脸干净清爽，眉眼开阔，这会儿的她看上去几乎就是个中学生。茂盛忍不住暗自感叹：他娘的这化妆品到底是什么东西做的，怎么那么脏？

这身棉睡衣底下穿着的是那件黑色的缝着蕾丝的内裤吗？那朵玫瑰应该落在身体的哪个部位？茂盛想。挂在衣架上时，它仅仅是件内裤。而当有一个胴体可以落实的时候，感觉突然就不同了。

茂盛的脸有点热。

"其实，你不化妆，挺好。"茂盛听见自己说。

这话没经过脑子就直接跳到了舌头上，说完了，他就后悔。轮得着他说吗，这话？他和她算个什么交情？纵使他们交换过了一万张纸条，他们依旧是两不相干的陌生人。

小芬撇了撇嘴，说不化妆能行吗？谁能找你？人人都把你当孩子。

茂盛这才明白，对于这个叫赵小芬的女人来说，化妆的目的跟世上居多的女人都不一样。别人是想靠化妆来遮掩年纪，她却是想靠化妆来遮掩年轻的。

"你是想问我做什么工作的，是吧？"小芬问。

茂盛的脸又是一热。这个女人像是他肚子里的蛔虫，总能抢先一步猜出他的心思。他其实是问过大头的，大头说不清楚。大头跟小芬并不真熟，是朋友的朋友辗转介绍的。大头只知道她是安徽人，来温州快一年了，换过很多份工作。

"想问你就问。"小芬说。

“我没想问。”茂盛瓮声瓮气地回答。

“不问你别后悔，就这一次机会。”小芬依旧嬉皮笑脸。

“我后悔个屁。”茂盛说完了，又为自己的口吻懊丧。他听上去几乎有些在意。

“哎，我说那个的哥兄弟，你怎么那么闷？懂不懂什么叫玩笑啊？”

小芬从兜里掏出烟盒，点上了一支烟。

闷？

茂盛心里一惊。从前桔子也这么说过他。他一直以为桔子变心是因为他家里穷，可是祥庆的家境也没比他宽松多少。兴许，桔子是因为祥庆爱说爱笑会哄人？

茂盛就想笑一笑。可是刚才那一下绷得太紧，脸还硬着，像没化透的冻肉。要是有镜子，他知道这时的笑容肯定夹生。

“放松点，别太把自己当真。”小芬又抽出一支烟，朝茂盛扔过来，“别告诉我你不会抽。”

茂盛就着小芬的烟头，点着了火。从前他跟着哥哥跑码头贩鱼的时候，就学会了抽烟，只是没上瘾，说不抽就不抽了。这一口烟进了肚子，他以为久违的味道会勾出从前的那些记忆，可是时过境迁，两股烟走的是不同的道，既不相识，也没相遇，彼此只是陌生。

他抽烟的样子很古怪，一气连抽两大口，然后在肚腹里憋着，待到憋足了劲道，才慢慢地从鼻孔里逼出来，逼出一串圆圈。那圆圈刚开始时很紧很圆，后来就渐渐地懈了劲，变成一个个松松扁扁的椭圆，最后在天花板上撞碎了。

这是哥哥教给他的魔术。

小芬见了，忍不住咯咯地笑了起来。

“没想到你也有这一招啊，的哥。”她说。

“好吧，你告诉我，你是做什么的？”茂盛把一根烟抽到了头，终于问。

小芬站起来，把脏碗哗啦哗啦地扔进了水池子。

"晚了。我说话算数，就一次机会。你算是错过了，哥。"

　　那天之后，又是很长一段时间，他们彼此没有再照过面。后来茂盛发现小芬趁他上班的时候，往家里带过人。

　　最初的迹象是茶几上出现的一个眼生的金属烟灰缸。

　　小芬自己有一个烟灰缸，是玻璃的，吹成一朵敞口的花。小芬抽烟的时候，走到哪里，就把那朵花端到哪里。小芬从来不用别的烟灰缸。

　　又过了几天，茂盛倒垃圾的时候，发现街角收集垃圾的那个塑料桶里，有一只熟悉的垃圾袋。那个袋子上印的是一家超市的名字。这家超市是大头的一个朋友开的，不久前关了张，就把压在库里的购物袋拿出来分送给朋友做垃圾袋使。茂盛手里的垃圾袋撞到那只垃圾袋的时候，发出一声硬硬的声响。茂盛好奇，就打开那只袋口，发现里头是五个空啤酒罐。

　　还有一天，小芬忘了清空沙发上的那个烟灰缸，茂盛数了数，里头躺着十八只烟蒂，不同的牌子。

　　从那天起，茂盛就开始留意垃圾袋里的内容。渐渐的，他可以从啤酒罐和烟蒂的牌子和数量上，大致判断出家里来过几拨人，那些人又待了多久。

　　他开始猜测她在家里会和那些人做些什么事，趁他不在的时候。想着想着，也不知怎么的，脑子就拐上了一条歪路。她和他们一起抽烟、喝酒，或许还有……是在她的床上？还是在沙发上？抑或是地板上，像好莱坞电影里的那些男女那样？那件缝着蕾丝和玫瑰花的丁字裤，是好戏上演之前的最后一块幕布。幕布不是戏，可是戏却总要经过幕布那道关口的。所以她在一切事情上都可以如此潦草漫不经心，却唯独肯花心思挑选了这么一块精致的幕布。

　　她和她带进家来的那些人开始闯进他的夜梦。她的面目始终是模糊的，他到现在也没能真正记起她的相貌，因为他只见过她两面，而这两面又是彼此打着架、毫无相似之处的，但他却感觉她开始操控他的情绪，她和她那件黑色的绣花内裤。有几次他甚至萌生了趁白天没客的空当，偷偷开车回家把他们逮个正着的想法。有一次他甚至已经把车开到了家门口，最终还是冷静了下来，没有进去。她不是他的婆娘，也不是他的未婚妻。他们甚至不是朋友。他只是她的房东。不，从法律的意义来说，他甚至算不上是她的房东。他不是来抓奸的，他仅仅是要提醒她一个房客应该恪守的规矩。

就在发现茶几上那只陌生烟灰缸里有十八个烟蒂的那一天，茂盛理直气壮地在冰箱上贴出了一张条子。

"不要往家里带人。"

其实这张条子已经在他脑子里酝酿了一阵子了。它最初的版本是：

"请不要随便往家里带陌生人。"

后来又改为：

"请不要随便往家里带人。"

再后来又改为：

"请不要往家里带人。"

等到最终的版本出现在冰箱上时，字数已经比初稿简化了将近一半。

茂盛删去了"请"字，因为这个字会把要求变成请求，而只要是请求，就必须接受遭到拒绝的可能性。"随意"和"陌生人"两个词，也会招致诸如"没有随意""不是陌生人"之类的反驳。他必须在所有的漏洞还没有成为漏洞的时候预见到漏洞，并把它们一一堵死。读中学的时候，他的数学成绩不错，老师曾夸过他有逻辑思维能力。现在他才知道了逻辑思维是个什么玩意儿，可惜他对读书的兴致始终寥寥。

让茂盛踌躇许久的，还不只是这张字条的内容，而且是该如何应付这张字条可能出现的回应。

假如她的下一张字条是："你凭什么说我带了人？"他该如何回应？他总不能告诉她：他每天在臭气熏天的垃圾口袋里翻找空啤酒罐，并且用钳子一一夹出烟蒂，以确定它们的准确数目？

而那个陌生烟灰缸里明明白白地躺着的十八个烟蒂，像一根不锈钢的脊梁骨，让他终于可以理直气壮地提出他的要求。

他期待着她的回应，可是她固执地沉默着。他最新的一张纸条之下，第一次出现了长久的空白。

他以为她理屈词穷。他以为他逻辑思维的铁手已经捏住了她的短处，他终于占了上风。他只是不知道，那个他以为理屈词穷了的女人，依旧在做着她时常做的事情，只不过找到了更巧妙的方法，来销毁身后遗留下来的踪迹而已。

后来他还是从垃圾口袋里找到了几个空啤酒罐和烟蒂，但数目已经大幅度下降，和她一个人的消费量基本相吻。

终于懂规矩了。他想。

他就渐渐放松了警惕。

有一天茂盛载了一个客人，下车的地点就在离他住处很近的地方。放下客人之后，茂盛突然感觉睁不开眼睛。那天的午饭吃得太饱，他感觉异常困倦。路上没地方可以停车，他就想回家迷瞪几分钟。

他蹑手蹑脚地开门进了屋。他知道小芬平常是下午四点多钟上班，这会儿说不定还在睡懒觉，他不想惊动她。其实，他是不想面对她。自从他贴出那张"不要往家里带人"的字条之后，冰箱的门上再也没有出现过新的字条。她异乎寻常的沉默不知怎的竟然使他感觉忐忑——他宁愿她辩解一句，甚至激烈地反驳。可是她没有。很奇怪，理亏的是她，不安的却是他。

家里很安静，老黄和小黑在沙发上睡午觉。小黑今天换了一个姿势，不再枕着老黄的胳膊，而是爬上了老黄的肚子。老黄的身子依旧摊得很开，小黑的身子依旧蜷得很紧。老黄轻轻地打着呼噜，身子一起一伏像微风里的一汪海水。小黑如同水上的一只小船，随着水波纹一会儿高一会儿低，海和船都很惬意。

茂盛在床上躺下，本来是想睡十五分钟就走的，可是一合眼就睡过了头。脑子在一遍又一遍地催促着身子："起来，赶紧起来吧。"身子却用三倍的力气抵挡着脑子："两分钟，再睡两分钟。"

后来他隐隐约约听见厕所里有些响动——是有人在撒尿。声响很沉，咚咚咚咚的，不像是女人。他的神经触角只张开了几秒钟，又很快缩了回去——困意压倒了一切。

也不知过了多久，他被一阵尖锐的声响惊醒，像是什么物件摔碎了。紧接着，他听见了一个女人的叫喊："变态啊，你这个猪！"女人的叫喊很快被一个男人的吼声盖住了。"这个价码，你还号什么号！"

屋里安静了片刻，女人的声音又响了起来，这次，像是让被子蒙住了嘴，咿咿呜呜的，听见了，却听不真。

茂盛一下子醒利索了，鞋子也没顾得上穿，光着脚踹开了小芬卧室的门。

屋里一片狼藉，劣质烧酒的味道刺鼻，地板上到处撒满了烟蒂和闪闪烁烁的玻璃碴子——是小芬的烟灰缸碎了。一块碎片扎进了墙里，扎得很深。

床上叠着两个人。不，确切地说，是一个男人骑在一个女人身上。男人很肥，肚子上的赘肉一叠一叠的，几乎覆盖住了女人的大半个身子。女人唯一露在外边的，是两条白鱼一样的细腿。

那两人看见他，同时吃了一惊，倏地坐了起来。女人扯过被子捂住了身子，男人滑到床沿上，慌慌张张地套着裤子。

"你是谁？"茂盛大声喝问。

"这个你得问她。"男人指了指床上的女人说。

男人这时已经穿完了裤子。有了遮挡之后，男人的语气里就有了几分镇定，甚至几分油滑。

"滚！"

茂盛喊出这个字，马上知道他的声带撕裂了，因为喉咙里泛上一股隐隐的血腥味。他看见男人的目光落在他的手上，突然蔫软了下去，像猪油见着了火。他这才醒悟过来原来他手里捏着一把锤子。他已经想不起来他是在哪里找到这把锤子的。

男人贴着墙从他身边溜了出去。溜到门口的时候，咕咕囔囔地说了一句："你情我愿的事，爹娘也管不着。"

男人砰的一声带上门走了，屋里安静了下来，静得几乎可以听得见灰尘被搅动起来又渐渐落地的声音。茂盛期待着女人说话。羞愧，感激，道歉，解释，或者哪怕仅仅是哭泣。可是女人没有。女人只是把下巴栽在两个膝盖中间，怔怔地盯着窗户，一动不动地沉默着。窗帘没关严实，正午的阳光从缝隙里钻进来，在地板上投掷下一把白色的长刀。女人脸上的化妆品被汗水扫出一行行的沟壑，像雨淋过的灰土地。

茂盛把锤子咚的一声扔在地板上，转身走了。

"你给我搬出去，马上。我不想再看见你。"茂盛说。

晚上茂盛下班回家，推门进屋，小芬没走，正坐在饭桌旁边等着他。

桌上摆着两菜一汤。菜是清水煮虾和西红柿炒鸡蛋，汤是海米冬瓜汤。鸡蛋这次没有炒煳，黄灿灿的挂着油光。

"我吃过了，这是给你的。"小芬说。

女人的脸洗过了，可是茂盛总觉得那上头依旧留着一道道污渍，白的，红的，黑的……茂盛便知道，有的脏是任多少水也洗不干净的。

"大哥，我能不能，再住一宿？"女人怯怯地问。

"我不是你大哥。"茂盛说。

"茂，茂盛，大哥，晚上我没有地方去，明天我一定走。"女人说。

茂盛没有吱声。

"你吃饭。"女人把筷子塞到他手里。

"我吃过了。"茂盛瓮声瓮气地答道。

女人站起来，默默地收拾了桌子上的饭菜，进了厨房。厨房里响起了锅碗瓢盆的碰擦声，小心翼翼地。接着，茶壶发出了嗡嗡的震颤——女人在烧水。

茂盛倒出猫粮，给老黄和小黑喂食。平常这个时候，小芬应该已经出门上班。从一开始他们就说好了：她管中午这一顿，他管它们的晚饭。

也许她中午忘了喂它们，老黄和小黑看上去都饿。小黑冲了上来，身子横在碗边，挡住了老黄，猫粮的硬颗粒在小黑两排牙齿的挤压下发出尖锐的碎裂声。小黑吃起食来脖子一扭一梗的，仿佛每一口食物都长着一条尾巴，或是一根骨头，它需要舌头牙齿嘴巴和脖子的通力合作。

其实它完全防御不了老黄——老黄的一只爪子就可以轻而易举地把它扫出几尺远。小黑这阵子虽然长了些身个，可是论体积它远不是老黄的对手。也许它一辈子也成不了老黄的对手，可是它不需要。它知道它不需要用体力来征服老黄，它的一个眼神就能把老黄化成一摊黄泥浆，从第一眼起，它就已经把巨兽老黄绕在了自己的指尖上。

老黄蹲在小黑身后，静静地看着它一口一口地吃着饭，两只眼睛眯成两条满足的细缝，只有尾巴暴露了目光里所没有包含的内容。老黄的尾巴在一下一下地拍打着地板——那是来自肠胃的饥饿呼喊，脑子和心都管不住。

小黑终于吃完了，开始用小爪子洗脸。老黄这才起身朝那只碗走去，走到一半的时候它又犹犹豫豫地停住了，回过头来轻轻舔了一下小黑的脊背，仿佛在问："你真的，吃饱了？"见小黑没搭理，它才蹲下巨大的身躯，放心地吃了起来——这时的猫碗已经空了一大半。

"贱货！"茂盛用脚尖轻轻踢了一下老黄。

"明天你就自由了，想什么时候吃就什么时候吃，想吃多少就吃多少。"他对老黄说。

茂盛在沙发上坐下，拿出那只他花了三百块钱修好的手机，开始玩军棋。军长师长旅长团长营长、大官吃小官、工兵排地雷……那是他玩了一整个孩提时代的游戏。大头笑他没断奶，殊不知这却是他开了一天车之后最不耗脑子的休息方式。

女人端着一个木盆从厨房里出来，把盆放到他的脚下——是一盆热气腾腾的水。女人拖过一张板凳坐下，就来扒茂盛的袜子。茂盛吓了一跳。

女人把茂盛的脚按进水里，茂盛不情愿地挣扎了一下，可是水很情愿，漂浮着中药末的水生出一万条温软的舌头，轻柔地舔着茂盛踩了一天油门和刹车的脚。那脚一秒钟前还是一块硬冷的石头，这会儿却跟棉花糖似的化在了水里。接着，腿也跟着化没了。

"你问过我到底是做什么的，我是个洗脚妹。"小芬说。

他早该猜到的。她这样的女人，除了发廊和按摩院，还能干些什么？

"我给你好好洗一次脚，今天，多亏了你。"女人的话论道理应该是感激的意思，可是不知怎的听起来不像。至少不完全像。

"你带多少人，来过这里？"茂盛问完了才意识到，这句话他已经憋了整整半天，从中午到现在。

女人的眉头轻轻地蹙了几下，仿佛在进行一次艰难的心算。

"没数过。"女人终于说。

"那些人，都是你店里的客人？"茂盛追着问。

"都是我洗过脚的，我觉得稳妥的，才敢带回来。"女人说这话的时候，没看他。女人只是看着他的脚。

茂盛的脚在水里颤了一颤。她已经成功地把他变成了一个她洗过脚的男人，就在这一刻。

"今天这个，也算稳妥？"茂盛冷冷一笑。

女人没吱声。女人把他的一只脚从水里捞出来，搁在她的腿上，擦干了，抹上油，开始揉搓。他没想到女人在家里也收藏着全套的洗脚工具。在他不在的时候，她还给多少男人洗过脚？

女人的腿并不丰腴，他的脚隐隐觉出了底下的骨头。他想起了她那两条露在那个猪一样肥壮的男人身下的裸腿。他没看过女人的身份证，他不知道她的确切年龄，兴许她还是个没完全长好的孩子。

可是这一切都将和他毫无关系，这个女人，连同她的年纪，她的蕾丝内裤，还有她全套的洗脚工具。因为再过一夜，她将彻底淡出他的生活，连个水印子都不会留下。

女人的手法一看就是没经过正规培训的，女人丝毫也不在意经络穴位，女人规避了一切可能产生疼痛的途径，女人只求用最少的力气抵达最大的舒适。

可是他感觉受用。

"他是熟客…… 今天，是我不让他用我的烟灰缸…… 惹翻了……"

茂盛发现自己的思绪开始断片，女人的五根手指已经把他轻而易举地引入了清醒和睡眠中间的那个灰色地带。

"我弟弟要换肾，医药费二十万……"

茂盛知道，这是一个苦情戏的开场。他希望睡去，因为那是最安全的一种抗拒。可是他的耳朵不肯和他的脑子配合，耳朵大大地睁着眼睛，他发觉自己在听。

"我妈生了五个女儿，才有了这个弟弟。我爸说他要捐一个肾，剩下二十万医药费，五个姐姐都出去挣，年底各带四万回家。"

"我爸把我们送上火车的时候，交代我们，不用告诉他钱是怎么挣的。"

茂盛怔了一怔。他妈送他到火车站的时候，也留下了话。他妈的话是："挣不来钱就赶紧回家。"

当然，他没有一个需要换肾的弟弟，也没有一个需要献出一个肾的爸爸，因为他的爸爸已经变成了一坛子灰，埋在村后的一片山坡上。

"那些人，一次给多少钱？"茂盛问。

茂盛其实是想问"给你多少钱"的，话走到舌尖的时候，舌头自作主张扣住了那个"你"字。有那个字和没那个字，意思是大不相同的。有那个字的时候，他打听的是人，而没那个字的时候，他打听的是事。

"最少五十，偶尔一百，就像今天这个。"女人的神情和语气里没有任何波纹和皱褶，仿佛她仅仅是在比较着某种货物在不同超市里的价格。

现在他终于明白了，为什么赵小芬如此着急几乎没有认真还价就同意租下了这个房间：她图的不是便宜，而是他白天不在家。他从她那里收取的房租是五百五十块钱，也就是说，用这个价格，他其实每个月可以和她痛快十一次。隔两天一次。

原来女人的身体竟然如此便宜。

可是她却从来没跟他开过口，连个暗示也没有。她明明可以用十一个急匆匆的夜晚，抵消一整个月的房租的。哪张床上不是睡呢？皮肉大多是不认床的，尤其是她这样的皮肉。

"那酒呢？酒不算钱？"他又追着问。

小芬迟疑了一下，才说："超市啤酒减价的时候，一块三一罐。我大姐说男人喝点酒后，能，能痛快些。"

痛快？是给钱的痛快，还是……茂盛为自己的联想感到无耻。他知道自己在占着她的便宜——占着她的理亏，或许还有，占着她的感激。可是理亏和感激是橡皮筋，弹性再好也有扯断的时候。他不能毫无限制。

女人的表情只是安然。冰箱门上那些字条上表现出来的毫厘不让的斗志，此刻已经荡然无存。

"为什么还要抽烟？不能省一省么？"茂盛说。

"抽了烟，日子好过些。"女人说到"好过"两个字的时候，咧嘴笑了，茂盛发觉她的门牙已经染上了一丝黄渍。

女人终于把他的脚洗完了，每一根脚趾每一寸皮肤都得过了慰抚。脚失去了重量，坠不住身子，他觉得他有些飘浮。

"还短多少，离四万？"他听见自己问女人。

这话听起来像是某种暗示，他一下子警醒了。水是迷魂汤，女人的手指也是，脚一离开水和女人的手，立时就清醒了，他重新落到了地上。他有他的日子，她有她的。她的苦情戏或许很真，可是他不想在里头扮演角色，哪怕是最不起眼的一个。

"还短四千，眼看就到年底了。"女人站起身，捶了捶腰。女人的这个动作叫她一下子从中学生变成了祖母。

"注意点，安全。"茂盛说完这话，急急地就往自己的房间走去。女人的眼神和话语都生着千万根看不见的线，像暗夜里结的蜘蛛网，他一不小心就有可能绊在里边。他得尽快逃离。

"茂盛，大哥。"女人从身后犹犹豫豫地叫住了他。

"我明天搬走，离月底还差六天。月租五百五，算到每天就是十八块三。你能退我一百吗？就算顶我今天给你洗脚的费用？"女人说。

女人说这话时声气理直气壮，没有丝毫的扭捏和不安。

蠢猪！

茂盛暗暗地咒骂着自己。女人之所以给你捏脚，不是感激，不是愧疚，不是难堪，甚至也不是解释，而仅仅是为了那一百块钱的房租。女人到底给多少人下过这样的套子？又有多少个像他这样的蠢猪，睁着眼睛落进了套中？

茂盛从口袋里数出几张纸币，扔在地上。

"明天，你一定走人。"

茂盛第二天下班回家，不用推那个房间的门，就知道赵小芬已经搬走了，因为他看见冰箱上贴的那些浸泡着各样情绪的字条已经全部不见了。曾经密不透风的冰箱门，一下子赤裸了，看起来有些陌生。他觉得屋子很大，大得似乎可以感受到风。

她在这里住了两个多月，在这期间他总共见过她四面。不，他总共才见过她两面，因为另外那两面她是化着浓妆的，他看见的不是她，而是一堆脂粉。其实平常他下班回家时，她也不在，可是那些字条总在隐隐约约地提示着她的存在，给了他某种错觉，总以为他并不是一个人。

他发现沙发左边的那个扶手上，新盖了一块手帕。那是她留下的，目的是遮掩底下那个被烟头燃烧出来的大洞。这个沙发是屋主的旧物，茂盛搬进来时懒得动，就留下了。他，还有后来的她，都对扶手上那个昭著的疤痕熟视无睹，因为他们从来也没有把这里真正当作过家。而在她走的时候，她却突然想起来遮掩这块丑陋。替他。

他拿起那块手帕看了一眼，是一块白色的亚麻织物，应该是新的，还带着未经洗涤的挺括。她对一切都是那样的潦草和漫不经心：被油垢沾成一团的头发，被脂粉修改得面目全非的脸蛋，脏得辨不出颜色的手提包，还有包里那些同样脏得辨不出颜色的纸币……可是，这块干净的，白色的，还带着浆味的亚麻手帕，却在提醒着他：她其实也可以不潦草，或者说，她甚至还可以上心。

他不由自主地联想起那个被摔成了一万块碎片的烟灰缸。大凡是人，大概总得守着一两块干净的地盘，不许别人碰脏的。对有的人来说，那可能是母亲身上的味道；对另外一些人来说，那可能是老家门前的青石板路。对他叶茂盛来说，那可能就是桔子。而对这个叫赵小芬的女人，不，女孩，来说，兴许就是这块帕子，还有那个吹成一朵花样式的敞口玻璃烟灰缸。她可以把身体最隐秘的通道打开来，由着人进进出出，却无法容忍别人和她共用一个烟灰缸。

多么奇怪的洁癖啊。茂盛想。

老黄今天一反常态，没有到门口迎接他，而是蹲在墙角默不作声。茂盛走过去抚弄它，它无精打采地看了他一眼，却没有退后。它任由他把它的毛发揉乱了，再顺平；顺平了，再揉乱。茂盛突然觉得老黄的皮松了一些，他的指头竟能夹起一叠。

早上搁在碗里的猫食，几乎没动过。茂盛又换了半碗新鲜的，送到老黄跟前。老黄闻了一闻，依旧没动。茂盛突然醒悟：从前老黄总是等着小黑吃完了才过来的，老黄的每一顿饭都是由小黑开场。没有了小黑，老黄竟然不知道如何吃饭了。其实在有小黑之前，老黄也是孤单的。只是有过了小黑的孤单，和没有过小黑的孤单，又是很不一样的。

"你总得习惯，一个人吃饭。"茂盛拍了拍老黄的头说。

这天睡到半夜，尿急，茂盛起床上厕所，突然发现老黄蹲在窗台上，仰着头，怔怔地盯着窗外。刚开始茂盛以为它在看路边的树。时已腊冬，树叶早已落尽，露出枝丫间一只乌蓬蓬的鸟巢。老黄爱鸟，从前也时常蹲在窗台上看麻雀从树枝间飞来飞去的。那时的树枝叶茂密，鸟巢藏得很深。这会儿鸟巢裸露着，却不知里头是否有鸟雀栖息。没有风，光秃秃的枝丫和孤零零的鸟巢像纸剪的景致，边角犀利，纹丝不动。

过了一会儿，茂盛才明白过来，老黄不是在看树，而是在看月亮。月已经圆了一大半，澄澈透亮，照到哪里，哪里就像抹了一层清鼻涕。

老黄的眼中也有一层那样的光亮。

那是眼泪。

在接下来的三天里，老黄一直不吃不喝，一动不动地蹲在墙角。茂盛去宠物店买了一个湿肉罐头回来喂它，它只轻轻舔了一口，就作罢了。老黄平日最爱吃湿肉罐头，只是罐头太贵，茂盛没舍得买。

我拿什么来拯救你，你这个大傻瓜？

茂盛无可奈何地叹息着。

茂盛打开电磁炉烧水，正准备煮面，突然发现蹲在墙角的老黄耳朵抖索了一下，喉咙里发出一阵低沉的呜咽声。顺着老黄的目光望过去，茂盛发现在半明不暗的路灯光亮里，外边的窗台上出现了一团模糊的黑影。那团黑影先是圆的，后来就变长了。它把自己拉成细长的一片，紧紧地贴在窗户上。紧接着他听见了一阵刺啦刺啦的声响——是黑影在抓窗。

老黄的身子一下子紧了起来，纵身一跃，嗖地跳到了窗台上。老黄猝然醒了，仿佛刚刚经历了一场漫长的冬眠。几乎是同时，老黄和窗外的那团黑影各自伸出了舌头，疯狂地舔着对方——隔着一层窗玻璃。它们的口涎在沾满灰尘的玻璃上清理出一大一小一里一外两个干净的蒸腾着热气的圆。茂盛终于看清楚了，窗外的黑影是三天前离开的小黑。

茂盛刚把门打开一条缝，小黑就迫不及待地把自己的身体挤了进来。茂盛下意识地看了看小黑身后——路上没有人。

小黑冲进屋时用力过猛，身体一下子失去平衡，滑倒在地上。小黑挣扎着想站立起来，却没能站稳，茂盛这才发现小黑瘸了一条腿。小黑的身上沾满了草秆和泥沙，皮毛脏得起了结子，前爪的肉垫上扎进了几根刺。茂盛拿过一块湿布来，正想擦一擦小黑的身子，老黄咆哮着冲过来，挡住了茂盛的路。老黄的毛发根根竖立如针，茂盛在它的眼神里看见了丛林和火焰。

茂盛明白了，老黄也有自己的地盘。小黑就是老黄死守着的那块干净地儿，容不得别人闯入。清洗和疗伤只能是老黄的事，他插不进去。

等他煮完一碗挂面出来，小黑已经是一个湿淋淋的线团，一路沾染的泥尘已经随着口水吞咽进了老黄的肠胃。小黑簌簌地发着抖，大概是饿，也是冷，一只前爪蜷缩在胸前，正在大口享用猫碗里的湿肉。湿肉放久了，已经结了一片泛白的硬皮。它吃饭的样子依然如故，一梗一梗地扭着脖子甩着头，仿佛湿肉里藏着尾巴，或是骨头。老黄蹲在它身后，静静地看着它，两眼眯成一条细缝，尾巴一下一下地敲着地板，仿佛在为小黑的舞蹈打着节奏。

小黑吃了一半，突然停住了，似乎想起了什么。犹豫了片刻，才一瘸一拐恋恋不舍地离开了猫碗。老黄起身，朝猫碗走去，在它们相互交错的那一刻里，老黄习惯性地停住了，扭头看了一眼小黑，仿佛在问："你真的，吃饱了？"小黑没有回头。老黄这才蹲下来，将自己下半身的重量安然地放置在地板上，开始低头吃饭——这是三天以来老黄第一次进食。

老黄很快吃完了那半碗湿肉，茂盛又添了一碗干食。老黄再一次回头看了一眼小黑——那是呼唤。小黑站起来，慢吞吞地走了过来。小黑坐在碗的那头，老黄坐在碗的这头，老黄没退，小黑也没抢，它们各自吃着各自的饭，猫粮干硬的颗粒在它们的齿间发出尖利的碎裂声。

终于吃饱了，它们躺在猫碗旁边的地上睡着了。它们都已经精疲力尽，甚至没有力气将身体挪移到沙发上。温暖和饱足像一层丝棉裹着它们的身体，将它们瞬间推入睡眠的深谷。小黑既没有枕在老黄的胳膊上，也没有爬在老黄的身上。小黑不再蜷成一个紧紧的球，它把自己的身体肆无忌惮地摊开了，像老黄那样，露出一片粉红色的肚皮。茂盛惊奇地发现，小黑几乎是一只大猫了。小黑和老黄脸对着脸，鼻子挨着鼻子，四肢相触，搭成一个一头小一头大的圈圈。

茂盛掏出手机，发出一条短信息："小黑在我这里。"

可是他一直没有收到回复。

茂盛下班回家，看见门前坐着一个人，正靠在一只箱子上睡觉。那人的头埋在臂弯里，他看不清脸，衣服和箱子他却是认得的：衣服是一件脏得泛着油光的桃红色腈纶棉外套，箱子是一只拉链已经爆开的蓝色拉杆箱。

是赵小芬。

她睡得很沉，当他把她推醒时，她嘴角上挂着一丝口涎，一副不知身在何处的蠢相。她的脸依旧脏，倒不是化妆品，而是尘土。

他知道她会过来的，只是没想到她会不打电话直接来了。

他打量了一眼她的拉杆箱，不知道该不该让她进屋——她给他下过的套子尚记忆犹新。

她看出了他的犹豫，就笑了，说大哥我不会给你添麻烦的，我已经买好明天早上的动车票回家。

他吃了一惊，问你挣够钱了？

她离开这里才四天。假如她没有在路上踢到一个金元宝，她得洗多少双脚，经手多少个男人，才能挣够那四千块钱？

"我大姐来电话，把我短的那份也挣出来了。"小芬说。

茂盛犹犹豫豫地把女人让进了屋。女人走在他前面，佝偻着腰，一只手护着肚子，身形有些古怪。他的心抽了一抽，不由自主地产生了一串龌龊的联想：一间光线不足四面透风的屋子里，一个即将失去一只肾子的父亲出来开门。在朦朦胧胧的夜色中，他看见门口站着五个浑身尘土、体态臃肿的女儿。

女人一进屋，躺在沙发上酣睡的小黑突然惊醒了，呼的一声跳下来，呜呜地叫着，叼住了女人的裤腿，尾巴摇得像一阵风。

女人用脚尖勾起小黑，一下一下地晃悠着，嘴里喃喃自语："你这个，你这个，良心叫狗吃了的坏东西。我哪儿都找过了，怎么就没想到你跑这里来了。十站地，十站地啊，你怎么就认得路呢？"

老黄警惕地跟了过来，围着女人绕了一圈又一圈，鼻子里发出响亮的咻声。老黄的神情跟几个月前第一次见到女人时一模一样，可是茂盛知道，老黄的心情却大不相同：那次是狐疑和试探，这次是嫉妒和提防。

女人终于放下了小黑，解开外套，从里头掏出一个内容饱实的塑料袋，放到桌子上。

"我买了两个盒饭，油爆虾，挺香。"

茂盛这才醒悟，女人一直把盒饭捂在身上保暖。

"请你吃的，没毒。"女人见他不动，就把他推到了饭桌跟前。

茂盛想说我吃过了，可是他的肚子却发出了一阵不知廉耻的呼喊。

两人便坐下来，开始吃饭，却都无话。女人的额角一会儿鼓，一会儿瘪，那是女人的话在寻找出路。

"小黑是救了我一命的，因为我不想活了，那个时候。"女人终于开口。

又是一个，苦情桥段。茂盛想关闭一切感官的闸门，可是耳朵好像不是脑子养的，耳朵总在寻找任何一个时机悖逆着脑子的教管。

"那一天，我第一回带人回家。完事了，心里闷，就到街上散心……走一步，都疼。"女人断断续续地说。

"走到街口，风一吹，我突然醒了。天，这是我的第一次，我怎么就没给李云九呢？"

"李云九住在我家那条街上，小学中学，我们都同班。他缠了我好多回了，每一次我都说，等你找下了工作，再来找我。到后来，我倒是把自己，给了一个连名字也不晓得的陌生人。"

"我怎么，这么傻呀，这么傻。"女人反反复复地说着同一句话，像是一架年久失修的唱机。

茂盛觉得一只虾卡在了他的喉咙口，往下咽往外吐都扎着喉咙，一样疼。

"那天我不知怎的，就走到了江边，越想越郁闷。这才是第一回啊，还要多少回我才能挣到四万块钱？我怕熬不到头，我不想熬了。我正要往栏杆上爬，突然有个毛烘烘的东西，绊住了我的脚。我低头一看，是只猫。其实它哪是猫啊，看上去也就比一只老鼠大不了多少。我抱起来，它还盖不全我的手掌。我心想哪个心狠的娘，能扔下这么小的崽呢？我要是不救它，它活不过一个晚上。我就把它带回家来了。"

"它太小了，还不会喝奶，我就去药房买了个针筒，往它嘴里推牛奶。后来它就活下来了。我救了它，它也救了我。"

茂盛不知说什么好。他是个的哥，一天到晚在路上走，他不知听过了多少个故事。他的耳膜，早已被各种各样的故事磨出了老茧，他自以为刀枪不入。他已经练就了一样本事：他总能用一两句话，或某种表情，甚至一声哼哈，来应对那些讲故事的客人，叫人觉得他在听，也听进心里了。而只有这个故事，这个叫赵小芬的女人的故事，叫他第一次感觉词穷。

"你这几天，都住在哪里？"半晌，他才换了个话题。

"同事家里挤一挤。"她说。

她说的并不是实情。至少，不是全部的实情。

她在同事家里挤了两夜，后来同事的男友来了，她只好去长途客运站的候车室里过夜。

"今晚你就在这儿睡吧，明天早上，我开车送你去车站。"他说。

她没有推辞。她的嘴唇轻轻地翕动了一下，他看得出来她还有话说。

"茂盛，大哥，你能帮我收养小黑吗？它现在大了，在背包里待不住。他们不让我，带上车。"她迟迟疑疑地说。

茂盛踌躇了片刻，终于点了点头："反正把它们分开了，两个都得死。"

两人便接着吃饭，又是一阵长久的沉默。

突然，女人扑哧一声笑了。

"大哥，我知道你看过我的内裤。"

茂盛从椅子上跳了起来。他想说的是"胡说八道"，可是话出口的时候，不知怎的，却成了："你怎么知道的？"

"我晾内裤的时候，都是面朝外的，我妈说这样就不会沾上脏东西。可是那天我回家，发现裤子翻了个个，里朝外了。"

茂盛的面皮涨得赤红，烫得像点了一盏火油灯，汗水流下来，发出吱啦吱啦的响声。

他是一个窃贼，就在手里捏着赃物的时候，被人拿了个正着。他纵然有一百条簧舌，也找不到一个可以逃脱的借口。

"其实也没什么。我大姐夫在广东打工，我大姐常说男人一个人在外边，不好活。"女人说。

茂盛脸上的火油灯渐渐暗了下去，赤红终于退尽。女人就有这样本事，能把最丑的东西摊在光亮底下，不动声色地说了，叫人觉得那不过是一桩每日都有可能发生的寻常小事。和女人身上的那些幽暗的秘密相比，他的秘密算什么？大不了是一粒尘土。

"那你，为什么，没找我？"茂盛突然有了胆气。这句话其实是句老话，在他肚子里已经捂了好几天了，差点捂出了霉味。

女人低着头，一下一下地撕着手指上被中药泡出来的裂皮。撕狠了，流出血来，就把指头含在嘴里咝咝地嘬着。

"因为你是好人。我不找好人。我不想你对不住，日后你要娶的那个女人。"她说。

早晨茂盛开车送小芬去动车站。

"路上多长个眼睛，放点零票在身边就行了，别在人眼前掏钱包。"他叮嘱她。

她说知道了，钱已经缝在贴身口袋里了，钱包里只有五十块钱，应急。

过安检的时候，女人从手提包里拿出一个纸包，塞到他手里。

"一会儿再打开。难熬的时候看一眼，说不定好受些。"女人进了安检门，又回头补了一句："我没洗。"

茂盛打开纸包，是一条内裤——那条黑色的、缝着蕾丝、钉着一朵红玫瑰的内裤。

茂盛抬起头来，大声喊着女人的名字。

"过完年，你还回来不？"

女人也许听见了，也许没听见，却没有回头。女人拖着那个拉链已经爆开的蓝色拉杆箱，融入了熙熙攘攘急于归家的人流。

原载《花城》2017年第4期

七层宝塔

朱　辉

1

鸡叫三遍，天还没亮。这是个阴天。唐老爹躺在床上愣了会儿神，穿衣下床了。古人闻鸡起舞，唐老爹是闻鸡起床，大半辈子都这么过来了。鸡是个好伙计，冬天日头短，夏天日头长，鸡按季节调整报晓，比闹钟体贴得多。去年搬家，进城上楼，好些旧家什只能扔掉，几只鸡他还是带来了。好在他是一楼，有个院子。说是二十几个平方，其实也就是两三厘地，但没有院子哪还像个家呢？院子虽小，但接地气，通四季。搬家的时候，老两口有几分不舍，也有几分欣喜。毕竟是新房子，毕竟进城了，还有个院子。除了鸡，锄头钉耙粪桶扁担之类，不占多大地方，他也带来了。带来是因为有用，院子虽小也可以种种菜。即使用上了抽水马桶，粪桶也能摆在院角，积积鸡粪。

新房子离老宅五六里地，原来是个大土丘子。土丘被挖掉了，造了新城。搬进来的时候是秋天，按理说青菜菠菜之类都还可以种，不想却根本种不好。土太瘦了。开地时他就知道种不好，土黏滋滋的像橡皮泥，瓦瓷砖石崩得手疼。盘古开天地以来这里就不是庄稼地，菜果然长得异怪，种子撒下去，出倒是出了，却只往上长，什么菜都长得像豆芽。锄掉却也舍不得，偶尔去弄弄，当个景致罢了。

也不能说住新房子哪里都不好。厕所就在家里，方便干净；老宅的厨房在院子里，冬天吃饭，菜端到堂屋就凉了，现在没有这个问题。问题是除了吃和拉，你总还要做别的事。唐老爹以前，每天的事排得满满的。种菜，读读三国西游，写写字，接待街坊，再出去转转拉呱拉呱，一天不闲着。现在客厅倒还是有一个的，进了防盗门就是，刚搬来时还有老邻居来串门，现在基本没有了。大概大家感觉差不多，那防盗门像个牢门，串门有点像探监。唐老爹有心去看看老乡亲，但从前村子的格局，路啊，桥啊，大槐树啊，都被抹掉了，房子被垒起来，六层，平的变竖的了，他爬不动。爬得动他也找不到，村子打乱了，乡亲们各奔东西，几十栋楼，长得都一样，他犯晕。

早饭还是老三样，馒头稀饭就咸菜，咸菜也算一样。几十年下来，就这个合胃。用上新厨房，得济的是老伴，她天天夸，夸了个把月。洗衣机也省事。总之她比唐老爹适应，连广场舞都学会了。唯一让她抱怨的，是吃菜还要去买。以前吃不完还要去卖菜的，现在倒要去买菜，而且天天要去。以前是地里有什么吃什么，现在她挑花了眼，不会买菜，而且嫌贵。饭桌靠墙的那一边卷着一沓报纸，上面镇着砚台，现在唐老爹偶尔还会写几张，但今天却没兴头。吃过饭他三个房间转转，朝窗户外望望，叹口气，又转回客厅来了。他看到的都是墙，东西两面是自己的墙，南北透过窗户，隔着路，是人家的墙。他自己一下子都说不清，他想看到的是什么。"家徒四壁"，头脑里突然冒出个词，也知道用得不对。家里其实满当当的，老立柜，家神柜都带来了。家神柜上烛台香炉也照原样摆，可客厅到处都是门，只能摆在朝北的房间里，不成体统。好在这房间并不住人，不糟污，想来祖宗也不至于怪罪。

天阴着，一时半会不会下雨，也出不了太阳，不爽快！唐老爹一时不知道做什么。还是躺在床上睡着了好，一伸手，左边还是墙，右边是几十年的老伴，熟悉，安心。起了床，他竟不知道怎么安置自己这个身子。住老宅的时候，他是黎明即起，洒扫庭除，现在这院子，稀稀拉拉的菜地，不说扫，看他都不愿意多看。可是鸡把他叫起来了。现在他人起来了，身子竖起来了，可是村子也竖起来了，他没个去处。老伴听他说要去买菜，喜出望外，一迭声说了几个好。

出门的时候，老伴正在院子里喂鸡。出了门洞，遇到了楼上的阿虎。阿虎正在捣鼓他那辆面包车，扯着透明胶带往车灯上贴。抬头看见唐老爹，他笑嘻嘻地喊一声"二爹"。按辈分他本该就这么喊，从前也一直这么喊，但今天唐老爹却被他喊得怔了怔。搬到这里不久，这"二爹"就叫不出口了。他们楼上楼下住得别扭，彼此都不舒坦。唐老爹本以为是他看出阿虎的车原来是个破车，阿虎不好意思才礼下于人，但个把小时候后他回来，就知道不是这个原因。他没想到，就这个把小时，家里就出了事。

出门时他当然不知道会有事。他是去买菜的。难不成老伴不知道怎么买菜，他倒知道？不是的。他也就是借机出来转转。没人晓得他早晨站在窗户前张望，是在看什么。出了小区，一抬头，远处的宝塔遥遥在望。不要动脑子，他的脚自然地就朝那边去了。这时他才清楚，他在窗户前找的就是那座塔。看见宝塔，他才觉得安心。耳边传来了"叮叮当当"的声音，是宝塔顶层八个角上个挂的铜铃在风中响，好听。宝塔叫"宝音塔"，西边一箭之地就是他的老宅。老宅已成瓦砾，现在连瓦砾都清掉了，只有宝塔还在。暮鼓晨钟消失了，宝塔还孤零零地立着。这时他突然确认了他夜里睡不实在的原因：铜铃还在这里响，可是新房那边听不见。

土路，衰草，野风，唐老爹走得有点气喘。宝音寺已经拆掉一半，僧人早就散了伙，不过塔还是老样子。唐老爹在塔底稍一迟疑，爬上去了。风很大，满塔的风。片刻后，他站在了七层，最高处。

他朝老宅那个方位看看，又在塔顶转了一圈。全平了，地似乎矮了下去。光溜溜的大地，已经被大路小道画成了格子，河填的填，挖的挖，像是刀豁出来那么直。这是未来的开发区。朝北边眺望，黄墙红顶，一排排整齐的楼房，那是他现在的家。家具体在哪里，他找不到，也看不见。可以肯定的是，他将老死在那个水泥盒子里。此刻他满耳的风，心里却空落着，他不会晓得，此刻老伴正在那边又骂又叫。待她找到手机，她的声音才能传到唐老爹这边。

2

唐老爹的步子有点急。他急的不是出的这件事，是老伴那急火攻心的声音让他不敢怠慢。这么个岁数了，火上了房似的，至于吗？不就是几只鸡么？

鸡死了。一公两母，都是腿笔直毛糟乱，死在院子里。那公鸡性子猛，还在唐老爹眼前乱蹬了一阵腿，脖子昂起来挣一挣，彻底不动了。老伴坐在院里的杌子上抹眼泪，嘴里乱骂，哪个天杀的药了她的鸡。唐老爹拍拍她肩膀，在院子里转了一圈，东看看，西瞅瞅，心里有数了。院墙外已经有人看热闹，老伴见来了人，骂得更起劲。唐老爹拿眼睛瞪住她，笑着说："没事，没事，"见人家没有散去的意思，只好给出答案说："几只鸡瘟了。"他可不愿意把日子过得像发了案子。他把老伴推进屋里，随手关上通院子的门。老伴说："你当我眼瞎啊？鸡瘟是这个样子？"唐老爹说："那你说是怎么弄的？鸡可是你喂的。"老伴说："是我喂的我才说！我可没喂过那些碎玉米！"说着就开门要他到院子看。唐老爹摇摇手说不用看，他又不是瞎子："可你能说清玉米是哪里来的吗？"老伴手往天花板上一指："不是他家还有谁？"唐老爹摇摇头说不见得："院墙外面也能朝里扔，"他一锤定音，"你不能排除其他方向，就不能一口咬定是楼上干的。"他走到窗前朝院子看看，其实也心疼，但又接着说："即便是楼上做的手脚，楼上也不就只有一家，上面五层哩！我们要讲道理。"

他讲了一辈子道理。这句话一点不带虚的。前半辈子他按道理过生活，年过半百后，他在村里辈分渐渐高了，再加上为人端方，断文识字，无形中生出些威望，还常常要给别人讲讲道理。他们村唐姓是大族，村里但凡有个家长里短，邻里纠纷，都愿意找他说说，评评理。他评理讲的是公道良心，有时比法律还管用。他不是族长，倒常常胜似干部。村干部也尊重他，乐得有个帮手，私下里评价他说，唐老爹虽不懂法律，却懂得人伦民俗。这话传到唐老爹耳朵里，他哈哈一笑，心里说：唐宋元明清，从古走到今，不管你是大唐律大宋律还是大清律，讲的还不就是个天地伦理？他讲了一辈子理，搬进新村却形势不一样了。这房子一叠起来，风水似乎也变了。找他评理的少归少，也还有，但是大多是新问题，唐老爹断不清是非，说了也不管事。这不，眼下他自己就遇到了新问题。这几只鸡。就是个闹心的事。

刚才在院子里一转，他心里已有了数。早晨出门时阿虎朝他笑眯眯地喊"二爹"，其实就不自然。他早就鼻子不是鼻子脸不是脸了。阿虎对院子里的鸡很反感，主要是公鸡不好，早晨乱叫，让人没法睡；二是母鸡也不好，下个蛋嚷个没完，还鸡毛乱飞；三是鸡屎鸡食很臭，惹老鼠。老伴很抵触，说鸡养在我院子里，管你什么事？唐老爹也抵触，其原因更是因为阿虎的态度。一个没出五服的孙辈，一下子平起平坐了，说起来还一条一条的。最后阿虎媳妇连狠话都飘出来了，"他不自己杀，有人帮他杀！"这过分了。有明火执仗或者持刀剪径的味道了。唐老爹不能服这个软。但现在这个格局，楼上楼下的，人家这三条虽说是几次上门来零碎说全了的，但唐老爹总结一下，觉得也不无道理。其他邻居也有给阿虎帮腔的。唐老爹从善如流，折中一下，决定鸡自己处理，一只一只杀了吃。一次性杀掉吃不了，面子也下不来。这可好，人家等不及了，还是一次性全弄死了。

他心里憋气。于是写字。随手写，不临帖。三更灯火五更鸡，正是男儿读书时，这是颜真卿的诗；桑榆郁相望，邑里多鸡鸣。晨鸡鸣邻里，群动从所务，这是唐诗，不记得谁写的，说的是村里有鸡，人各忙各的。现在这里虽然叫新村，但可真不是村了，容不下鸡了。可这下手的也太狠了一点，太阴了一点。唐老爹看着老伴到院子里把死鸡全拎了回来，放在厨房的地上。"你这是干啥？这能吃么？"老伴眼巴巴地看着他，嘴直哆嗦。唐老爹放下笔，把鸡拎回院子说："埋了吧。肥田。"

他不愿意老伴揪着这几只鸡闹事。居家戒争讼，讼则终凶，古人早有告诫的。他其实刚才就看清了毒玉米的来路。墙角的那棵桂花树，也是老宅移过来的，唐老爹看见桂花的叶子上落了不少碎玉米。玉米粒被碾碎了毒才浸得进去，这说明是故意的；落在墙角的树叶上，这明摆了是楼上而不是院墙外扔过来的。不是阿虎家扔的还有谁？

邻居好赛金宝，唐老爹岂能不知？以前是各家大门进各家，虽也有东家树丫伸到西家，这家的鸡蛋生到那家的事，但远没有现在这么复杂。搬到新村后，几个自然村被打散了，这栋楼只有阿虎家原本就是老邻居，唐老爹还蛮高兴。万没想到楼上楼下这一住，好些问题接踵而至。阿虎为鸡来提意见，顺带还提出过院子里种菜不好，夏天到了蚊子吃不消。还说楼下那棵老桂花树太高，树枝长到他们家窗台边，老鼠沿着树爬到他们家，东西都咬坏了。他手一指他家窗户，窗纱还真被咬了个洞。唐老爹无话可说，当即拿把锯子，把几根高枝锯掉了。唐老爹确实讲理，人家说得对他就听。菜地不再弄，除了土太瘦长不好，也考虑到阿虎的意见，索性劝老伴不再折腾。但对几只鸡暗中下手，这让唐老爹吃不消了。从心所欲，不逾矩，阿虎是光从心所欲了，忘了个不逾矩。过分了。

主要还是个面子。好几天过去，鸡埋了，鸡的故事还在新大街上晃荡。遇到熟人，人家还是要跟他扯起鸡的事儿。他有时眯着眼装聋，有时洒脱地一挥手，"鸡瘟，鸡瘟！你扯哪儿去啦？"就躲过去了。说这事有什么意思呢？他这一贯帮人家调解的人，难不成还要旁人帮自己评理？好事不出门，臭事传千里，这一点倒是乡风不改哩。

其实鸡的事只算是鸡毛蒜皮，其他杂七杂八的还有不少，有的事提都不好提的。阿虎上门来提意见时，老伴忍不住，也反击了两点，一是晚上他们回来太晚，关单元铁门手也不带一带，"咣一声，就像在我耳边打一下锣"；二是晚上看电视太晚，窗户又不关，半夜三更的吵得人睡不着。老伴还有第三，其实她最在乎，唐老爹及时用话岔开。唐老爹补充的第三是请他们晒衣服时尽量挤干些，免得水滴到下面晒的衣服上。他说得很客气，口不出恶言，省得让人难堪。不想老伴不满意，直接指出晒女人内裤尤其要注意，滴水不干净。唐老爹堵住的第三点，是小两口有点不自重，深更半夜在床上折腾，声响不小，老年人吃不消。这一条她没说出，就顺嘴说起内裤，算是旁道出气。那天阿虎媳妇没有跟着来，否则两个女人肯定是一顿吵。阿虎倒不斗嘴，却针对第三点提出了改进意见。他说有院子好啊，衣服可以晒到院子里，除非下雨什么水都滴不到。还说他很羡慕院子，话锋一转，笑嘻嘻地提出能不能租下这个院子。他说院子开个门就是个门面，做什么生意都是呱呱叫。

唐老爹自然是回绝了。他这院子外面就是路，院子离小区大门不远，开个店还真是好市口。但他钱够用，又不是财迷，还不至于拿清净去换钱。也有点好奇，阿虎到底想做个什么生意。自从拆迁迁居，好些村民摇身一变，猪往前拱，鸡朝后扒，各使各的招数，做起了各种生意，东西南北货，金木水火土，齐全。阿虎年轻闲不住，想找点事做很正常，总比那些吃着拆迁款整天打麻将的败家子强。不过他问阿虎打算做啥，阿虎看出他纯粹是局外人的好奇，并不会改变主意，反问一句："你关心我啊？"就把唐老爹堵回去了。

两家真正的计较恐怕就是这事开始的。那是去年秋天的事。

3

计较归计较，日子也就这么一天天过。秋分、寒露、霜降、立冬，唐老爹家用的还是老式台历。搬家时因为一年还没过完，扔掉不吉利，就顺手带过来了，现在倒也不是完全没用。早晨起来，唐老爹说："看，落霜了哩。"老伴说："都霜降了，还不落霜！"出门的时候唐老爹穿少了，老伴喊住他："都立冬了，帽子还不戴！"节气基本也就这点用了。他们不再按节气劳作，暂时还按节气生活。江山新村几十栋楼，夜晚看和其他住宅区没什么两样，白天就不同了。广场上晒太阳扎堆闲聊的人，他们说话打招呼的腔调口音，明显有共性。别的地方的人绝不会谈论节气，他们只知道节日，但这里的人会庆幸已过大寒却一点不冷，或者抱怨小雪大雪都过了，一片雪花没见到。说这不是好兆头，来年虫多，庄稼怕是长不好。

抱怨不下雪的就是唐老爹。有人赞成他，也有人说其实是现在路好了，水泥柏油路，不怕雨雪，你这是盼着雪景玩雅哩。唐老爹被奚落了也不气，人家说的不是没道理。他呵呵笑笑，往前去了。

他常常是不知不觉就转到了宝塔那边。今天刮风，旷野的风迎面吹来，宝塔遥遥在望了，但他却没听到铃声。这有点奇怪。走到塔基下面，他侧耳细听，呼呼的风声中确实听不见铃声。他急忙爬上去，气还没喘匀，就看见檐角的铃铛不见了。他转一圈，八个铃铛都不在，一个不剩。唐老爹蒙了，天空中有鸟儿绕着塔盘旋，翅膀猛一扑棱，不知飞到哪里去了。这里的八个铃铛竟都不翼而飞了！

他一时不晓得怎么办才好。看看塔下面，那一面影壁早就倒了。上面原来写的是：度一切苦厄。现在影壁碎了，散了，看见的只是"度苦厂"三个字。唐老爹头一阵晕。刚才上塔时一圈圈转上来有点急了。他赶紧挪几步，离边上远点。

塔上真冷，他哆嗦起来。下塔时他很小心，寸着脚步一阶一阶地下。到第三层，他无意间朝外面一望，看见了三个人，正从东面过来。这三个人他都认得，居委会的赵主任还有个办事员，可怎么还有个是阿虎？他来这里做什么？

这个问题一下子跳到脑子里，可问是不能问的。你这把年纪腿脚都不方便了还来，人家就不能来？这不讲理嘛。其实还有个问题，那就是阿虎怎么会跟主任一起来，无论是他请主任来还是主任喊他来，都奇怪。不过唐老爹什么都没问。塔下的主任老远看见唐老爹下来，扬手打了个招呼，继续和阿虎说话，他们谈了没几句就要走，事后想来这很有点鬼鬼祟祟的。唐老爹跟上去，说塔顶的铃铛没了，丢了，一定是被人偷。唐老爹围着塔基东一脚西一脚地走了一圈，当然没有发现有铃铛掉在地上。唐老爹说："只有一个可能，被人搞走了。"

主任也很气愤，说："这说明要采取措施啊，不能就这个样子。"又说："上面文物局不让拆，弄个半拉子。这不留给了收废品的了吗？"还说："要尽快想办法。"想什么办法，看来需要研究，所以他也就不往下说。阿虎在边上插话说："除非找人看着，要不连砖头都保不住。"斜眼瞅着唐老爹说，"二爹，守夜你吃不消吧？"

这语气明摆着挤对人。唐老爹说："那你来！"头一扭，径自走了。

宝塔的铃铛没了，梵音悠扬已一去不回。不久，阿虎老婆倒在二楼的阳台角上挂了一串风铃。他当然不能冤枉阿虎把塔上的风铃拿回了家，这是玻璃的，这么小，但他心里不舒坦，耳朵更不舒坦。这声音薄，碎，轻佻，不过唐老爹渐渐也就习惯了。倒是空调的声音更烦人。阿虎两口子会享福，天稍一冷就开空调，外机就装在唐老爹家的窗户上边。嗡嗡嗡，一阵一阵的，弄得窗户像在打摆子。唐老爹和老伴都后悔他家装空调时没有预见到这一茬，现在再说，难。老伴也硬着头皮笑嘻嘻地说过一句："你们家现在就开空调啦？"那阿虎走路急急的，回头说："嘿，这天真他娘的冷！"抬脚就走了。你说他，他说天，你能有什么办法？老伴一肚子气回家，迁怒于风铃，拿根竹竿就要去捅风铃。唐老爹好说歹说才拦住。

现在总结起来，很多事你应该有先见之明，要长"前眼"，空调的事就是个教训。哪怕你不能提前防备，事后的处理也要有个策略。就像炮仗的事，虽有些波折，却有经验可以吸取。总之，最好不要单打独斗。

去年过年前，街上热闹起来，家家店铺生意都红火了，连居民区的大路上都摆上了许多临时的摊子。大家都在赶"年市"。阿虎也在卖南北货的店铺里匀了个巴掌大的地方，做起了生意。他卖的是炮仗和焰火。这本来没什么，不曾想没几天，唐老爹就不得不管了。他没想到，阿虎竟然把他自家当了仓库！他仓库里摆什么？炮仗和焰火！这是在居民楼，是唐老爹家楼上啊。

开始时唐老爹并没有在意，以为阿虎是拎点炮仗回家，自己过年放着玩。后来就不对了，阿虎的面包车每天都要往家里带几捆；更明显的是，不但有进，还有出，他老婆大概是受他电话遥控，时不时地带人来拿货。这明摆着是个仓库，还物流了。炮仗焰火都是见火就着的东西，是炸弹，是火焰喷射器！城门失火还殃及池鱼呢，这楼上楼下的，岂不是在炸弹下生活？

原来阿虎想租下唐老爹的院子，做的竟是这个生意。幸亏唐老爹有先见之明，拒绝了，不想他拒绝了炸弹进院子，这炸弹绕个圈子，上了楼，倒摆到了他头顶上。唐老爹坐不住了，老伴又气又急，站都站不住了，在家里团团转。鉴于以前跟阿虎打交道的经验，唐老爹交涉前先进行了调查研究，他知道阿虎肯定会说他只是暂时摆摆，实在没地方——这"暂时"两个字是实情，年后，过了正月十五，炮仗生意基本都做不下去。阿虎也一定会说实在是没地方——这也是实话，阿虎匀地方的南北货店逼仄得身子都转不了，确实摆不了多少炮仗，即使摆得下人家也不会让他堆货，人家是连家店，楼上住人哩。这正说明了谁都怕出事。唐老爹住在炮仗下，他明知话不好说也必须要说。他找到阿虎，阿虎果然说出上面两个理由，他做出承诺，保证家里一定小心火烛，一点点火星子都不会落到货上："我比你还怕死！你的命是命，我的命也是命啊！"阿虎嬉皮笑脸的，也许还想幽默一下，"二爹，我比你怕死啊，我们还比你年轻哩！"你听听，这是什么话呀！不光平起平坐，他的命还更值钱了！

4

交涉以失败告终。你总不能使坏放水把他家淹掉。要淹也只有住三楼的人家才有这个地势。唐老爹对选这么个底层真是感到后悔了。从前在村子里，他家的位置那个好啊，整个村子在一个大缓坡上，最高处自然是寺庙和塔，隔一条路，不多远就是自家的宅子。坐北朝南，前面开阔，后面有靠，是个椅圈的架势。现在居于人下，可不就只有受气的份？跟阿虎交涉之前，为了表示诚意，他还把阿虎带到自己院子里，指着晾衣绳子上自己动手做的灯罩一样的"机关"说，你看，你说老鼠沿着绳子爬到你家，可绳子不挂这么高晒不到太阳，我做了这么个东西串在绳子上，这下老鼠过不去了吧？他脸上甚至有些巴结。没曾想阿虎虽点头表示赞许，但说到炮仗，白牙森森的嘴紧得很，就是这么两点：临时摆，小心火烛。更可气的是，他说到小心火烛，意思不光他家自己要小心，楼下唐老爹家也一样要小心，那意思好像唐老爹家最好都不要开伙了。

对不讲理的人，其实唐老爹是讲不过人家的。晚上的饭当然要做，不开伙喝西北风去？老伴胡乱下了点面，老两口草草吃了，电视开到夜里，上了床还是睡不着。第二天起来，老伴唠叨得他在家里坐不住，他霍地站起，恶狠狠地说："我还不信了！我找居委会去，就不信找不到管他的人！"老伴看他硬起来，劲头上来了，说："我跟你去。"唐老爹手一挥止住她。找政府实属无奈，如果打得过阿虎，他宁愿自己动手，就像最近新村里的一些矛盾那样，自己动手武力解决。既然去讲理，自己就足够。他出门时老伴追着说："你要发动群众！难不成就只有我们怕出事？"唐老爹不理会，出门去了。

事实证明还是老伴更明事理。她更管用。唐老爹找到居委会赵主任，有条有理说了半天，口角都起了白沫，赵主任好像才有点明白。他表态说这肯定不对，却又要唐老爹体谅邻居，说现在百业不旺，生意不好做，熬过年也就罢了。"以后这里也会禁放，你送他炮仗他都不会要。"还说他们没有执法权，没权力上门没收。当然他也不是毫无作为，他给阿虎打了个电话，责成他立即整改。他放下电话，端起茶杯，意思是他已尽到了责任。唐老爹当然不依了，指着桌上的记事本，要他记下来，或者给个字据，保证不出事。赵主任不傻，落字为证他坚持认为没有必要。正争执间，老伴过来了。她不是一个人来的，还带了两个老太，一个是隔壁单元也姓唐的，另一个唐老爹不熟悉，只知道是老伴一起跳广场舞的伙伴。这不熟悉的老太更有战斗力，她说她家虽然住后面那栋楼，但万一爆炸她也没得逃。还说她儿子是武警，消防队的，"你信不信，我叫我儿子带消防车来，把他家滋个水漫金山！"赵主任这下慌了，他最怕的不是滋水，却是唐老爹的老伴。她不是空手来的，她卷了个铺盖扛在肩上，说家里住不得了，她要住在居委会，这里还有空调，还不要电费。

老伴这一招确实狠。赵主任只得把阿虎叫来，勒令他立即把炮仗搬走。"这违反消防法！二十四小时，明天这时候我去现场检查！"赵主任神情严肃，不讲价钱，连阿虎递来的烟都挡了开去。阿虎很识时务，他摆出个二皮脸，对唐老爹等人横眉立目，笑嘻嘻地朝赵主任赔着笑脸。阿虎原先和主任不熟，后来却熟到能一起到宝塔下指指点点地谈事，炮仗的事怕就是个开头。当然这是后话。当时问题总算是解决了。阿虎答应把炮仗搬走。赵主任第二天现场检查，下了楼还到唐老爹家里来了一趟，以示管理严格，验收完毕。

其实炮仗是不是真的搬完，唐老爹并没有亲眼看见。可以肯定的是，此后楼上的炮仗是个有出无进的局面。老两口把心放回肚子里，算是过了个安稳年。阿虎路上遇到了，鼻子不是鼻子眼不是眼的，这是预料之中的，想来事情过去慢慢就淡了。可没想到，还真是冤家宜解不宜结，鸡突然被毒死，就证明了这一点。好在只是几只鸡，不是人。罢了罢了。

阿虎毕竟是晚辈，唐老爹不同他计较。他是看着阿虎长大的。这小子特别顽皮。半大不大的时候，常常点个炮仗往鸡中间一扔，几只鸡以为来了吃食，争先恐后地围过来，"砰"的一声，鸡吓得直往树上飞。后来学会抽烟了，难得也给别人敬个烟。有次一个外地打工的回来，阿虎递上一根烟，还点上火，热情地和对方寒暄。那人吸一口烟，突然嘴边吱吱冒烟，吓得一抖，手里"砰"地就炸了。也亏阿虎想得出来，在烟里卷了个炮仗。他乐得哈哈大笑，笑得直打跌，人家不依了，一把揪住他动了手。这事最后也由唐老爹出面调和。他骂了阿虎一顿，阿虎辩解说他算过的，放的是小炮，又有个过滤嘴，断断出不了大事。那人在外地打工，不比阿虎是个坐地虎，也只能算了。现在想起来，阿虎做炮仗生意，倒也不是没有因由，他就喜欢这些咋咋呼呼的东西。他长成了一条壮汉，但那身子里住的，还是小时候那个鬼精灵。他点子多，也出去打过工，也做过生意，但东一榔头西一棒，未见他发达起来。炮仗焰火果然年后就不做了，阿虎在楼下把剩货一个个点了，噼里啪啦震得各家窗户响。周围邻居都松了口气。老伴双手一拍大腿："阿弥陀佛！"唐老爹也以为他生活中最大的隐患已经解除，"万象更新春光好，一年巨变喜事多"，唐老爹每年要给村民写春联，搬进新村后门上都不太好贴了，当然就不再写，但那些老对子他还都记得，"爆竹声中一岁除，春风送暖入屠苏"。这震耳的炮仗预示着良好的开端，唐老爹不再去惦记阿虎还会不会再做生意。事实上，阿虎的生意换个名堂又继续做了，而且，还会和他们有关，还更闹心。

5

人年纪大了，就不怎么会往远处看，不展望。展望了又能如何呢？世事无常也有常，除了能看见自己最后会老，会死，其他的你基本上预见不了。唐老爹就没想到，他祖祖辈辈住的村子会被平掉，他的房子上还会有别的人家。他更没想到，宝音寺有朝一日会成为废墟。如果不是村民反对，闹到上面而上面又发了话，连宝塔都会成为一堆砖瓦。唐砖宋瓦清朝的木头，都吃不消那大铁爪子一抓。现在僵在那儿，所有人都以为那宝塔肯定能继续留着，原因有两个，一是建开发区，宝塔并不碍事，还美观吉祥，算是一景；二是宝塔有灵性，动不得，也没有人敢动。拆寺庙那个开铲车的，听说回去就得了"闭口痧"，一句话都不能说了。这第二条唐老爹并不全信，因为传言那人是这个村那个村的，还有人说就是唐老爹原先村里的，可这个不对，没这人。不过他不说破，有点畏惧才好，这传言不正是护塔的金刚么？从前四乡八舍都有个敬天命畏鬼神的老理，遇到事喜欢拿神灵发誓赌咒，我若是怎么，就怎么报应，手朝宝塔那边一指，分量是很重的。唐老爹帮人调解纠纷，这场面他见得不少。没人敢去动那宝塔，他巴不得。根据他从小区广场得到的消息，镇上依然有人在打宝塔的主意，说宝塔占据了最好的"网格"，其实就是地块，太浪费。只不过上面的文物局还没松口，动不了。

这是"上面"的事，镇上归上面管，也怕"上面"，唐老爹对此很有信心。至于"闭口痧"之类，传来传去已成了铁案，应该足以吓住动歪心思的人。可没曾想，胆大的人永远都有，唐老爹那天到宝塔去，竟然发现塔上挂的

148

一块匾不见了！匾上四个字，"佛光普照"。太阳明晃晃地照着，可匾确实已经不在。先是铃铛不翼而飞，现在连匾也被偷，唐老爹简直气晕了。这匾跟他颇有渊源，据说当年清兵南下时，塔过火损了，由他的高祖牵头本乡耆老，捐资修缮，匾就是那时挂上的。他喊几个老伙计去了现场，全都动了义愤。恰巧在路上遇到赵主任，大家群言汹汹，七嘴八舌把情况反映了。

赵主任也很生气，说谁这么胆大包天，这简直是太岁头上动土，老虎嘴边拔毛嘛。他说他知道那匾是清代楠木的，现在很值钱，一定是有人相中了抢先动了手。这"抢先"两个字，其实已透了底，但当时没有人在意。赵主任说这塔现在上面有话，谁都不能动。上面不让动，那就不能动。围着塔的老头老太们你一言我一语，都说这塔灵验，是个神物，宝塔就是气运风水。赵主任这时显出比一般人水平要高，他说这塔是不是文物，现在也还没有结论，要由专家鉴定评级，总之不让拆就要保护；怎么保护他会找派出所会商，这是他们的职责。

阿虎当时也来看热闹。他笑嘻嘻地说，那匾是个好东西，人家拿去了挂在家里，省得风吹雨打的，家里也吉利。两个老太盯上他，说没准就在你家，我们要去看看；就是今天不去，总归我们也能看见。阿虎说你们是偷牛的逮不到，抓我这个拔桩的，谁家能挂下那么大个匾啊？他撇开众人，跟着赵主任，说有事要跟领导请示。大家都有点疑惑，不知他要说的是什么事。阿虎回过头对唐老爹没好气地说："我想开店没门面，要请领导帮忙。你们谁家门面多，想让一间是不是？"他这一说，众人就都散了。

那段时间，整个新村里不少人都像得了怪病，有事没事注意人家的客厅。那匾要是挂在家神柜上方，虽说大了些，确实很搭配。但唐老爹知道，偷来的鼓捣不得，再傻的人也不会把贼赃挂在墙上。可不知为什么，他总觉得阿虎那天凑热闹，路数有点不对。赵主任应承说一定要保护，但明显很被动，不情不愿的味道。他说"上面不让拆就不拆，他们基层就是要服从大局"，这其实话里已有了话，是个不祥之兆，可哪个又能想到，最后是那么个结局？阿虎当时跟着赵主任，说是要找门面，还真弄得唐老爹脸一红，有点不好意思。自从两家因为炮仗闹矛盾，阿虎跟赵主任成了熟人，唐老爹觉得也正常：你的院子不租，人家找领导帮忙，这再正常不过。

他不认为宝塔上的匾和以前丢的铃铛，与阿虎有什么关系。阿虎关心的是门面，不是宝塔。因此他有天看见阿虎的面包车后伸出几根长长的木把子，并没有起什么疑心。车上没有那块匾，这一点可以确定。那长把子家什铲头是圆的，从来没见过。这小子，从小躲着锹、连枷和钉耙，碰都不想碰，怎么弄来这么个东西？唐老爹看不懂，问又不能问。他看看也就走过去了。

事后回想起来，这是个证据。可惜除了那天傍晚看过一眼，那奇怪的家什从此就不见了。自从鸡被毒死，唐老爹就抱定了决不多管阿虎闲事的方针。能忍自安。要等宝塔出了事，他心里才又对那家什起了疑心。

6

那天夜里月黑风高。唐老爹半梦半醒中听见一声闷响，连床都轻轻晃了晃；大早一起来，还没走到广场，路上人已经在传，说宝塔倒了！

好多人跑去看，唐老爹赶忙跟过去。塔倒是没塌掉，但塔基被人掏了个大洞。洞很深，黑乎乎的什么也看不清。有胆大的举着手机上的手电筒，往里探几步，出来时脸都脱了色，喊道："不好了！里面有个小房子，东西被偷啦！"有人纠正说，那不是小房子，是地宫。唐老爹长叹一声道："里面供奉的是佛骨舍利子。说不定还有其他东西，都是宝贝啊。"老辈人说过宝塔底下有地宫，现在这地宫洞口大开了。那一声闷响留下的硝烟还没有全散去，呛人。有人跑回去拿来手电筒，唐老爹弯腰朝里照照，空空如也，除了几块像箱子板的烂木头。

当然去报案了。赵主任显得很着急，立即指示打字员给上面写报告，还说要去现场拍了照片附上去。唐老爹提醒他注意一下塔身，说塔身已经有点斜了。

新村里人心惶惶，好多老头老太如丧考妣，见了面都咒骂挖地宫的不得好死。基本的判断是：外地人干的，文物贩子专干这个，他们不怕报应。更多的人猜测那地宫里到底藏了些什么。佛骨舍利是无价之宝，不好买卖，肯定是金盆玉碗惹了眼。他们说得活灵活现，几个盆几个碗，玉光宝气，好似亲眼看见一般。唐老爹那些天老是叹气，总是睡不实，早晨起来就在家里发无名火，老伴算是倒了霉。她气不过，说："你睡不好就会怪我！"手一指院子外说，"我也睡不好呢！他这车停在我家外面，天不亮就轰隆轰隆的，个破车！你怎么不叫他停走？"唐老爹鼻子里哼一声，坐着不动。看见阿虎的车回来了，他出门迎了过去。

"阿虎啊，我夜里睡不好，被你这车吓得一惊一抽的。"阿虎从车上下来，好像没听清他的话。"我说你这车，"唐老爹大声说，"你天蒙蒙亮开车，为什么要轰轰两下，还又不走？"阿虎应该听懂了，似笑非笑地不答话。这个样子让唐老爹无名火起，他的话不好听了："知道你年轻人，有汽车，你车就停在我院子外面我能不知道啊？不轰那几下行不行？"

阿虎脸板下来了："我这是个破车，二手的，等换了新车我就不轰。"他还是笑嘻嘻的笃定模样，"二爹，车你是不懂的。不轰说不定出去就要熄火，熄了火你帮我推啊？"

唐老爹说："那你就不要停这里。"

阿虎说："凭什么？我停你院子里了吗？"

"你就是不能停我家院子外面！"唐老爹老伴出来了，"你不光轰，还有废气！污染！"

阿虎还没开口，他媳妇下来帮腔了："我就停这里。这是我家楼下，我不停这里停哪里？你就是现在去买个车，这地方也还是我们的车位。上厕所也讲先来后到的！"

唐老爹气得直哆嗦。老伴说："你不讲理！"

阿虎说："她还真不是不讲理，我们最讲理。这个地方是大家的，共用面积你懂吗？不懂我讲给你听。"他飞快地上楼，取了房产证土地证出来，摊开来说："图看得懂吧？院子里是你的，道路是共用的。共用就是大家能用我也能用。看明白了吧？"他晃晃手里的证，"这可是法律文书哦！"

唐老爹说："那你这车吐的废气不要飘到我家。"阿虎媳妇说："什么废气！人吃饭还放屁哩！废气在哪里？你抓给我看看啊！"老伴说："好，院子是我的，那我院子里的鸡是怎么死的？"阿虎两口子一愣，阿虎接得快："那得问你自己。病毒无国界。"他后面这一句老两口好半天才听懂，被噎住了。阿虎媳妇挑着眉说："声音也无国界。我家地板就是你家天花板，共用。你能顶，我也能踩。以后别在外面乱说。"阿虎嬉皮笑脸地说："除非你把这楼拆掉，否则我们还是要好好相处，对不？"这倒全是他的理了。

围了不少人，没几个多话的，顶多是劝阿虎口气好一点。阿虎最后这一句，说还是要好好相处，态度像是好点了，但却是个做结论的架势。唐老爹脑子里蒙蒙的，耳朵里所有声音都像延时了好几秒。不知为什么，他这时突然想起了宝塔。回头望去，楼挡着，他知道那塔虽然歪了，但还在那里。阿虎车上早已不见那些奇怪的长把子家什，唐老爹这时怎么突然想起这个，他自己都搞不清。要等到阿虎有了门面，新店开了业，他才似乎想出点眉目来。

7

阿虎不久弄到了门面。虽不在大街闹市口，但据说是街道自留的一间办公房，他路子可还真是硬。做的生意也邪乎，在不在闹市无所谓，甚至本就不适合在闹市。他的店叫"一路向西天堂店"，专卖丧葬用品。"天地响"一轰，几串万响的炮仗在地上火蛇般乱窜一通，就算是开了张。看热闹的人都有点傻眼，但死人的事是经常发生的，奈何桥上蹲无常，这生意找了个偏门，你说不出什么。他店里货色齐全，别墅花圈、家电汽车、美女保姆一应俱全，当然是纸扎的。更多的是大理石墓碑，光溜溜的，等着把人的名字刻上去。这让人心里发瘆。喜气的倒是那些冥币，一百元的看上去跟真的一样，面额大的是几百兆，"0"都数不清。呵！真是有钱了。阿虎要发财了。

这时候有一张告示悄悄贴了出来。等有人看见时，已经被雨打湿，风掀去一半，但那公章还在，是公家的告示。大家连读带猜，突然就明白，宝塔要拆了！理由倒能看出来，说是宝塔不幸被不法分子盗掘，造成塔身歪斜，已危及宝塔安全。为了保护文物，经上级部门同意，将进行"保护性拆除"，择地重建——这不说白了就是要拆吗？择地重建，那还不知道猴年马月哩！

围观的人站不住了。不少人气鼓鼓地往南面去。唐老爹腿脚慢，他才走出新村，前面脚快的已经回头了，一边嚷着说："别去啦，早拆完啦！"唐老爹稳稳神，继续往前走。绕过挡着视线的楼他就停住了：塔不见了，真的拆掉了！他们看见告示的时候就拆掉了。没准告示没贴出来就已经拆完了。毕竟三五里哩，毕竟也不是所有人都关心着这个塔。人家手脚快，终究还是拆掉了。宝塔一去不复返，白云千载空悠悠。直立千年的宝塔没了，唐老爹的腿软了。他站不住，慢慢蹲在地上。

塔已经没了，连老砖老瓦都已被运走。唐老爹想起公告上的那个公章，可这时去找赵主任有什么意思？两年前这边搞开发区的时候，看到他们把老河填的填，挖的挖，搞得横平竖直的像地上打了格子，唐老爹就去多了嘴，说水无常形却有常势，天水落地流成河；水自己流成的路叫河，你挖的也就是个沟。可人家说他不懂科学水利，这叫"裁弯取直"。他说了半天等于没说。现在再去说宝塔，更是个白说了。

这天唐老爹是被人扶着回家的。刚看见宝塔变成一片白地，他还只是腿软站不稳，回得家来，他连坐都坐不住了。好像宝塔拆掉，他的脊梁也撑不住了。他这是病了。躺到床上，耳朵里呜呜地，有怪声在啸。合上眼皮，眼睛里却清澈得怕人，一座宝塔，通体透亮，屹立在那里。眼一睁开，什么都模糊的，连老伴凑在面前的脸都看不清。

第二天好些了。腿踩在地上硬实了些。他在家里乱转，嘴里还冷不丁冒两个字："阿虎。"老伴看得害怕。她自然讨厌阿虎，但不知道最近又是啥事惹着老头子了，也不敢问。院子外汽车从远处响过来，停了。是阿虎的车回来了。唐老爹眯眼瞅着，冷笑，嘴里说："晦气！"他哆哆嗦嗦找了面小镜子，瞄一下方位，对好车停的方向，把镜子摆在窗台上。这意思老伴是懂的：泰山石敢当，照妖镜辟邪气。她迎合老伴，说明天去买不干胶，镜子就粘在院墙上。看唐老爹这个样子，她实在很心疼。她躲着唐老爹悄悄打了个电话，举报有人在卖假币——说是冥币，其实足够蒙活人。她怕公家不管，加油添酱，说已经有人做生意收到假钱了，不得了啦。她其实只是出出气，为她的鸡报仇，不想公家这次动得快，下午阿虎急匆匆下了楼，半晌又回来了。他铁青着脸，从车上拎下几捆冥币。"妈个逼！哪个要死的撩事，不要以为老子好欺负！"他骂骂咧咧地上楼，不一会儿他媳妇也下来一起拎冥币。他媳妇嘴更辣火，说谁买不起纸钱就站出来直说！死了我白送，要多少有多少！

唐老爹见他们把冥币往楼上拿，有心去阻止，但实在提不上力气。他们瞎骂，他并不知道他们是在骂自己。他只是觉得这东西拿上去不吉利，炮仗是明火，这个是阴风，更堵心。他老伴挂着个脸，有苦说不出。唐老爹一开始还以为阿虎是门面突然没有了，店开不成，这才把货往家拉，后来阿虎媳妇骂得清爽了，他这才知道原来卖不成的只是冥币，门面照开。这就对上榫头了。阿虎明摆着跟公家关系很铁，人家能把自留的房子拿出来给阿虎当门面，这简直就像是在奖励有功之臣。阿虎有什么功劳，唐老爹没法说出来。要证据，他一个没有。宝塔要不是先被炸药掏歪了，不见得会拆。那残留的硝烟味，时不时还在唐老爹鼻子前面缭绕。那就是个大炮仗啊。阿虎的功劳莫不是就是点了个大炮仗？

但这说不得，几乎就是瞎扯。宝塔拆掉后他比画着问过一个老伙计，知道了那长把子家什叫洛阳铲，专门用来盗墓的，但这现在也是空口无凭。阿虎媳妇是个臭嘴，几乎骂了一顿饭工夫。临了，还扬言说，不就是拿回来摆两天吗？上面也就是走走过场，扬扬土迷迷眼，别以为真能得逞，过两天还摆着卖！她扯着嗓子叫道："方便你家做事哩！"

这是在炫耀他们家跟公家关系好，可话太毒了。唐老爹听不下去，很想出去教训她积点口德。但老伴眼神闪烁，怕怕的，他也不敢再引火烧身。他真的是累了。

当夜，清风拂面，冷月照影。他在院子里站了好一会儿。宝塔明月交相映，他能准确找到宝塔原先的方位，却再也看不见如此旧景。睡到半夜，他心口疼。像是有手使劲揪他的心。他忍着。头上出虚汗。这时他听见楼上阿虎两口子又在折腾了。使劲折腾。响。叫。忍着疼的唐老爹倒没叫唤，楼上倒叫唤起来了。那么多冥币哦，说不定就摆在他们的床前，这是个什么架势啊。唐老爹说不出话，他用力推醒老伴，指指自己心口。

后面就乱了。老伴号起来。使劲拍对面邻居的门。打电话。可救护车迟迟不来。车！这当口车就是命！有人敲阿虎家的门。阿虎披着件衣裳出来了。这时候不能再计较了。老伴双泪齐流，拽着阿虎的衣袖求他帮忙。阿虎大概早已听出出了事，随身带来了车钥匙。车后盖一掀起来，两个邻居就把唐老爹往车上架。唐老爹两腿软软的，可一条腿刚被搬上车，却蹬住，不肯上了。老伴急得哭叫，使劲推他后背。他摇头，不说话。老伴看见车里躺着一块石板，闪着黑光，是墓碑，看不清上面刻了字没有。阿虎已经打着了火，他轰一脚油门，又轰一下。唐老爹耷拉着脑袋，目光正对着墓碑边的几朵纸花，那应该是这车给人家送货时花圈上脱落下的花。

猴子的傲慢

——《我们》系列之三

刘建东

铺地砖的瓦工是个年轻的姑娘。让我觉得新奇的不是她的性别和年龄，而是她身边那只来来回回跳跃跑动的猴子。猴子搬起一块瓷砖，站在她身边等着，递到她手里之后，猴子并没有转身去搬另一块，而是坐到旁边的一张小凳子上。姑娘耐心地给它点上一支烟，交到它手里。猴子贪婪地吸上一口，胡乱地吐出来。它面前立时制造了一团烟雾，这让它手舞足蹈、兴高采烈。吸了好几口，和烟雾玩了一会儿，它才把烟掐灭，重新去搬瓷砖。

她看到我在观察猴子，便说："它叫小闹。"

"我还从来没有见过猴子当小工的。"我笑着说。

姑娘满眼爱意地看着猴子说："它这是毛病。哪里指望它干活，不给我捣乱就成了。"

"你这猴子待遇够高的，是厅级领导的待遇吧，搬块砖还有个秘书给递烟。"我说。

"它以前真是领导家的宠物。"姑娘一边铺砖一边给我讲猴子的经历，

"这只猴子以前是给一个有身份家的人当宠物养着，每天就是哄主人开心，学主人抽烟，给主人戴帽子，替主人拿鞋子。有一天它竟然学女主人，打开了天然气的阀门，把厨房烧得一塌糊涂。主人再不敢留它。我去领导家装修被烧的厨房时，看到了它。主人就送给了我。我看它可怜，就收留了它。"

"你把它改造得挺好的。"猴子冲我做了个鬼脸。

姑娘说："我并没有改造它。随它去，它想干啥就干啥，我能给它的其实很简单，就是饿不着它。再者说我也没那么好的条件，没那么大的房子，没有专门饲养它的人，没有它专门的一个窝。我还要工作，养活孩子，照顾亲人。哪有时间改造它呀。"

我们又聊了一会儿猴子的日常习惯，我还要参加一个会议，便向外走，走到门口时，背后传来姑娘有些异样的声音："董老师！"

我转过身来，"怎么？还有事吗？"

这么一会儿的工夫，姑娘的神情就不一样了，她脸色羞红，窘迫，目光也不那么自然了。这完全不是刚才聊猴子时的那个轻松自如爱笑的姑娘了。

姑娘扭捏地说："董老师，我认识你。"

"是呀。我们刚刚认识。"

姑娘紧张地摇摇头，"不是。我十年前就认识你。"

我向前走了几步，回到她和猴子的身边，猴子正在吞云吐雾，目中无人的样子。"这怎么可能？"我说，"十年前你还是个学生吧。"

姑娘充满期待地说："董老师，您真的不认识我了？"

我茫然地摇摇头。

姑娘的表情渐渐恢复常态，她说："可是，不管到何时何地，我都认识您。"

她的话倒引起了我的兴致，"我怎么一点也没有印象了。"

姑娘善解人意地说："董老师，这不怪您。就像您说的，十年前我还是个中学生。现在我是两个孩子的妈妈了，您怎么可能还认识我。"

我暂时忘记了开会的事情，"不好意思，你提醒一下。"

姑娘看着我，她眼睛里有些令人琢磨不透的渴望，"十年前您是不是也装修过一套房子？"

我想了想，"是的，在东三教那里。"

姑娘说："那个房子不是高层，没现在的大，也没有电梯。"

她让我更加错愕。

"当时是我爸给您铺地砖。"她努力想让我回忆起什么。

可我的记忆里仍然是一片空白，那套房子我只住了五六年，早就卖掉了，与房子有关的事情也早就成了时间的碎片，"你爸爸？"

姑娘说："他姓张，您叫他老张。"

老张这个称谓太平淡无奇了，显然它并没有给我留下什么印象。

姑娘没有放弃对我的启发，"在您装修期间，我爸和您聊天，不知怎么就知道了您是个著名文学评论家，省社科院文学所的所长。他自然就想到了我，他对您说起了我，当时我还是个中学生，我的作文写得非常好，经常被当成班级乃至全校的范文。所以我爸一听到您在社科院文学所工作，又是个领导就兴奋了。他极力向您推荐我。我爸说您是个好人，因为您很爽快地答应了我爸的请求，答应帮我看看我的文章，看我是不是那块料。"

随着她的讲述，我隐隐约约想起那次的装修，但是那个叫老张的泥瓦工我却想不起什么模样，我说："随后呢？"仿佛我只是个倾听者，而不是曾经的当事者。

姑娘倒也没有在意，她继续启发我，试图让我相信，她说的都是事实。她虽然没有停下铺地砖，但速度已经降下来，那只猴子也趁机跑到一边了。"我记得清清楚楚，那天我爸突然回家了，满脸的喜悦。他把我从学校里接出来，让我找出我所有的作文，和我课余时间写的一些文章，把作文和文章放在一个书包里，他抚摸着那个书包，畅想着我的未来。他说，我一定是个当作家的料。他说，如果有一天我当了作家，他就亲自给我的书房铺地砖，搞装修，他说要让我的书房真正像一个作家的书房，要有一张大的写字台，有一面墙那么大的书柜。"

"后来呢？"她的回忆仿佛在说一个与己无关的励志的故事，我听得津津有味。

姑娘看了我一眼，"大概有半年的时间，爸爸都没有回家，我也没有见到他。而且也没有一封信。等我见到他时，已经是春节了。他把那个书包拿了回来。书包还是鼓鼓的。他没有说一句话，这半年我一直在期待着爸爸的好消息，同时也在不断地努力，我看了很多小说诗歌散文，偷偷地写了许多小说，比我爸走时拿的那一书包要多很多。我多么希望他能告诉我，专家说了，我是个当作家的料。大年三十，那是最伤心的一个除夕。爸爸喝了酒才壮着胆告诉我，算了，孩子，命中没有的我们不强求，啊。"

我有些莫名的紧张，似乎那是自己命运的路口。我能听到自己心脏的跳动之声，"后来呢？"

她没有留意我表情的变化，她淡如止水，像是在讲别人的故事，"那是我梦想破灭的时刻。所以那一刻到现在还像是昨天发生的一样。爸爸没有再给我那些作文和文章，整整的一个书包的作文和文章。他把书包放在了我们家最高的那个木箱子里了，连同我的文学梦想也放了进去。"

我声音急促地追问她："我当时讲了什么，我给你父亲讲了什么？"

姑娘粲然一笑，"我爸没说。我也没问。反正是致命的答案。我听从了爸爸的话，写作的动力从此消失了，之后再也不写东西。初中毕业后我就听从爸爸的话，跟着他到城里来打工，学习当瓦工。"

"你不写小说了？"我忐忑不安地问。

"不写了。"姑娘拿起一块瓷砖，抹上水泥，"我爸说的对，人生处处都能发芽开花。我现在是个不错的瓦工，活一个接一个。看着我铺得漂亮而完美的地砖，就像以前写完一篇文章一样，喜悦，快乐。"她用抹子敲了一下地面，猴子立即跳过来，拿起一块地砖递给她。

那天晚上，我翻来覆去地睡不着觉，妻子肖燕推了我一把，"你干什么呢，弄得我也睡不着。"

我说："我想不起一个人了，你替我想想。"

肖燕问："谁呀？值得你这么费心思。"

我说："十年前给我们东三教那套房子铺地砖的老张。"

肖燕想了想，"我也想不起来，怎么想起他来了。"

我给她说了那个姑娘的事。我说，这次我特意问了她的名字，我想我一定要记住她，她叫张小妹。

肖燕沉默了一会儿，安慰我说："人各有天命，睡吧。"

肖燕的安慰并没起多大作用。我几乎一夜无眠，所以当我再次来到新房子时，身体轻飘飘的，跟踩上湿湿的水泥上一样。张小妹并没有在。工具散在地板上。我观察了一下，水泥还是湿漉漉的。我给她打了个电话，连续打了三次，她才接了电话，电话里的声音很焦急，"董老师，真不好意思，我的猴子小闹跑了，我正找它呢。"

我问她在哪里。她焦急地说："就在你们小区里，你们小区狗真多，就是找不到猴子。"

我陪着她找猴子。她说，一开始还挺正常的，可是她今天忘了买烟，猴子没有烟抽便磨磨唧唧不想干活，趁她不注意就溜出去了。

我问她，是不是和猴子之间有了感情，舍不得它了。

她矢口否认，说，"没有。我倒不怕它丢了，我就是怕它咬伤人了。"

我们边在小区里找猴子边聊天，我对她说："如果你不喜欢它，讨厌它，干脆就别管它了，随它去，爱去哪儿去哪儿，省得对你来说是一个累赘。而且，它跑到哪里，都是被动的挨打的，离开了你，它寸步难行。不是被车轧死，就是被人抓住，送到动物园去。"

"董老师，您可别吓我。"听了我的话，张小妹脸色苍白。

我有点自责，为什么要让她失去信心呢，为什么要那么尖刻，我之所以一夜无眠的原因不就是想要给她帮助吗？让我忧虑的是，我不知道她是不是需要帮助。我转变了语气，开始安慰她，与她分析猴子可能的逃跑路线。最后断定猴子不会离开小区。我指着到处撒欢的狗说："它不是狗。不会讨人欢心，所以它是惶恐的，跑不远。"

对我的话，张小妹言听计从，她的表情转换很快，立即就轻松下来，满怀希望。她说："董老师，您说得对。"

在寻找猴子的过程中，其实我一直心不在焉，甚至有些焦虑。我的心思完全没有在那只猴子身上，而在张小妹身上。我看着她，仿佛看到了十年前的她，那个对文学怀着虔敬之心的中学生。于是我问她："张小妹，你还在写作吗？"

张小妹突然停下来，大约愣了有一分钟的样子，然后脸上绽放出突兀的笑容来，"怎么可能，董老师，我早就不写作了。只想着铺好地砖，多挣钱，给我儿子娶媳妇。"

"你儿子多大了？"我疑惑地问。

"5岁。"

我说："你真的不再写作了？"

张小妹说："那还有什么假。是真的。董老师，谢谢您，写作是个多遥远的梦。"

我鼓励她："也许你可以继续做个文学梦。"

"为什么？"她不解地问。

"我来帮助你。"我坦诚地说。

她停下脚步，茫然地看着我，"董老师，就是您中止了我的梦想的？"

我羞愧万分，"我不知道当年我说了什么。我现在想弥补。如果你还在写作，我要帮你看稿子，帮你发表，帮你参加征文比赛，帮你写评论……"

张小妹慌张地摆摆手，"董老师，我没怪罪您的意思。我只是觉得太巧了，也许是老天给我开了个玩笑，让我再次碰到您。所以才想起我曾经有过的梦想。如果我今生见不到您，肯定会把那件事扔到九霄云外的。"

"你对我的建议怎么看？"我期待着看着她。

她摇摇头，"董老师，我不写了，早就死了这份心了。"

我还想说什么，就听到她惊呼了一声，撒腿就跑，顺着她奔跑的地方看去，有几个人正围成一圈，不知在干什么，我跟上去，看到她分开众人，在人群之中，那只叫小闹的毛猴，正缩在一棵冬青树下，瑟瑟发抖，猴毛上沾着许多树枝和泥土，看到张小妹，像是见到亲人一样蹿了上来。张小妹把它抱起来，眼里含着泪花说："走了，我们回家。"

上楼时，猴子早已从张小妹怀里挣脱下来，在电梯里，它兴奋异常，早忘了刚才的狼狈样，围着张小妹转来转去，很殷勤的样子。张小妹似乎也忘记了我们刚刚还在讨论的话题，忘记了她从岁月中浮起的梦想，表情渐渐愉悦起来。

我说："你看它的样子，早知如此，何必当初呢。"

张小妹说："它是好了伤疤忘了疼。我了解它，它很快就会翻脸，就会想到它以前优越的生活，也还会找机会逃跑，想回到以前的生活状态。因为那段生活对它来说太难忘了。"

我说："它永远回不到原来的生活的。"

张小妹若有所思地说："是呀是呀！"

我给她出主意，让她给猴子挂个牌子，牌子上写上联系电话。

"这能行吗？"

我说："你试试。"

剩下的时间我们几乎都在讨论猴子的事情，几次我想回到我们最开始的主题上，说说我帮她重拾写作梦想的事，她都故意地绕开了。所以那天晚上，我仍然睡不踏实，肖燕问我："是不是没谈成？"

"她好像在故意回避。"我叹了口气，"她矢口否认自己还在写作，还在延续着自己少年时的梦想。可是我凭直觉感到，她没有放弃。"

"你是一厢情愿吧。"肖燕说,"你别那么绞尽脑汁了,她的生活跟你没有任何关系,你也不用负什么责。再者说,人家不是生活得很好吗?为什么要改变人家生活的轨迹?纯粹是你想要得到心里的平衡。为什么你会这么在乎一个陌生人的梦想?你想想你人到中年,你无法心安的事情有多少,却莫名地想在一个根本不知道是什么人的人身上找到点什么。奇怪了。"

我就在她无法明了的惊讶和疑惑之中昏昏入睡,她所说的,那些无法令自己心安的事情是什么呢?

张小妹确实称得上一个能工巧匠,她铺地砖的水平连挑剔的肖燕都说好,我一语双关地对张小妹说:"你干别的会同样出色。"

张小妹笑着说:"董老师您真会开玩笑。我现在觉得,除了铺地砖,我不会干任何事,也干不好任何事。"

我说:"我想见见你爸爸。"

她对我这个建议显然感到有些惊讶。她停下了手中的活,任水泥掉到了地面上。

我补充说:"我想问问他,当年我到底对他说了什么,让他那么绝望。"

她愣了半天,似乎才反应过来,她急忙摆手说:"不行。绝对不行。"

我纳闷地说:"请你放心,不管他在哪里,我去找他。"

张小妹说:"不是谁找谁的问题。关键是……"她额头上冒出了汗珠。

我说:"你别急。我只是见见他。没别的想法。"

她脸色变得红润起来,想说什么又不知从何说起,于是便低下头去,接着往瓷砖上抹水泥。

我等着她回答,屋子里的气氛有点凝重,我的问题显然给了她内心巨大的压力,像块石头,她干活的速度明显地慢下来,脸上的汗也多了。那只猴子趁机跑了过来,伸出手来,它早就摸透了我的心思,知道我虽然不抽烟,却会给它带着。我掏出一盒钻石烟,抽出一支递给它,然后给它点燃。我看着猴子悠闲地坐在那里学着人一样,想把烟雾吐成一个圈,却屡屡吐不成。

她沉默了有十多分钟，终于开口了，"不。你不能见他。他不想见任何人。他躲在我们老家的屋子里，几乎不出院子。"

"为什么？"我紧张地问。

"因为他认为自己一无是处，是个失败的人。"她幽幽地说着，眼神是虚缈的，"大概是五年前，他在给一栋新的楼房装修时出了事故，丧失了劳动能力。当时我也在场。我目睹了那一切，所以以后我经常会在梦里梦到那个场景，非常逼真。他在医院里住了半年，然后就回到了家乡。每次目送我离开的时候，爸爸的眼神都很惊恐，让我感到凉飕飕的。我对他说，爸，我不会出事的，你放心。可他仍然用那种眼神来和我告别。"

"那我更应该去看看他。他也许能想起我来，而我也可能想起他来。"我看着她怅然的表情。

"没有用的。他想起你能怎么样，你想起他来又能怎么样？他不会见任何人的。他把自己隐藏起来，好像与世隔绝了。他只对我说些以前的事，所以尽管他和我告别时是那种眼神，可是他多么希望我常常能够回去，他就拉着我给我说些城里的事，说些他做瓦工时经历过的一些事——"

她还没有说完，我的电话响了。我说声"对不起"。接完电话我告诉她，我得走了，副院长让我去陪专家们吃饭。我说完便匆匆离开，我没有看她欲言又止的表情，在路上，我也暂时忘记了她以及她落寞的父亲的故事，我想起了我要陪的那几个专家，想到喝酒豪爽的吴所长和我在南京拼酒的情景。

那天晚上，我喝了太多的酒，第二天早晨来到装修的房子时，还一身的酒气，可是房子里没有一点干活的迹象，张小妹并不在。等到十点钟，她才失魂落魄地回来，后边跟着脏兮兮的同样失魂落魄的猴子。她无精打采地和我打了一声招呼，便坐在小板凳上，有气无力地靠在墙上喘着气。我说："你和我一样，像是喝了一夜的酒。"

张小妹斜着眼看我一眼，"董老师，我比喝酒还累。"

"怎么了？"我问她。

她指着同样瘫在一边像犯了错误的猴子说："还不是因为它。"

据张小妹讲，昨天傍晚，猴子再次出逃，这次张小妹没有在小区里找到它。她跑到大街上，漫无目的地寻找起一只总是想逃跑的猴子。她疲惫地说："有时候我真想放弃它。在我和一只猴子之间，总是三番五次地较量着智力，我明明知道它还记着以前美好的生活，我知道它想回到过去，可是它一跑我心里就空落落的，忍不住要把它找回来。它肯定也知道，它永远回不到过去了。这么简单的一件事。我和它，却都那么累地在折腾着。"

"你是怎么找到它的。"

"这就是命。"张小妹说，"每一次，在我最绝望的时候，它就会神奇地出现。"

这一次，我给她提供的建议帮助了她。快天亮时，在城市的街道上毫无目的游荡的张小妹收到了一个电话，电话那头的声音告诉她，猴子在他家的院子里。她说："我跑到最西头的植物园那里找到了它。"

"你还是把它送到动物园去吧。"我说，"它跟着你，只有麻烦和担惊受怕，除此毫无意义。"

她没有回答我，靠在墙上，闭上眼，像是陷入了沉思，只是不知道她是不是在想我的话。

过了一会儿，我提醒她说："昨天我们的话题还没有结束。"

她睁开眼睛，声音虚弱地说："董老师，已经结束了。"

"没有。"我坚持说，"我提前离开了。你的话讲到一半。你讲到你父亲，总是想向你倾诉。"

她再次闭上眼，眼角流下了细细的泪水。

我觉得自己有些残忍，便说："算了。我要走了。"

她拉了拉我的衣角，眼睛里泪莹莹的，她几乎是哀求地看着我，"董老师，你别走。是我记错了，我没有讲完，你还想听吗？"

她的眼神告诉，她一定是有向我诉说的冲动。我蹲了下来。

她说："董老师，您带烟了吗？"

我掏了掏包里，那盒钻石烟还在，我拿出来，抽出一支来准备递给猴子。她说："是我要抽。"

她抽起烟来的样子一点也不比猴子好看，显然也不是平日里抽烟的人，"昨天晚上，我走在大街上，夜色包裹着我，就想到了爸爸。他记忆力超强，几乎记得他铺过地砖的每一家，他们的男主人，女主人。他给我说他们的言谈举止，他们的社会背景，地位。那些日子里，爸爸喜欢上了猜想，他向我描绘着每一个家庭的未来。他说这一家会有一个平淡的生活，哪一家会有大的波折，另一户会发生家变。我听着爸爸无端的猜想，我一点也无法与他的想象合拍。我从来没有记住我铺过地砖的每一家的人，记得他们长什么样。而且我也从来没有去想象过其他人的生活会是什么样。但是爸爸，却对别人的生活如此感兴趣。我和爸爸，与你们能有什么关系呢？昨天晚上，我在寻找小闹的绝望中，抬头向那些灯光明亮的窗户看去，对我来说，那些窗户中透射出来的并不是什么光亮，反而像是无数个向外喷射颜色的枪口，不过它们喷射出来的都是黑色，它们把夜晚喷得更加黑暗，压迫得我都喘不过气来。"

我走到窗户边，向外看去，外面阳光灿烂，没有丝毫夜晚来临的迹象。我回过头来说："那个展开想象力的人是你还是你的父亲？"

张小妹大吃一惊，她瞪大了眼睛盯着我，"董老师，您怎么会有这样的想法？"

我说："凭我的文学洞察力。"

她羞涩地低下头，摇摇头，"您说得不对。我说的是我爸，不是我。"

我觉得有些轻松了，我说："你不用辩解。你适合再继续你的梦想，你有敏锐的对生活的观察力，想法很犀利。而且，你一直在思考，你一直在想着怎么去认识这个社会，怎么去理解人，怎么去写作。"

"写作有什么好。"张小妹轻声嘟哝着。

我突然觉得我找到了抖掉身上自责的突破口，我鼓励她："写作能让你得到内心的安宁。”

“你内心安宁吗？”张小妹追问起我来。

“我？”我始料不及，急忙掩饰着内心的慌乱，故作镇静地说，“当然，很平静。”

张小妹紧紧地盯着我，让我感到了某种不自在，她步步紧逼，“我的梦想对你那么重要吗？你为何那么在乎我？”

我被她问得哑口无言。我觉得那天离开自己家时是落荒而逃的。

尽管如此，那天晚上，兴奋还是占据了上风，我告诉肖燕：“我知道她还有梦想。”

肖燕说：“谁有梦想？”

“张小妹，给我们铺地砖的张小妹。”我说。

肖燕问：“你想怎么办？你以为你能让她重新回到她梦想的起点？”

我若有所思地说：“她还年轻，一切都不算晚。”

过了一会儿，她问我：“到底是那个叫什么张小妹的梦想重要，还是你想要得到的内心的平衡更重要？”

我想了想说：“都重要。”

肖燕的质疑并没有让我停止下来。我发现自己是一个羞于面对过失的人，谨慎而小心。我仿佛看到自己在指责一个对未来充满幻想的人，看到自己亲手断送了一个人的梦想。我是一个忙于织补过失的人。我为自己曾经有过的傲慢而懊悔。同样，我能为自己弥补过失的机会而庆幸。

我向张小妹亮出了底牌。我告诉她，有一个很好的证明自己的机会。

她问：“什么机会？”

我回答：“一篇小说，一次梦想的开始。《长城文学》杂志你知道吧？”

她点点头，又摇摇头。

我说：“这是我们省最大的文学刊物，全国知名。我在上面主持一个栏目，叫作‘发现文学新人’。我已经主持了两期了，推出的新锐作家，不断地被媒体宣传推介，有的已经成为当地冉冉升起的文学新星。"

"这跟我有什么关系呢？"张小妹不解地问。

"这怎么能和你没有关系呢。我知道你不甘心现在的生活状况，虽然你表面上说你很满足，对自己成为一个优秀的瓦工很得意，但是如果让你重新选择，作家和瓦工之间，你会选择哪一个？"我观察着她的表情变化。

她躲避着我的目光，"对我来说，没有作家，只有瓦工。我无法选择。"

"你有。"我鼓励她，"我知道你没有放弃过，不管你承认与否，我都能从你对生活的观察，从你的想象力感觉到，你还在写作。"

她选择了沉默，她的脸憋得红红的，汗水像是内心的焦躁向外疯狂地奔跑。过了一会儿，她抬起头来，她的眼睛很亮，能照亮人的内心。她反而问我："董老师，如果让您选择，您会选择哪一个？"

我不假思索地说："作家。这是最正确的而且是唯一的答案。"

张小妹，瓦工张小妹，显然是心动了。她又向我说起了她的父亲，她最大的忧虑就是她的父亲，她不喜欢父亲总是躲在世界之外，她一直在努力劝说父亲回到正常的生活状态下。中秋节，她要回老家一趟，再做一次尝试。

我说："你父亲的故事就是一篇很好的文章。"

我不知道我的建议在张小妹的心里产生了多大的化学反应，但它确实在我的心里有了美妙的反应，我觉得睡眠得到了改善，工作效率大大提高，我甚至已经开始和《长城文学》的杨主编探讨下一期的"发现文学新人"具体人选，我兴致盎然地向他推荐，告诉他，这次的这位文学新人具有绝对的星光潜质，杨主编很感兴趣，他催促赶快把这一期的稿子定下来。

我也相信，张小妹是被我的建议鼓舞着的。她给了那只猴子足够的待遇，让它能够回到以前的美妙生活。事实也证明，猴子小闹的地位提高了，在我即将铺完地砖的房子里，小闹基本上是一个闲散的看客，它可以在屋子里跑闹蹦跳，上蹿下跳，而不用去搬砖。它可以充分享受自己自由的空间，想什么时间抽支烟便跳到张小妹跟前，伸手要烟。张小妹都是笑盈盈地满足它。

我告诉了她交稿的最后日期。我还告诉她，杨主编想见见她，当杨主编听说有一个来自他家乡的新作者时，"他急迫地想要与你见面，你应该能理解一个刊物主编的心情，发现一个新锐作家，就像是发现了一个宝藏一样。"我兴致勃勃地说。

她满脸的笑容，这就是最好的回答。

几天后，张小妹的工作就结束了，她即将奔赴下一个陌生人的新房，我叮嘱她不要忘了给我交稿，或者干脆就彻底地给自己放一个假期，去专心地写出自己人生的第一部作品。

她感激地看着我说："董老师，谢谢您。"

她暂时从我的生活中消失了，我开始与刷墙面漆的工人打交道，刷漆的是一对年轻的夫妻，江苏人，说话细声细语，像是南方的流水。但是我知道，很快，张小妹就会与我在某个生活的路口相遇。

令我意想不到的是，交稿的日期那天，我收到的不是张小妹的小说，而是她的短信，她在短信中说："董老师，您好。非常感谢您能给我一次重新认识自己，重新寻找自己梦想的机会。可以说，这是我生命中最重要的一次机遇。我知道，如果我抓住了，我的生命会是另外一番景象。可是我考虑再三，犹豫再三，我还是选择放弃。对我来说，最现实的梦想就是当一个称职的瓦工。就像当年一样，如果写作现在成为一个断送我现实梦想的借口，我宁愿舍弃它。有一点我必须告诉您，我从来没有停止过写作，我一直在写，而且也将继续下去。我在借我父亲的视角去观察生活和理解生活，去发现世间的真爱，发现他人的内心之美。这就足够了，它能让我在一天的劳累之余，找到片刻的安宁，这是您说过的。安宁，多美好啊！"

我打过去时，没有人接，再过一天，电话便停机了。她让我再次陷入了失眠的痛苦之中，好在，她只是我生命中的一次偶遇，一个偶然，之后，她便再也没有出现。而我，也很快被世间的俗事包裹起来，开会，评奖，采风，调研，写作……并迅速地忘掉了在我新房装修的过程中，还有过这么一个年轻的姑娘，有过一个被我抹杀掉梦想，而令自己不安的姑娘。我更加忘记了，在那个叫张什么的姑娘身边，有过一只会抽烟的猴子。

半年之后，我收到了一条短信，是一个陌生的电话号码，短信中写着："小闹走了，彻底地离开了。"我想了许久，不知道这条短信要告诉我什么，便把它当成一条垃圾短信删除了。

原载《时代文学》2017年第9期

乌鸦啁啾

张鲁镭

枯藤老树昏鸦，小桥流水人家，古道西风瘦马，夕阳西下，断肠人在天涯。

——（元）马致远

景春一眼就看见饭桌上冒着袅袅热气的大馒头了，他迫切地奔过去，正烫呢！管他的，景春用嘴嘘了两下吭哧一口，这一口下去，坏了，老头当时雨打梨花鼻涕一把眼泪一把。明月还以为他噎着了，赶紧把大酱汤递过去。景春不理，仍旧卖力地吧唧着大馒头。此刻，谁都别想阻止他吃馒头。这暄乎乎的大馒头啊！景春眼仁儿里冒出一个院子，院子里坐着奶奶、母亲还有一条温顺的老狗。

景春一面嚼馒头一面用袖口揩眼泪。明月便在心里感叹，可怜的老头一顿白馒头就激动成这样，天知道他先前的日子是怎么过的，她一面怜惜着一面还冒出个小小得意，看看自己这手艺，这品相这卖相，硬把老头给吃哭了。喝一点汤吧！明月说。景春从缅怀中回到现实的饭桌上。他用眼角瞥瞥明月，这女人三十多岁的光景，干巴瘦，他都联想到秋日里晾晒的萝卜干了。他的老家山东招远，婆家选媳妇都是先看面活——蒸馒头烙饼啦，擀面条啦。景春不选媳妇，他招保姆。

明月是朝阳硬塞给他的，朝阳告诉他，这女人啊干净勤快好心肠，这女人啊干活多吃饭少没废话。这女人……景春可从没动过这念头。他在大阪生活快一辈子了，之前一直在船上打鱼。他打的鱼加起来能装几火车，直打到两条腿也像火车那样曲里拐弯的。腿脚不好也没什么大不了！他这辈子吃苦耐劳从不花冤大头钱，保姆这种奢侈和他沾不上边。退休后一个人在家里买个菜做个饭倒也能应付，还不是朝阳撺掇的。当时朝阳还在大荣超市里干活，他常去那里买东西，都是中国人，慢慢就熟了。朝阳说，春叔应该找个脚力才是。什么脚力？当然是女人了！景春就笑。一见面朝阳就开导他，您那些钱要发毛了吧？省着留给下辈子不成？有儿有女仔细点倒能理解，您这孤家寡人的……一天不知是烦了还是开窍了，景春就说好啊，等你帮我张罗一个。朝阳逗他，是张罗媳妇还是张罗保姆？当然是保姆，媳妇那东西太麻烦。后来朝阳真还把人领来了。就是明月。

明月第一个亮相漂亮，让老头吃出了眼泪。她可是个有心人，漂洋过海来挣钱，凭的就是一双手，她很清楚自己这双手没什么技术含量，无非洗洗衣服做做饭，那就把衣服洗得亮堂堂，把饭做得香喷喷，把庸常的家务活干出一朵花来。来之前听说是个山东老头，就特意在面食上做功课。哦，明月提醒自己，不能总老头老头的，要称呼他春叔才是，春叔您还有什么吩咐？

春叔要求，冰箱里不存货，一日三餐现吃现买，至于洗衣做饭打扫卫生这些个活计随见随干。明月觉得春叔之前没有过这方面的经验，但无论如何她都会尽心尽力，不让人挑出毛病来。她可是坐飞机来挣钱的，日本大阪，谁能想到呢？说来就来了。

春叔住的这个地方叫大阪府吹田市南正雀街，东面正对着淀川公园，北面临着一条河，河两岸生着好多向日葵，太阳明媚的时候把一条河映得金光闪闪，猛然看过去像河里边漂散着一串串金币。河上架着一座小拱形桥，人们总能看到一个瘦女人左手一根葱右手一个梨地穿梭在小桥上，桥那面有大荣超市，明月是他们的铁杆主顾，这个家一菜一叶一针一线都从那里获得，超市旁边还有咖啡店料理店美发店以及零零碎碎的小店，明月还是喜欢桥这边，忙里偷闲她会在桥上小站片刻，河里不光有金币还有鱼，一条条游戏着把金币撞得叮当响。有人往下扔面包，鱼们争抢着张开嘴巴，鱼越聚越多，小鱼跳到了大鱼身上，大鱼哪是好惹的？一个打挺把小鱼甩出去，这时候要是有块面包的话……明月看看手里那根葱，她要赶回去做葱油饼了。

　　春叔饮食清淡每天必喝大酱汤，他不喜欢肉，偶尔吃点青鱼。买鱼不去超市，他从前的工友开了个小鱼屋，鱼都是当天下船，特别新鲜。大一点的买一条，小的两条。他指挥明月把青鱼开膛破肚拿掉内脏，水龙头下冲洗干净，拿盐腌了晾晒个大半天再放到油锅里煎，待锅里的热油吱啦啦响，香味便出来了。青鱼算不上什么好鱼，在她们老家也就直接拿酱焖了，哪能这么白瞎工夫，这边人过日子讲究个精细。饭桌上春叔也会客气客气，你也尝尝。明月笑笑，筷子从来不碰一下。晚饭后春叔要在院子里喝茶，这个独立小二楼外带一个规规矩矩的院子，院子里有花有草还有两个胖胖的大红桶，红桶很醒目很威严，像门卫，更像守财奴。里面盛着雾蒙蒙的不再透明的自来水，这个家有专门的用水程序，淘米洗菜浇花，洗衣拖地冲马桶。侍候春叔在院子里喝茶，她又把一个大香水梨削皮切瓣，在盘子里摆成一朵太阳花。她已经入乡随俗地开始精细了。把春叔安顿好后，开始给垃圾分类，这边扔垃圾很是严谨，单说一个酱油瓶，扔时就要分三类，塑料瓶一类，铝制瓶盖一类，瓶上的包装撕下来再一类。这一天下来虽说不是太累，可琐琐碎碎也让人忙个不停。

　　晚上明月愿意出来转转，她要去玉米地看看。住所南面居然有一块玉米地，她用眼睛估算没有三亩也有两亩半，庄稼地被侍弄得青青翠翠见垄见方，一看就知道主家是个勤快人。明月喜欢在玉米地这多站一会儿，抒发一下自己的离愁别绪。陌生的地方陌生的人，哇啦哇啦的日本话一句都听不懂，唯有这块玉米地和她最亲，还有向日葵和鱼们，这些都是她的发小，她五岁在玉米地里除草七岁在海边网鱼，有它们在心里踏实了好多。她原不喜欢城里，因为她不喜欢密集的高楼和呼啸的汽车，这里居然是这副模样，一水儿安安静静的小楼，路又窄车又少，却精致朴素，到处是风景，都有村庄的味道了。现在她们那个村子，庄稼越来越少，加工厂越来越多，填了海盖上高楼，有钱人没钱人都忙得密不透风，都没白天没黑夜，都心里慌慌的。明月喜欢桥这边充满乡情的风景，等下她还要去桥那边一趟，朝阳在那边。

明月朝阳，听起来倒像姐妹！可即便从祖爷爷那儿开始扒拉，两个人也没有丝毫的血缘。那又怎样？完全不影响人家姐妹情长，看看，这都情长到大阪了。朝阳回去整个村子都沸腾了，孩子手里的糖果妇女脚上的丝袜老人壶里的乌龙茶，村头巷尾一派大阪城的味道，日本鬼子虽然可恶，但他们的东西并不让人讨厌，单说那丝袜穿了好几天都没跳线，村里人的概念，大阪应该是个遥远的地方，可因为朝阳它似乎又没那么远，朝阳出去没多久，她们家就开起了杂货铺，大到家电小到鞋袜日用品，旧的有什么关系，关键它是从外国来的，关键质量还好！

朝阳成了一轮红日，高高挂在他们家院子里，每天都有络绎不绝的向阳花围绕，朝阳你白了，更漂亮了。大酱汤是用大酱做的吗？什么时候教我们做乌冬面……明月没去当向阳花。她悄悄叹息，一瞬间还想到了凤凰和土鸡。听说朝阳只是探亲，过一阵就回大阪。到底是发小，人家上门来看她了。去大阪吧，一切我来办……

明月从没出过远门，最远到省城买东西。她不缺乏胆量，可毕竟是出国，内急了连上厕所都成问题。弟弟的眼泪像河沟，我这条腿……或许姐能让我重新站起来。朝阳返回大阪就帮她联系了投资公司，钱一到位马上动身，倒也没费什么周折。

朝阳的雇主是当地一对老夫妻。两人在街心长椅上坐下。明月发现朝阳身上沾着白毛，再看看，还有黑毛和黄毛！原来那户人家养着三条狗。朝阳每天一大块时间在为它们操劳，洗澡吹风遛弯，那条小母狗还要换衣服梳小辫。老太太买了一堆头绳和裙子，她讲，女孩子就要打扮得漂漂亮亮。今天本来给狗姑娘扎上红头绳穿上蓝裙子，老太太看见说不好看不好看，非要换成黄裙子。狗姑娘今天闹人，上蹿下跳不让换，另外两只也跟着起哄，三个狗东西一会儿床底下一会儿桌子上，噼里啪啦花盆儿都翻了！午饭后两个老的睡下，她带着狗出来遛弯，该死，黑狗今天闹肚子，给它清理了一道狗屎。明月问，你遛狗还带着铲子？何止铲子，这边遛狗必带四件宝，卫生纸、水、铲子和塑料袋。光把狗粪铲起来哪行？还得把地面冲干净。明月感叹，垃圾分类、遛狗带工具，难怪街上这么干净！朝阳问她和春叔相处得怎么样？还好，不过那老头过日子实在清汤寡水。老头在船上干了一辈子应该不缺钱，天生一个抠门儿，要不是我撺掇，他能舍得雇人？明月就拉起朝阳的手。回去时朝阳让她在门口等下，出来手里多了个袋子，晚上烤的肉饼，剩的都在这。你那老头吃得寡淡，我这老头没肉不吃饭。这合适吗？拿着，哪能让咱妹妹亏了嘴！明月上前抱紧朝阳，挂在手腕上的袋子哗啦哗啦响。

春叔的生活还算规律，他每天吃过早饭在院子里喝喝茶看看报，午觉后出去买竞马票，赶在吃晚饭前回来。某个晚上还会去居酒屋坐坐。逢周末拿根长胶皮管冲院子，边边角角石桌石凳以及每一块地砖。他对这项劳动很有热情，一高兴还会拎着水管走出门去，恨不能把整条街都刷一遍。这倒不怕费水了。春叔话不多，对明月也没过分挑剔，即便这样她也不敢懈怠，力争在朴素的饭食上创造出小小的亮点，暄暄的大馒头辣辣的打卤面香香的葱油饼……平淡日子里忽然就添了盼头，春叔拿眼睛瞄着墙上的挂钟，又该吃饭了，饭桌上他眼仁放光下巴粘着一条葱。明月小声提醒，已经第七张葱油饼了，小心肠胃。怎么能怪春叔呢？谁让她烙的葱油饼这么香呢？白面粉里打了鸡蛋和切得极细的香葱，放在热油里炸成金黄，傍晚的时候坐在院子里吃，惹得路边的小猫直往墙上跳。

房间打扫过，衣架上还没有晾干的衣服正随着小风飘，想想还干点什么？可不能这么傻愣愣坐着，要动起来，动起来！明月的自律来源于从前的雇主，那个瘫老头，身子瘫了脑袋没瘫，一夜一夜缠她讲故事，你不讲他敲暖气管子。白天倒乖，开着电视打呼噜，呼噜这玩意传染，明月实在太困了，眼皮用棍儿都支不住。老太太见了不高兴，哪有保姆大白天瞌睡的？眼里应该有活的。明月放眼踅摸，老头衬衫扣子掉了，她拿上针线靠着窗台，缝缝绕绕看西边天色，心里琢磨着晚上给老头讲个《鬼吹灯》吓吓他。

门后挂着一件破了洞的毛衣，春叔经常披着在院子里喝茶，明月将其拆洗让它变成一个毛线团儿，她坐在院子里，腋下夹着长针，就那么一下一下把线团结成了带花纹的毛背心。春叔穿上当即决定出去转一圈，外套扣子也不系。明月又得意了，看来自己的毛活和面活同样出色！春叔当然喜欢，虽然比先前的毛衣少了两个袖子，可它软软的暖暖的，最关键是人家跑马赢钱了！买马生涯中，头一次赢这么多，得了外财谁不高兴？敢情这个瘦猴还旺财。他一瘸一拐买回好几条青鱼，还给明月买双鞋。他们老家有个讲究，得了外财要散出去一些才安稳。一双打对折的帆布休闲鞋，好比在烧饼上摘下一粒芝麻，意思到了就行，况且鞋的颜色还那么亮艳，明月坚信这是对她勤奋工作的肯定，穿新鞋啰！那娇娇嫩嫩的粉绿，让她走起路来像小风拉着手那么轻快。

朝阳一面熨床单一面打哈欠，这个时候有人午觉有人劳作。怎么你连床单也熨？朝阳压低嗓子，这算什么，窗帘枕巾被套，就差裤衩背心了。她抱怨老太太干净得要命，恨不能把房子都放进消毒水里泡。有几只乌鸦哇哇地落到树上，从屋里望过去像是开在树上的一朵朵硕大的黑花，朝阳跑出去轰赶，明月跟在后面帮忙。朝阳说这边的乌鸦比麻雀都多，上次两个垃圾袋就被它们洗劫了，弄得满院子都是。你可得把垃圾放好了，这帮黑老鸹眼尖鼻子灵。明月说春叔已经叮嘱过她。新鞋？春叔给买的。话一出口便觉得不妥。怎奈水已经泼到地上。春叔？朝阳停下手里的活，我的天，就那只铁公鸡！你们不会是？明月急了，怎么可能？他是看我脚上的鞋太烂，再说一双鞋也没几个钱。你不知道那老头有多抠门儿，买根葱都比来比去的。还是我们明月有魅力，铁公鸡都开始下蛋了。朝阳姐就会拿人开心！

176

明月现学现卖，床单被套沙发罩，但凡能烫的她都用熨斗走一遍，那些蔫软的纺织品，被这么熨熨烫烫格外有了精气神儿。春叔穿上熨烫过的衬衫，人都挺拔了。相处久了，两人也会聊几句，明月说她和朝阳打小住一个村子，俩人一起上学，一起赶海。春叔问村里人现在还常常赶海吗？现在海滩都被包出去，多数包给外乡人搞养殖，只有偏远的海滩可以赶，不过现在海里穷，也赶不到太多东西。春叔问起打鱼的事。明月说现在捕鱼证难办，买一条船也不少钱，出海捕鱼也要有些背景，再说也有风险。春叔想起当年在海上一待就是几个月，下了船依然是航海的感觉，连马路上的行人都是漂浮的，他分辨不清东西南北，凭着感觉往前漂，他总会漂到那扇种着橘子树的门前，一股焦煳的香气从门缝里钻出来……好香！春叔睁开眼睛，天光暗下来，明月正在厨房里煎鱼。

晚饭后春叔给明月发工资，提前了两天。日元面值大，一张就一万，多么激动人心的钞票。出来的全部意义和目的，旧衣将变成新衣，旧房将变成新房……她拿着电话小有激动，发工资了，姐我发工资了！想吃什么我请客。朝阳说这会儿樱花正怒放，休息日我们去造币局看樱花！

来大阪这么久明月第一次出远门，其实也不算远，关键还乘了地铁。因为昨夜下了场小雨，街上的房屋树木都像冲过淋浴，天蓝得快要掉下颜色来，空气里有一股清甜的薄荷糖的味道。明月想，等春叔再用胶皮管冲大街时她一定帮忙。

流连在造币局的樱花大道上，明月有种恍惚的眩晕，这可是画片上的风景，难道自己钻进画片里了？这樱花乍看极像桃花，不过要比桃花有气势，一簇簇一嘟噜一串，不经意就给大道搭出了个天然花棚。听说樱花原产于中国的喜马拉雅山脉，几经周折才来到日本。明月把脸贴在花瓣上，一棵树换过土壤都能活得这么美丽！一股隐约的憧憬浪花般在心头荡漾。忽然一只乌鸦从脸庞划过，带着习习的凉风，随之扔下一串哭丧般的嚎叫，哇哇哇……明月跑过去拉住朝阳的手，它们叫得真吓人！朝阳说你仔细听，在喊，苦啊苦啊！明月往天上看，乌鸦已经钻进云朵，把一连声的苦叫留在半空。

看过樱花逛公园，直到夕阳西下姐妹俩才挽着手进了料理店，明月说姐来点菜我结账，朝阳就点了烤鸡皮烤牛肉红烧肉生鱼片还有炒豆芽。明月心里说这怎么吃得了？等菜上来才知道盘子就巴掌大，红烧肉仅三块。啤酒倒满明月端起杯子，我再加一道菜——快乐！好久没这么开心了，掏心掏肺说一句谢谢你朝阳姐。谁让我们是好姐妹呢！两个杯子叮当撞在一起。姐是村里第一个跑到国外挣钱的，村里人都叫你女丈夫。也是没办法，有本事有关系的都在家里包海发财，没本事的只能跑出来卖力气。小时候姐就是挖蚬子能手，退潮时背一个袋子，不一会儿就装得满满当当，那些男人都不行。朝阳干了一杯啤酒，妹子，挖蚬子也要窍门，用盐，看见蚬子洞就用小勺子往里面撒一点，蚬子就被呛出来了，然后一铲子下去……这么管用？当然。你这家伙，那时候怎么不告诉我？哈哈，秘方不外传……那你今天得多喝几杯。好啊！再来两个扎啤。你们家房子也盖了，下一步打算？房子哪能当饭吃？听说鱼干儿加工厂有前景，得再攒几年钱。你呢？要先找家大医院给弟弟治腿，他可是个好瓦匠，要不是盖楼被砸坏，我哪会这么辛苦！这几年也难为你了……盘子一个个摆起来，扎啤杯一个个排起队！两个女人已经面若桃花悄悄耳语了，朝阳扒着明月耳朵，知道春叔都去哪里消遣吗？居酒屋吧，他偶尔会去。还有风俗店，就是那种地方。朝阳暧昧地眨眨眼！就他那腿脚？这和腿脚有什么关系。这边好多老头都好这口。他有没有对你？绝对没有！不如就留下来安个家，我看春叔对你蛮好的。朝阳脸蛋红扑扑眼睛酒汪汪，她摇晃着酒杯说，一会儿姐带你捡钱去……

外面黑成一团，明月被拉着左转右拐，到底去哪儿啊？到了，这就到了。朝阳从包里摸出手电筒，啪，顺着光柱明月看见墙角那儿有个床垫子。妹子就是有运气，你不是总说床睡着不舒服吗？这都给准备好了。快拿上，客气什么？明月四下看看倒是没人，可还是有点手软。朝阳笑了，看把你吓的，这可不是偷。拿走人家还要感谢咱。前面就是大阪大学，这一带是留学生公寓，总有学生夜里把不要的东西偷偷扔掉，你看那边……都拿上……这帮败家子……两人以担山之势吭哧吭哧抬着床垫子，月朗星稀下如同凯旋的铿锵玫瑰，还有地毯和电饭锅呢，外加一件漂亮外衣！外衣是在垃圾箱捡的，朝阳说日本的垃圾管理越来越规范，一般不敢乱扔东西，只有这里还能捞点油水。明白了，朝阳她们家的杂货铺，原来如此！

　　明月躺在床上感叹，今天这床和平时可不一样，肚子里塞着货呢。其实学生公寓离春叔这里很近，穿过玉米地走个二十几分钟就到了，之前她也听说过大阪大学，没想到竟在眼皮底下，最没想到的是还可以滋生财富。对于生财之道每个人都会小心谨慎，恨不能用盔甲包裹起来，就算亲人朋友也不想走光。在财富面前谁又能免俗？今晚的酒后泄密朝阳那边已经在喝后悔药了吧！小时候朝阳拖个大麻袋在路口等她，见面会把袋子里的蚬子分给她两大捧。挖蚬子这活没人能和朝阳比，大老爷们都不行，她总愿意单打独斗，不喜欢与人扎堆儿，有了朝阳的帮忙明月的袋子也鼓起来，在家门口明月会摘个牛角瓜给她，村里人爱做牛角瓜菜包，牛角瓜切碎用盐把水分攥出来，和上蚬子肉和蚬子汤，鲜香鲜香的，小孩子一口气都能吃掉五六个。朝阳用她的蚬子既换了友情又换了瓜，明月当然喜欢这样救苦救难的友情。这世上的友谊，有哪个不是蚬子换瓜？朝阳帮助她来大阪，她的医疗卡能借给朝阳看病，最重要还能帮她往家汇钱。说到底也离不开蚬子换瓜。

　　等到朝阳也发了工资，两人相约一起去邮局汇钱。朝阳拿出的钞票可比明月厚多了。黑下来居然能挣这么多钱！朝阳回来不久合同便到期了，她离开大荣超市直接黑下来当保姆。朝阳笑，你只见贼吃肉，没见贼挨打，三条狗一个瘫老头外加个挑剔老太太，她把钱举到明月鼻子下面，闻闻有没有一股狗屎味儿？明月只闻到了钞票的味道。明月今天穿了件浅蓝色外衣，领口袖口均镶着蕾丝花边，花边上还缝着一粒粒小亮片，腰身也收得恰到好处，把瘦弱的明月都装饰出曲线了。就是那天捡的。朝阳说看看这运气，都像给你定做的。明月没什么发型，就是把所有的头发拢一起在后面扎个马尾，可惜她发质不好，毛毛糙糙的，那马尾就像挂在后脑勺一把硬邦邦的扫帚，朝阳帮她剪下几缕刘海，又把硬扫帚剪成可爱的小刷子。看看这下跟衣服步调一致了。大阪这地方剪发贵，以后你这颗脑袋我负责。

明月发现朝阳爱逛超市，大大小小有店便进。她喜欢看化妆品，喜欢在免费试吃区域里逗留。明月觉得没意思，干脆在门口等她。超市旁边有不少人在吃小丸子，明月也凑过去，穿着体面兜里还有点碎钱，当然就愿意看看热闹。朝阳从超市里赶出来，快，里面有免费比萨饼。一个腮帮子上鼓着球的男人看见她们，赶忙把嘴里的球往下吞，可他吞咽得并不顺利，眼珠都翻出白色了，噎够呛，他居然打着饱嗝要求请客。原来是和朝阳相熟的中国人，明月欢喜，那感情好！天下中国人是一家。朝阳推说有事，拉上明月匆匆离开。明月嘀咕，那小丸子什么味道？从来没吃过呢！没什么特别的，叫章鱼烧，其实就是国内的章鱼小丸子。快走吧，带你吃关东煮去。刚刚那男人对你蛮热情！看见你激动得直翻白眼。他热情他的，我可没那份工夫。咱出来的目的就俩字——挣钱，没用的不去沾边。

关东煮好大一个碗，里面装着穿了竹签的萝卜、豆腐、海带以及各种小丸子，明月呼噜呼噜很快造掉一碗，朝阳又帮她叫一份。明月问什么时候再去寻宝？寻宝？就是大阪大学那里。朝阳嘴里正含着一块豆腐，她把豆腐来来回回用牙齿磨了好几圈才咽下去。明月说姐那里不方便，以后她床下面就是储藏库。还一面把丸子送到朝阳嘴边说，之前她身上套着根绳子，现在姐姐帮她解套呢！朝阳叹气，刚来那阵路边随时都能捡到好东西，现在不行了，还好有这些留学生。吃完朝阳又去超市里转悠，明月送给她一大瓶洗发水。

当天晚上明月上吐下泻，天一亮赶紧给朝阳打电话，朝阳怨她关东煮吃太多，整整三碗，不把肠胃吃坏才怪！朝阳陪着去医院，又是检查又是拿药，折腾了大半天。回来又给熬了小米粥，小米粥散发的热气扑到脸上，明月得趁热喝掉，她要尽快恢复体力，夜里还要去寻宝呢！

明月太喜欢寻宝了，夜深人静，戴上球帽和手套，玉米地往南就是她的寻宝之路，明月没心思再对着庄稼地抒情，她要加快脚步，再往前走一段，学生公寓就不一样了。刮风下雨明月当头，遇见西瓜捡西瓜，碰到芝麻捡芝麻，多么美好的夜晚，有理想有诱惑有惊喜，有天夜里还寻到一辆自行车！明月激动得要呐喊，大阪，我都爱上你了。那晚她做了个梦，朝阳被遣送回国，她哭喊着抱住她。有个东西紧紧卡住喉咙，怎么都喊不出声！醒来发现是床的问题，其实明月的床算不上床，春叔找来几块木板上下一搭，就变成她梦的港湾了。现在却是储藏库，日积月累成一个大肚汉，肚皮就要爆炸了。那天朝阳还在路边捡了个凳子，这个有什么用？明月不想拿。现在这凳子已经把床倾斜成滑梯了。她把梦说给朝阳听，朝阳不以为然，好多人都在这边稳稳当当黑着，被遣送回去的都是让人举报的，我可没那么多仇家。明月说还是找空闲把东西寄回去，她脖子都快窝断了。朝阳说这次的几件家电归你，卖了好价钱记得请客。明月当即拥抱了她并要求运费由她承担。东西是用船运回去的，运费不是太贵。那晚明月睡得真舒服，她又做了个梦。家里的杂货铺已经开张，她老妈正灯下一张一张捻钱！

大阪每年都有一台盛大的烟火晚会，八月三号淀川河边。春叔几天前就开始张罗，还特意准备了一张凉席，明月把朝阳也一起约上。本来家附近就是地铁站，春叔偏偏要绕个大弯乘JR路，原来是JR路车票便宜。淀川河边已经聚集了好多人，过节一样，情侣们拉着手，姑娘们穿着漂亮的浴服，脚踏木屐团扇轻扑，好位置已经被占上，他们在街边铺上凉席，对面有好多小吃还有捞金鱼的。夜幕降临音乐响起，天空立刻变成了五光十色的花园，花瓣如雨，像无数个拖着尾巴的流星，依依不舍地从空中划过，一瞬间的美丽，一瞬间的光彩，仿佛寄托着无限希望。春叔开心想喝点啤酒。朝阳把钱接过来递给明月，明月仰脖正看得出神，只好把眼睛从天空中收回来去买啤酒。那边飘来烤鱿鱼的香味，朝阳自作主张从春叔怀里摸出几张票子递给明月，三个鱿鱼。吃过鱿鱼朝阳要喝水，春叔掏钱给明月。明月想起她和老太太推瘫老头去公园那次，也是这么一趟一趟地折腾。她借口去卫生间，在小卖店旁边坐下，还买了个苹果糖。天上一个接一个璀璨的烟花，让人心里边缥缥缈缈的。明月含着苹果糖，人已经缥缈到九霄。

回去路过那片玉米地，玉米已经长成粗粗的棒子。明月坐在那里胸口发闷，这会儿的天空没有烟火只有星星，时间过得真快，转眼玉米都熟了。回来的车上，朝阳让她扶好春叔，不能在靠门的地方坐。怎么像个管家婆？明月当时就胸闷气短的，她皱着眉头捂着胸口在一个角落坐下。经过玉米地时说要在这里缓解片刻。晚风吹起阵阵芳草的清香，明月一口口吸进肺腑，心胸慢慢舒展开来，玉米长得真好，她看四周没人选了两个壮实的掰下来。春叔喝过新鲜的玉米糊说要带她和朝阳去参观净水厂，明月推说这几天身体不大舒服，就不和他俩去了。

冬天了，风吹在脸上凛凛的。明月去桥那边找了几家超市也没买到粗粒盐。她去找朝阳打听。要粗粒盐干什么？天冷了，想腌点咸鸭蛋。乘阪急车去南京街，中国城那边应该有，我和你去。朝阳背上双肩包，她总是这副行军越野的装备，明月笑话她成天背着炸药包。中国城和家里的镇中心差不多，包子饺子连葱油饼都有，明月总算在一家小店买到粗粒盐。

明月把粗粒盐加大料和洋葱放在铁锅里翻炒，然后用毛巾包起来，春叔腿疼病犯了。两个膝盖肿得跟馒头似的。明月打小生活在渔村，村里叔叔大爷们打了一辈子鱼，有几个不害腿疼病的？当然就有些土办法。她缝了两份盐包，这一份在腿上热敷时，另一份就在铁锅里微火热着，虽然不能解决根本问题，却也缓解不少。她还打电话从家里寻了中药方子。当然，她没有腌咸鸭蛋。春叔越发觉得这个女人的好，从前那些个冬天，腿疼起来他都想跳河。这个明月太值了，都可以用价廉物美来形容。当时要不是看在价格的面子上，朝阳嘴皮子说漏也没用。朝阳心思多，一会儿撺掇他找保姆，一会儿要帮他介绍生意，那种生意不用本钱，就是和一个中国女人履行个手续，说白了就是假结婚。春叔不干。让一个女人在他面前晃来晃去，而且没有实质性内容，多折磨人！别说他不缺钱，就是缺钱也不干，别扭。他逗朝阳，要是你还成。朝阳冲他吐舌头。明月瘦瘦的像个秧子，他不知该如何支配这个女人。他一个人的生活料理起来很简单，无非洗洗涮涮做点饭。有保姆了，他觉得有必要让日子复杂起来，河水起涟漪，不然要保姆干什么？他不让冰箱里存留食物，不许熟食过夜。明月来来往往奔波于超市，他心里又舒服又平衡。他把这份平衡小心包裹起来，却留下一条小缝。他要让明月懂得，钱不是白白能拿到的。但也不会太张扬。他这个年纪的人做事总要把握一个度。他喜欢大门的开启和关闭，咯吱咯吱，一副过日子的模样，咯吱咯吱，东方红太阳升。他都打算天暖和些去学学太极拳。明月会烙饼会擀面条，会把破毛衣变成崭新的毛背心，还从河边弄回好几袋子葵花籽，他有好多年没吃葵花籽了，日本这边的葵花籽都是喂给松鼠之类的小动物吃，人基本不吃，其实那是个多好的磨牙香料，明月还能剥出仁烙饼，她总是晚上去弄葵花籽，顺道还能捎两棒玉米。最主要是能给一双老寒腿止痛。你看她就是闲不住，丢下勺子捡扫帚，至少手里也捏根针。人虽瘦些，胸前的馒头倒也饱满！想什么呢？人家可不是老色鬼，不过，男人看女人总要在细节上有考量的！又懂得规矩，从来都去外面打长途，他一个老乡找个国内保姆，那女人成天抱着电话，那个酸那个嗲发春似的。

冬天就是麻烦，连朝阳都给冻感冒了，明月赶过去时，她正用毛巾捂着嘴打喷嚏，老太太让她赶紧上医院以防病菌传染。明月倒觉得不是很严重，她把自己的医疗卡给朝阳，那边锅里还熬着药呢！

房间里弥漫着葱油饼的味道，盐和洋葱炒在一起可不就是这个味道！春叔说闻闻味儿就解馋，他躺在床上，明月让他把两条腿支起来舒服些。明月发现膝盖上的两个馒头经过一段时间的内服外敷，已经通情达理似的低调了，用手摸摸也不像先前那样肿胀，这可是她的医疗成果！她低头研究，一缕青丝落在膝盖上都没发觉，明月太得意了，太佩服自己了，她哪里是什么保姆，简直是一个保健大夫。她像收获劳动果实那样把两个膝盖揽在怀里。没有铺垫，没有预谋，是一触即发又是暗香涌动！春叔一个鲤鱼打挺压过去！！此情此景，别说瘸子，瘫子也蹦起来了。故事发生在一瞬间，自自然然，水到渠成。关键是来得太突然，但突发事件也不都是坏事。哪来的浓烟？坏了，锅煳了。春叔去开窗，腿脚居然听使唤了，看看这事闹的。在屋里憋太久，现在他要去外面呼吸下新鲜空气。明月仍旧赖在床上，是大床啊！大床又宽又平，下面还没那么多破烂拱她腰杆。春叔那样的腿脚居然会……明月笑笑，笑得很有内容，这会儿的心像被挂上秤砣，她把被子揽在怀里，就像把新生活揽在怀里，她想起造币局那只划过脸庞的乌鸦，朝阳说它在叫苦！其实这边人跟它叫报喜鸟呢。明月翻身拿起电话，按几下又挂上，她哼着小曲来到厨房，小米没了，冰箱里有几块猪骨头赶紧煮上，光溜溜的猪骨头在清水里显得很单薄，还好又翻到一个萝卜几根葱，统统切了扔进去。

春叔竟买了一件女士睡袍回来，情意绵绵的淡粉色。他催明月赶紧换上，明月举起湿漉漉的手，正给朝阳煮汤呢！她感冒了，怕耽误熬药，都没陪她去医院，等会儿汤好了就给她送过去。换上、换上，春叔急。睡袍很长，一直长到脚踝，上半部分扑啦啦的蕾丝，像渔网那样大眼儿里套着小窟窿，包在里面的明月娇俏可人。谁这个时候按门铃，讨厌！朝阳来还医疗卡了，她可真会选时候。睡袍上亮晶晶的扣子一颗一颗钉到朝阳心上。回去的路上两个人沉默着，路灯把她们的影子拉得很长，明月拍拍脑门儿，给你煮的骨头汤没拿。朝阳说，其实小米粥更暖心……

眼下明月成了忙人，她手里多出两个小本本，一本是《日语自学速成》，另一本是《图说按摩保健大全》。这算啥！最有气魄的是她在院子里搭了个窝棚。支上木板条搭上防雨布，用铁丝一固定，四四方方一个窝棚，虽然简陋却透着一股主人翁的气势……现在一日三餐都由她安排，在迎合春叔口味基础上，一定不能太咸太甜，葱油饼一次最多四张，不能光吃鱼，肉也要吃的。不能光要梨，苹果也来点。傍晚去超市买打折食品放冰箱，哪有时间成天跑超市？有好多事等着她。

庄稼有了足够的雨水和肥料就会长势茂盛，人也一个道理，有了好饭好菜，有了情感的温存，明月整个人都茂盛了，那眉眼儿那白里透红的脸蛋儿那饱满的胸脯，到处盎然着春回大地的生机，不要计较她略施了粉黛，也不要说春叔送了她一个多层化妆盒，即便那个化妆盒五颜六色，里面的眼影口红腮红粉饼比调色盘都丰富，说到底现在就是她生命章节里的一档滋润期。不用怀疑，明月的头发最能说明问题了，那长势如同野草一样，才剪了几天，又茂盛出一大截，跟催了肥似的。想到催肥这个词，明月笑了！这边剪发太贵，一剪子下去好几斤牛肉没了。她这颗脑袋还是让朝阳来处理。

院子里闹哄哄的开了锅，老太太率领三条狗在围攻朝阳，那狗姑娘脖子上缠着厚厚的绷带。朝阳出去遛狗，狗姑娘被铁栅栏剐了一条口子，流了不少血，在兽医院缝了好几针。老太太和三条狗一起凶巴巴对准朝阳，狗姑娘一颠一颠闹得最欢，像要扑过去讨说法，就怪你，就怪你，看都把我伤成什么样了？这是一条一尺多长的蝴蝶犬，黄色的身躯，头上长着一丛极有装饰性的黑毛，样子十分滑稽。现在这狗东西仗着人势，闹得披头散发像个泼妇，脑袋上的毛把眼睛都遮住了。挺身而出的时刻到了，明月先是冲着狗们，骂它们一群狼心狗肺，不想想平时谁照顾你们来着？一把屎一把尿的，我们那边孩子都没这待遇……骂着骂着她忽然意识到跟狗这么计较不对头，狗听不懂。明月把脸扭向老太太，你还真把狗当孙子了，可你也不能不把我们当人！明月真的很激动，想到从前使唤她那个多事的老太太，都咬牙切齿了。老太太叽里呱啦地摇晃着身体。朝阳站在狗窝那儿犯了错的孩子一样低着头。明月又意识到她的一番激昂叫骂也毫无意义，老太太一样听不懂。这可怎么好？明月急得蹦高，忽然她看见窗台上有个青色花盆……

回来的路上明月还在亢奋，花盆虽大却不重，伸手一划拉，啪嚓碎了一地。老太太和三条狗当时就没声了，关键时刻还要仰仗肢体语言。其实这是个意外，当时她只想有个举动震慑一下老太太和狗。院子里有个铁皮桶的，今天怎么没看见？那样动静又大还不易碎，管他呢！碎了就碎了，到底给朝阳出口气。

到家里学给春叔听，春叔赶紧把她拉到窝棚里，你在这里藏好，说不定老太太这会儿正带着三条狗过来了，老太太我打得过，那三条狗惹不起，你不要动。春叔朝明月一眨眼，把一块布蒙到她头上。春叔在窝棚外面捏着鼻子，明月在哪里？要她赔我花盆！明月在里面说，花盆没有，洗脸盆有一个。春叔进去，这里不行，得换个更安全的地方。他把明月拉到门后，脱掉外衣蒙到她身上。用手敲打着门框，明月是不是藏在这，我看见有一只脚。明月咯咯笑，老太太你眼花了，那就是一只鞋。春叔手一挥，这个地方也不行，跟我来。他把明月按到床上，枕头被子一起压上去，明月一脚踢开。你想憋死我啊！两个人笑得鼻涕眼泪！他们沉浸在小朋友的游戏里，别有趣味。现在可是明月从未有过的好时光，花盆碎在地上她先一愣，随之就在心里开了一朵花，今天的她自信勇敢不惯老太太毛病！今天她给强壮的朝阳出头。原来和别人打一架能获得这么大的快乐。生活里真的需要适当猛烈一下，春叔现在就要猛烈一下，他觉得自己这会儿的力气都能抵得上一头牛。偏偏这个时候电话闹人，春叔拿起话筒叫明月，不用问也知道是谁，她心里一阵隐隐的慌乱。

朝阳说那花盆是老太太婆婆留下的，要她赔。她说是秦始皇留下的你也信？信不信的，把人家东西打坏了总要有个说法。居然这样的口气？倒和老太太站一边了？我是看不得老太太欺负你。这个也不能怪她，毕竟是我没看好狗。明月心里紧张。没准自己要吃官司了。在人家地盘上这可怎么好？老太太说花盆钱从我工资里扣掉。明月轻松下来，骂那个老太太一脸狗相。不行就换一家，还能在一棵树上吊死？算了，这事不提了。况且老太太出的工钱又多，还有就是，离你不远也有一家中国人开的美发店，人家是正牌理发师，手艺比我这个女仆要好得多，你现在都女主人了不差那几个钱。怎么还女仆和女主人了？这事明月一时反应不过来。

朝阳说她是女主人，女主人要领工资吗？以前春叔会拿着票子在她面前数一遍，然后让她在一个本子上签字。现在，沿用从前的方式显然不妥，不给工资更不妥，到日子春叔就把钱装进信封塞抽屉，明月看见自然拿走，彼此都避免尴尬。无所谓了，现在有鱼有肉院子里有窝棚，明月朝窝棚望过去，那是她在异国他乡竖起的一根柱子，虽没根基却是满满的希望。

现在窝棚变成一个雪球，越滚越大。就快丰富成一个杂货铺了，电视机、电熨斗、电水壶、吹风筒、炒勺、衣服被褥……再滚些日子就可以寄回家了。发财这事最好自己动手，当然还要靠一点点运气。明月这阵子顺风，睡上大床吃上鱼肉，看看这一不小心又撞上个生意。那天她在留学生公寓碰到一个男学生，问她能不能帮忙打扫卫生，他马上要回国，走之前要把房间打扫干净，报酬就是屋里不要的东西。学生们不要的东西可真多，品种也相当丰富，连米和速食面都有。和在大街上寻宝完全两个级别，学生公寓来来往往的留学生很多，这种生意时常会有，她留下联系电话在家里等着就行。春叔态度中立，只要把他照顾好了，其余无所谓。明月更体贴了，她把葵花籽煮熟放在太阳下晾晒，春叔喝茶时就在一边给他剥着吃。有时攥着葵花籽在他嘴边逗，春叔张嘴就把手缩回去，又忽地一小把塞他嘴里。这么大年纪还能让女人宝贝着，春叔真开心，开心得他主动帮忙验货，这可是经验教训，之前寄回去那些，老妈在电话里嚷，那就是一堆破烂儿，烂到家了。白盼望了这些日子，朝阳他们家倒红火！大人孩子蜂拥着进。一大箱子崭新的牙膏洗头膏！哪有牙膏洗头膏？寄东西时朝阳倒是从家里拎来一个纸盒箱说是杂物。老妈讲寄回去的东西都是朝阳男人提货，他肯定给过了一遍筛子。明月安慰老妈，不是朝阳，自己又怎么能来大阪？

朝阳来电话，说婆婆想用寄回去的矮凳垫箱子，找了半天才想起那矮凳连同家电一起给了他们家。找上门老妈却不愿意给。明月想可能老妈还为那些破烂家电的事生气。她答应过后给家里打电话。明月说，上次那些家电卖废品都没人要，倒是可惜了运费。朝阳说她哪里知道是些破烂货，东西捡回来直接放到你那，还特意嘱咐家里把值钱那几件给你们。明月一想也是，倒错怪了人家。就打电话回去，不过一个凳子，就给他们吧。老妈那边明显激动，什么凳子，那是个古物，清朝的物件，值钱呢！老妈当时把那些旧货摆在院子里待售，不少人过来看，凳子也放在院子里，有个老头倒是摆弄过，谁也没当回事，老妈生气得都想给当柴火烧了，爹说好歹是外国运来的。后来就有人上门出一万块，老妈多个心眼儿，怕卖赔了，没敢卖。村子里瞒不住事，朝阳婆婆过来要。哪能给她？现在凳子给包上塑料布藏起来。老爹老妈夜里轮班看守怕人偷。居然还有这事？当时朝阳非让她把那个破凳子拿上，一个黑乎乎的矮凳。倒不是她多慧眼，这人见啥捡啥。明月让老妈去县城找三舅，他是中学历史老师，这方面应该懂些。不过不要把东西带去，最好来家里看。老妈让她放心，说老天开眼，瓦片要翻身了。

明月给朝阳打电话，我的姐姐，那凳子居然是个古物。全村人都知道了，你婆婆还要拿着垫箱子？朝阳讲正要和你说这件事，想想她也觉得不对，垫箱子找个砖头就行，怎么就非要凳子。再三追问婆婆才说了实话。家里男人惹祸，骑摩托把一个老头撞了，现在老头住在医院里等赔偿，婆婆听说矮凳的事，没办法才去讨要的。想想当时你还抱怨不肯拿。是这样，她男人那边已经联系好买家，给一万二，这个外财我不能独吞，算咱两家的，钱一人一半，等你和家里打个招呼。明月觉得这也合乎情理，毕竟是朝阳坚持留下，回来路上她都想偷偷给扔了。还有上次花盆的事，心里一直觉得亏欠，不知道老太太扣她多少钱，也不敢问。那就姐七千老妈五千，算我支援姐夫一把。明月豪气地说。老妈当然不同意，说你三舅正联系博物馆的人，这事不能急，说不定值多少钱呢？明月问朝阳家里出事了？可不，她男人把一个老头撞了，家离那么近还骑个摩托！

春叔带明月去箱根温泉，她又被好运撞了个跟头，差点就爬不起来了。这接二连三的，瓦片真要翻身了，不是翻身，是上天了！"花篮的花儿香，听我来唱一唱，唱一呀唱，来到了大阪城，大阪城好地方，好地呀方……"她马上就要在大阪生根发芽，然后慢慢长出年轮长成一棵树。春叔许诺让她当他永远的脚力，回去就登记。明月还是第一次泡温泉，身上一下变得润润滑滑，这之前她是多么粗糙枯萎，一个地地道道的老妈子。让温泉这么一泡，鲤鱼跳龙门了。从渔村到大阪，她乘上了火箭。出门时明月把那本《图说按摩保健大全》

塞进包里。还仔细研究了承扶穴、天柱穴、命门穴以及委中穴……这么按呀按，春叔就很舒服，像通了电流一样血液奔腾。这么按呀按，春叔就说，明月啊！当我长期脚力吧。夜里明月来回相看自己的十根手指头，怎么觉得像鱼钩。

明月一进门就看见桌子上的电话在跳，那架势再没人理都能跳到房顶上！朝阳分贝很高，你们家怎么回事？婆婆去拿凳子，你家大门关得严严的，门口还有一条狗把守。关于凳子，明月并没太在意，这几天她的心思在更重要的事情上。区区一个凳子算什么。她心里边的蓝图那是一群凳子都没法比，她已经在考虑古旧家具回收了。朝阳急了，当初是我执意要留下，依你早给撤了。你们到底想怎么样？不就一个凳子，哪至于这么大火气？明月轻飘飘一句，四两拨千斤了。我那边急着用钱，你却人间蒸发，度蜜月去了？对！去箱根温泉玩了几天，已经商量好，过几天就办手续。那边一下安静了，明月忽然想起那天花盆落地的情景。朝阳，你在吗？在吗？她不是存心，完全是朝阳的态度使然，和喜悦心情相伴的应该是曼妙乐曲，岂是愤愤的大呼小叫？

老妈在电话那边哭诉，凳子烧了，生生给烧了。明月心里一沉，老妈讲这几天连雨，怕弟弟着凉就烧炕，吃过饭才想起炕洞里藏着凳子，已经晚了，你爹血压高都犯了。那边传来老爹一阵急促的咳嗽。你和爹不是轮班看守吗？可不，谁知道就那会儿大脑短路了。也是老天不让咱家发财，也罢，破财免灾，免灾了。

电话又在那儿跳了，明月赶紧躲出去，她真庆幸到现在还没买手机。凳子说烧就烧了，连她都不信朝阳会信？她琢磨给弟弟打个电话说服老妈。想想没这个必要，她太了解老妈了，东西到她手里就等于到了终点。早前媒人送过来几块衣服料子，忽然就少了两块，老妈连鸡窝狗洞都翻了，末了也说了句破财免灾。左右这个窟窿得自己补上，过几天就发工资了，这么想着心里倒轻松下来，闲着没事去大街上转转。路边有个章鱼烧摊子，明月凑过去。有人朝她嗨了一声，一男的腮帮子上鼓着个球，明月用手点自己，那男的把嘴里的球咽下

189

去，白眼珠都噎出来了。想起来了，那次他还要请客，原来你这么爱吃这口！两人居然是老乡，老乡去买了份章鱼烧给她，你现在？在照顾一个老人。我和朋友办了一个投资公司，专门为咱中国人服务，你叫明月，对，你的手续就我办的。再有亲戚朋友来日本直接找我。老乡递上一张名片，我们公司对同胞开展的业务都写在上面，不白忙，有介绍费。这样讲吧，有人要来日本，你和她要……剩余部分都归你……你工资多少……一份介绍费就够你小半年的……老乡把介绍费描述得像一根充满诱惑的金条，有山有水，风景好生秀丽。明月无心待见金条，但她搞明白一件事，那就是朝阳从她身上狠捞了一票。当时朝阳要带她来大阪。那个有情有义的儿时姐妹，要把她从贫苦中拉出来。为了出国费用，明月东挪西借，她在权子那留了两个晚上，对方才从柜子里翻出两千块钱，权子把钞票攥烫手了还在迟疑，怕肉包子打狗，怕有去无回，他吭吭哧哧说，等回来了把房子修修……权子，这个邋里邋遢的男人，还不到四十岁就秃掉半个脑袋，如果不来大阪的话说不定就和他一个屋檐下过活了，不和他又能和谁呢？谁愿意来接手那样的一个破烂不堪的家——一个瘫弟弟，一个熊孩子，一对摇摇欲坠的爹娘。权子愿意，因为他的日子更是一团糟。那天躺在权子那张黑乎乎的炕上她都想到屎窝和尿窝。下定决心，走出去没准还能撞上个狗窝！明月还是在尿窝里给了那男人一个许诺，好人，等我回来……

当时朝阳一急都想把男人摩托车卖了。那怎么行？明月肯定不同意。朝阳就从集市上找来牲口贩子，两头黄牛说什么都不肯走，明月看见牛哭了。她过去摸摸它们的头，我要去大阪，没有办法……明月脸上已经走了颜色，她问，介绍费就是六亲不认吗？老乡沉默片刻这样解释，钱这东西嘛，就像小河里的水，东家流一流西家淌一淌，不会在哪一家永远停下，那还不发大水了。也就是说我兜里的钱明天会是你的，你兜里的明天会是他的，这样滚来滚去才叫市场经济！

朝阳再看到明月时，她正坐在院子里喝茶，身上穿着那件粉睡袍，扣子在太阳下亮晶晶地闪着刺眼的银光，这打扮又家居又媚惑，非常女主人。朝阳怀里抱着狗姑娘，自从上次受伤，这狗姑娘就有了婴孩的待遇。狗姑娘瞪着两只圆眼，它对这个新环境很好奇，纵身一跳钻进窝棚，这还了得，朝阳赶紧追过去，窝棚里满满腾腾，她把狗姑娘从一个炒勺里拽出来。这些东西是？都是春叔找朋友收罗的……我也懒得去管……朝阳心里狗咬似的，一口一口咬得生疼。明月本事，把个铁公鸡给俘获了！哪是铁公鸡？简直是一只大肥鸭。运气好的话没几年直接继承遗产了。类似的念头谁没动过？多么便捷的途径，造化与机会！明月半毛钱没花，摇身一变坐地户。春叔在她身上揩过油吃过香，到头来还不是竹篮打水的结果，她现在这一身狗毛一手狗屎的……还有家里那个混蛋，他干活的加工厂离家没多远，可偏偏要买个摩托，那点歪心思瞒得过谁？加工厂里老娘们儿多，摩托突突一响，老娘们儿嗷嗷疯喊，腿脚快的老娘们儿还能跳到后座上捎个脚，他很享受这个捎脚。这次撞人时，后座上就捎了个小老娘们儿，也不知道他和那个小老娘们儿是否清白。想到这些朝阳就很悲伤，她用手捂住胸口，努力控制着不让对方窥见内心的悲凉！

明月摊开两只手，没办法，凳子烧了，已经烧成灰了。朝阳赶紧从悲伤中振作起来，她可不是弱不禁风的女人，她身体健壮意志坚强也不是好惹的！之前已经说好，烧不烧没关系，我只要我那份，你过几天就发工资了。真是姐妹俩，想到一起了。朝阳姐别急，我新近认识个老乡，就是那个，你认识的，搞投资公司那个，我刚刚联系个亲戚，能赚不少介绍费……

明月到码头寄货，好大一堆，这下老妈该乐了。她又去商店买了玫瑰精油，还在街边吃了关东煮。这些她都能用简单的日语应付。还去医院作了咨询，弟弟的腿并不是一点希望没有。其实只要你心里边不畏惧，一切都没那么难！小苗也能长成大树，毛毛虫都能变成蝴蝶呢！街上熙来攘往，天空流云舒卷，正有一群乌鸦飞过，明月虽然不是热恋中的女人，但也心情极佳，她抬头看看，怎么觉得它们美丽得像天鹅！小学生们穿着制服拉着手从学校出来，每一张小脸都那么可爱，本想进学校里转转，看看表该做晚饭了。在家门口，她好像看见一个相熟的背影。

春叔靠在沙发上喝茶，明月用五根手指头拢了拢他脑袋上稀疏的白发，老头木木的没反应。可能嫌她出去久了，真是个老小孩儿。晚饭她特意做了葱油饼，里面还撒上厚厚的葵花籽仁，春叔草草吃一点，哪里不对头了？没关系，她有撒手锏呢！今天还买了玫瑰精油，加上她高超的按摩技术，一切都会搞定！晚上她早早换好睡袍拿上玫瑰精油，春叔说，按什么按，明月没戏了。

景春这一辈子，苦辣酸甜别的说不上，艳福好歹有一点，他曾和一个寡妇相好，那女人大个子宽肩膀大胯骨大屁股大脚板，结结实实的，估计一镐把子都打不倒她，胸脯更是丰满得像两口小肥猪。他每次出海归来一双脚都被她揽在怀里，那一刻所有的风雪寒凉、所有的孤苦劳顿都让那火炭一样的胸脯赶跑。寡妇会煎青鱼，她把青鱼开腔破肚拿掉内脏冲洗干净，拿盐腌了，晾晒个大半天放到油锅里煎，弄得满屋子都腥刺刺香喷喷。寡妇会打毛线，一个线球弯来绕去就变成大毛衣，他穿上毛衣就不怕风寒，就能打到更多鱼。但寡妇儿子不爱吃鱼爱吃肉。寡妇儿子还往他鞋里放老鼠，往他粥里加咸盐。这个臭小子，他去买肉，一下子买了十几斤，那小子吃得肚皮直放光，当然，人家吃过肉就不在他鞋里放老鼠了，直接放铁钉。他把臭小子带回家，让他见识了床底下的木盒子，许诺用里面的钱给他娶个漂亮媳妇。其实他舍不得，只是暂且拉拢一下。他想尽快和寡妇有个自己的孩子。常言说，天棚鱼缸橘子树，先生肥狗胖丫头，他喜欢胖丫头，讨厌那个瘦猴儿子。瘦猴模样一点都不像寡妇，应该随他爹。但人不可貌相，一镐头都打不倒的寡妇她病倒了，而且很重。刚强的寡妇拖着病痛的身体伙同瘦猴把他床底下的木盒子连锅端。弥留之际寡妇托人带话，都是为了孩子，下辈子做牛做马也要报答他。他想自己打鱼，也不种地，要牛马有什么用，倒是可以杀了吃肉。

昨天他的生活里还闪耀着甜蜜的星光，明月年轻体贴，还让他天天享受着保健按摩的幸福生活。本以为这光芒会一直照耀到他生命的终点。现在不可能了，他坚决不接受拖儿带女的人！别说成亲，就算保姆都不行！她们都是门缝里钻进来的邪风。春叔无所谓，这么多年自己一锅一碗地也过来了，有鱼万事足，无妻一身轻，不是还有风俗店可以快活吗！

明月爬起来去推卧室门，给锁死了。老头还真有脾气。院子里凉风习习，她套上给春叔织的毛背心。春叔说他坚决不接受有孩子的女人，谁不是爹生妈养？难道他是从石头缝里蹦出来的？这算什么逻辑？没有铁牛她能来大阪出苦力？春叔说没得商量，还说过几天要去乡下，让她尽早打算。

铁牛爸给台风刮走，东家想草草打发了她。一哭二闹三上吊有什么用，东家可是见过世面的。明月不哭不闹，她换上布底鞋，在集市上买了几块碎肉，东家门前那只母狼似的黑狗看在碎肉的面子上没为难她，她凭借小巧的身子翻上墙头，一首首好听的歌在墙头上盘旋。《南泥湾》《我爱北京天安门》《社会主义好》《沂蒙山小调》《十送红军》……快来看啊！妇女抱着孩子，老太太扶着老头，姑娘拉着小伙子，村里好久没这么热闹了。明月谁都不看只管唱，东家从外面回来朝着黑狗的屁股上去一脚。下雨打伞刮风戴帽，艳阳高照她顶着一块湿毛巾，直唱得树叶纷纷落下，大黑狗泪眼汪汪，路上她会捡到西瓜霜润喉片和清凉的蜂蜜水，她知道树后面躲着个人。后来连大黑狗都不需要再贿赂了，它每天在半路等她，然后尾随着看她翻上墙头。她腿脚越来越利索，最初翻墙头还需要一个过程，后来脚尖用力两手一撑，嗖，上去了。这可怎么好？东家把警察都喊来了，警察能把她怎么样？人家死了男人，人家没哭没闹，人家也没危害社会，人家只是唱唱，唱唱。血从嘴角溢出来，东家把一沓钱递给她！她跑到树下，起身时地上泛起一片红。有人扶住她，在她身后尾随着一群游游荡荡的男人和女人，明月觉得他们都很过分，都不稳定，好像都那么烦躁，都那么委屈。她被人扶进一座老屋，那房子老得打个喷嚏都晃，权子的瞎眼老娘给她打了鸡蛋汤，她整整睡了一天一夜。那孤苦的母子就守在床边。权子成亲盖新房时，一个帮工让电打死，新房是不能盖了，赔偿还不够呢！新媳妇去给别人当新媳妇了，没人愿意一进门就还债！权子老娘开导明月，权子人好命不好，你命也不好，你们两个不好凑一起，或许就好了。破罐子再摔还能坏到天上去？那个时候的明月，哪怕是根火柴棍儿都会当成柱子靠。权子没钱可有力气，背弟弟上卫生院，送铁牛上学，运猪饲料……在箱根温泉她一度想到权子，不过只在脑皮上轻飘一划，没有任何重量。两条烂被子合在一起也是大窟窿小洞，负数加负数等于一个更大的窟窿。

早餐桌上比年夜饭都丰盛，葱油饼、油煎饺、青鱼、烧排骨……春叔吃过饭出门去，回来时发现家里被洗得清灵灵水淋淋。胶皮手套花围裙把明月武装成一个顽强的战士，拖把扫帚是武器，扫帚就要给扫烂了，地板就要给擦出窟窿，春叔头都大了。这个家没法待了，他晃一圈赶紧出去。明月就把抹布挂到树上，刚才发现冰箱空了，得赶紧去趟超市。她买了一大堆吃喝准备打持久战！顺便去公园找春叔，明月要和他好好聊聊，前段日子他们过得多好，以后还会更好。她已经给邻居发了旧物回收广告，保证家里不会占他一分钱。没有。老头去哪儿了？明月坐下来，她看见锅里一只肥嘟嘟的鸭子正扇着翅膀飞远。看着看着她还睡着了！回去时春叔隔着门说她的东西在朝阳那儿。自己马上要去乡下了。

明月坐在街边，对面就是朝阳的住处。她想起小时候两个人拖着袋子走在小路上的情景，蚬子换瓜她能理解也能接受。只是朝阳宰她那刀实在不轻，眼睁睁看着弟弟连买药的钱都没了。病人没药吃会出事的，连这她都不顾忌。现在看她有了着落又背后捅刀，是她叮嘱对春叔就说是单身没小孩。明月清楚对春叔这块红烧肉有人早流口水了，上次看烟火回来在车上，春叔和朝阳两个人坐在一起挤得亲亲热热，看得她都反胃。一个背着大双肩包的女孩儿从眼前经过，和朝阳那个包一模一样。明月忽然意识到老妈说的那箱子牙膏洗头膏是怎么回事了。朝阳的双肩包即便上厕所都不肯让别人拿。那大大小小超市里的流连，原来双肩包里窝藏着赃物，这个朝阳！明月又惊讶又兴奋！

春叔在院子里喝茶。已经很晚了，他心里边纷纷扰扰的，睡不下。天有些凉，他穿上毛背心，这毛背心织得很巧，厚厚的，上面隐含着菱形图案，不张扬却有立体感，多么心灵手巧的小女人！他拿起一个铁盒，里面盛着满满的葵花籽仁，春叔伸出舌头，把一粒粒葵花籽粘在舌尖上。

一阵急促的敲门声，春叔三拐两拐冲到门口，还被凳子绊了一下，险些摔跟头，怎么是朝阳？还穿着睡衣！来查黑户了……多亏我没睡实……只能跑到这里……朝阳躺在小床上把牙咬得咯咯响，她来日本也是花了大价钱的，那介绍费完全是劳动所得，谁知道她风里雨里跑了多少趟。老太太那边一时也回不去了，难道就这么被遣送回国？枕头下面塞着个粉色睡袍，朝阳拉出来奋力撕扯，手在半空中打个滑直接套身上，套上去的过程实在艰辛，衣服太瘦，她把头伸进去一点一点往下拉，嘎巴，后背裂出一条口，她坚决不让自己气馁，可能就好这口呢！她小心翼翼收腹提臀努力着把肉都包进去，就不能买大一号的？吸气，再吸气，成败就在此刻，当腋下开一条口、旁侧也开了一条口时，总算套上了，勒得她两眼金星浑身肉球，她提着睡袍喘着粗气推开那扇门……

　　朝阳起得很早，她当然会烙饼！现成的原材料，切成丝的香葱还有剥好的葵花籽。门前大桥下游过一群鸭，大肥鸭呀！大肥鸭！有人进来，明月拿着葱油饼出现的一刹那，春叔眯缝个眼儿嘴里正叼着一块饼，一群乌鸦正从这里经过。它们在天上扯着脖子喊，苦啊！苦啊！

原载《中国作家》2017年第1期

私　刑

郑　朋

2
○
一
七
中国
短篇小说排行榜

一

天空像打翻了黑墨水，转眼间黑暗浸染了一切。一根烟的工夫，远处的山峦就只看得见模糊的曲线了。秃鹫依旧翱翔着，虎视眈眈地盯着地面。小李和大牛趁着最后一点光，将柴油机电线拖斗车铁锹镐头等东西搬进毡房。天刚黑，气温骤然冷了下来，猎猎的风刮得头皮痛。

查勇叼着烟，缩了缩脖子，往道班方向走来。

"东西都搬进来了？"查勇问道。"快了。"大牛回答说。

"扎西打电话来说接我们去喝酒。听说巴桑快放出来了，老才旦家族都等着呢。"

三人站在马路边抽烟，等扎西的昌河车来接。烟头在漆黑的夜空中倏忽地闪亮着。夜风中有股马粪和牦牛的味道。两年前修路队刚驻扎这里，闻马粪牛粪味时，查勇会犯恶心。现在这种气味变得亲切多了。要没这些动物的粪便，没人能挺过歌乐沱寒冷的冬天。

"不会真的要杀人吧？"

"�卵，又不冲你来。"

"今天我路过老才旦家，那包钱还在房梁上挂着呢。风一吹，晃晃悠悠的，瘆得慌。"

钱用白哈达包裹着，鼓鼓囊囊的，像人头。傻子才打这笔钱的主意。那包钱是老才旦用儿子次松的命换来的。十五年前，年轻气盛的巴桑和次松为了争一块牧场干了一架。为了这块牧场，两个村已争斗过几十年了。有了牧场，就有牦牛，有了牦牛，就有票子。一头成年牦牛值万把块钱。何况还是那么肥美的牧场，牦牛见了都眼馋。十五年前的巴桑和次松放牧时相遇了，一番口角之后，两人各自掏出了佩刀。巴桑的刀子先于次松进入对方的身体。看到次松倒在刀下，吓坏了的巴桑逃回村里，打算连夜逃亡色达，半路被扎西他们追了回来。扎西说，要不是他们抢先一步，巴桑落在次松家族手里，骨头都不会剩一块。这一带民风彪悍，有仇必报，杀人偿命。有仇不报，做人抬不起头，背后会遭人耻笑，戳脊梁骨。且是家族连坐制，家族里死一条命，必须得去对方家族中拿一条命相抵。按规矩，只杀青壮年男子，不伤及老弱病残和女子。

巴桑被抓后，被判了二十年。他家族央求活佛出面，请求次松父亲老才旦的宽恕。那天活佛亲自去的老才旦家。活佛说，老普布家只有巴桑一个儿子，现在他罪有应得，坐了大牢。老才旦沉默地望着活佛。活佛说，冤冤相报何时了，巴桑家答应赔，东拼西凑了十万块钱，二十头牦牛，已经倾家荡产了，这事就不要再计较了。老才旦看着活佛依然不作一声。活佛走后，老才旦家将那十万块钱用哈达包了起来，悬在梁上。每个路过老才旦家的人都看得见那个包裹。起风的时候，房梁上的包裹被吹得左右摇摆，幌得人心里直发毛。这事渐渐成了巴桑家族的一块心病，虽然老才旦家族暂时没表示什么，但谁都晓得这事没完。

一会儿，扎西的昌河车就来了。上了车，扎西说，今晚有好东西吃。查勇问是什么。扎西故意卖了个关子，说等下就晓得了。扎西是警察，认识查勇后，他多了一个名字，叫老查。扎西是嘉绒藏族，比煤矿工人还黑，敦实的个，壮硕得跟头牦牛似的。他娶了个四川老婆，讲得口流利的"川普"。查勇承包的这段路，两年多以来，工地上贵重物品一件没少过，唯独常丢石头。藏族人盖房，石头是不可或缺的建筑材料。修路队没来，他们建房子，得去河谷捡卵石，再用背篓一块块背回来。现在现成的石料就堆在马路边，等于送到嘴边的肥肉。

查勇抓到过几次。起先藏人半夜里来，声音还蛮大。他被响声惊醒，急忙去追，人赃俱获。藏人理直气壮，不就几块石头嘛，值几个钱，又没拿你们其他的。查勇说，这些石头是给你们铺路的，要是每人都来搬一点，路就没法铺了。训走了几个，照旧有人偷，屡禁不止。把他们惹急了，干脆大白天来背。连藏族女人都来。藏族女人身材高大，浑身是劲，一两百斤的背篓，起身就走，拦都拦不住。

查勇只好报警。

每次报警，扎西都来。扎西看了看，压低了嗓子说，没得办法嘛，他们盖房子嘛。查勇说，他们要盖房子，那也不能来我这要啊！他们这么搞，这路还怎么修嘛！扎西表示会警告。咕噜咕噜，说的藏语，查勇一句也听不懂，也不知道他真说了没有。抢石头的事倒再没发生。偶尔的偷盗依然有，比之前是收敛了些。

那晚，查勇请扎西和另外两位警察在道班喝酒。酒是他上次去色达买的青稞。煮了一大锅牦牛肉，用洋铁皮桶盛了满满的一桶，蘸着盐巴吃。喝到后半夜才散。那场酒不光喝倒了查勇，还把号称千杯不醉的大牛也顶翻了。第二天中午，查勇才醒，头痛欲裂，大脑一片混沌。打电话给扎西，人家早就上班了，一点事没有。

一来二往，查勇和扎西彼此都熟络起来。空闲的时候，他们就凑一起喝酒。扎西酒量远胜查勇，但藏人并不劝酒，没沾染内地的酒桌习气，能喝多少，全凭自己本事。查勇喜欢扎西身上的豪爽，加上他的老婆是汉人，能做手地道的四川菜，他嘴馋的时候，就去扎西家，权当改善伙食。藏人没有姓，只有名，扎西问他姓什么，查勇说姓查。扎西说，那我也姓查，跟你姓好了。查勇笑，以为他喝了酒开玩笑，并没当真。第二天，扎西认真对他说，以后就叫我老查，记住喽？！他的大手沉得像一头成年牦牛，重重拍着他的肩说。

老查这名字就这么叫上了。

到了扎西家，查勇看到老才旦也在，有些惊讶。他想看来传闻也许是真的，巴桑真快出狱了。女人端上来一大锅肉。查勇问是什么肉？扎西才说，昨天不小心撞死了一只羚羊。见查勇有些疑惑，扎西就说，一只倒霉的羚羊，踩中了猎人的夹子，弄断了一条腿，逃了好几天才找着，一路都是血……已经请过活佛了，放心吃吧。

老才旦五十多岁，戴一顶脏兮兮的毡帽，裹着灰色的棉袍，看上去像个七十多岁的老头。歌乐沱高寒海拔，紫外线强，风大，人容易出老。但像老才旦这样出老的并不多见。笑起来，慈眉善目，如得道高僧，一点也看不出身负血海深仇。老才旦的牙几乎快掉光了，他用藏刀将羚羊肉切成细细的一条，蘸上盐巴，塞进嘴里，像山羊那样慢慢地嚼着。

老才旦吃得很少。默默地喝着青稞酒。额头上几股抬头纹挤出一个"王"字。酒到七分，老才旦放下碗，望了眼扎西，说，"巴桑活不长了。"语速缓慢，却有种不可置疑的力量。

没人接话。都安静下来，房间一下变得死寂。过了会，扎西说，"我看这事还是算了吧，他已经坐过牢了。再说，你答应过活佛放他一马的。"老才旦摇摇头，额上的"王"字更深了一层。"即使我放过他，我看次加也不会。他必须死。"他喝下杯中酒，目光依次从查勇、大牛和小李身上递过，"我昨晚又梦见次松了。他正赶着一群牦牛回家。模样一点都没变。那十万块钱和二十头牦牛，我会加倍还给他。"

扎西叹了口气，说，"你这让我为难嘛！"老才旦说，"我不为难你。你什么不管就行。我只要巴桑赔次松一条命。"扎西不说话了，闷声喝着酒。老才旦起身说，"扎西，你可是我看着长大的。"扎西说，"我知道，但我现在是警察。"老才旦说，"我才不管你是不是警察，别忘了你也是这个家族的一分子！"

老才旦走后，查勇说，"巴桑必须得死吗？"扎西沉默着。查勇说，"巴桑已经坐过牢了。"扎西摇摇头说，"你们不会懂的。法律是法律，除了这个，这里还有法律之外的东西。"查勇说，"既然这样，还需法律做什么？"扎西苦笑说，"要没了我们，你指望活佛来给你们守石头？"

二

巴桑即将获释的消息传得众人皆知。他没见过巴桑，巴桑入狱的时候才十九岁，算上减刑的五年，共服了十五年的刑。查勇想起十五年前，自己还在高中读书，谈起女孩还脸红，现在老婆儿子热炕头，还包揽了一个工程队的活，就觉得十五年过得很漫长。

老才旦家房梁上的钱包依然没有摘下来。这两天，老才旦又换了条新哈达，隔老远都能看得见。风从草原刮来，将梁上的哈达吹得左右摇摆，那里面包裹的仿佛不是钱，而是次松的亡魂。不知次松的魂灵是否已经原谅巴桑？老普布家只有巴桑一个儿子，要不是他们家族其他青壮年男子全逃跑了，说不定老才旦家族早就动手了，也不至于等十几年。

查勇刚来的时候，歌乐沱隔壁甲学乡，一个外地来的四川小商贩杀了两个人。甲学乡有三兄弟，性格暴戾，欺负小商贩是外地人，在他的小卖铺拿东西，烟酒零食方便面，从未付过账。旁人忌惮他们几分，都不愿作声。这三兄弟欺凌惯了，觉得不过瘾，盯上了小商贩那有几分姿色的婆娘。小商贩气得脸色铁青，嘴上一句话不说，心里却起了杀心。他先将小卖铺易手，打发老婆和儿子回了娘家，然后弄来一杆猎枪，坐等杀机。原计划是等兄弟仨凑齐，一窝端掉。等了两天，一直没机会，失了耐心，还没等聚齐，先动了手，当场崩了

200

哥俩。最小的不在场，幸免于难。小商贩并没慌乱，提了枪上街四处寻老三，没找着才逃。从此踪迹全无。没谁晓得他去了哪。老三怒火攻心，急于要给兄弟俩报仇雪恨，找了两年，半点音讯都没捞着。小商贩人间蒸发，连警察都找不着他。几年下来，老三渐渐失去信心，彪悍的汉子，变得颓然丧气，走路都抬不起头来，之前惧怕他的人，现在都敢当他面耻笑他了。白死了俩兄弟，连个仇人都找不着，成了窝囊废。这事让他很失面子，不久就悄悄走了，去寺院当了喇嘛。

查勇认得次松的弟弟次加。次加是歌乐沱的头号骑手，骑术精湛，极其骁勇。去年八月赛马节，次加骑着一匹白马，后半程发力，从群马中奋起直追，越过所有对手，拔得头筹，出尽了风头。那是一个有名的霹雳火，他老婆常被他酒后打得鼻青脸肿的。次松被杀那年，次加还只有十岁。少年目睹了哥哥倒在血泊中的全部过程，从此变得沉默起来，性情大变。他等了十五年，从弱不禁风的少年变成矫健勇猛的男人。每天刀不离身。发了毒誓，要用这把刺死次松的刀割下巴桑的头。

有人看到次加又在磨刀。每隔一阵子，次加都要拿刀出来磨一磨。那是一把华丽的藏刀，锋利无比，牛角刀把上缠绕着银丝，刀鞘上刻有飞禽走兽，镶嵌着绿松石。想到这么漂亮的艺术品，还要再沾一次血，不禁让人脊背生寒。

查勇曾见过老普布一回，几年前赶牦牛时，老普布从山崖上摔下来，瘸了一条腿，从此身体每况愈下，听说已卧床不起，恐怕时日不多了。老才旦家族的人要找老普布算账易如反掌。瘸了腿的老普布连狗都欺负他。但这么多年来，他们不但没动过老普布一根指头，而且偶尔帮衬接济一下。老普布身边孤独无依，那些逃掉的族人没一个敢回来的。逃了那么多年，他们早不耐烦了，也盼巴桑早点儿出来，将这事来个彻底的了断。巴桑不出来，就没人敢回歌乐沱。巴桑入狱的这十几年里，老才旦家房梁上的哈达都不知换多少条了。那洁白的哈达散发着血仇未了的怨怒，每个人心里都绷紧着一根弦。

晚上扎西来道班喝酒，聊起巴桑。

"那是个老实人，跟老普布一个德行。谁都不相信他竟敢捅次松。次松比他弟还精悍，当年歌乐沱他说第二，谁敢说第一……他竟然倒在巴桑这小子脚下，我到现在都不愿相信这个事实。"

查勇看扎西似乎并不担心巴桑。

"要是他们真把巴桑怎么着了，你会不会管？"

"你说我该管不管？"

"我们是外人。不好说。但你是警察。"

"我也烦这事，歌乐沱每隔几年就会来这么一出。也该变变了。"

"难道每次都是这样解决的？"

"也不是，四年前也出过一条命案，两个男人喝了酒发生口角，都拔了刀子，捅死了人……"

"后来呢？"查勇问。

"凶手酒醒后就吓跑了，留下一个烂摊子交给他家里人来处理。死者和凶手双方家族都请了活佛来出面，凶手家族赔了一百万，另加一百头牦牛。"见查勇有些惊诧，扎西说，"现在一条命基本是这个价。死者家要是强势，还能多要点。"

"赔那么多钱，事情了了吗？"

扎西抿了口酒，小眼睛聚集着光，"你猜怎么着？"

"死者家族拿了钱也牵走了牦牛，并没说什么，但当天夜里，他娘的全跑了！"

"谁跑了？"

"凶手家族的成年男子都跑光了！"

"你别笑，这事是真的。连在县工商局的干部多吉都被吓跑了！多吉吓得到现在都不敢回来呢，听说跑到西宁去了，工作都丢了。"

查勇摇摇头说，"太匪夷所思啦，冤有头债有主嘛，跟别人有什么干系！"

"这边风气就是这样，法律也管不着。死一个人，不赔条命回来，是誓不罢休的。"

"法律不管吗？"

"当然管。但换你们汉人的话说，人不惧法，又奈何以法惧之？"

关于怎样处死巴桑传得沸沸扬扬。据说连处死他的地方都选好了，就在当年刺死次松的那片牧场。牧场离查勇他们住的道班不远。那是歌乐沱最好的一片牧场了，水草丰美，能供上千头牦牛放牧。次松死后，关于牧场的争议暂时搁置下来，现在两个村的人都不敢在里面放牧。查勇想象着几百上千的人站满草甸，围观处死巴桑的情景，心里就犯怵。他见过公审，黑压压的围观者站在操场上，被五花大绑的犯人站在台前，面色苍白地接受审判。罪有应得地接受法律的制裁，和用私刑处死巴桑是两回事。这事他无法接受。

上午查勇跟随货车司机去县城买生活用品，在街上也听到人们在谈论此事。空气中饱含着躁动的因子。谈到巴桑时，每个人眼中都闪闪发亮。他问司机，巴桑出狱后会回歌乐沱吗？司机是本地的汉人，一听就乐了，说傻子才回歌乐沱啊，回来不等于送死嘛。但他不回歌乐沱看看他父亲？司机说，这就难讲了。听说老才旦家族已经派人去监狱外边等着他了。这儿离监狱三百多公里呢，监狱在荒漠深处，只有一条路去。查勇说，看来这回巴桑插翅难逃了。司机笑了笑说，也难说，巴桑也不至于厌成这样，搞不好还会出大娄子。

三

半夜查勇被人推醒。睁眼看时，扎西不知何时进来了，他身后还站着一个瘦小的男人，裹着一件脏兮兮的外套，光头，畏畏缩缩的，不敢看人。扎西说，帮我个忙。扎西不说，查勇也大概猜到了。问是巴桑吗？光头男子拘谨地

203

抿了抿嘴唇，手脚并得笔直，眼中流露出哀求。查勇想象中那个青年，和眼前的巴桑相去甚远。巴桑低着头望着脚尖，不知是冷，还是别的，他的肩微微地颤抖着。

"你让我干什么？"查勇望着扎西说。

"天一亮，你开车带他去马尔康。马尔康他有个远方侄子在那开拉面馆，他去那还能帮忙干点活。"看查勇犹豫的样子，扎西说，"这个忙只有你能帮他了。他们盯得我紧呢，我离开歌乐沱他们就会知道。我也受够了。"

查勇看了下表，刚好凌晨四点。巴桑的突然出现，让他忐忑，又有些莫名的兴奋。他往门外瞅了眼，秋夜的星空寥廓深远，星汉垂阔。查勇站在外面抽了根烟，认真想了想，决定冒险帮一把。

扎西的主意是将巴桑藏在小货车的车厢后面，上面用木板架空，再盖上层毡布。"他们不会盘查你的，要问你，你就说去县城办事好了。"

"我走了，阿爸和那些逃跑的亲戚怎么办？"巴桑的声音沙哑而苍老。他依旧保持着刚才拘谨的样子，一直不敢正眼看人。

"你不能让他们抓去，你已经坐过牢了。"查勇说。

"刚才带你见你阿爸的时候，你可是答应过他的。"扎西说。

"只要阿爸在，我还会回歌乐沱的……我对不起人家。"

巴桑的话让查勇感到诧异。他不知道巴桑说的"人家"是否也包括了次松。

"你说说怎么个了断？"扎西瞅了他一眼说。

巴桑就不说话了。

"你真是个厌货，人家巴不得你死呢。抓紧时间，赶紧走吧！"扎西有些不耐烦地拍了他一把。巴桑身子晃了晃，神色有些尴尬。四周静谧极了，能听见几里之外的狗吠声。"你还是听从扎西的吧，天一亮我就带你走。"查勇打圆场说。巴桑突然努了努嘴，混浊的眼球闪过一丝光泽，似乎想说什么。两人都把目光迎向他，巴桑哆嗦了下，眼中刚燃起的光亮又暗淡下去。扎西有些失望，说，"别磨蹭了，赶紧收拾下吧，等会天就亮了。"

这时狗吠声似乎更近了些。天快破晓，朦胧的晨雾中隐约能听见摩托车的轰鸣和杂乱的马蹄声。扎西皱了皱眉说，"他们来了，我给派出所打电话，你们赶紧走吧！"

从道班出来，几辆摩托车和几十匹快马迅速围了上来。查勇听见人群中有老才旦的声音，"扎西，你以为我不晓得你玩的鬼把戏，你太让我失望了！"扎西说，"人你们不能带走。"人群中站出一个精壮的汉子，正是次加。次加手里提着一只包裹，劈头盖脸地扔向巴桑。"钱拿去，还我哥命来！"一把抓住巴桑的衣襟，轻松一扔，将他抛去几米开外。巴桑没有反抗，摔得灰头土脸的。他刚爬起，又被一脚踹翻在地。扎西说，"别打了，等会派出所的人就来了。"马背上的人都笑，朝他喊道，"你以为姓了查，就不叫扎西了吗？！"

扎西要去阻拦次加，被人从身后推搡了一把，差点摔倒。"扎西，你这个叛徒！"扎西回头瞪了推他的人一眼说，"谁也甭想带走巴桑！"

"带不带走巴桑，你说了不算！"次加黑红的脸上放出逼人的光芒。

"都不要争了！"巴桑突然挣脱次加的手，喘息着说。所有人都停下来，望着巴桑，期待他接下来怎么说。等了许久，只听见冷冽的空气里传来马匹的响鼻声。这时巴桑走到老才旦面前，朝他跪下来，"求求您宽恕我吧！次松是我从小玩到大的兄弟……我很后悔，求求您了！"说着眼泪就下来了。

"你这个孬种！"次加怒不可遏地喊道。

老才旦不置一言，鹰隼一样端详着他。过了一会，有人递过刀来，交到老才旦手里。老才旦目光落在刀刃上，手指在刀锋上刮了刮。

"巴桑，还认得这把刀吗？"

巴桑的目光顿时委顿下来。

老才旦说，"按照歌乐沱的老规矩，一命抵一命吧！你是自己来，还是我们动手？"

巴桑慢慢地退步，被次加顶住了，没了退路。巴桑置身刀的寒光里，浑身

205

发着抖。老才旦往前逼了逼，将刀递到他手里。人群发出哄的一声，受惊的马嘶叫着舞蹄乱翻，践踏着新鲜的泥土。扎西想制止，却被人牢牢扼住脖子，动弹不得。

刀还是十五年前那刀，早磨得锋利，吹毛断发。巴桑瘦小的身子缩在外套里显得更加单薄。他朝四周望了一圈，想寻找点什么。敌视的目光将他围得严严实实，他什么也没找着。除了老普布，没谁盼他还活着。

巴桑抿了抿嘴唇，绝望地举起刀。所有人的目光都聚集在那把藏刀上。刀像件活物，带着催命般的杀气，颤巍巍地朝巴桑胸口递来……然而刀尖逼近肌肤时，巴桑动摇了。他扔了刀，狼狈地跪下来求饶。

"快点啊！"次加不耐烦地催着。

"胆小鬼！"

"厌货！"

人群中骂声一片。老才旦坐在马上，平静地望着他，丝毫不为他的苦苦乞怜所动容。巴桑心如死灰，泣不成声地叫了声阿爸，我先走了，然后高高举起刀子。电光石火的瞬间，空气中传来一声凌厉的鞭响。老才旦依旧坐在马上，巴桑的刀已被击落在地。老才旦用皮鞭指着巴桑的头，冷冷说道：

"我已经杀死过你了。你滚吧！"

巴桑惊恐中夹杂着一丝错愕，半张着嘴，眼泪混合着泥土，依然没敢相信被饶恕的事实。

"贪生怕死的厌包，你们家族的脸都被你丢光了！"次加心有不甘地骂道。

清晨的第一缕阳光破壳而出，在地平线划出一道殷红的伤口。马背上的人欢腾起来，他们朝巴桑吐口水，一边羞辱一边发出哦哦的呼号。老才旦神情松弛下来，佝偻着背，一下子苍老了十多岁。他俯身抚摸了一把马脖子，像抚摸小孩的脸。马打着响鼻，微微侧着脸，用余光回瞥主人。老才旦双腿一蹬，马小跑着向前，人群渐渐散去了。

巴桑尚未从颓败中回过神来，继续坐在地上。查勇想过去劝劝，被扎西制止了。

"让他先静一静吧，大概吓坏了。真是个尿包。"

查勇和扎西回道班取暖。刚才虽然一波三折，但结果皆大欢喜，没出什么篓子。两人抽着烟，空气冷冽，冻得人直打寒战。扎西又讲起那只羚羊的故事。"找到它的时候，羚羊还没断气呢，躺在草坡上，看着人来，昂起头，猛烈地扭动，挣扎着往前挪，右后脚给夹铙全夹断了，血肉模糊，骨头都露出来了，不忍目睹，每走几步就回望我们一眼，那眼神……哎……"查勇想着羚羊那双惊恐明亮的大眼睛，夹烟的手就忍不住微微颤抖。一根烟刚抽完，外面又传来马蹄声，出门看时，隐约可见一个人骑着白马飞奔过来。扎西一眼就认出那是次加的马。白马跑得飞快。得得得的马蹄声鼓点似的敲击着地面，饱含着一股怒气。扎西扔掉烟蒂，说我就知道次加不会放过他的。还没来得及跑过去，次加已经飞身下了马，朝巴桑后背狠狠踹了一脚。

"阿爸饶了你，我可没饶你！我的刀呢？"巴桑被踹倒在地，发出一声痛苦的呻吟。巴桑手里正抓着那把藏刀，肚皮上不知何时划开一道口子。他浑身战栗着，衣襟被一大片殷红的血染红。没人看清到底怎么回事。

次加更加愤怒，抓小鸡似的将巴桑一把提起来摇晃着：

"操你奶奶的，谁让你死的，快给我起来，我还没让你死呢！"

巴桑依旧抓着藏刀。浑身是血，眼里闪抖着一丝光，含糊不清地说，"……救救我吧……"次加泄了气，将他丢在地上，气冲冲走了。

巴桑躺在地上，身躯扭动着，抬头疲惫地扫了他们一眼，手上仍然握着那把藏刀。藏刀随着他身体的幅度有节奏地抖动着，像遭遇寒风的枯叶，随时都要飘落。查勇倒希望他永远握着。

原载台湾《印刻》2017年第13卷12期

唐僧肉

龙仁青

我从小就被寄放在姥姥家。

孩子寄放在老人家，这在城里，似乎也是很正常的事——父母工作忙，带孩子的事自然就成了老人的事。就拿我的阿爸阿妈来说，那时他们都在电视台上班，阿妈是主持人，阿爸是记者。据阿爸说，那时候，阿妈的工作那真叫一个忙，白天忙，晚上更忙——各种名目的晚会，总是在晚上举办。阿妈经常在夜色降临时开始浓妆艳抹，盛装上阵，精力充沛激情四射地出现在舞台上，面对镜头笑容可掬，一副对生活充满希望的样子。阿爸说，有一次阿爸私下里给阿妈开玩笑，说她的作息时间和工作方法与那些最早叫"姑娘"，后来叫"小姐"，现在叫"公主"的女同志好有一比，阿妈斜眼瞪着阿爸，说要撕烂阿爸的嘴。阿爸说，从此他再也没跟阿妈开过这样的玩笑。其实阿爸很心疼阿妈。阿爸说，那时候，阿妈每天回到家里都是一脸倦容，疲惫不堪，恨不得不卸妆躺倒就睡，一点也没有荧屏上那般光彩夺目，"生活充满希望"的样子。阿爸总是要为阿妈准备一些夜宵，在阿妈需要的时候，给她捶捶背揉揉肩什么的。阿爸还说，那时候阿妈爱哼哼一首歌，其中一句歌词是"我的黑夜比白天多"，——"对她来说，的确如此。"阿爸说。

再说说我阿爸。我阿爸呢，是记者，记者嘛，每天要外出采访，这是必须的，动不动还要下乡到州县，虽然不必须，但也是经常，所以也很忙，没比阿妈差多少。

两个人忙成这样，把我放在姥姥家，也就成了自然而然的事。

我寄放在姥姥家，自然与姥姥亲，有感情。而对我的阿爸阿妈，却有些淡然。

记得那时候，到了周末，恰好又是我阿爸阿妈都不很忙的时候，他们就到姥姥家来看我。在我的记忆里，便有一个不断重复的情节：阿爸阿妈到了家门口，当他们按响了门铃，姥姥从之前打过的电话知道是他们来了，便喊着我的名字："仁旦，你阿爸阿妈来了！"一边喊着，一边去开门。房门打开的时候，我依在姥姥身上，看着眼前的两个大人，一脸的平静。"仁旦，快，快叫阿爸阿妈！"姥姥低头看着我，嘴角上挂着笑，不断鼓动着我，我的阿爸阿妈，眼睛里也充满了期待和希冀，而我却啥也没说，看看姥姥，又看看阿爸阿妈，转身便走开了，继续去玩我的游戏或者做别的什么事了。那时候，没觉得这有什么不对，现在想来，那时因为我年龄小，没认为来者对我很重要，甚至与我有关系，所以才有了这个"轻蔑"的举动。

"仁旦"是阿爸阿妈给我取的名字，意思是具有智慧的人，但我从小就不喜欢这个名字，不喜欢的原因与姥姥有关。姥姥是环青海湖地区人，说的是环湖地区纯正的牧区藏语，用环湖牧区藏语叫仁旦，听上去像是在用汉语喊"肉蛋"。等我上了幼儿园，学会了汉语，每次听我姥姥这么叫我，我也就会用汉语大声叫喊道："我不是肉蛋，我不是肉蛋！"

可是后来，我的名字，还就真成了"肉蛋"了。

我寄放在姥姥家，还有一个理由是姥姥住在西宁城里，这主要也是我阿爸需要的一个理由：姥姥住在城里，而奶奶远在草原。如此，他就可以坦然面对我阿妈，更可以坦然面对那些平时爱管闲事、爱打探点别人家事的女同事，可以理直气壮地对付她们提出的诸如为什么没把我放在奶奶家，而是放在了姥姥家之类的问题。姥姥住在城里，而奶奶远在草原。这成了我阿爸理直气壮的理由。

姥姥住进城里，是因为我姥爷退休后，在西宁买了房子。那时候，州县上的退休干部，时兴在城里买房子，我姥爷退休后，在我姥姥的鼓动和催促下，也随大流在城里买了房子，"这样，每天都可以看到女儿，还可以照顾他们的孩子！"。据说，这是姥姥说服姥爷在城里买了房子的最大理由。

我姥爷，算是一个厉害人物，一直在州县工作，几乎什么都干过：交通局干部、农牧局秘书、文教局文员、藏医院党支部副书记、寄宿小学校长、《格萨尔》史诗抢救办副主任……跨界跨得令人有些不可思议。

有一次，阿爸阿妈聊到我姥爷，阿爸说："我岳父大人还真是人才啊，什么都能干！"

阿妈瞪了阿爸一眼，反问阿爸："你这是赞美呢还是在说笑话呢？"

"我当然是赞美了！"阿爸立刻说，脸上一脸真诚。

阿妈审视地看着阿爸，发现阿爸的眼睛里并没有什么邪恶的东西，便说："州县上缺人才，像我阿爸这样会藏汉双语，能够写点文字，搞点翻译，草拟个通知，整理个会议纪要什么的更是少，所以也就让好多单位挖来挖去的。"

姥爷退休后，就有单位打算要返聘他，但他婉言谢绝，在"每天能看到女儿，还可以照顾他们孩子"的美好愿景的诱惑下，带着自己做了一辈子家属的老婆来到了西宁，住进了西宁城里。不想，到了城里，他却极不适应，比如城里的房子，不似州县那样的小院儿，而是一间间的水泥隔断，厕所就安在家里，甚至就在客厅和厨房旁边，做饭、吃饭上厕所都在家里。对这一点，他就很不习惯。

"家里吃家里拉，"他说，"这是一种传说中叫'拉洛'的野人才会有的行为！"

他也不习惯给邻居打招呼，邻居却面无表情不做任何回应的事儿。有一度，我姥爷还闹着回县城去。只是他自己不知道，那时他已经病入膏肓，还没有实现照顾女儿的孩子的愿景，在搬到城里的第二年就去世了。

我是在姥爷去世第二年出生的，我出生后不久，阿爸阿妈就把我抱到了姥姥家里。据我阿爸阿妈说，我的到来，让陷入了孤单痛苦的姥姥重新看到了生活的希望。一开始，她总是说"你怎么不早点来啊！"，表达着姥爷生前没有见到我的遗憾，后来我姥姥恍然明白：我是我姥爷的转世！

据说我刚刚会说话的时候，姥姥总是喜欢用藏语问我："肉蛋，你是谁啊？"

"我是仁旦啊！"

"那你从哪里来啊？"

"从家里来啊！"

"那你以前叫什么啊？"

"我叫智旦啊！"

据说，每次，姥姥听了我这句话，就激动得不知道要做什么，每次都要把我紧紧抱在怀里，流着眼泪，亲着我的小脸，说："我就知道你不会把我一个人扔在这城里的！"

姥姥的这句话，在这儿还需要解释一下：我姥爷的名字叫智华旦增，按照藏族习惯，四个字的名字，往往取第一个字和第三个字作为简称，这样一来，我姥爷的名字就成了智旦。按照藏传佛教的转世理论，一个人去世后，通过中阴，再来到世上的时间是一年，转世再生的人一定会记得前世的一些事情，比如名字等等。而我说出了姥爷的名字，凭这一点，便可以判断我有可能是姥爷的转世——我上大学后，已经病卧在床的姥姥给我说起这些往事，我笑着对姥姥说："是啊，我就是姥爷的转世啊，是上天专门让我来陪你的！"

"你是不是还要带我去好多地方啊？"姥姥听了我的话，很高兴。

"当然啦，我要带你云游四方！"

我坐在姥姥的床边，心里企盼着她能够早日康复。想着曾经的往事，我判断我那时是因为口齿不清，说话含混，总是错把仁旦说成了智旦。

但这个错误多么正确啊！

令我阿爸阿妈没想到的是，我姥姥，这个一辈子在州县做家属，不会说汉语的老太太，却很快适应了城里的生活，甚至学会了到附近的超市买菜，学会了早上出门去"晨练"。

我姥姥甚至觉得到城里的超市买东西，比在她在县城时买东西要方便很多。那时候，县城里没有开放式的超市，不论买什么东西，都要先把售货员叫来，让他把东西拿给自己，这样一来，就要求你必须要叫出要买的东西的名字。有一次，姥姥去县城商店去买一些蜂蜜，但她不知道汉语的"蜂蜜"怎么说，比画了半天，售货员还是丈二和尚摸不着头，情急之中，她忽然伸展双臂，在商店里跑了起来，一边跑，一边在嘴里"嗡嗡"地叫着，学起了飞翔的小蜜蜂的样子。继而她"飞"到仍然一头雾水的售货员跟前，停下来，半蹲下身子，嘴里"哼哼"地使着劲儿，指着自己的屁股后面说："就是这个东西！"

姥姥说起这段往事，快乐地笑个不停，就好像是在说别人的事情一样。

有关姥姥买东西的笑话，还不止这一个。有一次，姥姥去买一面小镜子，但她同样不知道"镜子"的汉语是怎么说的，于是，她用汉语告诉售货员："那个东西，我看它的时候，它也看我，我笑它的时候，它也笑我！"

如今在城里，去超市买东西，自己可以走进去直接把要买的东西拿出来，不用喊售货员给自己拿，也就省了与售货员说汉语，这让姥姥觉得方便了很多。

我不知道我是什么时候就被寄放在姥姥家的，打我记事的时候起，我就在姥姥家了，白天姥姥带着我，吃饭、说话、走路、玩儿，晚上姥姥陪着我睡觉。直到上了小学，阿爸阿妈把我接回去，我才懵懂地明白，这里才是我的家。明白了这一点，我小小的心里忽然就有了些哀伤，我一直以为我是姥姥家的孩子，原来却还要离开她。记得那时候，我每天都在想念姥姥，上学时，也就每天盼着周末，到了周末，我就可以闹着到姥姥家去。

我也十分想念在姥姥家的那些时日，小小的心里已经学会了回忆。

记得我三岁的时候，我上了幼儿园。姥姥每天就多了一样事，那就是早上送我到幼儿园，晚上再接回家里。

快要过藏历年了，农历的春节也快到了，幼儿园也放了假。有一天，我坐在沙发上看电视，电视里正在介绍各地春节的美食。

"姥姥，我要吃！"我看着电视，一边咽着口水，一边叫喊正在佛龛里点灯的姥姥。

姥姥点燃了佛龛里的酥油灯，默念了一段经文，走过来问我："我的肉蛋叫我有啥事呢？"

"姥姥，我要吃这些，你给我做！"我指着电视说。

姥姥看看电视上的画面，一脸茫然，她侧头对我说："姥姥哪里会做这些东西啊，这些都是他们吃的，姥姥不会做！"

"那姥姥会做什么？"

"姥姥会做羊肉手抓、酥油茶，还有放了好多红糖的糌粑！"

"我不要吃这些，我就要吃这些！这些都是过年吃的，你不是说要过年了吗？"

"咱们过年不吃这些，咱们吃'古图'。"

"什么是'古图'啊？"

"'古图'就是放了九种好吃的东西煮出来的，可好吃了！"

"那我就吃'古图'！"

"'古图'是过年的时候才吃的啊，宝贝！"

"我就要吃，现在就吃！"

"那不行，那是过年才能吃的！"

"那我要过年，现在就过年！"

我的话一下呛住了姥姥，姥姥半张着嘴，看着我噘着小嘴撒娇的样子，抱起我说："好，姥姥给你做'古图'，咱们现在就过年！"

当天，姥姥就带着我去超市买做'古图'需要的各种材料，晚上就给我做起了'古图'吃。

后来，阿爸阿妈知道了这件事，一脸的惊讶，怪我不懂事，也怪我姥姥太过娇惯我，说："哪里有提前过年吃'古图'的啊。"

姥姥听了，笑着说："我们就提前过年，提前吃了'古图'，难道违背了佛教教义吗？"

阿爸阿妈没话可说了。

再说说姥姥的"晨练"。

姥姥的"晨练"和别人还是有些不一样。

还在县城的时候，她每天早上起来，洗漱完毕后的第一件事，是到寺院转经。到了城里，寺院没有了，她也不知道到哪儿去转经。记得我刚刚上了幼儿园的时候，有一次，姥姥把我从幼儿园接回来，便带着我到超市买菜，买了菜，因为我不想直接回家，闹着要在街上玩，姥姥又带着我又多走了一个街区，就看到路边有一家公园，许多人在公园里走路。姥姥带我走进了公园。长大后我知道，这座公园，叫虎台公园，是在一个保存基本完好的古墓的基础上修建的，公园的正中，是个巨大的陵墓。到这儿锻炼身体的人们，便围着这个陵墓一圈一圈地走路。

自从发现了这座公园，姥姥就经常到这座公园去，加入走路的人群当中。但不同的是，几乎所有人都是逆时针方向走的，只有我姥姥反其道而行，顺时针方向走着。她手里拿着嘛呢轮不断摇动着，嘴里诵念着六字真言，面对着不断与她迎面而来的人们，一边走着，一边心里诧异着。

姥姥之所以顺时针方向走，是顺应了藏传佛教转经的方向。这叫右绕。我姥姥第一次到公园，就发现人们走路不是右绕，这让她很诧异。在家乡，只有信仰苯教的少数人在转经的时候"左绕"。

走路的人们对这个老太太也有些诧异。有一天，是周末，姥姥带着我去公园走路，几个老太太叫住了她，他们对她说："你走错了，应该这么走！"说着，用手打着比方。

那时候，我在幼儿园里已经学会说汉语，姥姥走到哪儿，听不懂汉语的时候，，就让我给她当翻译。当时，姥姥从几个老太太的动作上已经明白他们的意思了，但还是让我翻译给她听。

"姥姥，她们说咱们走错了！"我用藏语翻译道，"应该这么样走！"我用小手比画了一下。

——这里要顺便说说我把我姥姥叫姥姥的事儿，这也是我上了幼儿园以后的事。在这之前，我一直叫我姥姥"阿妈洛仑"，这是姥姥家乡环青海湖地区的叫法，意思是"更老的母亲"，但是，后来我上了幼儿园，从老师和小朋友那里知道，"阿妈洛仑"应该叫姥姥。

记得我第一次改口叫姥姥的时候，姥姥以为是我撒懒，把"阿妈洛仑"的"阿妈"两个字省略掉了，而单单只叫"洛仑"了，便对我说："肉蛋，加上阿妈才对呢！"

"老师说了，不对！"我立刻反驳道。

后来，姥姥也就不再计较这件事情了，我也就理直气壮地开始叫姥姥了。

记得那一天，我姥姥听了我的翻译，脸色马上变了，她狠狠瞪了刚才与她说话的那位老太太，嘴里不知道说了一句什么，继而又低头对我说："肉蛋，咱们走！"说着，拉起我的手，依然故我地大步往前走去，把几个好心的老太太丢在了身后。当我们转到第二圈，与这几个老太太再次"狭路相逢"时，她看都没看她们一眼，抓紧了我的是手，径直从她们身边走了过去。

周末的时候，阿爸阿妈到姥姥家来看我，我姥姥问我阿爸："城里人都信苯教吗？"

阿爸一时没明白她说的是什么意思，直到她把在公园里的遭遇给阿爸细细说了一遍，阿爸才恍然明白过来。

阿爸哈哈大笑着，告诉她："阿妈啦，那是她们在锻炼身体呢，跟转经没关系的！"

"锻炼身体，就要'左绕'吗？"

"也不是，反正不是转经，您就不用管她们了，您就按您的方法'右绕'就行了。"

"那我'右绕'，她们怎么还会说我呢？"

"没事儿，您'右绕'就是了，她们习惯了'左绕'，看到你一个人跟大家不一样，所以就说一说，以后不会说什么的！"

姥姥想了想，她也发现自从那天以后，还真没有人再对她说过什么。那些老太太见了她，还会和善地笑笑，给她打招呼。有一次，反倒是我这个小肉蛋问她："姥姥，咱们为啥不跟她们一样走啊？"

姥姥抓紧我的手，回答道："咱们是'格鲁巴'（宗喀巴创立的藏传佛教教派，俗称黄教），跟他们不一样！你跟着阿妈洛仑走就是了！"说着，拉着我继续往前走去，也不管我听懂没听懂。

说到这里，还要说说把我放到姥姥家的第三个理由，那就是学藏语。

在西宁城里生活、学习，自然就在一个完全汉语的环境里。孩子将来上学，也是在完全用汉语教授的学校里。所以，阿爸阿妈便在心里存了个想法，就是让我跟着姥姥学学藏语，别把老祖宗留给我们的语言给丢了。我也不负阿爸阿妈所望，跟着姥姥可以说一口流利的藏语，上了幼儿园，又学会了说汉语。

与公园里走路的人们相熟起来，有时候迎面相遇，打了招呼，还要停下里说说话。到了周末，姥姥带着我一起去走路，那时候，我已经是我姥姥的贴身翻译了。我一会儿一串汉语，一会儿又一串藏语，那些老太太们觉得很好玩，便当着姥姥的面夸我，说我长大了不得了。

"长大了会带你去云游四方！"其中一个老太太对姥姥说，说完，又低头看着我，等着我翻译给姥姥听。

"我没听懂你的话！"我用汉语说。

"她是说，你长大了会带着你姥姥去好多好多地方！"另一个老太太抢白道。

这次我听懂了，便把这句话翻译给姥姥听。

姥姥听了很高兴，她咧嘴笑着，立刻用她不太标准的汉语说道："她长大了，我死啦！"这是她能够表述清楚的汉语水平。

"怎么能这么说话啊！"老太太们都睁大了眼睛，对我姥姥说出来的话有些意外。这句话可能触到了她们的禁忌，人老了似乎更加忌讳提到"死"字。

"真的这样的！"而我姥姥并不明白这些，她哈哈笑着，又说了一遍，"她长大了，我死啦！"

老太太们安静了下来，继而走开了，不再搭理我姥姥和我。

"姥姥，死啦是啥意思啊？"从公园出来，走在回家路上，我问姥姥。

"死啦啊，死啦就是你找不到我啦！"姥姥用我能听懂的语言回答说。

姥姥一句话，让我忽然有些害怕，我抓紧了姥姥的手，仰头看着姥姥，说："我不要找不到姥姥！"声音里已经带着哭腔。

姥姥俯身看着我，看着我快要哭的样子，立刻把我抱起来，亲着我的脸蛋说："不会的，姥姥不会找不到的，我的肉蛋洛洛！"（洛洛：安多藏语对孩童的昵称。）

事情说来蹊跷，就在我姥姥告诉我，我不会找不到她的第二天，从姥姥的家乡传来消息，说家乡的寺院请来了塔尔寺的高僧大德，在家乡举行灌顶大法会。这是一个虔诚的佛教徒不能错过的事，姥姥要去参加，又怕放不下我，就在当晚我睡着的时候，给我阿爸阿妈打电话来接我。我就这样在睡梦中被转移到了阿爸阿妈家里，而我浑然不觉。

第二天，当我从梦中醒来，睁开眼睛，发现姥姥不在身边，眼前的一切都是陌生的，就连从窗户里透进来的阳光，也似乎是陌生的。

"姥姥！"我大声叫着，翻身坐了起来。

"肉蛋醒来啦！"阿妈推门走了进来。

"姥姥呢？"我问阿妈。

"你姥姥有事出去了，两三天就回来了。"阿妈说。

我忽然意识到了什么，立刻从床上趴下来，也没去穿鞋，径直走出卧室，穿过客厅，要朝外面走去，嘴里大声哭叫着："我要姥姥！"

阿妈见我的样子，急忙从后面抱住我，说："肉蛋乖，姥姥马上会回来的！"

我奋力挣脱着抱着我的阿妈，哭闹了起来："找不到姥姥啦，姥姥死啦！"

我的话把阿妈吓了一跳，她把我抱紧，惊讶地问我："谁说姥姥死了？谁给你这么说的？"

"找不到姥姥啦！姥姥死啦！"我对阿妈的发问置之不理，依然这样哭闹着。

阿妈不知所措，只有抱着我，在客厅里走来走去，而我也一刻不停地哭闹着，挣扎着。

据说，阿妈那天是专门从单位请了假照看我的。

我那天的哭闹，让我的阿妈措手无策，只好给我阿爸打电话。正在外面采访的阿爸急忙把工作交代给同事，也匆匆赶回了家里。两个人联手想让我宁静下来，但我依然不断地叫喊着："找不到姥姥啦！姥姥死啦！"

让阿爸阿妈没想到的是，姥姥在当晚赶回了城里。原本三天的灌顶大法会，她只参加了一天。

当我见到姥姥的那一刻，立刻扑倒在姥姥怀里，哭得更加起劲儿，只是一整天的哭泣，让我的声音已经沙哑了，发不出声音，那哭泣看上去也就更加悲戚。

"阿妈您怎么回来了？"阿妈问我姥姥。

"不回来咋办？我就知道你俩闹不了她！"

"可是灌顶大法会还没结束呢！"

"哎，我没有福气听喇嘛灌顶，我的福气就是听肉蛋哭闹哦！"姥姥说，"好在听了消灾祛病的灌顶，祈愿我家的肉蛋没灾没病吧！"

那时候，中央电视台正在播出电视剧《西游记》，我每天从幼儿园到了姥姥家里，第一件事，就是打开电视，看《西游记》。

姥姥虽然不懂汉语，但《西游记》的故事她却看得懂。《西游记》很早就被翻译成了藏语，并且在民间广为流传，但名字却不叫《西游记》，而是叫《唐僧喇嘛传》

"看《唐僧喇嘛传》啦！"姥姥把我放在沙发上，接着就打开电视。

有一天，电视里播放的内容是几个妖怪把唐僧抓起来，要把他煮熟了吃他的肉。

"他们为啥要吃唐僧肉啊？"我问姥姥。

"吃了唐僧肉可以长生不老啊！"

"什么是长生不老啊？"

"长生不老嘛，长生不老就是你什么时候都可以找到他啊！"

我看着姥姥，又问道："就是不死了吗？"

"对，就是不死了！我的肉蛋真聪明啊！"姥姥抱起我，在我的脸蛋上亲了一口。

在我上的那家幼儿园门口，有许多兜售小孩爱吃的东西的小商铺，但是阿爸阿妈不让我吃这些东西，还特地交代我姥姥，不能买这些东西给我吃，说那是"垃圾食品"，我姥姥也很当回事儿，从来不让我吃这些东西。这些花花绿绿的商品里，就有一种叫唐僧肉的东西。

就在看了《西游记》里有关吃唐僧肉的那段故事的第二天，当姥姥再来接我时，我缠着她，要她给我买东西。姥姥在我百般的纠缠和哭闹下，在告诉我千万不能让我的阿爸阿妈知道的前提下，终于同意，在一家小商铺里，给我买了一包"唐僧肉"。

当姥姥把"唐僧肉"给了我，我立刻破涕为笑，把"唐僧肉"转送给了我姥姥。

"姥姥，这是给你的！"我说。

"姥姥不吃这些！"

"姥姥，这是'唐僧肉'！"我说。

"这是什么？"

"这是唐僧肉！"我用藏语大声说。

姥姥疑惑地看着那一包东西。

"吃了唐僧肉，姥姥就长生不老啦！我就什么时候都能找到你啦！"

"这怎么会是唐僧肉啊！"

"就是的！"我指着上面的汉字，念给我姥姥听，"唐、僧、肉！"

姥姥再一次疑惑地看着那包东西，但她明白了我的意思，她把我抱起来，不断亲着我，说："姥姥这就吃，这就吃！"

她的眼泪抹了我一脸。

可是，我姥姥没有长生不老，她不在了。就在我可以带她去云游四方的时候。

就像她曾经说过的那样，我长大了，她不在了。

我非常想念我的姥姥，我的阿妈洛仑，每时每刻。

原载《时代文学》2017年第7期

夫妻夜话

曹明霞

傍晚的时候，老薛下班进屋，自说自话："老爷回来了，小娘们儿没看见老爷回来啦？"

小唐从卧室里出，见老薛左手一个菜袋子，右手一个书袋子，两袋子合并一起，正用捎出的那只手，往腰上别那嘟噜门钥匙——漫长的下班路，自行车族，老薛累得汗水在脸上淌，脖子也红红的，热汗淌成了溜儿，一簸簸的——像被人兜头浇了。质量不高的T恤衫，前后都塌在了身上，这狼狈样，还自称老爷。小唐笑得嘎嘎的，说这老爷，太像老爷了。

老薛脖子一歪："瞧不起老爷呀，穷，也是老爷！"

"是老爷是老爷，你是骑自行车的老爷，买菜的老爷。"小唐接过菜袋子。

老薛边换鞋边说我知道你个小娘们儿，在心里笑话老夫呢，笑大老爷不是真正的老爷，是天天给你干活的长工，哼。

又嘟囔：这家伙把老爷累的，你个小娘们儿，可在家享清福了。

小唐边向厨房走边偷偷笑，说还挺愿意当老爷的，愿意当就当吧，没事儿，别说老爷，管自己叫大佬，皇上，王爷，都没事儿，没人管。

你就是瞧不起老爷，不定心里多乐呢，嘲笑老爷。老薛又说。

"没有，绝对没有。"小唐从厨房出来，说新时代的老爷，就是你这样的，只有那万恶的旧社会，才烟袋皮袄大肥狗，娇妻淫妾嫩丫头。咱新社会，中国特色的，老爷都是像你这样的，该买菜买菜，该骑自行车骑自行车，该出汗出汗。

老薛嘿嘿笑了，说老爷我是没钱，老爷要是有钱，照样给你娶回几个姐姐妹妹的回来，厨娘奶娘浆洗妇，一个都少不了——哎哟！谋害亲夫！——小唐用膝盖狠狠顶了他一下，差点把老薛顶趴下，骂他：还姐姐妹妹，臭不要脸，就我这一个，都是自己养自己。又用玉指一戳他的脑门儿，"老东西真不经夸，刚还说你是老爷，新时代的老爷，哼，一分钟不到，就满嘴胡吣，都穷成了这样，还有色心，臊不臊得慌啊！"

老薛讪笑着嘟囔，多几个干活的有什么不好，倘有厨娘，大热天的用得着老夫我亲自去掂菜？有几个帮手，你不也轻省？洗衣厨娘的，又保护了你的小手又爱护了你的老腰——最怕人说胖的小唐一个车转身，又上去擒老薛："自己肥成这样了还说人家腰，你乌鸦呀——一想不对，对方是乌鸦自己不成猪了嘛，赶紧改辙——你们这些老男人啊，不怪大家说，越老越不是东西。"

"息怒，住手。"老薛止住她，说，"我这也就是向往，向往——向往向往还不行嘛？过上好日子，把你解放出来，你不也像个太太的样子，省得这样天天拳打脚踢的，孙二娘似的。"

"我乐意。过日子嘛，你耕田来我织布，你担水来我浇园，我乐意。"

"以为你是七仙女呢，蠢娘们儿。"老薛撇嘴。

手脚麻利的小唐已经进厨房了，她吆喝老薛快着点，别磨磨蹭蹭，等你切葱剥蒜呢！小唐的高嗓门儿铿锵又嘹亮。

老薛出来，拖鞋带着一路水，回头看看，又去取墩布擦了。小唐这个女人，也一把年纪了，可是事儿多得像小媳妇，又是地上带水了，又是碗洗不干净了，老薛享受干净，但非常烦她为干净而生出的麻烦。

厨房里已有热气了，闻着香喷喷的蒸锅，麦香味，肉味，老薛高兴，讨好巴结地问："老伴儿，做什么好吃的啦？"

"给傻儿子蒸肉卷呢。"小唐说。

"爹不吃肉卷，爹吃奶。"老薛回得倒快，并俯身向前探到小唐的胸。

小唐揞着腰嘎嘎又笑了，边笑边说老东西，当爹还吃奶呀，不怕天打雷劈。

老薛也笑，知道伦理不对，又修正说爹专吃小娘们儿的奶。

他给她当爹，她给他当娘，没有外人的时候，他们常常这样对话。都人到中年了，老薛是出版社的编辑，年轻人都叫他薛老师，在家，小唐叫他老东西。小唐也是中年妇女了，因为年轻时人们习惯叫她小唐，一直延续至今。两人是大学同学，结婚早，生孩子也早，同龄的很多人家孩子还在中考高考，苦战拼搏，他们的儿子，已经大学毕业在外地工作了。进入轻闲，也进入了空寂，没有孩子的日子里，两人渐渐发现了逗嘴这一行当，年轻时也逗，那时气盛，逗嘴常常变成了斗嘴，谁觉得吃亏了，还动手，武力解决。有一次他们正吃饭，因为什么事儿，说起了你家我家，小唐对老薛家的兄弟一向不满，她说："你们家那帮玩意儿——"

"你们家才那帮玩意儿呢！"老薛把碗蹾在桌子上。

"你们家没一个好东西！"

"你们家有好东西？个个离婚！"老薛分毫不让。

"你们家不离，你们家连婚都结不起，搁啥离？三十大几了还打光棍儿！"

"打光棍也比结了离，离了结强，一帮害人精！"

"你爹不是害人精？拿你妈当奴隶使！"

"你再敢说一句？"

"说一百句我也敢！"

"你说？"

"说了咋的，你敢砸我？"小唐瞪视着老薛手里的碗。

老薛不说话，手里的碗像在倒计时。

小唐没台阶，被将住了，只能硬撑着继续说："你爹更害人，拿你妈当奴——"没等她说完，老薛就把那碗掷出了，汤汤水水一路飘洒，小唐头一歪，躲过了，那只碗在漫长的征程中，沥沥洒洒，终于落地了，破碎了。碗里的面条，有的上了墙，有一部分还落在了沙发，小唐好身手，这么大面积的泼洒，她愣是一星儿都没沾着，全躲过了。

躲过碗的小唐并没有被吓住，而是被激怒了，迅速反击。她瞅了瞅碗，可能心疼吧，再摔一个还得花钱。又看了看电视，砸了电视损失更大。她的怒气让她也想掀翻桌子，若掀翻，碎的可不只是一只碗，投鼠忌器，让她犹豫。最后，会过日子的小唐，舍出了自己，她像人肉炸弹一样，徒手扑向了老薛，十指是武器，尖利的指甲很有攻击性。指甲战，女人对女人，还公平，和男人用，男人显然措手不及。但老薛力气大，他只能用笨办法，死死抱住小唐，力求她的胳膊不能舞动，两臂抱牢了，指甲的用武空间也就不大。两人抱着，扭着，挣着，摁着，较量了有一刻钟吧，是小唐先现颓势，怒气随着力气消，力气消失了，胳膊也软了，软下的胳膊，变成了缠绕，老薛的死箍，变成了环抱。小唐没了力气，老薛也不再绷紧，小唐倒出了一只手，在他背上狠狠几粉拳，砸得挺用劲，老薛还嫌那是挠痒。最后，小唐看老薛不动了，指甲也就不忍真的抓上他的脸，余气全部化作眼泪，痛问老薛还像个知识分子吗，村夫都不如。村夫还知道疼老婆爱家园，老薛可好，泼碗洒面条，比泼妇还不如。

老薛嘟囔着争辩，说谁让你骂我爹了，谁让你骂我爹了，骂我爹我能不跟你急嘛，他咋也是我爹。

小唐说是你爹你就不讲理呀，就拿碗砸人呢。

老薛说我那是真砸嘛，要是真砸，你离我这么近，碗能跑墙上？

小唐骂他臭不要脸的，按你这么说，碗没上我头，是你手下留情了呗？

老薛嘿嘿笑了，说可不是，老爷我碗下留人，小娘们儿要是真砸出个好歹儿，我天天拿谁乐呵去呀——下面的话被小唐腾出一只手，扇回去了，扇的是一个小嘴巴，不疼，几乎是摁，还带着拧掐，骂他老东西。一嗔骂，老薛就知道局面扭转了，武斗又回到了文斗，要原谅他了。只是这样抱着较力，也太累，他就把她颠了颠，正道一下，欲走向卧室。小唐推他，强调说自己不是那么好惹的，几句好话骗不了她，老薛说知道，知道你不好惹，知道你不好骗，这不，来真的嘛……小唐再骂他不正经，老薛加大了胳膊箍紧的力度，继续向床前行，小唐挣扭，挣扭几下，不想轻饶又没有更好的办法，只得随了老薛那只很会搬弄是非的手，嘴里硬着，身体却服帖了，再骂一句，抛碗战争化为床上玉帛……

日子平静下来，还是鸡毛蒜皮。老薛工作了半辈子，没有一点升职的迹象；小唐的履历也平庸，在单位没有前程。两个人回到家，在口角中找乐，最大的口角，射程也超不出你家我家。小唐若指出婆婆的虚情假意，老薛就愤怒揭批丈母娘的笑里藏刀。小唐嘲笑公公作威作福，拿婆婆当老妈子使，老薛就笑话老丈人风流一世，丈母娘像那枝独秀的荷挺儿。小唐批评老薛的妹妹占小便宜没够，老薛就举实例说她姐姐也从来没吃过亏。小唐又说他弟弟偷鸡摸狗，冒充工商敲诈小贩，他就举出她哥哥的钱财也来路不明，多是坑蒙拐骗……例子举得一轮又一轮，都够杀头坐牢的了，因为了解，深入揭批起来稳准狠，火力足，最后两个人实在没什么可刨的了，就追根溯源，直指对方的出身，对遗传的力量既深信不疑又倍感失望：就你这道号的，你家那样，还指望你是什么好东西？！不过了，明天就去离婚！

谁不离都不姓他们家的姓！

不是人养的。

誓言都挺坚决，二十年过去了，婚还没离，儿子已长到了青年。从智力上看，他没什么问题，挺聪明的。小唐觉得这得益于儿子像了自己，交叉遗传，侥幸啊。老薛说什么树开什么花，什么种子发什么芽，关键是根儿好。两个人

225

都抢功，都认为是自己的优秀基因让孩子得以传承。儿子在家时，对他们的斗嘴业已习惯，有时冷不丁地插上一句，让两人面面相觑又爆笑半天，儿子的伶牙俐齿，看来有遗传，也和后天环境有关。

这使他们都暗自得意。

二十年的岁月，弹指一挥间。没什么出息的老薛和小唐，日子依然是小磕小绊。婆家娘家，还是他们指摘的内容，只是不再暴跳，斗嘴又回到了逗嘴。没有儿子的日子里，二人世界，逗嘴也成了精神交流。他们不再衣冠楚楚，老薛是居家的大裤衩，小唐穿舒适的大背心，他叫她闺女，她就叫他儿子；他给她当爹，她就给他当娘，嘴上谁都不吃亏。周日去超市买东西，出来后两人只有一辆自行车，驮东西，人没地方坐；驮人，东西没地方放。老薛让小唐打出租，先走，十块钱的事儿。小唐不同意，倒不是心疼那十块钱，她嫌一个人到了大门口，还得在那傻站着，就拧着身，不走。

老薛："这么大的闺女还离不开爹呀？"

"娘怕傻儿子一个人走丢喽。"小唐回得倒快。

他们的对话被旁边一个小伙子听到了，一下子就笑喷了，哈哈的。

两个人便不好意思，立时慌不择路，一个推车子，一个把着东西，配合得紧，步调一致的，快步向家走去。

这样的日子，已经成了他们的日常。

肉卷上桌了，家腌的小咸菜也上桌了，一样一样，满屋的米粥飘香。老薛坐下，小唐一猫腰把电视机打开了，吃饭看电视，是每天的内容。老薛拿起肉卷先闻了一下，满足地说小娘们儿是不白给哎，不怪嘴厉害，手一份嘴一份的。

这是在夸小唐，夸人，也要骂着夸。小唐把一个肉多的夹到老薛碗里。

老薛伸手要拍她的头，说不白养。

小唐一晃头躲掉那只油手，扬起下巴说哪个当娘的不疼儿呢。

老薛没再还击，注意力被电视上的解说员吸引了过去。电视正在直播一场足球赛，他们俩都是球盲，连基本的站位都不懂，但因白天知道了这场球关乎什么出线，是中国唯一的机会，老薛阻止小唐换台，说看看，看看，就看这个。

足球像是踢过半场了，没头没尾，小唐看着没意思，她说还想看昨天的那个电视剧。老薛告诉她一会上电脑补，那个玩意什么时候看都行，这直播的球赛，可得看，这样才有意思，才有悬念。小唐不高兴，说他不懂装懂。老薛劝她别那么不爱国，别的事儿上咱不能为国争光，现在咱中国要出线，咱就老实儿地坐一会，加加油，拍拍巴掌，这点力还是应该出的。

小唐喊了一声，说你以为你是薛天师呢，拍拍巴掌，作作法，施施妖道，中国就能赢。

"赢不赢咱得尽心。"老薛说。

下半场也接近尾声了，不懂技术，输赢还是看得懂的。中国队被灌了一个稳准狠的，举座皆惊。接下来，哀兵必胜吧，中国队也踢出了几个接近球门的，有的打在了门柱上，有的擦着网子乱飞，最后一个，特别险，在老薛这个外行看来，颇像进球了——他激动得站了起来，猛拍巴掌，说好！好！进了，进啦！

小唐一抬眼皮儿，亮分板显示的是零比一，进什么了？老薛明显是激动错了。小唐笑他："哭错坟头儿了。"

老薛气，"你这个傻娘们儿啊，就知道幸灾乐祸。"

碗里的粥没了，小唐去盛，掂着锅又来给老薛添，老薛还在闷闷不乐，他自语，说那个易建联，易大个儿，他怎么不上呢？他上来，或许能好点。

小唐手中的锅差点摔了，她嘎嘎笑得要坐到地上了，这可不是老薛幽默，他是真不懂，张冠李戴，没说出姚明来就不错了。足球赛，他盼望着易建联，老薛也就这水平。小唐一笑，老薛醒过味儿来了，小唐顺着他的辙说易大个儿

227

没来算啥呀，应该让小丁来，丁俊晖那小子多厉害呀——小丁出马，一个顶俩。

老薛知道自己闹错了，出了洋相，他不好意思，嘿嘿地解嘲说小娘们又捡乐儿了，就知道惦记小伙子，丁俊晖丁俊晖的，专门看小伙儿好。有那精神头儿，多往做饭上使使，给老爷多做几个菜，多好。

小唐不理他，抢过遥控器，换台。中国队输了，老薛也不再坚持，几口扒完粥，撂下碗，就准备去厨房了。小唐做饭，老薛洗碗，这是两个人默契的分工。"老板，来盘粗面"——老薛的手机响了，他的手机铃声是那个可爱的麦兜儿。他拿起来，边看边往卧室走，厅里信号不好。即使这样，耳朵长的小唐，也听清来电话的是一女的，在跟老薛一口一个的老师叫，好像在问他出版社的事。老薛一反跟小唐说话的腔调，非常正经，说话字斟句酌的。因为知道小唐在侧耳听，老薛很想快速结束这个电话，但那边有耐心，一样一样反复地问，待终于结束了，老薛出来，小唐说薛老师薛老师的，叫得挺亲呢。

老薛要严肃地批评她，怎么是个女的来电话她就能挑出毛病呢，不像话。正要张口，手机又响，他只得反身再接，这回，是老家的侄子，老家侄子来电话，老薛接得放心大胆了。

他们使用相熟又亲切的方言：

"树儿，树儿，腻挺逮捡吗？"（叔，叔，你听得见吗？）

"腻烁吧，卧挺着腻。"（你说吧，我听着呢）

"卧咋挺不捡腻尼？树儿。"（我咋听不见你呢，叔）

"摁，摁，心嚎不嚎。"（嗯，嗯，信号不好）

老薛在卧室的窗前移了移，找方向，待清晰了，问：

"腻把腻马逗挺嚎地巴？"（你爸你妈都挺好的吧）

他侄子回"挺嚎地"。

"腻马害给腻看害子腻？"（你妈还给你看孩子吗）

他侄子说不看了，"树儿，卧照腻整为这事儿。"（叔，我找你正为这事儿）……后面的话小唐懒得听了，她手握遥控器，一个台一个台地寻找那部韩国电视剧，一部韩剧，够她消遣半年。电视剧里的生活琐事，和小唐日子里的烟火，也相似。看来家庭矛盾不分人种。所不同的，是电视剧上的韩国女人都捯饬得挺漂亮，男人也化妆，而她和老薛，太日常。这样也好，有距离也让人有个想头儿。摇了半天，韩剧今天没播，另一个频道，是国产那个婆媳战争的，也没播。小唐看了看日期，噢，今天建军节，怪不得都是晚会。无聊的她放下遥控器，正不知干什么好，卧室里的方言再次传进耳鼓，老薛说"幸，幸，瞪卧照照给腻法过曲。"（行，行，等我找着给你发过去）。

"不粘不粘，台满。"（不行不行，太慢）

"拿卧削递给腻。"（那我快递给你）

无聊的小唐终于又找到乐儿了，看来生活中不是缺少乐儿，而是看你会不会找，这不，随便一抓就是。老薛收了线，小唐说你们老家都是哪国人呀，那话就不能好好说？南腔北调的，管妈叫马，管行叫幸，不行说不粘，屯死了。

"多亏薛刚小时候没送那养。"

薛刚是他们的儿子，一口普通话，字正腔圆。

老薛慢腾腾地向厨房走，碗没洗，小唐倒守规矩。老薛去厨房，小唐进卧室。老薛边洗碗边回击："你们不屯？你们那山沟里说一句话得拐十八道弯，都是小字眼儿，管钱叫'欠儿'，说肺叫肋，大舌头郎叽的。"

小唐隔山隔水，大声向厨房里送：你们那儿的人不但屯，还死抠，待客一块馒头，能掰成十八瓣，不是递给人家，而是问人家吃不吃，不论人家吃不吃，都不递到对方手上，还装模作样地劝：你一定要吃，一定要吃。如果你不吃，我也不吃啦。说完就把馒头收回去了。

老薛听笑了，这是贬斥他们家乡的一个段子，老薛家是河塘，河北的农村，外乡人都叫他们"河塘猴儿"，意为滑奸之人。这个段子是小唐新近才听说的，这么快就派上了用场。

老薛洗碗快，三下五除二，大概归置，就洗漱刷牙进得屋来了。臧否家乡，他是不甘示弱的。他们家乡的人精，不假，可是小唐家乡的人傻，就算优点了吗？塞外，民风彪悍，悍得吓人，一个著名的笑话，是那个新上门的姑爷，吃了三盖帘儿的饺子，撑蒙了，老丈人问他吃饱了吗，他说王八犊子才没吃饱。老丈人怪他说话难听，他就跟老丈人掰理儿，掰急了对骂，以至最后对打。结论当然是：小唐的家乡风烈，人虎，地寒，民刁，大量出傻瓜。

小唐已经进门躺下了，看老薛来迎战，还这样攻击她可爱的家乡，困意顿消，她再次坐了起来，又举出老薛家乡又屯又抠更多的例证。老薛半卧着，看小唐这善战的姿态，一使劲拽倒她，让她躺下，说有理不在声高也不在躺着说。小唐向后挺了挺，拉开一点距离，激辩从各家乡的方言到大多数人的性格，从性格又到人品，甚至，个头儿，相貌，乃至长得黑白……你的家乡，我的家乡……家乡很快说完，不由转到了单位，她讥他看着像知识分子，单位里酒色财气，一样不少，物以类聚，没一个好东西——老薛更瞧不起小唐，说他们还研究单位，都号称专家，其实——黄皮子（黄鼠狼）下豆鼠子，一窝儿不如一窝儿……单位话题短，几下就扯完了，只能再数落到两家，小唐打着哈欠，说你爸天天喝大酒，你妈天天撅腰瓦腚侍候着他，就是他的老妈子……

老薛说你妈不是老妈子，你妈是女王，你爸成她老妈子了，你妈厉害，牝鸡司晨，你妈是伊丽莎白二世……

小唐眼皮儿都粘了，还咕哝着说你弟弟也不是省油的，消消停停地当他的农民呗，一会冒充工商，一会冒充城管，我看呀，总有一天——

没等她说完，老薛就担心起她哥，说你哥一个小科长，开豪车住别墅，孩子还送去了国外，这样的腐败分子，早早晚晚……

咒她哥，小唐可不干了，精神头儿又上来了，她睁开眼，驳斥他妹妹，说他家薛丽红，都多大了，还不嫁，想赖在家里一辈子呀，好女不吃遗产饭，我看她就是等着赔受呢。

老薛说你姐可结婚了，结了离离了结的，婆家娘家，没有她不划拉的。告诉你，看见她来，我比怕税收的还怕呢！

你们屯子……

你们山沟儿……

你们老赶子……

你们山炮……

老薛也困了，他的大嘴张得像河马，说行了行了，今天就到这吧，下课！教书育人，也不是一朝一夕的，再说了，你个小娘们儿又不付学费，义务教育，老压堂也不好，再说今天老爷我，也实在是太累了……

小唐转身准备睡觉，老薛还嘟囔，这一天你家我家的，批判起来没完，谁家出了笑话，你我能白捡着？我看以后哇，咱俩是豁牙子吃肥肉——肥（谁）也别说肥（谁）了。

小唐又扑哧乐了。

原载《天津文学》2017年第2期

满 月

孟小书

1

六年后，我的头发几乎长到了腰，搓成了一缕缕的脏辫，满脸胡须。一群蚂蚁爬向我手边的椰子壳，像是奔向圣城的洪流。这让我想起了高考那年。父亲在大年初一的清晨五点钟把还在梦中的我摇醒，拽到雍和宫里面烧香。那条颇为文艺的五道营胡同里，挤满了号称自己卖的香火比"里面"便宜的小商贩，以及粘在别人屁股后面滔滔不绝地能说出你前世今生的算命先生。终于，在比较了四个小商贩之后，父亲决定买了二十块钱一小把的香火。大年初一的天气格外晴朗，父亲迎着太阳说："你知道这么好的天气意味着啥？"他停顿了下："新年新气象！"我使劲将眼皮撑得最大，以示对佛祖的敬畏。父亲又说："老天真是开眼，知道你今年高考。"我们被淹没在浩浩荡荡的人群中，不远处，一团团浓烈焦躁的烟雾缭绕在半空中。烟雾下的人们双眼紧闭，嘴里振振有词，面对着佛像鞠躬或是跪拜。父亲被停滞在人群中，心中无比着急。我们逐渐接近大殿，他拽着我的手臂，挤到前面点起了香火。我看着父亲无比虔诚的样子，突然感到一阵悲凉。我学着父亲的样子，紧闭双眼，将香火夹在双手之间。我低下头，对着佛像鞠了三个躬。可一紧张，竟忘了向佛祖许愿。可此时的我已经将双眼睁开。我左顾右盼，父亲仍然嘴里振振有词，我不知所措，又怕旁人察觉到我睁开了眼，认为我是一个伪佛教徒。于是，我又鞠了三个躬，将香火插在巨大的香炉里，草草了事。父亲没有说一句话，插完香火便带着我向大殿的后方走去。我抬头望向这尊巨大无比的佛像，突然害怕起来，我感到他的眼睛在盯着我。

回到家时，是早上八点。母亲一早便急忙出去了，父亲没有回家，直接从雍和宫去了单位。我精神恍惚地走到厨房里抓起一个已经凉透了的酸菜馅饺子，随后便又躺回了床上。我望着这难得的晴空万里，感到无比虚无。我突然觉得所有的事物对我来说一点都不重要，包括高考。

思绪将我陷入了一阵恐慌。一阵大麻味飘过，把我拉回了潘安。海浪拍打在灰色的沙滩上，远方乌云密布的天空和浅灰色的大海混在了一起。我长长地吐出了一口气，觉得自己是这个世界上最幸运的人。

今天是我在这里的第六年。晚上在这个岛上即将有一个派对，那个派对的名字叫"满月"。

满月的这天早晨，我像往常一样，和几个从欧洲来的嬉皮在离海不远处的小山坡上做瑜伽。他们三个人旅居世界各地。两男一女，分别来自荷兰、丹麦和美国。荷兰和丹麦人的头发不知几个月没有洗过了，他们把头发严密地藏到了一块巨大的帽子里。从美国来的女孩则随意地把辫子系成一个扣挂在脑后。我们各自寻找属于自己的那块领地，将瑜伽垫子铺在了一块较为平坦的地面上。我们慢慢坐下，做出婴儿体式，开始了新的一天。

在潘安这样慵懒的地方，早起是一件极其令人头疼的事情。我的身体僵硬得像一块钢板，瑜伽对我来说是一件遥不可及的事，当然我也并不向往它。我记得黄小玲就喜欢瑜伽。她每星期会上三节瑜伽课。她也曾叫我一起去，觉得我总是佝偻着后背，并且因为职业的关系患有严重的颈椎病。她坚信瑜伽可以将我治愈。可在那时，她所说的一切我都不相信，甚至嗤之以鼻。

与这三位嬉皮成为朋友是在我来潘安的半年后，我们是在满月派对上认识的，这很自然，满月派对是全球嬉皮的派对，至少曾经是。当时我们都神志不清，在一轮明晃晃的月亮下，指着海的远处大声嚷嚷，然后就是我们友谊的真正开始，我们都看到西班牙的舰队向我们驶来。我们欢呼雀跃，为自己即将要去世界的另一头冒险而激动，我们抱在一起，突然又痛哭流涕。就在这种恍惚、复杂的情绪中昏昏睡去。醒来后，是第二天的清晨，海滩上布满了像我们一样前一晚晕厥的人，放眼望去，场景颇为瘆人，像是一片没有鲜血的战场。后来才知道，当晚我们并不认识彼此，甚至说着不同的语言，但在那个时刻，我们却像是兄弟姐妹一样地爱着彼此。

我喜欢和这三个人在一起，想把自己变得和他们一样。留着一样的脏辫，一样刺着泰国文身，一起吸着大麻一起做瑜伽。我甚至迷恋他们身上那股酸臭的味道，觉着这才是嬉皮应有的。甚至有时，我为自己头发上洗发水的清香而感到耻辱，并且下定决心，以后再也不洗澡了。既然要做一名合格的嬉皮，这点意志力是一定要有的。我曾尝试过连续八天不洗澡，我扬扬得意，觉得身上已经隐约有了酸臭的味道。但当晚，我辗转难眠，觉得有一万只蚂蚁在身上慢慢爬。突然，我认为这种忍耐毫无意义，立刻冲进淋浴室。那时头发只到肩膀，洗起来很方便。我躺在床上，又觉得这股清香的味道和清爽的感觉充满着罪恶。经过六年的努力，我终于养成了一个星期洗一次澡的习惯。不仅如此，我还改变了我的饮食习惯——迄今为止，我已经食素近两年了。

丹麦人的名字颇为复杂，他教了无数遍，我们也无法准确地发音。经过商量，给他起名为安徒生。荷兰人叫鼹鼠，他的朋友们也都这么叫。他有两颗硕大无比的门牙，而两颗牙齿之间还有一条清晰的缝隙。三十来岁，头发全部掉光了。他说，这是遗传，从他的爷爷开始就是光头。由于他们三个常年住在潘安山上小木屋里，洗澡变成了一件困难的事。当然，这对他们来说也是极为不重要的。美国女孩说大家都管自己叫药丸，因为她坚信瑜伽可以治愈一切疾病，抵制一切药物。药丸常年都会在住处烧泰国特有的一种香，她从头到脚，甚至连呼吸都有一股特有的香味。

药丸来此地已经七年了。据她所说，每天清晨和傍晚的瑜伽是她不生病的秘诀。我跟着他们做了一套瑜伽后，心神气爽，觉得身子要飞起来了。我们坐在茂密的树丛间感受着彼此的能量场，听着海的声音和身后猴子的尖叫。这天药丸似乎有些抱恙，每次做巴拉瓦加式时（下身盘坐，上身尽力扭向身后）总会咳嗽两声。因为这个体式会锻炼到人体的肺部。我与安徒生和鼹鼠互换了个眼色，都没有作声。药丸最忌讳别人问她是否生病了。瑜伽对于她来说是不可置疑的，有点类似于宗教的意思的。她的虔诚总令我感动，又对自己的愚钝感到羞愧。

这天瑜伽完毕，药丸去了岛上的集市，她要卖自制的印度绕铜首饰。安徒生坐在路边为游客画肖像，鼹鼠则坐船去了另一个岛卖大麻。由于那个岛颇为隐蔽，不容易被警察发现。今天没有人预约潜水，而阿树的店下午才开门。我无所事事地躺在瑜伽垫子上，消耗着时光。

2

从阿树的后院走出来时，已经是下午两点，阿树的父亲是法国人，母亲是本地人。三年前阿树是我的潜水教练。他的小腿缺了一块肉，那是很久以前被鲨鱼咬的。他在岛的北部有一家潜水店。三年后的我也成了潜水教练。我问阿树，你那时心里在想什么？阿树说，他那时已经顾不得去想别的，只是很愤怒。我问他，为什么会愤怒？阿树说，恐惧到了极致，就会转变成愤怒。我曾试图用眼神和意念来击退它。可它张开血盆大口咬了我第一口的时候，我便没有了希望，任凭它的处置。我心里只有耶稣基督，我祈祷着自己可以上天堂。就在我绝望之时，那个大家伙摇晃着游走了。是上帝拯救了我，我的生命是属于上帝的。

两点的潘安，炽热的太阳烘烤着海滩。阿树说，下午三点半时，有人约了浮潜。客人是一个年纪在三十岁左右的女人，从北京来。

她只身一人，说是工作压力大，来散心。她一脸的苦闷，浮潜的时候说真想把自己淹死，可惜水性太好，不容易死。我开玩笑地说，那你学自由潜水吧，这样自杀的成功率可能会高点。女孩说，可是那样的死过程太痛苦了。我说，那你还是放弃这个想法吧，毕竟自杀还是需要那么点勇气的。再者，如果一个人会仔细考虑自己的死法或是想象死亡过程的话，这人一般都死不了。这个女人叫侯诗瑶。

侯诗瑶是北京一家国际大公司的上班族，每天朝九晚五，定期会去健身房做瑜伽。她的手腕上也带着长串佛珠，像极了黄小玲。

侯诗瑶问我为什么会选择生活在这里。她觉得在这里生活是在浪费生命。没有竞争，没有压力，你获得的一切就没有意义，因为没有人会把有价值的东西白送给你。生活过于安逸，不利于人的心理健康。我说，嬉皮士都这么活着，准确地说，我是半个嬉皮。女孩问，什么是嬉皮。我给她大概讲述了下，讲得太多她也理解不了。女孩又问，为什么是半个嬉皮。我说，因为我还有个稳定的工作。我无法将自己交给大自然，心也不能完全交给自己。女孩问，那你怕什么呢？我问她，那你又在怕什么？为什么会独自来此地？女孩义愤填膺地说，女人不能靠男人，要有自己的事业，要独立，要自强。

我说，晚上有满月party，要不要一起来。

她问：满月？你孩子的满月party么？

八点，海滩上已经聚集了来自世界各地的游客嬉皮，以欧洲和美国的游客为主。

我给侯诗瑶买了一瓶当地啤酒，给自己买了一个蘑菇饮料。她问我喝的是什么，我说是一种喝了可以让人产生幻觉的饮料。她说：幻觉？比如什么？想什么来什么的幻觉？我笑了笑：算是吧。她说，让我也来点。我问她：你最想有什么幻觉？她想了想说：我能立马中五百万的彩票。我把饮料拿了回来：浪费。我们坐在一片相对安静的沙滩上，离我们不远处，一个当地孩子在耍火球。明亮的火焰在黑夜中画出了一道道光圈。女人的阵阵尖笑，和男人不时的起哄大叫声，从我们身后的各个酒吧中传出来。她问我，他们怎么能这么高兴？是不是都出现幻觉了？我问她：你不高兴么？她嘴角微微上扬，摇摇头：你从我的脸上能看出高兴么。我说：那你一定没注意，你的嘴角已经向上扬起一个晚上了。

侯诗瑶在我旁边睡着了，我睁开眼睛看着满天繁星和时有时无的薄云。那繁星变得硕大无比，像是贝壳之间的珍珠，黄小玲从天边的蚌壳中苦闷地向我走来，准备向我倾诉上班时所遇到的苦恼。真抱歉，亲爱的，面对你的苦恼我无言以对。我只好把头枕在双臂上，看着你不停扇动的双唇和你可爱至极的面庞。今晚，你的面容占据了整片天空。多年来，我一直在思考一个问题，我是否真的爱过你，可答案一直尚未揭晓。我失去了爱人的能力，我甚至连自己都不知如何去爱。你在我耳边侃侃而谈的那些时尚单品和八卦新闻恍如昨日。我所能确信的一点是那时的我是快乐的。

今晚，一个如你一样的女孩躺在我身边。她和你一样抱怨着公司里的领导和那些爱说闲话的女同事。她也和你一样喜欢每周去做两次瑜伽，尽管那是短暂的坚持。她也有着可爱的面庞。我们走在大街上，她和我谈论着些无谓的话题，我点头或是微笑回应。一种梦幻般的记忆浮现出来。不得不说，和她在一起也是快乐的。

3

当我醒来的时候太阳还未升起，侯诗瑶仍然横在离我不远处。我看着她，心里顿时有种莫名的安全感。乌云遮盖住了月亮，远处是一片令人绝望的黑。海滩上的酒吧还留着点点亮光和忽远忽近的音乐，以及宿醉未醒的背包客们。我曾无数次坐在黑夜里，望着远处的大海。无数次的孤独与恐惧席卷全身，我不知道继续身处此处的意义何在，也不敢继续思考下去。自从我安居在这个岛上以后，这个没有结论的问题一直困扰着我。

我看着侯诗瑶。她将在四天后启程回京，回到她的格子间，回到人挤人的地铁中，回到二十元钱一份的盒饭中。

第一缕阳光从云层中放射出来，横七竖八的"尸体"仍旧布满着整个海滩。侯诗瑶此时翻了个身，然后慢慢地睁开眼睛。她用力伸了个懒腰，看来睡得不错。可当她发现自己昏睡在一片"死尸"中间后，惊恐不已。别过后，我回到了自己的住处，这其实是阿树的住处——一个有着三间房的独立屋。从我的房间望去，看不到海。但可以清晰地听到海浪声。昨夜的药劲已经过去，我躺在床上脑袋里如同被抽空了般。一只黑色，如鸡蛋般大小的蜘蛛从天花板的左侧爬到了右侧，似乎在寻找一个恰当的位置来安家。我的身体像是被抽空了，就连手指都感到无力。然而这种无力不是莫名而来，它是过度兴奋所带来的后遗症。多年来，我已适应并且接受了它。如今，每当用药过后，我都会静静等待它的降临，就像等待一位如影随形的老朋友。

也许是因为这只黑蜘蛛的原因，头皮上阵阵的瘙痒牵动着我的心脏，五根手指不自觉地插进脏辫的根部，用力抓痒头皮后，一阵舒爽贯穿全身。突然，脚掌、小腿、屁股以及后背都开始瘙痒。我坐起身来，准备认真地抓挠。折腾一阵，那股无力感也随之不见了。我倍感欣喜。

我已经渐渐忘记了快乐的滋味。明天就是我来到这个岛上的第六年。这六年里，我试图不去想你，我以为我做到了这一点，可实际上你不曾从我的脑袋里走出过一步。当年，我毅然决然地离开你，是因为我认为我们不是一个世界的人。可这句话现在想想真是可笑。朝九晚五的机械化生活和你那些无聊透顶的话题每天折磨着我。离开你，并不是因为我不爱你，而是因为我要从那个不属于我的世界中逃离出来，这其中也包括你。可属于我的世界又在哪里？现在我终于意识到原来我才是一个彻头彻尾的失败者，失败者走到哪里都是一样的失败。如果我早认清这些该有多好。

侯诗瑶约了明天早上八点的潜水项目，这一晚我睡得很踏实。

　　由于清晨下过雨的原因，潘安上的一切都是湿漉漉的。我跨上摩托车，去镇子的市集吃早餐。又去惠顾了药丸的绕铜首饰，不自觉地在想哪一款首饰会适合侯诗瑶。我们都比约定的时间早到了潜店。我向她仔细介绍附近的水域情况以及安全注意事项之后，收拾好装备，便带着她上船了。今日多云，船只在海面上拼命地晃荡。侯诗瑶站在甲板上欢呼雀跃，异常兴奋。我说，真羡慕像你这种脑分泌过盛的人。我们逆风而上。经过四十分钟的航行后，到了潜水点。侯诗瑶安静下来，突然说，咱们真的要跳下去了么？我好像有点害怕。我说，不用怕的，有我在，我会紧跟在你后面的。她呆呆地望着水面，然后将装备一件件地挂在身上。准备就绪以后，她双手合十在胸前，闭起了眼睛，嘴巴轻微地闭合着。她的动作缓慢而谨慎，有种很强的仪式感。我突然想到了她之前所说的自杀，念头一闪而过，让我对这片海产生了前所未有的恐惧。

　　待侯诗瑶做好了准备后，我们依次跳入了海中。由于工作的原因，潜水对于我来说是一件再熟悉不过的事情。进入到大海，就像是回到子宫里。只不过今天，我看着侯诗瑶在海中不断摇摆的身体，和暗不见底的大海，有种随时会被淹死的感觉。我不相信轮回转世，也不相信天堂地狱，那么我死后该何去何从？难道真的就此消失了？此时，一只海龟从我们身旁迅速游过，侯诗瑶兴奋地拉住我的手试图要追过去。我拽住她，用手势告诉她前方危险。海龟对于这个海域来说是极难见到的。她的运气真好。

　　我们浮上水面时，天空放晴了，海面变得相对平静。上船后脱下装备，侯诗瑶说，你脸色怎么煞白的？我摇摇头，表示自己没事。话音刚落，一口呕吐物从嘴里涌了出来。侯诗瑶大惊，迅速从包里拿出一瓶矿泉水递给我。稍作歇息，我渐渐恢复了正常。我说，不好意思啊，今天有点身体不适，侯诗瑶立刻说，那你早说呀，咱们可以换一天的。我说，不想耽误你的时间。她有些感动，又说，刚才在水下的时候就想吐了么？我说，嗯，现在想想还是挺危险的。她说，可不是么。如果吐了，那你就危险了。你有想过自己会死么？我说，当然了，就在刚才，有那么一瞬间，我突然想到了死。想到了自己死后会怎样。然后想到这里我就开始害怕起来。侯诗瑶说，像你这样心似浮萍的人最应该信佛了。我说，那你信佛么？她说，信。我说，怎么个信法？她停顿了下说，佛在我心中，这个没法跟你说。你信佛后，自己慢慢就悟出来了。况且我吃素已经一年了。我觉得你也应该接触一下佛教，会让你心有所属。我说，如果真如你所说，恐怕你就不会一个人来此地了。她否认我的说法。我说，我已经食素快三年了，但这与佛教无关。她说，那你食素的原因是什么？我说，是为了让疾病远离自己（这是药丸告诉我的）。我想问她，信佛后就不会惧怕死亡了么，可转念一想，算了，她恐怕比谁都怕死。

我回到潜店，突然收到一条信息，是安徒生发来的。他叫我赶紧到山上来一趟。我预感到了不好的事情，立刻跨上小摩托跑到了山上。安徒生和鼹鼠垂头丧气地坐在药丸的帐篷外面，帐篷的链子紧闭着。一股股泰香和植被、泥土的味道一起钻进了我的脑袋里。我说，发生什么事了？安徒生说，早上我们一起去浮潜，她被珊瑚礁划破了腿。流了很多的血，染红了很大一片海滩，好不容易止住了血，现在又发了高烧。我说，还等什么，快送去医院吧。安徒生说，不行，她说她死都不去。我一个朋友去Z岛弄叶子去了。我想进到帐篷探望药丸，却被制止了。她此刻在冥想打坐，不想被打扰。

随后两天的早晨，药丸都没有与我们一起在山头上做瑜伽。有一天晚上安徒生突然哭了，他什么话也没说，就是一直在哭泣。

4

她明天就要回国了，有些不舍。

我陪着她走在有着微弱亮光的无人小道上，小道静谧幽深。侯诗瑶只顾漫步向前，若有所思的样子。道路两侧的热带植被茂密。我们听着彼此间有韵律的呼吸，这一草一木也似乎在倾听我们呼吸间的对白。我试图说出一句能够打破这寂静的话来，可在脑中搜索后，发现我是如此苍白无趣的一个人。

"这条路好香。"她突然说。

"这是鸡蛋花。这一条路的鸡蛋花尤其多，晚上的味道也更清香。"

"真想白天也来这条路走一走。"

"明天我再带你来。"

"明天我就走了，下次吧。"

我们又开始了沉默。我很想说点什么，又一次努力地寻找可以再次开口的时机，可惜前方不远处就到她的酒店了。我突然开口：

"有三个朋友约我到'阿姆斯特丹'一起看日落，你也一起来吧。"

"阿姆斯特丹？一听就不是什么干净的地方。"

"什么意思？"

"我猜，肯定有卖那些东西的。是不是？"

"放轻松点，我觉得你对那些东西的认识还停留在初级阶段。"

"我只是觉得你们所谓的高兴或者party都会用点这些的，不然你们凭什么会那么高兴？"

我摇摇头，说："那个地方并不是你想象的那样。"

她将信将疑，但最终还是被说服了。

回到阿树的住处已经是后半夜了，我把自己摊在床上感到浑身阵阵僵硬，甚至连呼吸都有所不畅。我不知道约她到"阿姆斯特丹"是否是一个正确的主意。但我确定的一点是，如果就这样放她回国我一定会后悔的。我不停思索着她的话，毫无困意。我走到床边的桌前，拿起钩针来打理自己鸡窝般的脏辫，又给自己倒了一杯朗姆酒。不知何时，昏昏睡去。

次日清晨，我仔细地端详镜中的自己，决定认真地洗一次脸并且把上嘴唇的胡须刮掉。完毕后，我对自己的长相感到颇为满意。我又设想了一下，如果用此发型和面容配上西装、polo衫、回到大都市会是什么样子。最后得出的结论是——太吓人了。

我简单地将自己拾掇后，跨上小摩托去了后山。安徒生和鼹鼠也陆续到了山顶，我们进行天地的跪拜后，进入到瑜伽的第一个体式中。这一天算是正式开始了。药丸过了半个小时后伴着咳嗽声赶来，鼻音很重。她的小腿缠绕着纱布。

我们见到药丸迅速将她拥抱住，两天没见她人，消瘦很多，气色没有以前那样健康，但还说得过去。

"我都跟你们说了我会没事的，只要坚持做瑜伽，什么都会好起来的。"她一边铺着瑜伽垫子，一边信誓旦旦地说。

"你还是早点回去吧，多休息。"我说。

她一边把上身弯下去，呈现出下犬式，一边说："伤口很快就会愈合的，治愈感冒，那只是一种幻觉。瑜伽会将它治愈好的。"

"幻觉？什么意思？"我说。

"感冒和冷、热、饥饿、劳累都是一样的，都是一种幻觉。"鼹鼠在说这一切时，就像是在讲一个无人不知的小常识。这样如此认真的扯淡把我的思维打开了另一扇门。药丸在旁边连连点头。看来，这个理论她早已向安徒生和鼹鼠阐释过了，并且得到他们的一致认同。我们做完一套瑜伽后，冥想片刻，我问：

"那继续用你的理论分析，什么是真实的？"

"爱和快乐是真实的。"药丸不假思索地脱口而出。

"恰恰与你所说相反，我觉得爱是最不真实的。"

"何出此言？"

"我在北京的时候有一个我自认为很爱的女朋友。我们相处了很久，大概有五年左右。你看，我可以和一个我不爱的人相处五年呢。"

"那你从什么时候开始发现你不爱她的？"

"我离开她以后，来到这里时才发现的。"

"那说明瑜伽使你变得聪明了。没错，你并不爱她，你只是需要她的陪伴。这个女孩可以是任何一个女孩，并不一定非要是她。我们往往很难得到真实的东西，换句话说，越真实的东西越难得到。快乐和爱都是如此。"

5

药丸的这一席话让我有些恍惚，这扰乱了我对侯诗瑶的判断。时间终于耗到了傍晚，我骑着小摩托到了她的酒店门口。她穿着一身鹅黄色的连衣裙，浑身散发着朝气……"阿姆斯特丹"坐落在高山上。它为何叫作"阿姆斯特丹"我们不得而知。它是山顶上的一个酒吧。说是酒吧也不确切，因为卖的酒种实在有限。中央地带是一个不太干净的泳池。几个外国孩子在里面打闹。靠近悬崖的空地上摆放着塑料桌椅。此地是欣赏夕阳绝佳的位置。眼前是一望无际的大海，悬崖脚下又是整片茂密的植被。此地被称之为最佳的泡妞场所。而我约她来这里并没有告白的想法。

天空逐渐由浅黄色变成橘色。由于满月刚过，这里的背包客们依然滞留在此地。六点十分，他们陆续填满了这个地方，沸沸扬扬。DJ小哥见人多后，将音乐声调大以宣布夜生活正式开始。侯诗瑶深吸了一口气，看着我说：

"一股熟悉的臭味又来了。"

"这怎么能说是臭味呢？你再仔细品品，还是挺清香的。"我反驳道。

"如果你们不用这些东西，会怎么样？"

"也不能怎么样，但就是觉得少了点什么，总会觉得party不尽兴，浪费了一次好时光。"

"可是我觉得用了这些东西后的快乐才是在浪费好时光。"

"你的看法我十分认同。"我耸耸肩，表现出一副无所谓的样子。阿树将椅子搬过来，向我身旁凑了凑，冲我笑了一下。我明白他的意思，没有连忙澄清我与她的关系。她明天即将离开这里，我们再也不会见面。我们到底是什么关系一点都不重要。阿树递给我一根卷好的叶子，我习惯性地接过，由于山顶风大，好一会儿才点着。我深吸了一口，烟雾深深地侵入到了肺里，溶于血液中，眼睛直愣愣地盯着颜色逐渐变得艳丽的天空。我的耳朵自动屏蔽了身后的噪音，我尽可能地看向天与海交界的尽头，突然间闪过了一个想法——也许我该回去了。我看着眼前的这一切，很想哭。而这其中的原因连我自己也说不上来。叶子在手中被风熄灭了。侯诗瑶端着一杯酒：

"你现在是不是已经嗨到不想说话了？"

"完全不是，说出来你可能不信，我现特想哭。"

"这东西不是只有让人高兴的作用么？"

"可想而知，它的效果是多样性的。阿树！"我叫了他一声。阿树没有听到我的声音，还像往常一样，兴奋地在跳舞。药丸精神饱满地走过来，看样子她已经痊愈了。

"这个给你。"我把手里的半根叶子递给她。我们几人迅速将其消化干净了。

"明天就回去了。"侯诗瑶长叹一口气。

"还不想回去么？"

"也说不好想不想回去，总觉得我是身不由己。不过身不由己也挺好，人总是要受点束缚的，不是么？"

"也许吧。"

晚霞在我们说话之间又变了颜色。我们最终拍了照片，照片在她的手机里。后来她也并没有发送给我。

分别的时候终于到了，我犹豫了很久最终还是去了码头送行。她见到我的时候很意外，没有料到我会出现于此。

"你怎么来了？是准备跟我回北京了么？"侯诗瑶问。

"是有这个想法来的。也许，明年吧。"

我们尽量避开彼此的眼神。海风把她的头发胡乱地吹起，黏在脸上。我情不自禁地帮她拨了一下头发。她轻微闪躲了一下。海风像是卷走了所有的氧气，我感到呼吸有些困难。侯诗瑶像是等待我在开口说些什么，扭捏着身体。开往苏梅的船已经泊在码头上，背包客们陆续上船。我有很多话想和她说，比如继续探讨佛教或是瑜伽。她弯下腰，提起了行李，有些失望。

"好啦，我要走了。明年可能我还会找你潜水。"

我一手将她搂在了怀里，亲了下她的脸颊。她将我推开，向后退了几步：
"你干什么呀！"

我冲她笑了笑："赶紧走吧，明年别来找我潜水了，反正我也不在这了！"我跨上小摩托，全速前进，顺着山道开走了。

药丸被珊瑚划破的那个口子慢慢地腐烂了，并没有像她所期待的那样可以痊愈。她的咳嗽严重了，甚至开始发烧。趁她昏迷的时候，我们将她送去了医院。经检查，药丸已浑身布满了癌细胞，就连医生也不敢相信她还能活到今天。最终，她还是死了，瑜伽并没有救活她。药丸临死前的那个晚上，是满月派对。当黎明悄悄来临之际，阳光逐渐洒满整个海滩。我们知道，此时药丸已经离开了。我们静静地坐着，望着天际。遍布的醉酒横尸逐渐显露在阳光下，那其中一具就是药丸的，只不过她变成了真正的尸体，正如我们以前开玩笑的那样。我记不得她临走前我们最后聊了些什么，也记不清我们最后是以怎样的心情昏昏睡去的。

药丸既不是佛教徒，也没有亲人在此地。所以安徒生建议把她火化后，骨灰埋在我们每天做瑜伽的那个小山坡上。

又是一年四月的满月，我与鼹鼠和安徒生坐在一起，明天我们将各奔东西。鼹鼠和安徒生的下一站分别是印度和尼泊尔。而我的下一站则是北京，潘安的生活也就此结束。我将回到原有的生活，寻找下一个侯诗瑶。这一晚我们格外清醒。

原载《花城》2017年第4期

外国小说

于晓威

政府门前。女人正在长椅上与男人Ａ亲吻。

男人Ａ：（推开女人）好啦吗，亲爱的。

女　人：好啦?

男人Ａ：嗯。

女　人：你是说我们俩好啦?

男人Ａ：好啦。

女　人：我还是有点觉得不太好。

男人Ａ：我觉得你已经变得很好。

女　人：你总是让人莫名其妙。

男人Ａ：莫名其妙的人，看别人才总是莫名其妙。

女　人：好啦。

男人Ａ：好了吗?

女　人：好了。

男人Ａ：对。我一直说的是这个。

女　人：今天天气不错。

男人Ａ：当然，没有云，也没有风。

女　人：在这个问题上，咱俩倒很能达成共识。

男人Ａ：你现在怎么样，还在为工作烦恼吗？

女　人：当然！你想，那样一个工作环境……

男人Ａ：主要是你的薪水不多……

女　人：很少，你知道，这是最大的困扰。

男人Ａ：（停了一会儿）你对那个谁……对他挺不错。

女　人：怎么了？

男人Ａ：我经常见到你去市场买菜，好像变着法子调剂菜谱。

女　人：那都是他出差几天不回来，我一个人在家。

男人Ａ：噢。

女　人：你对她不错。

男人Ａ：她？

女　人：对。

男人Ａ：何以见得？

女　人：总给她买各种时兴的衣服。

男人Ａ：我现在唯一剩下的愿望就是想让她在我面前一直穿上衣服。

女　人：（突然）喂！

男人Ａ：嗯？

女　人：你看，他来了，在那边。

男人Ａ：啊，我们的朋友。真是不期而遇。

女　人：算是吧。

男人Ａ：确实很好。

男人Ｂ：你们好。

男人Ａ、女人：（齐）你好。

男人Ｂ：我没有打扰你们吧？

男人Ａ：哪里。

女　人：没有。

男人Ａ：我俩只是在闲聊而已。

女　人：是，我俩也是在这儿偶然碰到的。

男人Ａ：（半天无语）

女　人：你怎么了？

男人Ａ：没怎么。呃，你的工作很辛苦是吧？

女　人：对。

男人Ａ：最大的问题是，薪水很低。

女　人：你怎么了？你都问过了。

男人Ａ：可是，不得不说的是……有一个问题我一直不好意思张口，就是……是的，我不想再把它拖下去了，我想问一下，你向我借的那六千块钱，打算什么时候还？

女　人：什么？

男人Ａ：那六千块钱，什么时候还？

女　人：你怎么了？

男人Ａ：是的，我不愿再无限期沉默下去了。

女　人：你疯了。我什么时候向你借过六千块钱？

男人Ａ：你想得起来的。

女　人：我压根儿就不存在这种记忆。

男人Ａ：存不存在这种记忆，是你的主观行为，它不能抹杀你向我借钱这一客观事实。

女　人：什么叫客观事实？

男人Ａ：有人在旁边看到了，这总该算是客观事实吧？

女　人：谁？

男人Ａ：他。

女　人：（转向男人B）你?

男人B：对，有这回事。

女　人：怎么可能?

男人B：我……不好意思。那天我的出现和今天一样，其实是很偶然的。

女　人：请你具体说说。

男人B：那天，我去他——当然是我的朋友，也是你的朋友——我去他家里还一本书，碰巧遇到了你在那里。

男人A：在客厅里。

男人B：对，坐在粗格子的布艺沙发上，隔着茶几，你们俩谈兴正浓。

男人A：我们此前谈的是公司里的趣事。

男人B：虽然有我在场，但后来你还是把话题转到了钱的上面。你说你着急用钱。

男人A：那无非是你要交纳公司试用期内的个人押金。

男人B：还有你的孩子，你要为他买一份保险。

男人A：再有，你说你的手表坏了两年了，需要再买一块新的。

男人B：等等吧。诸如此类。

女　人：天! 你们俩胡说些什么，我真听不懂!

男人A：非常遗憾。

女　人：（望着男人A）咱俩走吧。

男人A：其实我们约会的主要目的，是我想跟你谈这事儿。

女　人：你，刚才还在吻我。不讳言地说，你刚才还在吻我。

男人A：你开头还跟他说，我们是偶然碰到的。

女　人：可是你刚才还吻了我。

男人A：这句话应该反过来由我说——再说，翻来覆去说它又有什么用?

女　人：不是说你吻了我就怎么的，我是说我真不敢相信你这样。

男人A：关系亲近，彼此就不借钱吗?

女　人：（停了一会儿）我跟你借钱，你有字据吗？

男人Ａ：我料到你会来这一手。不过，即便如此，我也得非常诚恳地宣布，我确实没有你的字据。这跟我的做事原则和方式有关。我不愿在一切亲戚、朋友、同事间建立一种什么凭证式关系，我的思维跟心灵更让我在乎道德和良知上面的事，我看重的只是身体内在的约束。

女　人：好像我真正借了你的钱？

男人Ａ：好像你没有借过我的钱？

女　人：我绝对不会承认此事！

男人Ａ：六千块钱，并不是多么大的一笔数字。不还也罢。不过我保留将此事声张出去的权利，你会为此付出名誉上的代价。

女　人：难道……让我想想，也许是近来我工作太忙，脑子糊涂了。我好好想想，难道我真的向你借过六千块钱……真的吗，我真的不记得了。

男人Ａ：你想想吧。

女　人：（痛苦地）我记不起来。好像是……？

男人Ａ：你可以慢慢地、认真地想。

女　人：噢，是的，我想起来了，看我多笨。事情无非是搞颠倒了，你不说，我还想不起来。是你欠我六千块钱。

男人Ａ：怎么成了我欠你？

女　人：当然，最先是你向我借去一万两千块钱。是的，你知道，后来我的境况越来越不好，越来越不好。我得交纳公司试用期的个人押金，还要为我可爱的不满三周岁的孩子买一份保险，当然，我还想重新买一块手表，原来的那块上一小时弦只会走两分钟，不止这些，我还要付我搬迁新居的房租，要继续生活，虽然我遭受过多么大的打击，包括现在。当然，你，只在那一天还了我一半的钱，六千块。

男人Ａ：你究竟是受了什么唆使才说出这番话？我真为你害臊。

女　人：真理是一往无前的，它不必为谁害臊。除非是它自己心慌，那无疑是因为我说了实话。

男人Ａ：我走了，告辞。

女　人：不要走。

男人Ａ：你以为我真会走？在未捍卫我的真理之前，我是不会从这里退出半步的。

女　人：不要做出一副色厉内荏的样子，其实你心虚得很。

男人Ａ：我欠你六千块钱，你为什么不先就跟我提起？

女　人：这是女人的弱点。

男人Ａ：其实你心里清楚，事实究竟是怎么回事。

女　人：你的心里比我更清楚。

男人Ａ：我发誓……

女　人：从认识你到现在，你跟我发誓过多少次了？够了！

男人Ａ：那好吧，谁能帮你说明这一切？

女　人：（转向男人Ｂ）他。

男人Ａ：他？

女　人：当然是他。你别忘了。

男人Ａ：（转向男人Ｂ）你说说。

男人Ｂ：我——

女　人：没关系，照直说。

男人Ｂ：我想一想……是的，事情是这样的。那天，她说她着急用钱，而你竟能慷慨地拿出六千块钱来，让我惊叹。要知道，我们相处这么多年，你的做派一贯是多么吝啬。是的，除非这笔钱本来就不是你的，是你还人家的。对，说到这里，我的记忆越来越清晰了，你把钱递给她，说先拿着吧，剩下的一半慢慢再还。

男人Ａ：好啦，我承认。

男人Ｂ：你承认啦？

男人Ａ：我承认，我想起来了，有这事儿。不过既然你这么说了，也别怪我不客气了。

男人Ｂ：什么意思？

男人Ａ：我向她借钱做什么？还不是你求到我头上，跟我借钱。你那辆桑塔纳二手车买到家已经两年了，总该把那六千块钱还给我了吧？

男人Ｂ：胡说，我买车全部用的是贷款，我有贷款证明。

男人Ａ：啊，骗子，可你当初跟我借钱说是买车。

男人Ｂ：一派谎言！我从来没有跟别人借东西的习惯。

男人Ａ：书呢？

男人Ｂ：书除外。

男人Ａ：我这个人宁愿借给别人钱，也不愿借给别人书，不幸的是连书都叫你借了。

男人Ｂ：（哑口无言）

男人Ａ：冷静点。愤怒和呼号只是弱者的表现，比如病人、妇女、儿童，再有就是，心理阴暗的人。

男人Ｂ：我究竟什么时候跟你借过六千块钱？

男人Ａ：时间不算长……啊，可也不短了。她应该知道。在我家的客厅里，我们分手之后，没过两天。

女　人：三天。

男人Ａ：三天？

女　人：在你的书房里，当时我在一边。

男人Ａ：那是三天，没过三天。你借走了那六千块钱，还顺便借走了我一本书。嗯，书至今也没还。

女　人：是叔本华的，《作为意志与表象的世界》。

男人Ａ：一点没错。

男人Ｂ：喂，你们俩要干什么？哪里有这样的事？自从那次客厅分手后，别说是钱，我连书都没有再借过一本！

男人Ａ：一个人跟前一个人借钱，又一个人跟这一个人借钱，你是说天底下没有这样的事？

男人Ｂ：这样的事肯定有，可那不关我的事。

男人Ａ：这事与你有关，朋友。

男人Ｂ：你们俩刚才还纠缠不清，一副可笑场面，为什么现在要牵扯我进来？

男人Ａ：这是什么话？事实总是愈辩愈明。我向她借一万二千块钱，我承认；其中六千块已经还她了，这你已经作过证了；剩六千块是叫你借去了，她可以证明。

男人Ｂ：以人的言语这个声音外壳前后是否一致来判断事物的真实性，这不过是一个自欺欺人的措施。官能有所感受便促起悟性做出一个从后果到原因的论断，但是，从原因所产生的后果上溯原因的推论是绝不可靠的！

男人Ａ：听，把我借给你的书读得多熟，这完全是叔本华的原话。

男人Ｂ：（停了一会儿）好啦，求求啦，咱们不玩儿啦，咱们换一个别的玩儿法吧。

男人Ａ：玩儿？谁跟你玩儿？谁又在跟我玩儿？

男人Ｂ：你的意思是——

男人Ａ：你到这里来之前，是从那边走过来的吧？

男人Ｂ：是的。我提前了几分钟下班。

男人Ａ：你脚下的草很茂盛，带着五月的清新吧？

男人Ｂ：是的。

男人Ａ：看没看见有蚂蚁之类的昆虫？

男人Ｂ：有的。有的。哟，鞋上也有。

男人Ａ：太阳升起有多高？

男人Ｂ：快中午了。哎，咱们吃饭去吧。

男人A：——所以我说，咱们的对话都很真实。

男人B：你……你……

男人A：我们都要为自己的合法权利而努力。

男人B：事情没什么好说的了。

男人A：我早就应该把这一切都说出来。

男人B：这个世界真是令我悲哀和绝望。

男人A：因为嘛，到处遍布一些说谎成性且道貌岸然的人。

男人B：走着瞧，我将尽一切力量与这个所谓的现实进行抗争！

男人A：我拭目以待。

男人B：走着瞧。

男人A、女人（齐）：走着瞧。

原载《南方文学》2017年第5期

这里没有一个傻子

黄惊涛

事情就是从那一年起变化的。那是七十年前的耶历二〇三七年，我的高祖父猎犬星一世在他居处的一面墙壁上做了清晰的记载，这些记载历经多年存而不灭，让我这个孙孙辈时至今日还能一睹"事情正在起变化"的最初开端。自从家族移居到现在的这个地方，祖先们一直保持着"记事儿"的习惯。猎犬星一世不是第一个，在他之前的四代祖先便这么做了，只是他们的记录在几次翻新房子、刷墙壁的时候让人给抹掉了。除了把发生的事儿记在墙壁、树皮、芭蕉叶乃至写在某个秘密处，大部分的事儿我们还记在心上，通过口述一代一代向下流传，最后竟成了我们的集体无意识。在我们家族里，有着我们自己的庞大史诗。

"那一年盛夏的一天，八月五日，已经为我服务五年的那个人迟迟没来为我送饭，我等到早上九点半，饥肠辘辘。阳光闪烁，光线透过树叶已经在地上投下钱币大的阴影，那位与我建立了长久友谊的饲养员失了信用，这让我疑窦丛生、焦躁不安，差点再一次用手掌将铁栏杆扳断——我已经有五年没有这么干了。安逸的生活让我忘掉本性，以及我手掌、脚掌上的力量。五年前我曾在一个雨夜翻墙越狱，穿过条条宽阔的街道，迈过重重钢铁的荆棘，终于找到了一处林子藏身。那是一个人工的亚热带森林公园，里面的树木整齐，显然是经过精心打理；鲜花繁多，但食物链简单而低级。我在那儿熬了七日，忍受饥饿与恐惧，享受自由与民主，最终举手投降，一头扎进那正在为我布设的罗网。"

猎犬星一世对任何事物的记载和描述都如一则则抒情诗，我在立于我们这处老宅正对面的一幅大型广告牌上看过他的照片：头顶覆满赤发，目光犀利，似乎睥睨一切；双拳紧握，仿佛正在捶胸顿足。他的模样里有一股诗人的味道。为了吸引游客，那幅广告牌下有文字详述了我们这个家族中兴之祖的传奇故事，说他的事迹曾上过《南方热带雨林报》和《国民美德导报》。"那次，为了把它留在我们中间，保持这个最接近我们人类的种族繁衍，我们大费周章。"广告牌上还有我其他祖宗、父辈的大幅照片，猎犬星二世、猎犬星三世、猎犬星四世……我母系这一边亲属的照片放得较小。照片上，爱丽丝曾祖母慈祥，羊羊老奶奶善良，红绸子姑姑、玛利亚二婶、贝贝小婶子简直是美人胚子。不过显然，后二者的图片经过滤镜处理，她们像那个时代人类中的女性一样，爱美，在拍照的时候用心打扮，并且使用软件去掉眼角的皱纹和皮肤上的黑斑。这些雌性亲戚并不与我们长久地住在一块儿，只有在我父系这边的成员发情时才搬来我们这里，或者一旦长成大姑娘便被送走。她们在我们这个家族中更多扮演某种工具的角色。因而，在世上的某处，我想，一定还存在着很多我母系，也就是我母亲那边的亲戚，比如外婆、舅舅、姨表兄弟，只是无一例外，他们也在笼子里。我至今记得玛利亚二婶的相貌，她曾经将我揽在怀里，帮我捉虱子、梳理细碎的毛发、用干草掏耳朵。她的温柔让我的叔叔与我很是沉醉，然而好景不长，她离开了我们。——我之所以还记得她的样子不是因为我记性好，而是由于广告牌上留有一张我与她的合影：玛利亚二婶坐在我身后，美丽、知性，同时散发着母性。然而那张照片上的我则一副傻样，憨态可掬，左手掌握着一根香蕉，右手掌把着自己的性器。在这张照片的旁边，配有一段文字，据说大意是这样的：猎犬星五世正在往我们人类期待的方向"进化"，他将把猩猩家族最优秀的基因发扬光大，那就是，他将比他的长辈显出更多"可爱的愚蠢"。

随着年岁增长，我常常在面朝广告牌那边的栏杆前走来走去，脸蛋红扑扑的。那时候我的祖父猎犬星三世与我的父亲猎犬星四世尚在人世，我们家还有两个叔叔也跟我们住在一起，暂时没有分家。在这块大约五千个平方，分为睡眠区、嬉戏区、排便区、锻炼区的地方，我们这个家族的几个大小光棍儿挤在一起，因而他们有时拿我打趣。

"看，我们未来的猎犬星五世陛下懂得害羞了，他在为自己把小鸡鸡露给人类看而感到难堪。"我的一个与我父亲同父异母的叔叔说道，他的玩笑话里也依然饱含着对我这个未来族长和五千平方米土地的国王的尊敬。

叔叔只说中了一丁点儿。我确实感到耻辱，但原因不在于向人类展示了我的那里，而是展示的是我鸡鸡的未完成状态。照片上的我还没有怎么发育，它如此之小，是我身上的短处。我的耻辱里甚至更多的是愤怒。虽然说每个国王都有穿开裆裤的时日，但他们应该清楚怎样为尊者讳，遮掩它幼时的简陋。"更重要的是，他们早该换我长大后的照片了，现在我那里昂然挺立，硕大无比，是一根伟岸、漂亮的阳具。"我知道人类一直有阳根崇拜的传统，至少在猎犬星一世时代还是如此，人们无法想象领袖的裆部不是胀鼓鼓的，那玩意儿可以引起百姓的热情与崇敬。所以我生气极了，希望他们赶紧换掉那张照片，虽然上面有我美丽的玛利亚二婶的身影。——怎么能让我们猩猩家族的形象与声誉毁在我这一代的手中呢？

倒是祖父猎犬星三世算是明白我隐秘的心思。"我们的穗穗已经到了需要雌性的年龄。"这时候他一般会慈爱地抚摸着我的头，不无安慰地说道，"他们会为你安排一个雌性的。"穗穗是我的小名，起这个小名，是根据我所在城市的名字而来的。

我期待着。

我期待有谁来注意我的发情，并且使用我的基因，哪怕那已经是愚蠢的。

"我一般是在凌晨四点进食。此后整个白天，只是当着众人的面吃一些零食。吃那些零食大多带有表演性质，而且也都由游客掏腰包：爆米花、甘蔗、龙眼、面包、炸鸡腿……有时还有糖，游客们很喜欢看我笨手笨脚地剥糖纸，吃得满嘴都是口水、甜汁，这时候他们会大赞我的聪明，夸奖我的智力，并给我更多的食物奖励。偶尔我也把这些奖励攒起来做夜宵，但毫无疑问，这些不能代替动物园提供的正餐。"我的高祖父猎犬星一世对二〇三七年的那天记载得非常详尽，可想而知那日对他而言是一个重要的时间点：

"作为这个庞大动物园里明星族类的一家之主，我驱使人类为我服务，与尽职的饲养员有很好的情谊：他照顾我的衣食住行和情绪，我照顾他们的生意。我不再犯傻，既不打算伤害别人，也不打算自我伤害。可是那天我们之间的默契打破了，一想到要等到好心的游客进园后才能得到零嘴，那时我必定吃相难看，而不能气定神闲，摆点架子，我便生出一股子怨气，因为这样一来，会影响我的威仪。根据我的生理规律，以及每日安排，在上午十点左右我会有个攀岩节目，即从地面上踩着怪石的突出部分攀上假山，接下来还得走钢丝绳，这些项目在平日都不算事儿，但如果腹中饥饿，我真担心自己的体力，摔倒在地或在绳子上发晕。这还没完，在十一点到十二点，我会有个'哲学家沉思表演'或曰'禅者入定表演'，这个节目简单说来，就是我坐在假山顶上，用右手掌托着下巴，一动不动地发呆，双眼则需要眺望远方，假设前面的屋顶是大海。沉思入定表演是我们猩猩家族的拿手好戏，旁边笼子里的猴子家族一直想模仿我们，可能由于天生好动，这群我们血缘上的近亲永远也没办法学会。每当我表演它，花钱来游览的人类便会发笑，因为他们觉得猩猩在思考是一件匪夷所思之事。我也将此视为展现我们在动物界里尊严的重要窗口。可是，如果我饿着肚子，我又怎能思考那些重大命题呢？"

如今我坐在这被戏称为"猎犬星王宫"的水泥房子里，望着墙壁上写得密密麻麻的文字，也运用回忆，来努力拼凑着那个上午我高祖父的全部感受。落入我眼帘的除了这些，还有他在墙壁上随处写着的"沉思守则""进餐礼仪十诚""面对游客如何微笑的十条纪律""怎样保持腋下和私处清洁的二十一条忠告""在世界上在又不在的一百种方式"，以及一些凭我今天的脑子尚难理解的箴言，譬如"自慰比交媾更干净，而且节省体力""树叶在清晨绿，下午黄""我打个哈欠，太阳就从东方升起"……每当我读到这些，便不由得产生对他的崇敬，感谢他为我们后来的世代总结出诸多经验与教训，让我们有格言和道路得以遵循。我认为，在他脑袋里的东西，已经代表了我们猩猩家族最高度的文明，然而，我还是不能理解，他这么聪明的猩猩，怎么会对二〇三七年那天的变化如此惊异不已。

"我在笼子里徘徊，围着'猩猩王国'铁栅栏确立的疆界转圈，最后饿得没了力气，便坐在漆黑的卧室里等待。那个黑屋子真黑啊，没有电灯，坐在里面于我的饥饿感会缓解一点，黑暗会让我产生幻象，以为天还没亮。大约九点半之时，卧室连接自由世界的那道暗门突然半打开了，这时候一个食物框被推了进来，里面与我平日的食物套餐没有两样：主食是五串香蕉、三个菠萝，辅食是四个鸡蛋；餐后点心是一小盘昆虫，外加饮料——一个不大不小的椰子，我可以在地上砸破它，就着它的汁液一只一只地把昆虫往嘴里送，就像人类就着酒吃花生米那样。总体上说来，我们餐桌上食物的主、副次序，与人类是颠倒过来的，这主要是因为我们偏爱素食。按我那个时代的观点，肉食者比吃素的在生物链上占据更高级的统治地位。譬如人们认为，狮子、老虎，就比驴、麇子进化得更为完整。相应的，根据吃食的凶残程度，前者得到更多的尊敬和好处，只要看一看我们动物园里屋舍的分配、地盘的划分，便知道隐含在生物链背后的社会伦理链，也是如此的了。在人类那里，越凶狠的人越能成为首领，同样是这个道理。我不知道是从什么时候开始，自然界的公理变成了这个样子，因为在远古时期，地球上等级的确定，依据的还是胃口的大小，而不是谁吃肉厉害谁就做皇帝，所以那时候吃素的恐龙也会被视为霸主。以胃口为准绳与以吃不吃肉为准绳，都属于不平等与不民主，但前面的那条准绳显然要高级一些、文明许多。当然了，今天我们猩猩家族也是以吃素为主，然而在园子里拥有的领地也挺大的，那是由于我们与人类的姻亲关系发挥了作用。我们得庆幸攀上这门亲戚，自然界没有比他们更重视血缘关系的了。后世的猩猩要清楚，我们这些准素食主义者在这个你死我活的世界里获得一点点的特殊照顾，乃是拜人类所赐，因而我们得对他们心存感激……"

要对人类感恩，并帮着他们赚钱这条规矩，被我的高祖父猎犬星一世写进了他的家训里，从他的儿子也就是猎犬星二世那辈儿一直到我这一代，我们矢志遵守。这一家规经由一世陛下归纳出来，或许最初是让我们这些后辈觉得诧异的，因为在家族的故事流传中，终究他还有斗士的另一面，曾经制订了周密计划，并且付诸实践，逃离过人类七天。在那段逃离口述史诗故事中，他是一个大大的英雄。但如果你知道了二〇三七年八月五日此后所发生的，你便知道他在重回人类的怀抱之后，与人类建立了多么深厚的情谊。

"八月五日那天上午，我终于等来了我的食物。我的心里只闪过一个念头：也许只是饲养员睡了懒觉，或者他得了感冒看病去了，以致来迟。我开始狼吞虎咽，花了往常就餐时间的四分之一，便把一切扫入肚中。餐后，饲养员一般会递给我一块热乎乎的毛巾，借以擦一擦嘴上的残留物和眼屎，然而那次确实递进来了一块毛巾，可是那只手却不是人的，而是一只机器的手臂！'听说人类总担心与我们直接接触会染上病，所以有时需借助一些工具。'我接过毛巾的那会儿是这么想的。可是就在我拭擦完毕时，暗门彻底打开，走进来一个人。那人进来时把外面的光也带了进来，我这才注意到，这钢灰色的手臂是长在他身上的。那人满身钢铁盔甲，手和脚也不例外，只是在关节处留有一些缝隙，后来我才知道，这些缝隙是为了让他能够折臂、屈膝。他们折臂是为了拿物体、干活，屈膝是为了行走，当然也为了下跪，不过不是为了向什么重要人物行跪拜礼，而是为了方便捡地上的东西。这人头上还顶着一根短短的天线，眼睛的那地方也戴着眼罩，整体来看，他身材不高，一米二左右，活像一个头上扎着朝天辫的毛孩子。"

猎犬星一世通过猎犬星二世、三世、四世代代口口相传，直到把他的经历惟妙惟肖地传达到了我这一代。"好家伙,他们开始使用童工了呀。"猎犬星一世心里暗想。他后来把他的"暗想"告诉了他的子嗣。与他所有的话都像圣旨般说一不二一样,我们作为后代从不删改他的任何言语,每一代向下转述时不仅保留他的第一人称叙述,而且连语气词都尽量按照原貌。猎犬星一世暗想了"童工"那句,接着又暗想了如下一句:

"我知道他们缺乏劳动力,以致要想法子鼓励生育,但没想到连未成年人也用上了。"

我的高祖父没有多想,匆匆赶往假山,第一拨游客早已久候在栅栏外,他们抱怨个不停,以为立下"猩猩王国"的那个牌子是骗人的。由于吃得太快太饱,猎犬星一世爬起山来显得非常笨拙,摔了好几跤。走钢索时他又掉了下来,弄得鼻青脸肿,观看的人们没有一个人同情他,反而哈哈大笑。他起初没有懊恼,后来有人对他指指点点、高声大叫,他便忍不住勃然大怒了,发出只有我们猩猩种类才听得懂的低吼,骂的话大约是"操你妈的"。人类轻浮而丧失了礼仪,也就怪不得他捡起石子扔他们了。他这些反常的举动引起人群一阵骚乱,有人通知了保安。三个保安对着猎犬星一世也是大喊大叫,还不时扬起手来威胁他。我的高祖父被彻底激怒了,他在园子中与这些穿制服的隔空对峙,直到保安又请来了一个人。那人戴着眼镜,穿着白大褂,说话文绉绉的,他的手里拿着一个遥控器。只见他按着键,把那个一直待在一世陛下卧室里的人"按"了出来。他们似乎在交流什么,随后,那人便坚定地迈着步伐,走向猎犬星一世陛下。我的高祖父对着他挥动手掌,可那人毫不畏惧,径直向前,向前。猎犬星一世被他稳健如将军的气势镇住了,他用眼睛死死盯着那人的眼睛,试着与他进行交流,在与人类打交道的这些年里,他总结出一条经验,即眼神可以解决很多复杂的问题。一世陛下先是目露凶光,试图通过那里喷出火来,吓退那人,后来又转变成换取和平的眼神,那人依旧无动于衷。他们靠得很近了。猎犬星一世陛下没有任何的退路,如果不表示点什么,他的面子是挂不住的,于是他轻轻地打了那人一拳。他之所以用力不猛,一是不想给人感觉

261

他这个国王欺负一个矮个子的稚童，再则他对对手的底细也没有摸清。然而就一瞬间，当他的拳头落在那人的左臂上，他的手却显得生疼。我的高祖父吓了一大跳。他壮起胆，这一次他用的劲很大，朝着那家伙再次砸了下去。

"啊！"他往后摔倒，跌了个趔趄，像被什么狠狠地咬了一下拳头。

"机器人将猩猩电倒了！"人群中爆发出阵阵欢呼，有大人有儿童，好像他们早就期待血肉之躯在机器面前失败的这一刻。猎犬星一世陛下好不容易从地上爬起，他再次扑上去，进击。后来他告诉他的儿子猎犬星二世，他之所以没有轻易投降，是因为他必须要宣示自己还是一个国王，"一个国王有时候必须装模作样"；而且，他还抱着一种侥幸心理，认为这很可能是一种游戏，只是这种游戏里加进了更多痛苦的含量而已。在我们居所不远处，有一个"动物行为展示馆"，展示馆带有层层向上延伸的阶梯座位，中间是一个椭圆形的舞台，人们在那里看动物表演，有老虎表演钻火圈，鹦鹉表演识字，黑熊表演滚铁环，其中还有一个表演，便是袋鼠戴上手套与人进行拳击比赛。很多时候，猎犬星一世坐在假山顶上俯瞰整个动物园，透过透明的玻璃墙，动物行为展示馆里的那一幕便落入他的眼帘：袋鼠与人的比赛总要进行五个回合，在五打三胜制中，袋鼠的出拳很快，人则出拳很准，有时是袋鼠胜，有时是人胜。人获胜了得到一条金腰带，袋鼠输了得到一小袋子零食，赢了则得到一大袋子零食。"看吧，他们只不过是想看我与这个家伙的格斗表演。"猎犬星一世拼命地往这方面想，以给自己壮胆。

他再一次被击倒在地。又一次爬起来，又一次倒地。最后他放弃了，坐在地上喘起了粗气。等他稍微恢复了些力气，他没有走向那个人，而是走向了人群聚集的那一面。他将这些力用来捡地上的东西：薯片、糖炒板栗、瓜子，还有蛋挞、冰激凌。那些人激动不已，吵吵嚷嚷，想必他们也没想到在"猩猩王国"这里，还能看到一场精彩、刺激的加映，于是他们慷慨起来，往里面扔各种各样的食品，貌似在对我的祖先进行额外的补偿。猎犬星一世的脑子有些糊涂，他也搞不清这个上午所发生的，到底是一场偶发的冲突，还是人类蓄意的安排，要想弄明白其中的缘由、逻辑，这太挑战我们猩猩种族的智力了。但是，有一点是确定的，即穿白大褂的人是讨厌的。我的高祖父在那群人中看到，那个手拿遥控器的瘦高个儿脸上挂着奇怪的笑意。一世陛下意识到这一切都是他在背后操控的，那人就像是一个指挥小孩捣蛋，也爱护犊子的家长。

"你们得加倍留意穿白大褂的人，以前我每次见到他们，我就有病，甚至有一次他们在我的私处动刀子，阉割了我，说是为我绝育。"一世陛下谆谆嘱咐他的儿孙。猎犬星一世让我们时刻提防的白大褂其实是兽医，这些人担心我们家族膨胀得太快以致要建更多的笼子，便想着法子阻止我们发情，有时是将异性隔离出去，有时为了省事干脆去掉我们的睾丸。与人类一样，每当发情时我们的内心便似有一团火焰，因而生理上的发情常常与情绪上的发火连在一起，一旦这时脾气暴躁，我们便容易迁怒他人，对着游客露出那玩意儿，用这不雅的行为对他们进行侮辱和报复。于是兽医们在我们那里做手脚可谓一举两得，那里无法勃起，我们的动作也就更加文明。不过，一世陛下说只要一见到兽医自己便有病肯定是不对的，他颠倒了因果，事实上是因为自己本来有病才需要看兽医的。还有，穿白大褂的并非全是医生，八月五日的那个便不是，后来他自己也想清楚了，那是一个技术人员，懂科技的那种人。猎犬星一世只是一直疑惑，为什么医生与科技工作者都穿同样的衣服？他琢磨了很久，终于得出了结论：人类认为这二者的职业是一样的，都是为了帮着别人治病，前者用药和刀子，后者用冷冰冰的技术。

也就是从围观者的口中，我的高祖父猎犬星一世陛下第一次听说了"机器人"这个名词。在挨了一顿胖揍之后，他照例到假山顶上去完成他当日的"哲学家沉思表演"。如果说往常他的沉思其实就是发呆，那么从这一天起，他的沉思有了真正的内容。内容紧紧围绕着那个新奇事物。"为什么一个人的力量与他身体的体积不成比例？"这是猎犬星一世首先思考的。他为他自己败于对方寻找答案。一世陛下重达七十余公斤，坐下来仿佛一块赤黑相间的岩石，而那人却身体矮小。他接着想第二个问题："来自肌肉的力量为什么敌不过那叫

'电'的玩意儿？"这一点他倒是好理解，因为他原来在逃亡的路上就品尝过园方的麻醉枪和电棒。但是他不能明白的是，那个带电的人怎么能不嗷嗷叫唤呢？那人面无表情的沉默让他百思不得其解。

此后他开始了与那家伙的共处。园方的工作人员称它为"Robot404"。他们并不单独喊他"Robot"，但是经常单独喊它"404"。404或许是它的标号，或许代表着某种神秘的意思。猎犬星一世理解为前者，因为动物园的科研人员与饲养员也经常叫他的标号："猩猩V号"，甚至直接走到他的面前叫他"5号"。很久以来我一直困惑我的这位高祖父为啥不叫"猩猩Ⅰ号"，因为我们都知道他是猎犬星一世，是我们的1号首长。经过我祖父即猎犬星三世的解释，我总算弄明白了，原来在猎犬星一世之前，他的高祖父和曾祖父分别被称为"猩猩Ⅰ号"与"猩猩Ⅱ号"，而被称为"猎犬星"，是从高祖父这辈儿开始的。二〇一七年，我的这位高祖父降生于世，正好在那一年前后，人类中突然流传一种说法，一些身材肥胖的人羞答答地宣称自己是"月半"人，他们玩弄汉字的拆解游戏，以占两个字符空间的"月半"来表达自己身上的肥肉多到何等程度。人类的这个游戏像病菌一样迅速地在我们动物中流传开来。那时候刚做父亲的猩猩Ⅳ号，看着妻子怀里的大胖小子，也赶时髦地把我们的"猩"字拆开，分成"猎犬"旁加一个"星"字，并且像一个王者宣布新的年号一样，宣称自己的子嗣将是这个新称谓的一世，期待等到他继位时，能在这个动物园里开辟一番新天新地。对于我们这个肥胖的家族而言，我这位祖宗的做法可谓风趣而又机智。那一年这股拆字之风几乎风靡整个动物世界，狮子给自己取名为"猎犬师"，乍听上去还以为他是什么老师、上师或技师；天鹅给自己取名为"天我鸟"；驴子给自己取名为"马户子"，马与驴的杂交动物骡子则称自己为"马累子"；幸好这些称谓只是他们的内部谐名，不然人类听到了一定会笑掉大牙，以为他们梦想重返这个民族的春秋战国时代，一下子突然冒出新的诸子百家。而经常被用来嘲笑人瘦的猴子也来凑热闹（"他瘦得像只猴子"，人们常这么用猴子打比方），他们根本不属于肥胖界，但是也戏称自己是"猎犬侯"。这样一来，猴子们在我们的园子里便觉得自己高出一等，因为他们所享的是"侯爵"，而那些驴子、骡子所享的不过是"子爵"。当然了，他们玩的这些文字花招是很容易被抓住把柄的，因为猴子本应拆成"猎犬侯子"，他们故意省略了"子"字，与他们平日喜欢把自己的尾巴藏起来装人是一个路数，要识破并不难。

从二〇一七年开始，动物园里几乎所有的动物都在这种游戏里宣称自己是一世，是始皇，因而这一年似乎成了改朝换代、开天辟地的一年。二十年后，及至猎犬星一世迈入一只猩猩的盛年阶段，当他面对"Robot404"的出现，才觉得二〇三七年比起二〇一七年来，要变化更快。这一年的八月五日之后，Robot404每天按时来给他送食物，帮他打扫屋子，收拾房间，收集粪便，冲刷地面，还定期帮他用水管洗淋浴，用电吹风吹干毛发。Robot404细致入微，不仅在他的房子里燃熏香，以驱赶蚊虫，还帮他绞指甲，免得在挠痒痒的时候抓伤自己，或者误伤别人。他们很快在他的日常表演中加入了一项内容：与游客合影。如此一来，他在拥抱游客或者被游客拥抱时，手掌因没有指甲，即便碰到谁也不会显出恶意了。

说起开发与人合影这个项目，据说人类最初是存疑的。他们担心猎犬星一世不会配合。根据《饲养员日志·人猿卷》记载，自从"猩猩Ⅰ号"与他的妻子来到这个动物园，及至他们的孙孙辈暨猎犬星一世，历经五六十年，其间发生过几十起猩猩伤人、反抗园方管理的事件，至于我的高祖父，他甚至演绎过轰轰烈烈的逃亡新闻，猩猩家族虽经人类的规训显得越来越老实，但他们天生警惕、提防人类的基因还在，保不准会出什么乱子。"猩猩Ⅰ号"与他的妻子分别来自婆罗洲与苏门答腊岛的热带泥炭沼泽森林与龙脑香森林，在那个年代，拥有婆罗洲的马来西亚与拥有苏门答腊岛的印度尼西亚正为了加里曼丹岛北部地区的分属动了刀兵，他们的亚洲邻居从两国分别引进了一雄一雌两只幼小的猩猩，意欲在异国的土地上为两国实行某种意义上的调停、"和亲"。本来他们应该安置在更具有象征意味的北方京城的，但动物学家经过评估，认为处于亚热带季风气候的这个南方城市更合适他们定居，因为这里的一切与他们先前的栖居地无异。

我的这位老祖宗与他的妻子在这个陌生的城市经历了吵吵闹闹的一生。这倒不是他们懂得什么政治，或者把各自的爱国情绪带到了家庭生活中去。在我们动物看来，一切土地都应该是无国界的，草原、湖泊、湿地、河流、岩石都不能人为地划分疆界，如果一定要说我们动物有什么政治主张，那么我们主张无国界的大同社会。与绝大多数闹得不可开交的夫妻一样，我的老祖宗与他的配偶几乎所有的争吵都是来源于生活习惯的不同以及性格的冲突。比方说他不愿意晚上睡觉前捉掉虱子，早晨起床后不愿先含一片薄荷叶再吃东西，而他的配偶则喜欢一天到晚跑到水池边看自己的影子，还对着水面鼓腮帮、皱眉或在脸上堆积笑容，他们的这番行为，就好比人类中的男人不愿意晚上洗脚、洗澡，早上不愿意刷牙，以及人类中的女人爱照镜子、老是不停地化妆补妆。当然，他们为孩子的抚育问题更是争论个没完。他们共育有两子一女，除了长子"猩猩Ⅱ-1"作为他父亲在这个园子里的接班者，能够长久地与父母住在一块儿，次子"猩猩Ⅱ-2"、小女"猩猩Ⅱ-3"长大后是要转移给其他更小的动物园的，他们的血缘将到其他的世界去开花结果。但这三兄妹在父母的眼里倒是没什么差别，父母愿意给他们同等的教育。问题在于，到底是将子女们教育得更聪明，还是培养得更愚蠢，两口子发生了严重的分歧："猩猩Ⅰ号"力主要按照故乡的丛林法则培养子女们，教给他们猎取无脊椎动物、抓白蚁、摘果子，在树冠上筑巢，翻开水泥地掘出可食用的泥巴，尤其是怎样发挥肌肉的爆发性力量，在遇上劲敌时能够一下子将其击倒在地。他训练他们的突袭术、擒拿术、逃生术以及暴怒术，甚至在他们的心里试图种下仇恨的种子，告诉他们如何憎恨，因为他把这个家族的漂泊以及自己与妻子无可选择的结合都归罪于人类的身上。总之，他希望他的孩子们更聪明、更狡诈。而他的配偶则恰恰相反。

"愚蠢的能力比聪明的能力更适合我们的生存。"他的妻子常常把这句话挂在嘴边，"既然我们无可选择地要与人类打交道，那么最好的方式是向他们示弱。"我的这位老老祖母要求他的家庭成员掌握顺世哲学，安贫乐道地接受人类的一切安排：何时用餐，何时排泄，忘掉故土，收敛起复仇之心。从她被装进网格箱，然后摇摇晃晃坐海船来到这里的第一天起，她就及时地发现了人类的智慧是何等的了不起，也发现他们对凡是不服管训的家伙都报以老拳与监狱。"面对聪明人的明哲保身之道，是你要显得比他更愚蠢。"悟出了这一通哲理之后，她反对丈夫在子女的智力问题上做任何文章，如果一定要学习点什么，那么也是摒弃古老的野性，多加学习人类的秉性即"人性"。她认为人性是善的、美丽的（在这一点上她似乎看走眼了），"只要我们学会善，便会产生出能够保护我们的懦弱与糊涂"。她尤其反对自己唯一的女儿也学习那些格斗术、暴怒术，因为她觉得雌性只要懂得在丈夫的面前低眉顺眼就够了，虽然她自己常常对着丈夫歇斯底里地咆哮个不停。

"猩猩Ⅰ号"与他的配偶一辈子吵吵嚷嚷、互不买账，他们这种内部生活的不和谐，差点影响到了外部政治世界的安定团结。后来发生在这个家族身上的一切，证明了我的这位雌性祖宗是多么的具有远见。正是由于她那"糊涂是生活无价之宝"的理念在整个家族得到了无比坚决的贯彻，我们在与人类的共处中少吃了不少苦头，获得了更多的好处。以致到了二〇三七年，当人类在讨论开发猿、人合影这个创收项目时，人类只犹豫了三天，便评估"可行"。

"根据Robot404一段时间的监控和我们的检测，猩猩Ⅴ-1（有时他们直接叫他猩猩Ⅴ，有时在后面加一个1，以显示他在他这辈儿精确地排名于第一）身体内的恐惧指数为9，破坏指数为3。也就是说，相对于前面几代猩猩，他越来越害怕我们人类，我们用机器测量过他肌肉里的力量，相比上回他逃跑、发脾气的时候，腿部的肌肉萎缩了不少，上肢的力量也很弱。机器人只要给它充电便可永不停歇，而肉做的身体总有力量耗光的那天。"在评估会上，那位负责操控Robot404的白大褂是这么说的。

"我们不能完全根据肌肉，还要根据头脑。"白大褂的上司想得更为严谨而周密。

"这您放心。我们使用'大脑沟回伽马射线智慧测算仪'检测过它那里，同样相对于他们的祖先，他正在变得越来越蠢。"白大褂对仪器提供的数据充满自信，"有些傻是可以装出来的，但机器不会说谎。"

"安逸的生活，再加上人工的驯化与管束，可以降低任何族类的智力。"白大褂的上司感慨。他同意了人与猩猩合影项目的进行，但叮嘱他们为猎犬星一世买份保险：如果我的高祖父伤了人，就由保险公司来埋单。白大褂顺带也给他的Robot404买了一份，如果谁伤害了它，将由保险公司出它的技术维修费。

Robot404给猎犬星一世制订了完整一天的流程表，每到一个时刻，404就提醒他该干什么，我的高祖父稍有不从，它便给他脸色看。事实上它每时每刻的脸色都是一样的：严肃、认真、没有任何表情，金属与钢化玻璃组成的五官谈不上绷得紧紧的，更谈不上有点滴松弛的迹象。有时候猎犬星一世试着用吼声威胁它，它扬起手臂，手臂上一个红点闪烁，那说明它已经做好了攻击或防备攻击的准备，猎犬星一世立即闭嘴。有时候他想法子讨好它，或者对它撒一个古典主义的娇，404不动声色。

于是猎犬星一世陛下在一番扭扭捏捏之后，开始每天与人合影两小时，一个小时安排在上午，即他进行完"哲学家沉思表演"之后，一个钟头安排在中午午睡之后，即下午三点到四点。一个世纪之后，如果人类依然存在，当他们打开家庭相片簿，在相片上，会看到他们的祖宗与我的这个祖宗在同一个时空里的情形，那时候，他们的祖宗是老者、中年汉子、穿裙子的美少女、化浓妆的小少妇，更多的是一些流鼻涕的小男孩、扎辫子的小女孩、戴红领巾的先锋队少年或抱着奶瓶便可以沉睡一天的婴儿。而在那些照片上，我这位祖宗则一脸思考状或迷茫状，他或坐或站，耐烦的时候与人靠得近些，不耐烦的时候离得远些，但如果有人搂着他的脖子，或与他握手，他都一律彬彬有礼地配合。

"二十块钱一张，大家快来与猩猩合影，这个pose叫'国王的迷思'，又叫'睡眼惺忪的国王'，机会难得，在这里拍了，等会儿你们出园后在门口可取。"负责拍照的那位工作人员拿着喇叭大喊。

每每这个时候，很多人围上来。咔咔咔咔，照相机发出声响，猎犬星一世的表情定格在相片上。

当然也有一些孩子不满意我的这位祖宗总是一个姿势。

"我不要只会打哈欠、睡觉觉的国王，我要国王笑一笑。"

心情好的话猎犬星一世会调整一下嘴角，心情糟的话他则皱一下眉头。

"哈哈，我这张叫'国王的微笑'，你那张叫'国王不高兴'！"

拿到照片后，大伙儿少不了议论一番。

后来为了让合影者及时拿到照片，园方将一台与Robot404外形无异的机器人搬到了猩猩王国边。这台机器人被称为"Robot405"，它的脑门上有一个摄像头，每次拍照时它就将摄像头对准合影者，它的臀部部分有一条缝，啪的一声，从那里吐出照片。人们如果觉得不满意，它就再吐出一张，又一张。"会拉照片 的机器人。"好奇的孩子会这样说它。它也并不恼怒，继续吐，继续拉，好像它从不便秘一样。

在最初帮着动物园靠合影赚钱的那些日子里，我的高祖父猎犬星一世的脖子上，是被套了一条链子的，那条链子与狗链没有什么两样，但如果照片只取上半身，人们会以为脖子上那个黄铜做的圆圈是一条金灿灿的项链。事实上圆圈下还有一个结，结上面挂着两个铃铛，同时一根铁链子穿过那里。链子大约有两米长，Robot404或者工作人员只要扯一扯，一世陛下就得乖乖听话。为了表示对他完美配合的感谢，经过园方的批准，在每周一、三、五的下午五点半，Robot404领着他，有半小时的放风时间。那时候游人逐渐散场，他们得以在不惊吓到别人的情况下，四处溜达。他们去过猛兽区，隔着铁栏杆，看着狮子、老虎、豹子、熊在里面转来转去，猎犬星一世深觉在人类那里，他得到的信任比起那些家伙来，要多得多。"糊涂能换来自由。"他认为自己正在受益于老老祖母的顺世哲学。他们去草食动物区，大象、斑马、长颈鹿一个个抬头往外张望，它们的身躯高大，四肢矫健有力，却过不了那些水泥坎、石头围墙，就好比它们虽进化了千百万年，也没有能力从吃草的动物迈进成吃肉的禽兽一样。404牵着他，还在不远处的猴舍转过好多回。那些猴子见到他，总不停地发出吱吱吱吱的叫声，并且指指点点。它们把他当成血缘上的兄弟。双方尝试着交流，去谈论气候、食物、排便与子女，猴子用猴语，猩猩用猩猩语。可是互相都听不明白，横亘在他们之间的，是从一个点出发、然后分道扬镳各走各的天壤般的距离。猎犬星一世唯一能懂的，是它们眼神中透露出的、对他的无限艳羡之情，它们羡慕他在人类那里获得的礼遇。

也就是从那时起，猎犬星一世发现，Robot404在这个动物园里有大量的同类。这些像铁臂阿童木一样的机器人，在各个区服役，它们充当饲养员、兽医、清洁工、搬运工、园内保安等等，几乎每个工种的位置上，都有它们的身影，那些肉做的人却越发少见了。它们帮着人类做各种各样的活，将园子里的秩序维持得很是井然，而且从未见到有谁怠工、想着法子偷懒，好像它们的身体永不知道疲倦似的。

"很奇怪，这些'人'长得几乎一模一样，显然，它们是同一个爸、同一个妈生的。"若干年后，猎犬星一世还对他的孩子们感叹他那一年的所见。"问题是，什么样的爸妈能生出这么多的孩子？"猎犬星一世一直困扰于我们这个家族人丁不旺，作为哺乳动物界在生育上最为克制的种族，我们一生最多只生二至三个宝宝。

凭着猎犬星一世日渐往愚蠢方面"进化"的脑子，他自然想不透彻，那些机器人并不是同一个英雄母亲的子宫能够孕育的，它们不仅不是胎生，甚至不是手脚、脑袋、身子一次性地囫囵出世，而是一个零件一个零件组装而成的。在昼夜不息运转的伟大机床上，一些穿着统一制服的工人各司其职、各尽其责，最终用手生出这些没有喝奶期、没有换牙期也没有青春期的"人"。它们一到这个世上便能充当劳力；它们何时结束生命，也取决于它们的那些"集体父亲母亲"是不是已经生产出更智慧、更灵活、更有力的新型机器人，一旦高级的机器人面世，它们便要退役。在每个大型城市，都有一个个机器人坟场，与汽车坟场、家用电器坟场、计算机坟场是同一个，或者紧紧毗邻，在那里，它们被拆卸，化整为零。它们在这人世也没有名字，或者说，它们的名字就像404一样，只是一个数字、一个编码。——它们的爸爸妈妈也没有名字，人们互相称呼时，喊的都是他们胸前戴着的工号。

难忘的二〇三七年过去了。"事情正在起变化。"我的高祖父猎犬星一世反复嘟囔这句话，并且继续在我们家的墙壁上进行有关"变化"的书写，同时将他的所见所闻口述给下一代。那一年世界还发生了很多其他的大事：基督教国家与佛教国家不知为何大打出手，他们首先在外交场合打嘴仗，慢慢地开始在边境线上互扔石头，最终动用了精密制导兵器，所幸因为双方的防御武器也同样先进，没有死一个人。遥远的美洲大国把一对猩猩夫妇送上了天，他们背着呼吸机在月球的宁静海地区安营扎寨，生活得不错，每隔半个月，美洲大国位于荒漠中的航天基地通过"探梦仪"，扫描一遍他们的梦境，发现最初的梦里到处是灰色的天坑、火山锥和凝固成芝麻糊般的卵石，这两口子的世界似乎一片死寂，后来在他们的梦境中多了一些绿色小点，小点逐渐增多，"他们在垦殖。"地球这端的人说，这些绿色荧光状的东西表明月球很可能会成为希望的田野。但也有人提出质疑，认为他们只是恰好梦到了地球家园里的绿色而已。那一年最轰动人间的事件也与月亮有关：有影视公司在月球的山坡上支起了一块幕布，他们把一部部电影投射其上，那些影片不外乎男欢女爱、家庭斗嘴，但人们看得津津有味。这些人倒不是对影片内容感兴趣，而是对观看本身甚感好奇：在一个个类似实验室的高科技电影院里，他们凑在一排排特制的望远镜前，观看那些庸俗生活如何因搬到天上而变得神奇。电影公司由此大发了一笔，很多人趋之若鹜，每次需掏出五美金。这门生意简直一本万利，因为可以二十四小时连续播放同一个片子，随着地球的转动，不同时区的人都可以依次看到，总有一些人在黑夜里正好撞上，总有一些人在黑夜中。——不过电影放映公司也时常骂娘，因为从那一年开始，天上的雨水越来越多，每当暴雨骤至，人们就什么也看不清。于是每当此时，世界各地就有人在雨中祷告，那不是在寻求施洗，而是在祈祷大洪水时代不要再次降临。

我的高祖父猎犬星一世没有关注这些大事，他的世界只及于猩猩王国的周边。很快第二年就到来了，草木衰了又盛，树叶落了又长，在春天里，园方为他举行了隆重的加冕仪式：不再是戏称，而是实实在在的加冕。一旦完成仪式，"猎犬星国王"这个头衔就不再是自号为王，不再是僭越，而是拥有了自己的法统。正如前面所言，与猎犬星一世合影项目极受欢迎，但也必须想点子翻新。三月份，不知是谁出的主意，建议把我的高祖父打扮成真正的国王样子，那样，一定会招徕更多的游客前来。准备很快就做好了，那个月的最后一天，在猩猩王国的北角，搭起了一个舞台，舞台正上方拉着一条横幅，上书"猎犬星一世加冕典礼"几个大字，舞台周围还安放了六个热气球，各种彩带随风飘散，如同节日般的气氛很浓。在"恭迎一世陛下"的宣念中，他登台了。照旧由Robot404用链子牵着，有几个404的同类在后面帮着托长袍衣摆，还有几个帮忙打着黄伞。一世陛下脸上茫然，然而他身上的披挂却似闪着金光。一个用铁丝伴着铁条织成的王冠由人先行跪拜礼，再仔细地戴到他的头上。铁丝外被糊了一层金黄色的纸，但里面则由于打磨不精而扎脑门。我的高祖父皱了皱眉，不消几分钟，便习惯了这顶沉重的荆棘冠冕。

有人从奇蹄目区牵来了矮脚马，将猎犬星一世陛下扶到马背上。同样盛大的游园活动开始了，浩荡的仪仗队穿过狮舍、熊馆、狼圈，经过爬虫苑、飞禽在池塘的落脚点，很多人在后面跟着，吵着，嚷着，纷纷拍照。一世陛下任由他们摆布，他只担心这样一来，留给他的哲学沉思时间恐怕会越来越少，但又有什么办法呢？又有什么必要呢？这个世界因为人类的聪明，早已经不再需要一个猩猩的愚蠢大脑。

每周加冕一次，这仪式重演了十年有余，直到猎犬星一世死去。动物园需要这种热闹场景，以致他的历代继任者，也就是二世、三世、四世也一再重复这庄重的游戏。世道在剧烈地变化，据二世、三世、四世陛下转述，后来的观众越来越少，但机器人的观众却越来越多，直到某日，园子里的游客全部变成了它们。人到哪儿去了呢？没有"人"出来答一声。不过，动物园依然热闹非凡，好像那些面无表情的机器人更需要娱乐一样。

后来，冠冕就传到了我这一代，包括猎犬星一世陛下脖子上的那根铁链，也一起传到了我这一代。我每天拥有五分钟的沉思时间，那五分钟里，我用前三分钟思考头上的东西，用后两分钟思考脖子上的事物。有一天，我正在思考着的时候，一群机器人走进我的寝宫，其中一个说："我们动手吧，让我们从他的身上提取愚蠢的DNA，或许我们能够造出一个像样的人来。"

然后它们七手八脚就动手了。我下意识地紧紧护住自己的身体。我，怎么能让它们轻易地从我这里盗取这个家族最宝贵、这个世上最稀缺的愚蠢基因呢？

我与它们搏斗起来。

原载《青年文学》2017年第10期

卜者之卜

安 庆

一

傍晚时分，马达终于站到了罗布的对面。

罗布有些惊异，没有想到，一天忐忑的预感，等到的会是马达。他拧亮台灯，相比外边的光线，房间里要暗很多，朦胧的案子上，横着一个硬皮笔记本和一只黑色外壳的钢笔；靠近案子，是一个小书架，紧挨书架的是一盆枝繁叶茂的绿萝，绿萝的藤缠到了书架上。罗布做了卜卦的生意后，每天除了卜卦，就是在院子里养花。在锦城，他一直和一个花工在一起，告别锦城前，花工送给他的礼物就是几十类适合他回家养的花种。

他努力地让自己镇定下来。

算什么？他问马达。

马达有些吞吐，给，给她算。

罗布的肩抖动几下，手摸到笔记本上，两根手指夹住了黑杆的钢笔。这是他每次卜卦前的状态，随时准备记录对方报出来的信息，包括生辰八字，占卜的目标。简易的书架上有几本卦书，必要时会抽出来一本，翻动书页，念念有声，像一个盲人。这可能和他少年接触的卦人有关，那时候，母亲会偶尔和村里的婶子大娘去找宋村的魏瞎。魏瞎盘腿坐在草编的墩子上，身边放着溅了灰尘的木箱，腿上搭着褡裢，粗糙的手指一根一根翘动，不时地问着对方，验证他储存在大脑里的记忆，有关命相的数据。每一次想起魏瞎，罗布就会想起离世的母亲。

等着对方往下说，对方却沉默着。罗布挤上眼，手在笔记本和钢笔上拿捏，这让马达猜疑罗布的眼是不是瞎了，瞎了之后才干上这行。可罗布的眼睁开了，眼珠转动得正常。他舒出一口气，说，我以为，你的眼出了问题。

没问题。他脱口而出。

罗布没有想到，自己整整一天的预感会是这个人——张小麦的丈夫马达。

你，你给谁算？他顿了顿，又问。

我老婆，张小麦。

马达在说出小麦两个字时声音低下来。罗布眼前飘浮起来的是一个多年未见的女人的面孔，他不容自己想下去，得继续问对方，将对方置于卜者和占卜的气场，先发制人，那样双方都会进入心无二致的状态，这样的卦才灵，才能算好，才可能征服对方，让对方相信自己转行的成功。他翻开笔记本，拧开笔帽，笔尖在台灯下晃出一股冷光，笔帽落到案子上，弹动几下，轻微的响声像硬币落地。他做好了记录的准备。

叫什么名字？

张小麦！

年龄？

……

生辰？

……

说仔细点。

我知道的就是这些。

275

她没有给你说过她出生的时辰吗？白天还是晚上，大约几点？

马达回忆着，好像，好像是刚刚吃过晚饭的时候……

嗯，那就是戌时了。

钢笔在纸页上划动，像风刮动河滩的沙子。

他在笔记本上画着图案，呈阶梯形，一页纸瞬间被画得密密麻麻。他没问什么病，凡是到这种地方，找人占卜的病大概是看过了好多的地方，把占卜成了医治、寄托。如果是医院容易解决的病还算什么？他的心隐隐地揪起来，有一刻，他停下来，暗暗地祈祷。

笔停下，他仰起头，面前是一个女人的面容：慢长脸，下巴颏有一颗黑痣，马尾辫晃动着，像一团墨柳。每次给未谋面的女人算卦都要进入这种虚幻、冥想或者臆想的状态，像通过电脑获得对方的信息，甚至从鼻脸、口腔获得对方的气息。他在臆想中有种颤抖，有一股冰凉，怎么，张小麦到了这样的程度？这个人怎么会找到了这里，到底什么目的？他强迫自己从臆想和猜测的恍惚中出来，甚至想到回避、推脱，不，是强迫自己进入卜者的臆想或者猜测，让心往占卜的对象上拧。这一次他显得格外认真，在一阵揣度之后，他重新拨亮了台灯，唰唰唰，在笔记本上记录下什么。马达坐在对面，看着整个过程，他憋闷得想抽烟，去兜里掏了掏，忍住了。罗布不说话，转过身，从书架上抽出一本很厚的书，翻到大半本处，又在笔记本上记录，像在计算一个难解的数学题。他的眉头时而皱着，像一湾陡转的河流。

笔帽咔嗒扣上。他抖了抖划满的一页纸，意思是让对方浏览一下，说，逢凶化吉，会好起来，不要急，打过春，哦，今年打春就在年前，打过春会越来越好。你听清了吗？

马达站起来，就这些吗？

你不是问病吗？会好起来的。他说，同时叹出了一口气。

马达掏钱。他按住了。这个时候，他下意识地朝外看了看，天黑了吧，卦费免了，你属于今天的免卦人。有这规矩？马达也是下意识地问出了这句。

有！我有！每天的最后一卦我不收费。其实，这也是今天的第一卦。为这一卦他等了一天，险些成为一个空日子。

马达不好意思地站起来，他掀开门帘，天真的黑了，小冬天的夜来得早，好像一刹那天就黑了。凉气往身上扎，风比来时大了，树梢在发出响声，树叶在地上刺刺啦啦滑动。出门前他站在罗布面前，吞吐起来，你，你的眼是出毛病了吗？

他笑笑，不是眼有毛病的人才能算卦，他的手下意识地做了个模仿魏瞎的动作。走吧，如果不再算另外的卦。

不算！

另外的卦钱我是要收的。

不算！

走吧，如果没有要再说的话。

没有！我就是要你知道……

走吧！他知道对方的言外之意。

二

十年前，就是因为马达他离开的老塘南街。

打马达是因为张小麦。他和张小麦谈了几年，可张小麦在家人做主下要和马达结婚，而且很快，用现在的说法叫作闪婚。他用一个晚上，给张小麦写了一封信，写完信，他头抵着窗户，眼泪哗哗像泅过来的一场雨。捎信人说，张小麦竟然让马达看了，马达点了一根烟，在信上戳出无数个窟窿，将千疮百孔的信烧成了灰烬。他的心发冷，闭着眼想象着他费尽心思写出的信，变成一点一点纸灰在空中飘。他恨马达，凭什么要夺走张小麦，不就是他家开了个面粉加工厂，父亲是村里的支书嘛。他想着要教训马达，让他知道用烟头戳信的后果。

机会是在老塘北街的庙会上，捎信人告诉罗布，马达带着张小麦，在麦场里骑马。罗布往老塘北街跑，有人把罗布找马达报复的消息，告诉了罗布的好朋友吕腾，吕腾赶到时，事情已经发生：罗布手里掂一根棍子，将正在马上照相的马达抢了下来，接着趁马达在地上折腾，踹了过去。马达挣扎着，罗布再一脚下去，马达捂住了裆，嗷嗷地叫。吕腾止住了要再踹下去的罗布。张小麦拉住了马达，愤怒地看着罗布，说，你就等着公安抓你吧。罗布恨透了势利的张小麦，挺挺胸，我敢打就不怕什么公安。

吕腾发动了摩托车。嘟嘟嘟，摩托像一只怪鸟，横冲直撞穿过人群。他将罗布安置在陈城的一个朋友家，第三天夜里，吕腾将他送上火车，让他先出去躲一躲。罗布这一走几年没有回来，在几个城市之间流浪，后来去了锦城，在锦城做过很多工种，花工是其中的一个。

家里的消息都是吕腾转给他的，第一天夜里说马达不疼了，但小肚子那儿一直发酸，好像尿尿的家伙挺不起来了，如果真挺不起来事儿可就大了。这种情况下吕腾才劝罗布离开的，吕腾说，有些事缓一缓会有另外的结果，时间能解决也能软化一切问题。离开的那天夜里，吕腾和陈城的朋友在车站前的小酒店为他饯行，罗布不情愿地和吕腾喝酒，说，我就这样走了，是不是像一个逃犯？吕腾说，你如果不想做逃犯就投案自首。他们报案了吗？吕腾说，不管他们报没报案，你都三十六计走为上策，否则，抓起来挨罚又出钱，你把人打成那样，不拿医疗费吗？罗布想了想，不报案只有私了，出医疗费。吕腾说，走了再说。

以后的事情，都由吕腾处理。罗布的脚太狠，把马达那儿踢出了毛病，据说马达更主要的是犯了心病，越是有心理障碍越挺不起来，医生建议他尽快结婚，这种病只有在床上才能找到最好的缓解的机会。张小麦就是那一年和马达办了婚礼。张小麦有些不情愿，担心他那儿真坏了。马达把她带到医院，医生对她说，马达那儿其实根本没有坏，在医院用仪器试过，充血后没有问题。医生交代她配合好马达，甚至主动调整马达，恢复马达的信心，让马达的心理疾病好起来。张小麦嗔着脸，看着男医生，说，大夫，你不会骗我？医生用钢笔捣着桌面，说，他那地方没出根本的问题，不是心病是什么。一年后张小麦怀了孕，挺了大肚子，她的同学问她怎么把马达调治好的？张小麦说，我没治，有一天他自己忽然好了，好起来格外强势，像一个饿坏的人特别贪吃。

关于报案的事，吕腾告诉他，张小麦的功劳不小。马达的父亲是村里的人头，第二天就把案报了，张小麦听说后去制止马达，那时候马达被他父亲送到了医院，正在接受仪器检查和心理咨询。张小麦对马达说，报什么案，不就是挨了另一个男人几脚吗？可你有了我张小麦，这是你最大的胜利。张小麦知道罗布已经跑了，对马达说，要不我把罗布找回来，你踢罗布几脚，我还跟罗布好？马达撩着肚子，弯着腰，说，张小麦，你是不是还不死心，我都被整成这样了，还要背叛我？张小麦求着马达，马达，既然医生说没问题，为什么非要抓罗布，真要做一辈子仇人吗？把罗布判了，我和你能过得清静吗？

马达给父亲打了电话，告诉他张小麦的意思，也对父亲说了医生的诊断。张小麦说，你不撤案，我不可能和你成婚，你想让谁协助你去找谁。张小麦为罗布打抱不平，说，我其实和罗布谈得早，嫁给你是我家人的意思，你想明白马达！

案子搁下来。至于赔偿款，是吕腾找人谈判了几次说好的。

在外边，罗布起初一直过着居无定所的日子，有一种负案在逃的恍惚感。他不想回来了，下决心在外边混，赔了马达钱再说。他后来到了锦城，在锦城他认识了花工，他和花工在一座楼里租房。经花工介绍，他和花工一起去一个植物园护花、养花，每天干着浇花、裁花枝、栽花、移花的工作。晚上，他和花工去路边卖花，帮着花工将花搬到车子上，找一个地方再一盆盆放在路边。那些花在夜里开放着，招徕着路上的行人，有人看中了某盆比较大的花，花工细声地对他说，小老弟，你帮人家送过去。他不停地跟在买主的屁股后头，将花搁到主人的门口，甚至放到阳台上。搁好后主人还问罗布，你看这样搁合适吗？他审视着，或者假装审视，说合适，再合适不过了。有时也会把花挪一挪，挪到一个见有阳光、透风的地方。花工不吝啬，哪天晚上花卖多了，除给工钱外，会请他吃一次夜宵。他把自己的经历告诉了花工，花工同情地看着他，说如果这样，即使我给你的再多些，你一下子也还不清那几万块钱赔偿金，不如你也弄个摊子吧，和我一齐去卖花，我们保持距离，谁也不影响谁。他在锦城的第一笔钱就是这样慢慢攒下的。他也做过其他的生意，打过其他的工，但还是回到了花工身边，算下来卖花来得稳妥。

　　每次回家前，总要和吕腾联系，回到家，先要见到的是吕腾。他无数次合计过，将来回到陈城，回到老塘镇，回到老塘南街，如果做生意，选择的合伙人一定会是吕腾。还完马达赔偿金那天，吕腾把他拉到陈城的一家小酒馆，这让他想起坐火车离开陈城的情景，他和吕腾碰酒，说，吕腾，你是真哥们儿，谢谢你。吕腾沙着嗓子，怎么样，心里清凉多了吧？他点点头，他妈的，那小子竟然孩子都几岁了。吕腾说，马达要是真残了，你赔得起吗？罗布说，我帮他生孩子不就得了。想得美，吕腾说。

　　然后入了正题，吕腾问他，怎么样，打算回吗？

　　罗布停了停，想起他朝夕相处的花工，花工给他介绍的女人，他们在一块过几年了，女人的肚子里有了自己的种。他摇摇头，再说吧，我不能因为还了他马达的赔偿金就回来。吕腾说，我懂。

三

　　他自己也没有想过，自己会以卜者的身份回到老塘南街，走上这个原本陌生的道儿，每天会坐在房间里期待着占卜者。在锦城流浪了十年后，他回来是想再做些生意的，想有一个体面的转身。可是，任何事情都由不得自己。他起初是要引进一个童鞋厂的项目，从投资商，到经销商，做了很多的工作，最终在老塘南街，在老塘镇，在陈城，地皮的事儿一直办不下去，村里原来一座老厂的转让费要得吓人，加上其他环节的障碍，投资商打了退堂鼓。童鞋厂投资的事儿失败后，他又回到了锦城，一待又是几年，再回到老塘南街，他摇身一变，成了一个卜者。关于他成为卜者，有很多的传说，比如怎样遇到一个佛主，他皈依佛门，跟着师傅学了卜卦，后来由佛入道，包括一直学习《易经》之类的书，充满蹊跷和诡秘的传说。又说花工本来是个会卜卦的人，罗布在跟着他养花卖花的时光里，花工将他的看家本事也教给了罗布。

他成为村子里有史以来第一个卜卦者。

开始卜卦，他要价很高。也许是一种炒作，收得最高的一次卦费是2000块。那是他刚开始不久，问卦者走进房间时，他就知道该怎样收费了，否则，对方不信你的话，反而会嘲弄你，低看你。那个人吸着烟，烟插在一个歪嘴的小烟斗里，翘动的嘴唇上是一溜齐整的小胡子，内里的气势没有收敛，不像那些普通的问卦者，故意隐去自己的锋芒或装得若无其事。为这样的人算卦考验的是卜者的智慧，那种表面的气势里其实藏着畏怯、侥幸、窥探，也许还有好奇，不然他不会来这地方。两者较量的是一种心劲，而且，如果你想要价高，不能仓促，短兵相接，要在时间上制衡，在时间上熬，占有优势。所以在卜卦前，他对妻子说，你告诉在外边等待的人，老板的这一卦时间要长，没耐心等的，下午或改日再来。那一卦，前前后后持续了一个多小时，他和老板一直处于一种较量的状态，他强迫自己镇静，慢慢征服对方。他成功了。对方爱面子，没有讨价还价。他最后盯住了对方的烟斗，烟斗上已经潮润。他说，这应该是由高人指点，你已经握了几年……

那一天，叫劳金的人进门后，他就知道是一个有钱人，但不能打他的算盘，此人身上带着戾气，可能会被缠上。帘子是呼呼啦啦掀开的，一阵风被劳金带进来，由于身高，进门时弯着腰。他说，你给我算算，我的官运会不会顺？你，要高升？不是，想当官儿。当多大官儿？不大，村里的官，你算算，会不会顺。

他稳稳地坐着，台灯亮起来，外边的天有些阴，房间里暗。他听着他的生辰八字，抬起头，看看他的外相：膀头往下驼一点，鼻头尖，鼻梁骨凹下去，再看……他站起来，路过他的身旁，闻着了浓重的烟酒气，看到了他的耳垂……他走回来，看见对方的额头冒出细密的汗珠。他忽由心头生出一种感觉，或许是卜者应该避讳的感觉。他对面前的人说话却很直接，戒了吧，你没什么官运，硬要去走，不会顺当，出岔头事儿。对方不服，说，你再好好看看，你看我这个头，我……看清了，我刚才起来干什么？我绕着你转干什么？就是想给你看出希望的。可是……打消念头吧！罗布说。

不要说得恁绝，我不在乎钱，你能不能，看得细一点，有些东西是藏在暗处的，慢慢地往外冒。他说得不错，一个人的相貌是会变的，命运是有变数的。但还是说，今天，我没有看到什么，或许你再等等。我不能等，机会是不等人的。他无言。劳金临走时撂下一句，我会再来。

院子里，几朵花在冷风中败了，街上传来小车的发动声。

第二次，先来的是劳金的一个兄弟。来人是一个说客，掀帘子的动作比劳金文气，脸上堆着笑，恭敬地叫着罗师傅。罗布看出来他不是占卦的，不一样，占卦的人都静，或者装着，屏着气，不像这个人嬉皮笑脸。你不是占卦的，罗布说。嘿，您果然高手，这点都看出来了？说吧。来人就说了，说劳金还会来的，托他改一改卦运。说，何必呢，他出钱，你给他个安慰，也是个激励，眼下正是他改变命运的关头，争一个村主任。说得那么邪乎，不就是为点利益吗？这种人多了，听说村里的地要征，高速路从村里过……他摇摇头，说，卦里有的我怎么改？来人说，罗师傅，何必呢，我再给你另加一份钱，他再来，送几句好话。

不！那要看什么情况。罗布说。

你们的话你以为我没有领教过，你们敢把黑豆都说成黑的，卦摊早被砸了，人都愿意被恭维的。

罗布不说话，听见外边的风刮起来，呜呜地响，房顶上有树枝落下。移到房间的花越来越多了。

死心眼儿。来人骂骂咧咧走了。

几天后，帘子又呼呼啦啦掀开，劳金果然来了，他修剪了头发，刮了脸。他先是屏息静气站着，看着罗布，然后在罗布对面坐下，对罗布说，还认识我吗？认识！罗布说。再给我算算吧！劳金看着罗布。不用算，几天的时间，不会有啥子变化。我再给你报一遍八字，劳金说。不用，我心里记着，我本子上随时可以翻到。罗布始终坐在椅子上，只是拧开了台灯。劳金说，我的生辰应该提前才对。罗布说，那改变不了命相。劳金到底没有忍住，他妈的，难道你们都他娘串通好了，那个老魏瞎也这样说……

果然出事了，半路杀出个程咬金，一个女人，带着个孩子，到劳村来找劳金。这个结果是后来有人告诉他的。

四

他去看吕腾，那时候，他还没有从锦城回来，确切说还在犹豫。万万没有想到吕腾会进去。真是阴差阳错，原本该进去的是自己，逃脱了。吕腾现在的监狱叫旗城第二监狱，在旗城北郊一个叫棠村的西边，孤零零的院落，四周是空旷的野地。幸亏当年马达的蛋子没有真废。

吕腾怎么会落到这种地方，短短三两年时间，落拓了。吕腾一直在做生意，经营一种品牌的漆，同时和别人合伙，在老塘镇办了一个铝合金门窗厂。据说吕腾栽在一个女人手里，那个女人长时间从他这里进漆，和很多工地都保持联系，周旋在工程老板之间。渐渐地，吕腾发现原来直接从他这里进漆的老板都成了女人的客户。这没有引起吕腾的愤怒，问题出在女人从他这里赊下的几十万块钱的漆钱，一直拖延着不还。吕腾感到纳闷，暗中注意女人的动向，女人的行踪很快被他掌握了，原来女人在自己悄悄地进漆，那些漆囤积在一个地下仓库里，女人没那么多钱，用的是欠他的钱周转。他没有说什么，一个女人想做生意他可以理解，生意人都不容易。他很冷静地要女人还钱，他找到女人储存漆的地下室里，没想到，女人会耍无赖，会撕开衣裳，对他倒打一耙，还在他的脸上抓着指印。这样的女人一旦疯狂，猝不及防，会这样无赖低级，用出了早已过时的招儿。吕腾被激怒了，他真的打了女人，砰砰啪啪打翻在藏漆的地下室里。出手太狠，女人晕倒在地，一天后才在医院里醒来，他就这样进来了。

　　吕腾对罗布说，真是防不胜防，你还好吧？还好。他问吕腾，在里边怎样，适应吗？不适应又能怎样？没事，判得不重，很快就会出去。罗布说，我去看过你的门面，嫂子经营得挺好。吕腾说，那些老板还是讲交情的，还去我们那儿进货，有业务就好。你呢，想回来了吗？他说，我再想想。也许，等你出来那年，我会回来。不用，你自己的事儿自己决定。不，如果我回来做事，还是想和你合作，你才是我最相信的人。吕腾笑笑，我都这样了，你还说信任我。罗布说，这不代表一个人的品质，进来的人也要看他怎样进来，我信你。时间快到了，吕腾说，等我出去那天，你找一家小酒馆为我接风。没问题。他想起和吕腾在小酒馆喝酒的场景。

五

　　童鞋厂失败后，他又遇到一个玩具商。玩具商的生意正如日中天，现在是玩具的社会，电视上每天都在播放和玩具有关的游戏剧，好像倡导全民都玩游戏。玩具商想在内地办几家玩具厂，算连锁企业。罗布踌躇满志，想再尝试一次，不相信引进一个项目会这样难，现在各地对项目都趋之若鹜。他回到陈城，跑镇里，跑有关的局委、招商的单位，那一年吕腾已经进去了，他感到孤单。起初镇里和村里是感兴趣的，他好像看到了希望，一个玩具厂马上会建立起来，他可以回到老塘南街，和玩具商派来的人一齐管理一家玩具厂。可办厂批地的事越来越让人泄气，结果是又泡汤了。后来才知道，县里和镇里根本没有相信他会引来什么投资，接见他只是一种应付，他才明白，这是一个要身份的社会。而玩具商也一石三鸟，同时在和其他地方谈判，最终玩具厂落在了另一个县内。玩具商邀他过去，给他较高的待遇，他最后拒绝了，回到了锦城。

　　再回来，罗布成了神秘的卜者。在他回去的两年里，经历的事件让他心有余悸，也许是遭际逼他去做一个静心的人。他的孩子夭折了，得的是一种急病，甚至都没有来得及诊断出病情，像中了什么毒一样很快离开了这个世界。

另一件事，是花工卖花的路上出了车祸，他赶过去时花工已倒在血泊中。这么多年他已把花工看成自己的亲人，他抱着花工，联系着花工的家人，为花工的事跑前跑后。然后，他停下了卖花，没有花工做伴太孤单了。他整天浇灌着花工丢下的那些花，和那些花说着话，他心灰意冷，守在房间，在房间看书。也有人说，他整天和一个老道在一起，弄清了很多不懂的东西，他能成为一个卜者，是受了老道的真传。

他接待过一个从陈城来占卜的女人。女人穿一身连衣裙，裙子的颜色清一色玉白。她亭亭玉立地站着，他示意她坐下来。在她走进胡同前，他听见了小车停在胡同口的响声，刚下过一场雨，胡同的地面阴潮，曾经泥泞的胡同在下雨前用炉渣垫过，炉渣上铺了一层粗沙，黄泥被炉渣和粗沙覆盖在下边，路好多了。女人沉静地坐下来，他从女人的坐姿和面容中看到了沧桑，夏天的光线照进房间，他将窗帘拉紧了一下，他不喜欢太亮的光线，他情愿一年四季都用那盏台灯，好似台灯可以调动他的思维。拉过窗帘后，他重新坐下，像每次一样，手摸着笔记本和黑杆的钢笔，将钢笔拧开，掀开笔记本的一页，面对着来人，说吧。

女人重新坐定，说，你给我算算最近的运势，他看看女人，叹了口气，气吹动了笔记本上掀动的一页，纸上还空空如也。他说，你心不净，你身上有枷锁。

枷锁，什么意思？

有一种负担没有从你身上卸去。

能具体解释下吗？

你可能和别人合伙做过生意，或者合伙做过什么事，你在做事上动了手脚，伤害了对方，却成了你的心思，你的皱纹，面相都在证明。

女人身子抖了一下，脱口而出，那怎么办？

没有办法！他说，从卦上看，已经形成了事实。

女人沉默了，重新坐下来，说，你彻底给我算一下。他打开笔记本，记录前吹动了一下书页，仿佛书页上染上了尘埃。说吧。罗布看着对方。接下来，是沙沙地记录。记完了，女人沉默地坐着，他则在笔记本上摞加着文字和数字连成的形状，嘴里念念有声。然后，他看着那些写出来的形状，对女人说着她命运的走向，而女人在听着他的叙说时还在想着她今天过来的真正目的，罗布刚才说她身上有枷锁，如果说枷锁，这个枷锁就是吕腾，她就是把吕腾送进监狱的那个女人。在他和吕腾的事情发生之后，她藏在地下仓库的油漆并没有顺畅地销走，而是几乎未动地搁在那儿，老板们在有意无意地对她疏远。她才知道了什么是真正的对手，什么是买卖的道。心眼儿太多太狠了，要遭报应。

罗布还在不紧不慢地说着，她烦躁起来，打断罗布，直截了当，能陪我去看看吕腾吗？

她说，你说的枷锁，对我来说就是吕腾，我和吕腾合伙做过油漆生意，因为我，吕腾进了号子。你说得对，我身上有阴影，阴影是自找的，自从吕腾进去，我一个好觉也没有睡过，我像一个魔鬼。其实，我今天不是来算卦的，我知道你和吕腾的关系，求你和我去见一次吕腾，我去过，他不肯见我……

六

马达又一次走进胡同已是春天，花香在院子里弥漫。刚送走一个客人，罗布正在整理笔记，这是他的习惯，每接待一个客人，会在笔记本上记录下用去的时间，客人的来历，自己的估算，甚至记上客人的长相，大约的身高。看到马达，他继续低头整理，直到掀开新的一页，手捏着钢笔，才问马达，你要算吗？

马达吞吐着，说，这次，这次，还是她让来，不过，这一次让我请你过去。罗布抬一下头，眉头耸动，听马达继续说，她，她想请你亲自为她算一卦。

不是算过吗？

不，上一次是我代她算，这一次是请你过去……

他突然有种不祥的预感，一阵悸动，他站起来，看着窗外，说，我半路出家，不过是找口饭吃，你，另请高明吧。

不！马达说，她吩咐了，就找你！马达的声音提高了几倍，又降下，不是她让我求你，我不会来！

马达，你告诉我，她到底怎么啦？你是个男人，怎么可以相信算命，那不过都是古人总结的一些规律，要相信科学，找医院，找医生……他看着面前唯唯诺诺的男人，想再一次踢过去。

马达的泪掉下来，罗布，你以为我没有尽男人的努力，没给她看吗？为她治病已经花完了多年的积蓄，这一次也是刚从医院里出来。

马达低下头，额上暴出汗珠，泪水和汗珠一齐汇流，手和身子在轻微颤抖，整张脸像一片湿地。罗布坐下来，看着眼前的马达，拿起笔记本，朝前翻，找到张小麦的一页。他看着上边的记录，两个月，时间隔了一个春节，一个"年"。他记得自己当时对马达说，过了打春就好了，现在已经是春天，院子里的花在次第绽放。他的心颤了一下，在越来越沉入卜者的行当时，他有时感到命运的残酷，一个卜者的虚弱，力不从心。你能做什么？在某种情况下，一个卜者其实就是在重复古人的经验，嚼古人留下的剩饭，不过是一个另类的心理医生，察言观色，给对方一种心理的暗示或者疏导。独自守在房间的时候，他会蓦然感到自己的颓废，无聊，甚至无赖，像一个工具，每天在重复着废话，类同的细节，打开笔记本，合上笔记本的动作千篇一律，那些画在笔记本上的标记、图标、算式，都是不同数字和画图的复制。他时常感到一种虚幻的飞翔，自己的翅膀总是徘徊在同一片天空，在一间房子，一片狭窄的院子里飞，每当送走一个客人，他会突然感到一种羞耻，一种孤独，一种慵懒。他想到花工，多好的一个人，走得如此仓促，以那样的方式。他想起自己的儿子，那么小就夭折了，这究竟是怎样的宿命，一种命运的指向。就是在那些日子里他对人的命运开始痴迷，想通过古人找到命运的秘籍，或者改变的方式。他每天枯坐，阅读大量的书籍，可是，他在阅读中陷入混乱，痛心疾首。有一天他对自己记下的大量的日记和心得表示怀疑，他独自喝酒，酩酊大醉，妻子守在他的身边，将他整理的日记又一本本收好。和别人不同的是，在看那些卜术的书时，他同时阅读了几本关于心理学的书籍，去拜访过几个著名的心理医生。

马达还在等待他的答复。他从墙上摘下黄色的布兜，将笔记本，钢笔，书架上抽出的一本书装进去。他说你再等等。他掀开了帘子，春天的阳光迅即照进了房间，花香也跟着进来。放下帘子他去了院里的花棚，又有几朵花开了，有几种花在等着从棚子里移出来，见到真正的温度和春天的阳光。

做完这些，他转过身，对马达做了个走的手势。

走进院子，他闻到了中药的味道，他有一种拒绝。他往后看了看，大门关上，黄昏的岚气正在弥漫，墙外的杨树上飞过几只麻雀。他一路想象着她的模样，真正到了门口，他脚步滞重，迟疑，对自己的到来产生疑惑。

这是一座三间上下的楼房，农村时兴的那种小楼，楼下两个套间，正面墙上是一个画着山水的玻璃画，客厅摆着沙发、茶几，没有病人家的凌乱。马达走进一个房间，隐约听见了马达和女人的对话。接着马达推开屋门，轻声说，进来吧。

罗布掂着他的布包，一步，两步，三步……罗布看到一个坐在沙发上的身子，沙发放在离床边不远的地方，一支檀香刚点起来，漾出一种香气。张小麦还是瓜子脸，薄薄的嘴唇，带着笑意的酒窝。只是，张小麦的眼睛没有了锐气，混浊，无力，酒窝显得消瘦，干瘪，酒窝边的纹路凌乱、明显。门轻轻掩上，马达出去了。罗布听见张小麦的一声轻语，坐吧。张小麦身边是一把藤椅。他坐下来，张小麦说，你终于来了，我以为你不好请。

那个"请"字让他的心沉。你，你不要这样说。张小麦说，是，是我让马达去请你的。罗布说，你不要这样说，好吗？不，不请，你会来吗？他想说，我，我想着来，来的，自从知道了你的病……他没有说出来。

张小麦仿佛看出了他的心思，说，我和马达说好了的，他不会打扰我们，我想自己单独算一卦。小麦。他叫出了小麦的名字。小麦，你不要相信这些，你应该去医院，去找医生，相信科学。我今天来，不是来给你占卦的，我来，我来是想和你见一面，我……算吧，我告诉你我的生辰八字。张小麦打断了他，声音冷静，倚在沙发上努力镇静着，平稳着自己。算吧，罗布，给我好好算一卦，也许是最后一次了，算算我哪一天会死。

他从椅子上弹起来。张小麦早有准备，将一张纸递过来，上边写着她的生辰，她弯腰咳嗽了几声，低声地，喘息着，算吧，罗布，算算我还有多少日子。罗布坚决地摇摇头，将她的那张纸折叠起来。张小麦说，你不算吗？

不，你去找医生，会好起来。

好，好起来？我知道我好不起来了，你学会了算卦，你知道什么叫命。你的事我也听说了，你可能就是想知道自己的命才算卦的吧。

他说，我没有为自己算过，就是找一份事儿干。

你过得并不好，和我有关。

不！

其实，我就是想最后见你一次，有些话对你说说……

他简直听不进去了。小麦，你会好的，不，不要这样说……

张小麦喘了口气，这么多年，我们一直没再见过，如果没有当年的那匹马，没有那个马场就好了，也许，我们的命会不一样！你不会去外边流浪……

不，小麦，不说那些了。

小麦说，你听我说，如果不是你踢了他那个地方，也许，也许，我还是你的……张小麦的目光低着，看着他，又别过去……

你，你说什么？

本来，事情本来还可能改变，但你踢了后，不好改了……

罗布的眼泪下来了。他甚至想放声哭，他掐住嗓子，眼泪还是穿过了指缝。很久，他看见小麦向他伸出了一只手，他抓住，放在自己的手心，抽泣着，小麦，谢谢，谢谢你……

七

一个黄昏，罗布心血来潮，想为自己算上一卦。于是，罗布走出了开满鲜花的院子，走出了老塘南街。这个秋天，他听到了很多关于生死的消息，张小麦是一个月前走的。我们的卜者决定采取步行的方式，找一个地方给自己占上一卦，他想遍了周围的卜者，最后选定的是两个人：一个是年老的魏瞎，一个是山里边年老的女人。他一直记着魏瞎的模样，魏瞎喜欢在稀疏的头发上戴一顶帽子，他看不见，也要用帽子遮住头顶。听见有人来，总先打一声招呼，叫着大哥、大嫂、大姐或婶子、大娘。他能听出对方的年龄，这是经验，在这个世界上很多人都是依赖着经验生活。记得那年他找魏瞎算卦时，魏瞎曾对他说，小兄弟，你可能属于晚婚，而且得子要晚。想起这话，他就想起在锦城夭折的儿子，好在老婆的肚子又凸了起来。

他站在村外的十字路口，明显的四道方向，分别指向四个路端，最后他放弃了去找老女人的打算，进山需要一天的路程，他不想气喘吁吁去找一个人占卜。他想了想，起步朝着宋村的方向走。太阳还在西半边挂着，秋天的夕阳虚脱样鼓胀，在进入秋季后淡去了夏天的炎热，凉气慢慢下来。路边的秋田都收过了，大地辽远，又一季的小麦苗在低微处拂动，麦垄间跑着细细的尘土，路边的草再一次老了，草根又粗又硬，草叶发黄，熟透的野花长出了白色的胡须，柳絮样在尘土间飞翔。秋天，是成熟又衰老的季节。

去宋村要越过两条河流，过两座桥。他在旁若无顾中跨上了第一座桥，今年的雨水一直多，进入秋后又下了几场大雨，河水充沛，浑浊的河面漂着发黄的树叶。一个月前，有人给他送过来消息，张小麦走了。在张小麦殡葬的前夜，他走近叫城堡的村庄，听见了呜哇呜哇的响器。他没有进村，在村外找到了挖出的新土，他在提前掘好的墓坑前坐了很久，然后一直在玉米地坐到第二天的黄昏，月亮升上来时，他走向张小麦的墓地，听着花圈上的纸花呼啦作响，露水打湿了他的衣裳。他神情麻木，什么话也说不出来，总是想着和张小麦最后的一面，他们最后抱在一起，听见了张小麦的啜泣。在天将明时，罗布离开了张小麦的坟地，他最后朝坟头鞠了一躬，说，张小麦，太早了，你才36岁。

又看了一次吕腾，告诉他张小麦的死讯。吕腾听着，许久才说，这个张小麦真是活得太累。临别时他问吕腾，你还有多长时间才能出来？吕腾想了想说，不到两年。罗布说，我给你算一卦吧，看你能不能提前。吕腾说，如果没有话说，你就走吧。罗布说，没有你我好无聊。吕腾说，别再乌龟样缩着，那样你更无聊。你应该出去，哪怕继续流浪。

他告诉吕腾，他想种花，等他出来后，联合在老塘南街建一个花圃，把他家的几亩地全种上花，这个世道变了，乡村到处都是洋气的房子，需要花儿点缀，将来的乡村才是最大的花卉市场。愿意和我合作吗？他问吕腾。吕腾不说话，嗅了嗅，空气中仿佛有花的清香，吕腾没说自己的意见，只是说，你想好了？你说呢？罗布又问了一句。吕腾还是没有回答，罗布继续说，我不想和任何人合作，只想等你！等你！你知道吗？

他就这样回忆着走向宋村，走向那个已经八十岁的魏瞎，鬼使神差，他特别想再听一听他少年时的卜者再给他算上一卦。他想起关于魏瞎的传说，一个少年盲者有一天走到宋村，在宋村的大街上哇哇大哭，再也不想走了，没有眼走得多么困难。人们看见，这个孩子的身上沾满了泥水，伤痕累累。有人拉起他，将他送到一个私塾先生那里，先生将苦读过的卦书传给魏瞎，使魏瞎成为一个卜者，如今，这个卜者已经八旬。魏瞎身边的女人，是他四十多岁路上的相遇，那一天，这个寡妇在路边哭泣。他站着，听得好伤心，握着棍子，陪寡妇哭。后来这个女人成了他的拐杖，他将卜卦的钱都给了寡妇上学的儿子。他对寡妇说，我挣再多的钱又有何用，有人花你的钱才有意义。那个孩子一直上到了大学，经常回到宋村。不知道还有没有那个女人，或者女人是不是还在宋村。

夜幕降临后，他走过了第二条河流，桥在他脚下鼓动，整条河黑黢黢的，柳树枝、野草、发黄的树叶在河里浮，他想象着，如果一个人驾一叶扁舟，孤独地走在黄昏的水里会怎样……再往前，就是宋村了。罗布站在桥上，朝他此行的目的地宋村看去，他看见一片灯火，接着听见呜哇呜哇的响器声。又是一个人的离去，一个生命的结束。一只夜鸟从头顶掠过，他突然有一种疑惑、一种预感，这个宋村里的亡者，会不会就是魏瞎？那么，他的此行将成为虚空。他慌乱起来，在夜色里，匆匆撇下河流上的桥，朝宋村快走……

原载《山花》2017年第9期

我们去战斗

曾　剑

1

那年二爷十三岁，跟着红军的队伍走了，就再也没回来。他在黄麻起义战斗中牺牲，红安县黄麻起义烈士纪念馆的烈士墙上，刻着他的名字。二爷名叫曾念钊。二爷参军前，没有学名，小名叫石头。二爷去参军，他的哥哥我们的爷爷说，叫念钊吧。

二爷十二岁时，就给红军游击队送信。他那时还是一个放牛娃。二爷成功地为红军送过很多封信。二爷的故事，像放牛郎王二小一样，在我们红安县到处流传。

二爷是我们心目中的英雄，是我们家族的骄傲，我们家凡是来了客人，我们都给他们讲二爷的故事。邻居家的客人来了，我们也把他们扯进屋，给他们讲我们的二爷。

2

秦铁匠的儿子也叫石头。

石头来到我们竹林垸时，天气刚有些热。小麦灌浆了，变黄了。油菜花谢了，油菜籽鼓胀得像一排排刚下完崽的母猪的奶，挂在焦黄的油菜枝上。这时日，山里青黄不接，但熬过这饥饿的十几天，日子就好过了。小麦磨成白面，油菜籽炸出黄亮的油，油炸韭菜面粑的香味，便掺杂进铁锤的叮当声，在竹林垸上空飘荡。

叮当声来自村西的铁匠铺，香味来自除铁匠铺以外的竹林垸各家各户。

铁匠是一个五十岁的男人，姓秦。秦铁匠是我们村的熟人，每年都来。不同的是，往年，他带他的徒弟来，这次，他带来的是一个小男孩，叫石头，看上去与我一般大。石头是秦铁匠的儿子，也是他的徒弟。石头大眼睛，长睫毛，黑亮的眸子，瞅上去就机灵，可他却总是躲闪着目光，显得胆怯，眼神像极了秦铁匠。父亲说，那是外乡人特有的眼神。

秦氏父子是从大别山那边过来的，河南新县人。竹林垸地处三省交界处，北面是河南，东面是安徽。我们竹林垸，归属湖北。

父亲说，石头应该读书，不应该这么早就让当学徒。

李铁匠为么事不来？父亲问。李铁匠是秦铁匠的徒弟，跟他三年了。秦铁匠尴尬一笑，不回答。父亲就知道，老徒弟与他闹分裂了，另立了门户。

我与石头第一次见面时，铁匠铺的炉火烧得正旺，秦铁匠刚安顿下来，没有干活，父亲到他屋里坐，同秦铁匠说着话。石头给他们沏了茶，就坐在那里，一双胆怯的眼，扫视着父亲，当发现父亲看他时，那目光便迅速闪回。他头大，脖子不太壮实，脑袋转来转去的，像拨浪鼓。

铁匠铺临河。河叫高桥河，因河上有一条很高的石拱桥而得名。铁匠铺原是我们竹林垸生产队队部。几年前，分田到户，队部名存实亡，三间瓦房闲置起来。每年春末夏初，秦铁匠来到我们垸，将自己的铁砧、火炉和大小铁锤挑进去，铁锤声响起来，整个竹林垸便热闹了。不仅仅是我们竹林垸请他打铁，秦师傅人缘好，加工费便宜，十里八村的人，都会到这里来，给菜刀开刃，给镰刀加钢，给用秃了的锄头铁锹接上一截生铁，烧红锤打，淬火，一把新的锄头铁锹就成了。秦师傅的手艺活漂亮。

高桥河从大别山南麓穿越山水，流到我们这里来，在竹林垸转个弯，打个转，继续她的征程。高桥河河面宽处像一座大水库，烟波浩渺，窄处只有一丈多宽，垸子里半大小伙子，一个箭步，前腿一蹬，后腿向前劈出，双手高展，人就飞过去了。高桥河是我们的乐园，我们山里男孩子，几乎天生就会耍水，跳进河里，就像鱼儿游进了大海，比在陆地还自由自在。

我们在水里耍够了，倦了，就到石拱桥上玩跳水。石拱桥一共五个拱，全部是石头垒砌的，每个拱下，有一副弓箭。传说河里有怪物，黑色的像龙一样的东西，它若是出来兴风作恶，那五支箭就会自动射向它，一支射出，让他痛，如果全部射出，就会要了它的命。所以，那个像龙一样的怪物，很少出水来祸害人。母亲说，这故事是我奶奶告诉她的。其实，这个故事，村子里的老人都讲过。

箭是铁的，弓也是铁的，我们夏日在水里仰头凝视过，那箭是焊在铁弓上的，它怎么能射出来呢？

老人们笑而不语，他们总喜欢故弄玄虚。他们中的某一个人，还说看见过怪物，但我们并不害怕。夜里，岸边的灯火映照在水里，水里像有人家，像一个童话世界，很美，不像有怪物。

拱桥中间一个拱弧度大，离水面足有三丈高。桥从中间向两边矮下去，我们都是在矮下去的地方向下跳，只有两丈高。石拱桥最高处，垸子里还从未有人敢往下跳过。

在竹林垸少年男孩的眼里，跳水是最刺激的戏耍。我们先在河边的竹林里，脱得赤条条，跳进河里玩耍一阵，之后，拽条毛巾，围在腰间，走上石拱桥，抱着石头狮子的脖子，越过石板护栏，站在伸向空中的条石上，将腰间毛巾拽下，握在手中，人瞬时就跃向空中，飞向水面。这在我们竹林垸，算不上粗野的举动，更不能说是流氓行径，就是那些胆子大起来的新媳妇，将眼睛瞪得像铜铃，看到的，也只不过是一片人体状的白光。白光高升、急坠，倏地一闪，就湮没在河面菊花状的白色水花里。

石头很快加入到我们的队伍里。我原以为他是个旱鸭子，他的水性竟然比我们还好。他在水里能闷很长时间，急得我们屏住呼吸，焦躁地望着平静的水面，以为他被河里的怪物带走了，急得就要喊出来时，他才在我们眼前，突然蹿出水面。他能蹿出一人多高，当然，依然是一片人体状的白。之后，他落入水里。他会踩水，脚在水下踩动，人直立在水中，头，肩膀甚至胸脯都露出水面。他一边踩水，一边将双手架在水面，搓揉着他手里的毛巾。我们像看哪吒一样，看着这位英俊少年。

竹林垸并不大，三十来户人家，不足二百人，是一个小生产队。秦铁匠每年只在我们垸待上一个多月，把我们垸子里的活干完了，附近垸子里活也没有了，就挑着担子挪窝，北上或南下，有时东征有时西进，去到下一个村庄。

我家与铁匠铺一河之隔，石拱桥将我家与铁匠铺连接起来。在远处的河堤上看，铁匠铺立在石拱桥的西边，像是竹林垸伸出去的一只脚，我家那两间土墙瓦屋，则像是另一只脚，而石拱桥，就是那蹲马步的两条腿。光线很好，没雾的时候，在我家能看见铁匠铺。那年分田地到户后，大伙干劲足，犁具损耗得厉害。三三两两进出的人，见证着秦铁匠铺的生意，虽算不上兴隆，但小钱不断，日子过得去。

每次放学，我不是回家，而是直奔铁匠铺，好像铁匠铺是我的家，好像秦铁匠是我的爹，石头是我的兄弟。石头两颗门牙略大，但并不难看，很白，感觉很健康很坚硬，像哨兵把守着山洞一样，守着他那棱角分明的一张嘴，嘴于是沉默的时候多。嘴角咧开时，能看见两颗小虎牙。他喜欢侧着脸看人，左侧那颗小虎牙隐去，右侧那颗露出来，像是在调皮地笑。

石头不上学，他要生炉子，帮着打铁，烧开水，给秦铁匠沏茶，有时还要淘米洗菜，帮着做饭。

父亲问秦铁匠为何不上学，他应该上学的。秦铁匠，你想让石头子承父志？父亲教过两年书，喜欢用成语，偶尔会夹杂半句普通话，与竹林垸的山水不相融洽，母亲就骂他"陕西的骡子做马叫"，怕别个不晓得你教了几天书，丑死了。父亲自然是不理母亲，微红了脸，立在一旁，略显尴尬。

这一闹，秦铁匠就忘记回答父亲，石头为何不读书。

我们后来知道，秦铁匠的女人，去年腊月里死了，他走乡串巷，家里没人照顾石头。

日头挂在西山顶，秦铁匠封了炉子，坐在铁匠铺门前抽烟，喝茶。我和石头把凳子搬到屋外，在夕阳的光线里看书。这个时候，我们是最高兴的，但似乎也有一丝不快。我明白石头的心思，就对秦铁匠说，秦伯伯，你让石头上学吧。秦铁匠说，上什么学呢？我们走南闯北的，没个根。

我说，就在这铁匠铺住下去嘛，这不就是你和石头的家么？你再把石头他妈接过来。我看见秦铁匠的脸，陡地冷下来，人僵在那里，好像突然被什么东西击中。我转过脸去看石头，他低着头，看着自己的光脚丫，两只脚拇指挤在一起，上下交攀。我这才想起，石头是没有娘的，瞧我这记性，我抽了一下我的嘴。我可怜石头，心里悲伤，但似乎也有一丝庆幸。如果不是这样，石头怎么会到我们竹林垸来，我也就不会有他这个朋友了

3

一个电影剧组进驻红安，竹林垸沸腾了，石拱桥沸腾了。他们在我们红安城拍一部与黄麻起义有关的电影，名叫《我们去战斗》。他们要以石拱桥为背景，拍一组镜头。

听说要群众演员，一垸子的人，都涌上石拱桥，导演吓得赶紧往桥下撤，说，这么多人挤到桥上，桥非得垮塌不可。有人说，不会塌，塌不了，这桥有三百多岁了，是清朝的货，结实着哩。

导演络腮胡子，母亲说他像个野人，引来人群窃窃的笑。导演的衣服上有很多兜，都瘪着。母亲拽了一下他腰间的一个兜，笑道，不装东西，要这么多兜做个啥，费布。省下的布，能做个裤衩哩。母亲的话，引得人群又一阵笑。

父亲说，《射雕英雄传》就是这么拍出来的。那几天，竹林垸首富奇货家的电视里，正播放《射雕英雄传》。父亲的话，让我们兴奋得像疯子，路都不会走，在垸子人多的地方跳来跳去，渴望被导演看中。当然，更多的人还是看热闹。

父亲不仅是看热闹，父亲问导演，要我不？导演说，你会演啥？父亲把胸脯一挺，头一仰，脖子一伸，说，共产党员！顺喜娘笑道，共产党员？我看你像汉奸，人群一阵哄笑。

顺喜娘三年前死了男人。顺喜的爹是开拖拉机的。他们一家人日子本来过得很富裕，他那个爹突然得了肺癌，把钱都诊进去了，命没救过来。顺喜娘忧伤了三年，这几日，脸上才有很淡的笑容。

我们不知道导演要什么演员。我和石头正在玩跳水，像以前一样，用毛巾围着羞处，上到拱桥上，扯下毛巾，纵身一跃，像人体状的白云在河面飘荡。导演对我们这些村野的孩子们很感兴趣。

剧本里有这样一段戏：一个放牛娃，给红军的游击队送鸡毛信，被敌人发现，遭到追赶。他越过石拱桥，借助石拱桥的掩护，爬到老槐树上去了。敌人没有发现，接着前追。当导演看见我们跳水后，突发奇想，决定让这个通信员在情急之中，从几丈高的石拱桥上跳下去。

父亲说，这拍的不是我二父吗？我儿子的二爷，我的二父。那个衣服上有很多兜的导演说，你让开。父亲说，真的，我二父十二岁就给红军游击队送信，被敌人追着跑，就是从这桥上跳下去，才捡了一条命。导演说，你二父叫啥？父亲说，叫曾念钊。导演说，不对，这里写的，是一个叫石头的小孩。父亲说，对对对，我二爷小名就叫石头。导演说，也许是吧。父亲就说，那你得给我钱。我二父只有我们这一支后人，我们是他的财产继承人。你得给钱，版权。

父亲当了两年教书匠，还是代课，却常以竹林垸的文化人自居。他向导演要钱，还有母亲拿导演开玩笑，这些让我好尴尬。我有时觉得，他们像两个笑话，在竹林垸存在着。

导演说，这写的也不完全是你二父，是几个小孩子的故事综合在一起。父亲说，那也得给一部分吧。

导演没理父亲，在人群里寻找会水的小男孩，我们乐了。我从七岁就从桥上往下跳，跳了五年了。石头也会。我拽着石头，从众多大腿和肥硕的臀部间钻过去，站到导演跟前。母亲说得没错，导演胡子拉碴，戴着太阳帽，像神农架来的野人。我说，我们会从桥上往下跳，我们每年都往下跳，夏天时，我们每天都往下跳。

导演没理我，一步跨到石头跟前，两手捉着石头的两只耳朵，问石头，你也会跳？石头点头。导演将双手从石头的耳朵移到他的头顶，拍打着他的顶门心，问，你敢跳？石头又点头。导演笑了，说，你莫不是个哑巴。石头笑了，笑出声来。导演问石头叫什么，石头说，叫石头。导演惊呼道：哇，天赐啊，名字都不用改，就是你！

原来只要一个，我心里很不是滋味。我想，我要是不拽着石头，石头绝对没有胆量站在导演身边。可这是没办法的事，石头虽然少言语，但那一双闪亮灵动的眼睛，纯净无邪，把该说的话都说了。我要是导演，我也会选他。

导演后来说，他本来在县城选了一个小演员，石头原本是那个通信员的替身，见到石头后，导演又临时改变了主意，石头不是替身，他就演那个叫石头的通信员，也就是我父亲所说的我的二爷。

导演同石头的爹秦铁匠谈价钱，让石头从拱桥上往下跳，要跳五次，取最好的一次，每次五十块钱。顺喜娘说，这不是二百五么，好几丈高哩，少说也得给三百。导演点头。顺喜娘就说，先拿钱。导演让他的助理从口袋里掏出三百块钱，递给顺喜娘，顺喜娘搔首弄姿，道，我拿这钱算么回事？她没接钱，脸上却是笑开了花。

然后就说戏。

导演让石头穿着戏装——黑长裤，白土布坎肩，让他从河东，也就是我家住的那个地方，往石拱桥上跑。后面是七八个"敌人"，边追边打枪。石头跑到石拱桥上，越跑视野越宽阔，无一遮挡，眼看跑不掉，就翻上桥，去抱那个石狮子。借助石头狮子躲避"敌人"射过来的子弹。河岸围观的人，都为石头担心，不让他跳。导演的确有水平，把那个氛围营造得特别像真正的战场。当石头穿着摄制组给他准备的衣服，从村东跑过来时，很多观众入戏了，不断地冲石头喊：跑，快跑！都担心他真的中弹。

导演要石头一边跑，一边脱去坎肩，随手扔在石拱桥上，营造紧张空气。之后，他跨过石拱桥栏杆，借助石狮的遮挡，迅速褪去长裤。抓着长裤，赤裸地往下跳。我听导演助理说，这不符合情理。当时孩子着急了，哪顾得上脱裤子。导演说，这河边的男孩有经验，知道穿着裤子游泳不利索，当然就要脱去裤子。

光着屁股从这里跳下去，是我们常干的事，可现在，当着这么多人的面，面对摄像机，要脱裤子，我没这个勇气，但是，石头做到了。他里面没穿短裤，这让他把这件事做得很利索。他褪去长裤，抓在手中，纵身一跃。我感到石头不是在下坠，而是在飘落，因为他下坠得特别慢。我伸着脖子往下看，才想起石头跳下去的石拱桥的最高点。这么高跳下去，或许淹不死，但会不会砸在水面，摔个鼻青脸肿？

石头显然扎得太深，他在水里待的时间长。水面溅起的浪花落下去了，波浪歇了又起了，只听见桥上和岸上人的呼吸，就是听不见水里的动静。

许久的寂静之后，先是石头的裤子漂起来。这时，只听我母亲的哭声撕裂盛夏的天幕：儿啊，我的儿啊……有人拽着我的手，将它高高举起来，冲母亲喊，你儿在这儿呢。母亲并不理他，依然喊着，儿啊，我的儿啊……大伙才知道，她是喊石头，她曾跟秦铁匠说，认石头当干儿。

母亲并没有眼泪，她的干号声，让大伙的心都悬起来，似乎石头的死，成了事实。

天地可怕的静。

按照剧情，石头会从水底下，一直潜游到河岸边，躲进水竹丛里，躲过敌人的追捕，终于把信送给了游击队。但是，这一百多米的宽的河面，石头做不到，我们村任何一个男孩都不能完成，导演说，这要两个镜头来组合。尽管这样，我还是把目光投向河岸的水竹林，希望石头从那里钻出来。但是，没有。我们知道石头水性好，能在水里憋很长时间，可这也太长了，长得让人崩溃。

　　秦铁匠冲向拱桥，朝着水里喊道：石头——

　　似乎是听见他爹的呼喊，石头像一条白鲢鱼蹿出水面，之后，倒下，然而，他没有游动，只是平躺在上面，随波逐流。石头像一具溺水而亡的尸体，不过，从他阳光下一闪一闪的两只大门牙看，他的嘴在一张一合，他在和着水浪的韵律，大口大口地喘息。

　　石头还活着，只是在水里憋得太久了。

　　石头游向他的裤子，拽着他的裤子游到竹林边，穿上长裤爬上岸，走上石拱桥。导演要求石头跳第二次，导演这次让石头头朝下跳。这样的跳水姿势，我们还没跳过。

　　我们都是脚朝下，在入水的瞬间，还要腾出一只手来，握着鼻子，怕被水呛着，石头这么往下，会不会有危险？石头直摇头，说没事，没事的。

　　我从那些树林一样的腿和肥大的屁股间蹭过去，对导演说，石头太累，我跳吧。导演摇头，说，你俩长得并不像。你没有肌肉，只有肥肉。看他的肌肉多发达。你俩的身材，在镜头里一眼就能看出来。我把肚子一缩，胸肌鼓起来。导演根本就没理我，继续同石头说戏。

　　石头似乎没有耐心听导演细说，他开始了又一次表演。他走到石拱桥的最高点，双手扶着那个最大的石狮，跨过石板护栏，站到那伸出来的石梁上，借助石狮的遮挡，褪去长裤，背对着我们，一跃而下。

　　石头没能成功。他虽然没有像第一次那样双脚朝下，成自由落体。他像我们平时在河岸往水里扎猛子，但因为太高，运行时间长，石头没能控制好，他的动作过了，后背重重地砸向水面。

白色水花溅起一丈多高。如果是肚子朝向水面，那就完了，五脏六腑都碎了。

当石头第三次站到石拱桥的大石狮身前时，我冲向他，但被人拦住了，因为镜头还没完事。挡着我的是个大个子，长相特凶。我灵机一动，从他胯下钻了过去。我拽着石头，可石头不听，我就冲父亲喊，爹，你别让他跳，你快去阻止他。父亲说，那是人家的事，人家愿意。我说，爹，你可是他的干爹？父亲说，他亲爹都没阻拦。

我站到石头旁边，说，爹，你要是不让石头回去，我就先跳下去。

我是父亲的独苗，他指望我传宗接代呢。他吓得直朝我喊，黑鱼，你可别瞎来。又冲石头喊，石头，你下来。见石头没动静，我的母亲跳出来，拽着石头的手，说，儿啊，你莫跳，你跳了，要是有个好歹，我这当干娘的，心里怎么过得去，心里怎么过得去……母亲说着，拍打着自己的胸脯，但我总觉得，母亲有演戏的成分，我要是那个导演，一定把我母亲选为群众演员。

石头跳了下去，这次，他跳得很成功。他只在快入水时，才将头朝下，深深地扎进去。而且，这次，他没让更多的人担心，很快就钻了出来。

石头依然往石拱桥上走，看来他要接着跳。父亲见石头不理他，也不理我母亲，父亲就冲向导演，他说，你们在我的地盘上搞，招呼不打一个，屁不放一个，没门！他冲上去，挡在摄像机前，说，你们欺负这样一个孩子？不能再跳了，再跳就要死人了。父亲说着，把一只粗大的手掌，伸在导演面前。

干什么？导演说，要打架吗？父亲说，拿钱来，他跳了三次，拿三百块钱来。

导演说，说好的，一次五十块，共一百五十块。父亲说，这么玩命，才一百五十块？拿三百，一分不少。导演就递给父亲三百块钱。父亲接了钱，把钱递给秦铁匠。秦铁匠从三百块里，抽出一百元，递给父亲，说，黑鱼也出力了，这个给他。父亲说，你算了吧，我才不拿儿子的命挣钱。

父亲的话，伤秦铁匠很深，我看见秦铁匠手脚无措地站在父亲面前，我又看见不远处的柳树下，顺喜娘掩面而泣，别让石头跳，我的儿啊，你别跳啊！她的哭声比母亲的更真实，更撕扯人心。竹林垸人关于她对秦铁匠"动了心思"的猜测，随着这哭声浮出水面。

石头挣扎着，父亲像老鹰抓小鸡一样，把他死死地抓住。

石头虽然认我父亲干爹，但是，他是怕父亲的，他一直躲避着他，眼光躲避着他，人也尽量地躲避着他，脖子扭到一边去。父亲把石头拖进我家，对我母亲说，给他弄点吃的，压压惊。

母亲一把抓住石头的手，说，你那个狠心的爹同意你去跳水，是想得到一些钱，给顺喜娘买金耳环吧。母亲说，这个当爹的心可真硬！

母亲说这话时，咬牙切齿。母亲说，公狗想母狗想疯了，什么都舍得出来。石头要是有个意外，这个秦铁匠就后悔去吧！

母亲的话让我烦，我道：你莫在这里放屁！母亲大吼一声，我的儿，你也责怪娘？你这个无法无天的孽种，敢骂娘放屁。母亲是可怜你那个干兄弟石头哩。

我说，你可怜石头，你们就该给他拿三百块钱，让他不要跳！母亲说，我哪有钱？我凭什么拿钱？

我说，石头不是你的干儿子吗？你平时一口一个儿子，原来口是心非。他爹的心硬，你的心也软和不到哪里去！

母亲不再说话，到灶屋给我们煮了油面，里面煨了四个鸡蛋，我们每人碗里盛了两个。我们热乎乎地吸着面条。父亲望着我们吃。父亲说，这个秦铁匠，想女人想疯了，他不向我认个错，儿子他别想领走。

石头说，不关他的事，是我自个要跳。

母亲叫道，哎呀呀，我们忙乎半天，一家人到底还是一家人，替他那个狠心的爹说话。

父亲说，你看住这两个小崽子，我找他们去。父亲说着，冲出屋去了。

我们很快吃完了面条，因为好奇，我们趁母亲洗碗，又跑了出来，直奔拍摄现场。

我们一边向河边走，一边说着话。我问石头，你这个苕货，你为什么要跳？石头说，导演告诉他，他们在县城的金沙河还要拍一场戏。这场戏演好了，下场还要带我去演。

你真的就相信他们？

我不想打铁。

他们真的能把你带走？

我喜欢演戏，像打仗，好玩。

你真的这么想离开这里？

这儿不是我的家。

你要到哪里去？

石头望一眼远山近水，眼里除了迷茫，没有别的内容。

我和石头回到电影拍摄现场，看拍别的镜头。我看见父亲正冲着导演指手画脚的。父亲向导演要五百块钱，导演吓得瞪大眼看着父亲。父亲说，五百怎么了？五百多吗？

导演说，我们没有那么多的钱，你这样闹下去，我们的戏没法拍了。原来导演相中了铁匠铺前的那棵大槐树，那是我们村子最大的一棵树。导演为了展现战争残酷的场面，把桥上，铺匠铺前的那棵树，还有田埂，河套，弄得乌烟瘴气。导演让人在大槐树上像挂灯笼一样，挂满蘸了柴油的破抹布。

在导演要将树点燃的那一刻，父亲冲上前去，制止他们。父亲说，这是我们村最大一棵树，是宝贝，是树神，你们这样会把树烧死了。导演说，不会的，因为蘸了油，燃烧的只是油。油烧没了，火就熄了。这是夏季，树叶最旺，最有水分的时候。

导演说着，就往父亲手里塞了一样东西。我后来知道，那是五百块钱。他真的给了父亲五百块，作为昔日的生产队长今天的村民组长，我父亲竟然将钱拿着了。父亲给我和石头买了一只西瓜。我和石头抱着西瓜，到铁匠铺里，同秦铁匠一起，将西瓜切开。秦铁匠吃了一小块，我和石头吃得肚子滚圆。

如导演所说，那树并没燃起来，那棵古树，顽强地活着，只是树叶掉得太多，尖硬的枝丫，像刀枪剑戟，戳向天空，也是村子里的另一道风景。

我土匪头子一样的父亲，带着五六个未婚的年轻小伙子，组成一个"民兵小组"，缠住那个导演，赚了一小笔钱。父亲曾在一次酒后吐真言，说剧组拍戏用的那些残砖断瓦，都是死去的五保户家门拆来的，砌成残垣断壁。父亲站出来要钱。砖不拿走，只用一下，父亲要五毛钱，是买一块砖的价钱。

导演给了父亲一些钱后，父亲还是狮子大张口。父亲百般纠缠，导演同意给父亲一个角色。父亲在那场电影里演一个汉奸，把鬼子带到我们的石拱桥上，来抓那个通信员，也就是石头。父亲说，挣钱，不是目的。他们宣传小红军，宣传我的二父，黑鱼的二爷，我怎么会要钱，我只是故意刁难导演，这不，让我演戏了。父亲演了汉奸后，摄制组再动我们竹林垸的一草一木，他都不要钱。一个月后，导演带着剧组，到七里坪山里拍摄别的镜头去了。

摄制组走前，要带石头一起走，说等一段时间，还要拍一部电影，叫什么《告别大别山》，也是战斗片。石头同意了，石头的爹放心不下，没让去。

后来，我们果然在电影里看到了石头的表演，原来石头那么机灵，那么可爱，有着明星气。他跳水的姿势很美，比我现场看到的好看。可惜电影是在腊月里放的，那个时候，石头已经离开了我们竹林垸。我在电影里，看着石头穿着个白色坎肩，单裤，赤裸着跳水，觉得心里很冷。看完电影，我一个人躲在那株枯死的老柳树下，哭得很伤心。我先是想石头，可怜他，后来又可怜起我自己。

整个电影里，并没出现父亲演的汉奸，父亲一边看电影，一边拍打着自己的脑门，骂道，狗日的，让那个导演给骗了。这帮家伙，不是个东西，当时管他们要钱就对了。

4

拍电影的走了后，喧闹的竹林垸越发喧闹，除了铁锤的敲打声，我们小孩的打闹声，响彻竹林垸。我们自此迷上了"打仗"。以前在电影里看打仗，我们模仿着玩，那是小打小闹。现在，这场近乎真枪实弹的"战斗"在竹林垸上演，点燃了我们的激情。我们的野性暴露无遗。每天黄昏，顺喜带一拨，我和石头带一拨。我们把柳枝绕成圈，戴在头上，背着木头枪，口袋里装着"子弹"玩攻城的游戏。我们把石拱桥当碉堡。有时转移阵地，撤退或攻另一个高地，去到村南的王母寨，后来又到七角山，这都是当年红军战斗过的地方。我们不喜欢演"敌人"，都愿意演红军。我们多次跑到红军洞里隐蔽。

起先，秦铁匠不要石头去，要石头学打铁，后来让石头去了。母亲对石头说，你爹不舍得让你去？你们前脚走，顺喜的娘，后脚就到铁匠铺了。

母亲说话总是那么尖刻，指桑说槐。我们不理她，继续我们的"战斗"。有时候，那"仗"打得真逼真，不小心给脑袋"开了瓢"的，折了手的，崴了脚的，都发生过。我们瞒着大人，当钢铁战士。实在痛得受不了，没瞒住，我们也不说是"打仗"负了伤，只说是不小心摔倒了。

我们的暗号含蓄，在伙伴家门前一晃，一个眼神，递过去一句话：走，我们去战斗。

我们乐此不疲。那是一段快乐的时光，记忆中再没有过。

那天"打仗"累了，我和石头沿着河套上的石头台阶，下到石拱桥下，沿着河套往下走。河水涨了，农忙了，河面没有捕鱼的竹筏子、木浮子，河面空荡荡的，不好玩。石头说，咱们下到拦河坝那边去吧，去那边捡鹅卵石。我知道，石头是要躲避他的爹，躲避大人们的事。

他爹和顺喜的娘，最近有些"情况"。

我们沿着河套走出两里地，看见了拦河大坝。大坝西侧就是一个水力发电站，小型的。其时，水电站正在工作，我和石头走了进去，从那个很深的洞口往下看，看见水撞击着巨大的叶片，带动水磨坊的水磨，正飞快地转动。

我们被看磨人赶走了，说是怕我们掉到井里，被叶片打成肉末。我们就沿着石阶，下到大坝下，除了发洪水，大坝下的水流是平缓的，很浅，只一米宽的细河沟，两旁的水刚没脚踝。鹅卵石到处都有，我们的脚踩在上面，都看花了眼。我挑那种最光滑的，真正像鹅卵的石头，攥在手里。

我们看见一个寡汉在那里放牛，也就三五头牛吧。他不是我们垸的人，下畈垸的，外号叫大卵，真名叫什么我们不知道。他患病时，裆里肿得像熬肉的瓦罐那么大，他就把上衣外套脱下来，散开的衣扣朝向他，两只袖子系在腰间，像扎一条围裙一样。但那个地方还是鼓起老高，好像有个小孩拦腰抱住他。现在，他正患着病。我们看着他笑，他知道我们笑他的大卵，就拿话刺激我们。他说，你俩长得可真像一对双胞胎，不是双胞胎，也是一个爹的种。你们的爹是谁呢？是秦铁匠，还是教书匠（指我的父亲）？

我们知道他说的不是好话，就拿他的大卵取笑他。我说，这鹅卵真大。石头附和着说，这鹅卵还没人的卵大。大卵就过来夺我们手中的鹅卵石。他成日放牛，跨沟过坎的，脚倒腾得利索，几下就把我们两个鹅卵石头都抢走了。他一手拿一只，在手中掂量一下，将手掌翻转，并排托在一起。他突然笑了，说，你们不是一个爹生的，鬼都不信。日你娘，捡的两个鹅卵石都一样。他说着，笑着，把两个石头递给我，说，大小一点不差，比你爹裆里的两个蛋还均称。

我接过鹅卵石，不再理他。他就是一堆牛粪，我们躲开他。顺喜爹死后，这个没女人的寡汉，竟然想住到顺喜家，与顺喜的娘成夫妻，让顺喜娘一顿好骂，说，你别做梦，我就是守一辈子寡也不跟你过。喜欢用词语的父亲说大卵是"癞蛤蟆想吃鹅肉，不知天高地厚"。不过，此刻大卵的话倒是提醒了我，我们把两个鹅卵石拿出来一看，还真的，几乎是一模一样，我们可是信手捡的。我心里一动，好像我和石头真的是亲兄弟。

石头说，我们一人一块，放在床头。我离开竹林垸，我就把这块石头留给你，看，他们还真的像双胞胎。

他笑了，我也笑了。他的目光转向很远处，突然有所悟似地说，长大了，我们去当兵，我们去战斗……

看他那神情，他是认真的。我点头说，好，我们去当兵，我们去战斗……

田畈里都是忙碌的人，像我和石头这样大的孩子，也都在水田里帮大人干活，顺喜就在。我和石头是我们垸最快活的两个人，父亲疼我这根独苗，不让我下田。石头家不在这里，根本就没田。

5

河那边，铁锤声传来，叮当，叮当，叮叮当，叮叮当当……，声音断断续续，不如石头他们刚来时得那么密实，但炉火依然很旺。我从我家的地里，抠出几个红苕，拿到铁匠铺来，扔进炉子里，不久，炉子里的香味飘出来。

母亲不让我抠红苕，说还没长成，可惜了。一棵红苕秧下，会长三五个红苕。我用手指把土轻轻刨开，抠出最大的一个来，再将红苕根轻轻地埋上，把红苕藤顺过来，覆盖在鲜土上，既不暴露被抠过的痕迹，那剩下的红苕还能生长。

炉子里烤的红苕，与娘为我们煮的红苕完全是两种味道。烤红苕那么香，那么软，剥开皮，里面流着黄亮亮的油。我和石头吃着红苕，烫得直吸气，嘴弄得漆黑，成熊猫脸。秦铁匠说，这时的红苕，味道其实不太足，红苕到深秋或初冬才好吃。这么烤，可惜了。他其实是怕我家的大人说我，我撒谎，说我娘晓得。心里却埋怨他行事过于谨慎，虽是外乡人，可毕竟只是几个红苕。他见我们吃得香甜，也就不再说我们。

烤红苕香了整个竹林垸，整个高桥河的水面都飘荡着它的香味。母亲显然闻到了，她过到铁匠铺这边。秦铁匠木讷着，说，我不让他们烤的，我不让他们烤。母亲说，我儿子愿意，我就由着他。母亲说话时，扭头，撇嘴，下巴斜上翘，很做作，我只觉得全身一阵酸麻，让我在盛夏天里，心里有些冷。我知道母亲，她才不在乎几个红苕，她就是借口，到这个外乡人面前卖弄。

说好秦家父子在这儿留下来，石头九月一同我一起，在王母寨学校上学。秦铁匠同顺喜的娘组成新的家庭。当然，那里大人的事，我们小孩不管，石头能留下就行。九月一日清晨，高桥河笼罩在晨雾中，石拱桥在时集时散的雾里，若隐惹现。我背着书走，走在石拱桥上，像走在仙景里。在桥上时，我看不见铁匠铺，走过石拱桥，没见石头的影子。铁匠铺就在眼前，但门前晃动的影子，竟然不是石头。是秦铁匠。我走近了，才看清他阴沉着的脸。他正在归拢门前摆放的杂物。我问，石头呢？秦铁匠说，你以后别来找石头了。

为什么？我大声问。他说，我们要走了。我只觉周围的雾全压了过来，又重又冰冷。我质问他，不是说好了吗？我冲进屋去，石头低着头，一边生炉子，一边抹眼泪。以前，这个样子我也见过，眼睛是被烟熏的，但今天，显然不是，我听见了他的呜呜哭声，很轻，但我还是听见了，像蜂鸣，像河水呜咽。

我搬来父亲当救兵。天已亮开，我看见秦铁匠已经在收拾东西，看来，真的是要走了。

父亲问，一定要走吗？秦铁匠用沉默回答了父亲。父亲说，把石头留下吧，你安顿好了再来接他。秦铁匠没有回应父亲，埋头叠放石头少得可怜的几件衣服。

我一直看着他们。父亲对我说，你上学去。我说，石头不去，我也不去。秦铁匠说，我们先不走，我们还欠别人的几件农具要打。

如果是平时，我肯定不上学，偏偏那天，举行开学典礼，我作为尖子生代表发言。

下午放学，我快步冲向竹林垸，直奔铁匠铺。铁匠铺门关着，那把象征性的旧锁挂在门环上。我推开门，屋子里空荡荡的，属于秦铁匠和石头的东西，几乎都带走了，只有那块鹅卵石，静静地躺在床头的那张旧桌上，虎头虎脑地朝着我。石头上有水滴，我也不知道是他洗过，还是他的眼泪滴在上面。

我一把抓起石头，冲上石拱桥最高处。

西望茅草地，一条路空荡荡的，将茅草地切割成两半。在坡地转弯处，我看见了他们，秦铁匠挑着担子。他的背，比夏初他刚来时驼得更厉害。重担压迫下，脖子像长颈鹿似的努力向前向上伸展。石头在他身后，半低着头，脖子前伸，像背着书包。但那书包并没有在他肩上。

我拔腿去追，父亲在身后拽住我。母亲说，太远了，石头都等你半天了。他爹非要走，石头说，要等你放学回来。

我说，那为什么还是没等我？母亲说，这不，太阳都落山了。母亲长叹一声，石头这孩子可怜，天都快黑了，也不知道要去哪儿，在哪儿落脚。父亲骂了句，你个妖婆子，怕是舍不得石头他爹吧。声音却变了，震颤着，像弹花匠手里的钢丝绳。

我嫌恶地瞥父亲一眼。

他们向西，朝着太阳落下去的地方，走得很快，好像是要追赶那轮就要沉下去的遥远的夕阳。

我紧握那个石头。我抱着石拱桥最顶端那头大石狮，那是石头经常抚摸的地方。我看见石狮的凸起的眼珠湿淋淋的。我知道，那不是它的泪，石狮是不会流泪的，那是河面升上来的水汽。

说好是他们留在竹林垸的，怎么就走了？不知是顺喜娘伤了他的心，还是这儿铁匠的生意不好。大人的事，我们小孩子弄不懂。

我哭了。我想，石头走时，也一定哭过。我低头拭泪。等我抬起头时，他们的背影已随着天边晚霞的暗淡，渐渐远去。一同远去的，还有我的少年时光，我的欢乐和悲伤。耳畔那熟悉的铁锤声，也随着夕阳最后那一抹余晖的消逝，湮没在悄悄弥漫过来的酽稠的暮色里。我隐约听石头的呼喊，声音穿透夜幕的微暗，成一道光亮，向我奔来：长大了，我们去当兵，我们去战斗……

6

我自此再没见到石头。人们都开始买现成的锹镐和别的农具，秦铁匠再也没来过我们竹林垸。有几次，我很想去找石头，虽然两县搭界，他毕竟是外乡人，茫茫人海，我怕找不到他。

那年中学毕业，乡村贴出征兵标语"好青年，当兵去！"，就贴在村里那棵大树上，还有旧房子的墙上，这让我想起《我们去战斗》的拍摄情景，石头的话，飘然至耳旁，我们去当兵，我们去战斗……

我去镇上报了名。

父亲说，你到部队后，抽空到部队的干休所去打听，有没有一个叫曾念钊的老红军。他固执地认为，二爷还活着，且是一个大官，现在退休了，在干休所里养老。他之所以没回到我们竹林垸来，是因为他当兵时年岁太小，记不得家。父亲认为烈士墙上那个曾念钊，很可能是搞错了，是同名同姓的另一个人。

我觉得父亲是臆想。

我去当兵的地方是东北。临近几个县去东北的兵，乘同一列火车。我正襟危坐，看着对面的新兵，从他们的脸上，我看到了自己的傻相。越过那排新兵的头顶，我看见远处有个新兵，虎头虎脑，很像石头。我起身，向那边挤过去。

接兵干部问我：干啥去？我竟然脱口而出：我们去战斗！说完，我愣在那里。与我一样的新兵们，都看着我，傻乎乎地笑。我也笑了。

接兵干部没有批评我，他粗大的手，落在我的头上，摩挲了一下，那细微的力量告诉我：去吧。

我热泪奔涌。

原载《人民文学》2017年第8期

透　析

赵　欣

这年冬天出乎意外地冷，风尖锐得刺透骨头。

吴世雄被一所高考补习班聘为语文教师后，就匆忙搬过来和父亲一起住了。五年前，父亲得了尿毒症，需要常年进行血液透析，而县城尚不具备医疗条件，他就在省医院附近为父亲买了一处房子，让姐姐过来陪护。

那时候他还是县城的一个局长，几乎没什么难题可言，父亲这边的生活一切正常。医院的费用在县医保办那里能报销大部分，日常的费用也能轻松应对。然而，出事儿之后，他就一下子从云端跌落，一个又一个的困难凸出生活表层，令他日益疲惫，焦躁。而父亲的问题则挺拔成山，压得他喘不上气。

他不能不反省，如果当初不出轨，人生就不会这样转折。

这个家庭本来挺好的，他仕途坦荡，妻子经商，开了一家大酒店，生意兴隆。服务员小秋，长得漂亮，吴世雄就偷偷包养起来，过了一年，又给小秋开了一家服装店。吴世雄顾忌后果，找了个借口欺骗妻子办了离婚手续，享受着一夫二妻的生活。不久，事情败露，一时间街谈巷议，妻子自杀未遂。祸惹大了，吴世雄才幡然悔悟，但是妻子却不肯原谅他了，说有了新的选择。但是他毫不气馁，软磨硬泡，经过两年多的时间，终于复婚了。服装店交给了妻子那天，他像古典故事中那些带着宝贝投诚或是归降的人。而妻子的表情不可捉摸，似笑而非。

复婚三年了，家庭完整了，但是吴世雄总感觉有一层膜似的东西掺杂其间，看不清楚，听不清楚，如同幻境。他常常翻出那些发黄了的相册反复浏览，多么希望一切能回到从前。每张照片上都有风干的水痕，他知道那是妻子的泪水。他不可想象那些个日日夜夜，一个孤立无援的女人是怎么熬过来的。他常常梦到妻子渐行渐远的身影，他呼喊着追寻，回首的是无奈而又疲倦的面容。他明白，这个伤害深入骨髓，她需要一个疗养过程。

那年四月，万物复苏，他计划带着妻子去看日本的樱花。富士山下，樱花绚丽如霞，花期却短暂。吴世雄心中隐隐不安。果真，更大的不幸不久就封冻了这个家庭的春天，吴世雄因为违纪问题被调查，继而职务被撤，成为又一爆炸新闻。

失去了社会地位，意味着失掉了尊严。而公职没了，则要直面生活的压力，这是更为实际的问题。县城这块土生土长的地方，却容不下曾经呼风唤雨的吴世雄。在省城投了一些求职简历，如石沉大海。只有一所高考补习班看中了他的作家身份，让他试一试，工资两千多一点，总算有了收入。每天起早贪黑，面对黑板和学生的教师生涯开始了，与妻子两地分居的生活也开始了。妻子周末过来相聚，她似乎更满意这种家庭模式。

人到中年，又遭遇接连变故，吴世雄更加依恋妻子了。一到周末，家里就有了过年一样的喜庆。吴世雄失眠症很顽固，但是妻子睡在身边，他的睡眠就奇迹般改善了，既沉稳又香甜。妻子一般住一个晚上，心情好时会多住一天。但是这样的情况少得可怜。

当年父亲得知儿子外边养了女人，没有阻拦，甚至纵容。他盼望着有生之年能看到孙子孙女。姐姐没有主见，当然也就没有反对意见。所以，妻子对他们一直是耿耿于怀的，常常抱怨说，我对你家人那么好，真让我寒心哪！吃饭时，姐姐极为殷勤，水果备好，好菜备好。父亲也是格外和蔼。吴世雄更是察言观色，唯恐一点闪失惹妻子不高兴。席间，父亲突然呕吐，喷得满桌子，从此妻子就不在家里吃饭了。吴世雄就领她去外面吃饭，逛街购物，看电影。他总是主动掏钱，他是丈夫，是男人，这才是他的本分。妻子一离开，他就会马上买单，数算口袋里剩余的钱。但这丝毫不影响他对下一个周末的盼望。

但是这次妻子来，他是有事情要说的。还有一个多月就到了年末，需要准备下年的透析费用了。这是挡在眼前的大问题，推不走也绕不开。说起来其实也不算问题，妻子经商，自然由她来负责家庭开销。起初妻子还算主动，把钱交给他，只是语气有点变调，说，我养你们全家人啊！这本是他们夫妻间惯常的表达方式，然而，对于当前处境下的吴世雄，越品越不是滋味，但还要适应，否则又有什么办法呢。

日常生活中，更多的琐碎让他感到更多的难堪，都是与钱有关的。要交物业费、水费、煤气费、电费等等，过去他伸手就能在衣兜里掏出来，但现在要从工资折中支取，偶尔也会入不敷出。还有米面油以及生活用品，过去他手里一大堆卡片，都是别人送的，拿了就可以到超市或商场取回所需的，但现在都需要付现金。

他那台车，排量大，即使节俭使用，每月也要加油五次，两千元多元呢，这就是一笔大支出。最怕的是出现损坏。越怕越有事，不小心倒车时后保险杠撞到马路牙子上，到4S店一问，要价三千多，车还没有办理保险，这负担够重的了。忧愁中，突然想到朋友老孔，是开4S店的，曾经得到过他的一些帮助。电话迅速接听，老孔热情地说，到我这来吧！他颇感慰藉。过了一段时间，又把车门子碰了一下，凹进去一个坑。他记起老孔的话，车坏了你就过来，自己家的！他就打去了电话，老孔听完了，说来吧，直接找王厂长。老孔似乎很忙，客气话不多。到了店里，王厂长说，孔总没说啊，你让他来个电话吧！吴世雄犹豫再三还是走了。几天后在一个场合碰到，他想老孔一定会问的，但是老孔只是握握手寒暄几句就过去了。他找了一家小修理厂，花了两千多，现金不够，刷用了信用卡。后来学校有了班车，集合点离家有很长一段距离，但他还是坐了班车。使用信用卡的钱，是要付利息的，而时间长了利息也多。他绝对没有想到，自己竟成了负债的人。

以前洗澡都是到规模大的洗浴中心，现在就在附近的小浴池办了一张年卡，每次消费不到二十元。理发呢，每周一次，到街口去，一个白发老师傅露天里放一把椅子，又快又便宜，只是有时要和老头们排队。离开县城，和很多人没了联系，谁家有个婚丧嫁娶的事，也通知不到他了，倒是省了花销，但是新单位的圈子却躲不掉的。

偶尔也得请人吃个饭吧，就像喝了他的血。那次哈尔滨来了几个朋友，可他兜里只有二十多元钱，文友们在烧烤炉子前吆喝着喝酒，他满脸堆笑地陪着，心理却一直惴惴不安。他把这事儿和妻子说了，妻子责备说，你是个大男人，与人交往不能大方一点儿啊。他想说，想大方，钱紧啊！接着，妻子饶有兴致地说，今天请谁谁谁吃饭了，洗澡了，按摩了等等，他就说，对对，大方点儿。妻子挪揄说，拿我当你呢！妻子花钱他没有一点意见，孤单单一个人，总得有朋友圈吧！

物业公司通知他，房子可以开发票了，但是一算，实际面积与预售面积有误，需要他补交五千多元钱。这可是家里的大额支出，他就给妻子打了电话，电话里很嘈杂，妻子似乎在气头上。她说，你们家什么钱都管我要！不知道我有多么辛苦吗？你以为我赚钱容易吗！好了，有时间给你汇过去！

"你们家"？

"我"？

这两个称呼像锤子敲打在心头。放下电话，血往上涌，喉头酸胀，他忽然想哭。

第二天不是周末，妻子却过来了，眼睛也是红红的，嘴上起了一圈水疱，娇嗔道，打电话不分时候，我正和顾客吵架呢！吴世雄的心再次像糖一样软化了。妻子这些年脾气大变，暴躁易怒。他开车陪她逛街，因为走错了路，妻子

315

会大发雷霆；无意间一句话，涉及婚姻问题，她就会往自身上联想，痛哭流涕。严重时，还会晕厥过去。这是更年期综合征，还是抑郁症，或是心脏病，他不确定。妻子说，是他造成的。他内心里满是自责。他多次要领她去医院，她不肯，再说就急了。吴世雄只好处处小心翼翼。她无端发火，他就保持沉默，不料妻子更加气愤，说，你这是无声的抗议。他就道歉，表示自己认错是真诚的，妻子才消了气儿。

那天妻子大方地扔下一张卡，说，这里面有钱，需要花就花吧！他推辞，见妻子瞪起了眼睛，急忙收下。他明白妻子的心意，也明白妻子赚钱不容易。尽量别动这个卡吧，但是还是动了。

毕竟才四十岁，吴世雄盼望有个稳定的工作。有人给他联系了一家国企，可以正式上班那种，他觉得不能让人家白操劳，就请人吃了几顿饭，送了几条烟。可是迟迟没有消息，他咬咬牙，送了一万元钱。晚上回家，他给妻子打电话，弱弱地说卡刷爆了。妻子却语气轻快地说，没事儿，该花就花吧。

窗外的路灯散发着橙色的光亮，雪片静静地垂落着，如同一片片棉絮。他的心温热起来，想象着和妻子并肩行走的情景，妻子像个可爱的孩子，伸手给他看，说，看雪花多美！他不由得慨叹，这些年自己没有呵护好妻子，而妻子却要承担更多的负荷。思绪很快被打断，妻子的声调突然变了，说了句，但是要对得起良心。

他问，怎么这样说呢。

妻子说，吃饭买烟也要刷我的卡吗，你的工资呢？

他解释说，这是省城啊，工资根本不够花。

妻子举了一个例子，说谁谁谁，就是她同学的丈夫，一个月才花五百元钱，你那么多钱都干什么了？

他明白妻子的意思，以前也多次质疑过他，是不是又勾搭上别的女人了。这怎么可能呢？出轨毁了他一生，痛悔深埋于心。即使偶尔还能冒出点儿想法，现在也不具备条件啊，他根本拿不出这笔花销。再说，用妻子的钱做出对不起人家的事，他还真做不出来，良心谴责啊。他曾经以为妻子淡忘了过去或是原谅了他，现在看来，是在心里扎了根。

夜深人静，悄悄锁了门，一个人躺在大床上，他满脑子都是剪不断理还乱的思绪。只有这个时候，他才能畅快地发出心底郁结的叹息，慢慢消磨一切的苦痛和屈辱。面对父亲，面对妻子，他要保持另外一种状态。他们是他最亲最爱的人，决不能让他们担忧。出事儿之后，父亲和妻子都密切关注他的情绪，知道他心思重肚量也小。他异乎寻常的淡定，让他们在紧张地观察了一段时间后终于放下心来。吴世雄想起《圣经》里的一句话，"我们没有一个人是为自己活。"他觉得人生好难，而他活得太苦涩。时位移人，面对天地般的落差，他本来是有心理准备的，也曾是有信心的，只要家庭平安幸福，就比什么都重要。这是他能够坚强地挺过来的信念。但是和妻子之间的关系，却是一言难尽。

楼下传来一只公猫的叫春声，搅得他心烦意乱，他想到复婚之后的那个晚上，两个人满怀激情地爱抚着，感觉却是怪怪的。好不容易进入状态，她突然山崩地裂一般号啕大哭，从此他就一蹶不振了。看黄色视频他还是有正常反应的，但是妻子并不再给他机会。

吴世雄用了三个月的时间还上了这笔零散的花费，如果有可能，他还想把一万元也还上，但是实在是做不到了。其实他还是犹豫的，担心妻子生气，毕竟这样的举动有赌气之嫌。但是妻子没有反应。他明白，妻子不想给他放纵的错觉。

十一月末整理账目的时候，吴世雄吓了一大跳，父亲的账目怎么算都不对，报销回那部分，加上手里储存的，还是缺了一万元钱。脑袋高速旋转了好几天，热胀得要爆了的时候，才弄明白了，年初和妻子报预算时，没有把医院另收的器械费和交通费、午餐费算进去，可是能要求妻子追加拨款吗？

妻子每次过来，都是愁眉不展的。廉政之风越刮越猛，大酒店的生意受到影响，越来越冷清了，外边欠账的，还要不回来。他了解妻子，情绪敏锐，有点闹心事就寝食难安。而他却无能为力。开不了口，也不敢开口，他只好自己来解决这差额。医院没那么仁爱，不交钱就别进门。

吃晚饭的时候，父亲拿眼睛瞄吴世雄，而他假装吃得很香。姐姐收拾餐桌的时候，父亲终于说，明天要交十二月的费了。他故作轻松地说，知道知道。正常的情况，他会早几天在饭前就把钱准备出来的。天黑下来的时候，他还在电脑前备课。

父亲咳了几声走过来，转了一圈出去了，很快又回来，试探着问道，钱凑手吗？用不用你姐姐拿点儿？

他的眼睛紧紧盯着屏幕，手指忙乱地敲击着键盘，说，怎么不凑手？早就准备好了啊。他故意把脸向屏幕贴了贴，神情专注的样子。但父亲疑惑而怜恤的目光还是烙在他心里。父亲轻叹了一声走了。他的眼睑冰冰的，抹了一把，是清亮亮的液体。

他迅速给妹夫小辉发了微信，问他怎么还没送钱来。客厅电视里正在播放一部电视剧，情人劫持了男主角的儿子，男主角和妻子前去解救。他一直跟着看，一直牵挂着一家人的命运。今天是大结局，但是他不敢去看，父亲就坐在客厅里。看电视是父亲消耗时间的主要方式，看着看着睡着了，醒了继续看。

终于响起敲门声，却不是小辉，是物业公司的来收车位的管理费，他掏遍了口袋，只有两元折叠的纸币，他尴尬地说，今天买了很多东西，明天送过去吧。十一点多的时候，小辉才来。他像贼一样把钱揣进兜里，走进父亲的房间。灯还亮着，父亲慢慢睁开眼，接钱的手有点抖，他认为那是自己的心理幻觉。父亲那浑浊的目光在他脸上寻找着什么，他仓皇离开。

回到自己的房间，锁好门，眼泪不可抑制地簌簌流下。他曾下定决心好好做一个普通人，好好经营家庭，却没有想到如此艰难。

自己已经做到了脚踏实地，甚至找到了一种回归的感觉。结婚之初，为了改变一贫如洗的家庭窘境，他和妻子从做小买卖起步，艰苦创业，有了一丁点的收获就无比喜悦，那时候的日子真甜蜜啊！往事常常不自觉地从心底泛起，幸福、甜蜜，但很快就被酸楚覆盖了。而此时，吴世雄就给自己打气，争气争气，努力努力！

努力终于有了成效，由于他表现卓越，学校给他涨了一千元工资。这是个大喜讯！他再一次流泪，这泪里有喜悦，也有委屈。出事儿以来，他不明白自己的泪腺为何如此充盈脆弱，需要他常常抑制。一年多了，他体会到了谋生者的艰辛。在学校里，他是一个新人，什么都不懂，被人呼来唤去的，这些年当领导哪受过这个呢？还有，教学的经验一点都没有，他必须付出辛苦，有时还要拿人格尊严作为代价。曾经被家长当面质疑过他的水平，问他，你有教师资格证吗？没有。你又有什么职称？也没有。他曾经是正科级，教授、副教授、讲师这些称呼与他毫不搭边。尴尬之余，他知道必须给自己充电，用事实来证明。不是为了证明自己称职，而是为了保住饭碗。吴世雄毕业于北京名牌大学，有着扎实的文化功底，很快就熟悉业务了，发挥了自己的特长，独辟蹊径地探索出新颖的教学方法，让学生们的作文水平大幅提高，其中三个人在全省的作文比赛中获了奖。学校因此又多收了二十多个学生，据说还有报名的，无奈受到了教室的限制。大家对他刮目相看了。年轻美丽的张翠老师邀他喝咖啡，他犹豫了一下，说改天吧我请您。

这个周末，他比平时更加盼望。天气预报说局部有大雪，他担心了一夜。如果封路，妻子就过不来了。当妻子走进家门的时候，似乎把灿烂的阳光也带进来了。

他找出她的拖鞋，接过她手里的东西。进到卧室，他讨好地说，我请你吃大餐。妻子惊讶地看着他，他笑嘻嘻地说加薪了。妻子的脸上绽放出笑容，但很快收敛，说，哎呀，你的工资不少啊，那你就攒钱吧，从此你爸的透析费……

他嗫嚅着说，那怎么能够呢？不是你拿吗？

我拿，凭什么就得我拿？我上辈子欠你们家的？干什么那么理直气壮？你知道酒店生意一直不好，我多着急吗，晚上失眠，白天打针，这样拼死拼活，你当我是奴隶？

如同一阵机枪扫射，又如疾风暴雨，吴世雄呆呆地看着妻子不断张合的嘴，插不上一句话。妻子后来竟然抽泣起来，肩头剧烈地耸动着，委屈得像个孩子。这女人实在是不可理喻，简直是胡搅蛮缠！他恼怒到了极点，但却不敢大意，紧紧地盯着，担心她晕过去。

妻子的恼怒终于燃烧殆尽，卧室里面似乎被抽成真空，凝滞，麻木，还有些许的尴尬。而他的思想却异常活跃。他开始反思复婚的正确性和必要性，甚至怀疑妻子是一个替身，而本人留在了另一个不相容的时空。到底怎么回事呢？听说妻子的前男友离了婚……这样的猜疑像烧红的利器，他不敢触碰。莫非这是一个梦？如果真是一个梦该多好。他知道这不是梦，这就是他的命。

一个男人的骨气还要不要？他愤愤地思忖着。可是，对于这个难题，他一时还没有什么办法。那张薄薄的信用卡帮不上他了。借吧，又怕传出去被人笑话。以妻子的性格，她会认为是故意贬损她。她会质问，我就是那样的人吗？你那样做是要干什么？不想过日子是吧？你再去找小秋啊，看看她管不管你！

妻子没有和他睡在一张床上，她在地板上铺了被褥。二人一夜无话，却都辗转反侧，没有睡好。对吴世雄来说，要说的事情还没有说出，虽然时限紧迫，但现在没法开口了。如果硬着头皮和妻子说，她一定不会拒绝的，这一点他并不怀疑，但是他也清楚妻子并不情愿。

他明白妻子不是有意难为他，是担心他乱花钱或是有私心。妻子曾问过他，传说你当官时有很多私房钱，你还要自己留着吗？他发誓说没有。妻子说，凭良心吧。他怀疑是妻弟进了谗言，当初他和妻子关系最紧张的时候，他没有起到积极作用。反过来说，妻弟说的也不是捕风捉影。他确实有些灰色收入，比如利用权势投资入股，但买了那个服装店之后，就所剩无几了。姐姐离异了，常年照顾父亲，孩子还在读大学，不给她一点生活费怎么行呢？但是自己的解释总是招来妻子的鄙夷。妻子说，当年我问你是不是外边有人了，你向我发誓说没有，你不会忘记吧？想到这里，吴世雄有点怀疑这是不是妻子故意演戏。但随即又否决了。妻子还不至于这么诡诈吧。

更让他不安的是，妻子发脾气的时候，肆无忌惮，而房门大开着。此时关上门，他担心反而引起父亲的警觉，会附耳细听，会听得更加清晰。正犹豫间，看到一个身影一闪。不可能是姐姐，她买菜去了。客厅的电视开着，沙发却是空的。他想了个借口去父亲屋里，父亲倚靠在床头上，干瘦得仅剩一把骨架，头低垂下来，如同霜打的茄子。像是睡着了。他的心头一酸，清了清嗓子，喊了一声，又喊了一声，爸，爸。父亲抬起头，目光疲倦而狐疑。他故作轻松，说刚才妻子在电话里和顾客吵架了。但他很快发觉自己的声音如同少了魂魄。父亲怔了一下，宽厚地说了句，告诉她，别生闲气！父亲到底听到没有，他半信半疑。但他宁愿相信没有。

八旬老父，一周要到医院进行血液透析三次，每次四个小时，胳膊上经常扎针的部位形成一个大包，像一枚茶水煮过的鸡蛋粘在那里。他看到过血液透析的过程，全身的血液通过两根粗粗的管子在饮水机大小的机器里循环过滤一遍。扎进血管里的针头，比兽用的还粗还长。姐姐说，父亲总是抱怨，说他受够了罪。有那么两三次，不知怎么了，他突然暴怒地拔掉了管子，血液像水一样流失。吴世雄为此责备了父亲，怪他老糊涂了，怪他不知道儿子有多么辛苦。但这话他没有说出口。

明年怎么办，今后怎么办，问题就这样悬在心头。他完全可以确定，每年这个时候，都会如此窘迫，而这是他不堪忍受的。能不能做到"独立自主，自力更生"？这是吴世雄在苦苦思索的问题。

学校的薪水也就那样了，自己还能干什么？靠写作吗，稿费低得可怜。那就写网络小说吧，写好了能赚大钱。他曾经在一个文学研讨会上见过一个网络作家，一年赚了一百多万。他看不起纯文学之外的文学形式，但现在好羡慕。不要赚那么多，有十万是足够了。除了父亲的费用外，他还可以大胆地维持和扩大交往圈子。如果有女性朋友呢，喝喝咖啡什么的，似乎也可以——但必须是那种不危及家庭的。眼前浮现出张翠老师含情脉脉的样子，他慌忙打住，骂自己没脸。如果侥幸保住了官职，看来自己仍会重蹈覆辙的，这倒让他有那么一点庆幸。

他特意上网关注了网络小说，多属长篇，文风另类，要想入门需要一番艰苦卓绝的努力。最要紧的是素材，自己的想象力够不够。他现在不能不佩服网络写手们了，思维是如此无涯无际。憋了半个月，才有了一个故事雏形，试着写了个开头，总觉得不伦不类，索性作罢。

随着日期临近，他愈加心神不宁。白天困扰他，晚上也不放过他，失眠更加严重。而父亲的目光似乎也隐隐透出焦虑。妻子周末过来的时候，关切地问他怎么这么憔悴，他说没事儿。妻子说，查查看有什么好电影。他知道这是对他示好。然而此时，他最盼望妻子过问父亲的事，他甚至有意引了引，但结果是失望的。直接提出来，他又不想。

生活中还是有一点儿令人振奋的事情，一个在东莞举办的文学大赛等着他去领取五千元奖金。往返路费全额报销，只是需要垫付。这倒可以克服，买车票住宿现金不足可以刷信用卡的。其他参会人员乘坐飞机，他选择了火车。每次刷卡，刷一下，心就收缩一下。火车黑天白天咣当咣当地行进着，这让他有足够的时间胡思乱想，其实他不想想，想睡觉，但是睡不着，无法控制大脑。想得最多的，最大的问题还是父亲的事情。还好，这几天可以避开父亲。他不敢面对父亲，一回想父亲的目光，就会痛心好久。妻子怎么会不懂他的心思呢？难道不是夫妻吗？需要自己这么低三下四吗？

离婚！似一道闪电划过，吴世雄为自己的想法大吃一惊。他慌张环顾左右，确定安全了才敢放任思绪蔓延。离婚？离婚之后……对了，服装店！那是自己复婚前的财产，怎么就忽略了呢？服装店还可以回到自己的手中，租出去的话，差不多就解决了全部问题！如此看来，支付父亲的费用，并不是拿她个人的钱啊。这样一想，思路就通透了许多，他感到一种久违的豪迈，绷紧的神经也放松下来。

迷迷糊糊中有声音在凄苦地唤他，那声音他是熟悉的，二十多年了。他的心弦颤得厉害，那是妻子的声音，在喊他的名字，怨恨而无助！他惊醒，却是邻座的婴孩在哭泣。他想到了和妻子的风雨人生，妻子诸般的好处，心就痛起来，似乎一揪一揪地疼。额头流下冷汗，他捂住了胸口。自从复婚后，他就怀疑自己得了某种心脏病，但是他不敢去检查。人生一旦停顿，还会恢复足够的信心吗？他不敢确定。

回去就和妻子好好说吧，装什么装，毕竟是夫妻嘛！她也不过是一时气话而已，何必较真！可是吴世雄还是觉得不甘，就这样一直苟且下去吗？自己是一个大男人，大丈夫啊！回顾半生，何其悲哀，何等惨败！无论做官，做丈夫，还是做儿子，都是严重失职的。别说别人，甚至妻子都潜藏着对他的轻蔑和猜疑。这样的情绪重又蒸腾开来，很快如雾霾笼罩。列车毫不停歇地前进，一棵棵光秃秃的树木，一处处荒凉的村庄，一座座积雪覆盖的山岭一闪而过。他多么希望永远别停，越快越好，越远越好，冲出地球，飞向宇宙，那样，他就解放了。

笔会有一周的日程，奖金和报销的费用不是现场给付，而是会后汇到银行卡里，这让吴世雄很失望。因为返程还得刷银行卡，需要透支了。会议期间姐姐打来电话，他才意识到忘记给家里报个平安了。其实也不是没想到，他怕听到那个敏锐的话题。然而姐姐只说了句，到了就好，不用担心父亲。通话时他似乎看到那端，父亲也在旁边，目光闪烁地看过来。他咬咬牙，终于下定决心。

给妻子打去电话，带着撒娇，但是妻子不耐烦地挂断，说正忙，晚上再说。他本想首先告诉她得奖的事，现在反而庆幸没有说，否则，这笔未到手的奖金，会让妻子更加坚信，对于家庭的支出，他吴世雄有能力，或是能力正在增强。如果自己解决，渡过眼前的难关还是可以勉强的。比如去银行办理一笔小额贷款，逐月偿还。日子紧迫一点，倒也可以忍受。但是，这又何必呢？凭什么呢？再说，后年呢，大后年呢？看样子，父亲还可以维持四年五年的，如果时间再长呢？他忽然有了犯罪感，自己不该不希望父亲长寿。

手机响了，是姐姐。一定是父亲的透析费的事儿，必是医院催着交款了。前次的电话里姐姐没好意思说明，看来到了不说不行的程度了。吴世雄思忖着，不如就在电话里和妻子直说吧。一旦在妻子那里碰了钉子怎么办？就端出服装店，看她怎么说。还是不行呢，那就离婚！这样想着，他的心又充满了能量。

确实是父亲的事儿，但无关透析费。——一个霹雳在大脑里炸响——姐姐说，父亲在透析机上休克，看来不行了。

你说什么？吴世雄不相信自己的听觉，这几年，整个人似乎迟钝了许多，正在向父亲靠拢。

姐姐抽泣起来，说，父亲不行了……

巨大的哀伤潮汐般袭来，淹没了姐姐后边的话，他窒息了。慢慢地，那种即将突破极限的带着些许疼痛的胀满感松懈下来，他不自觉地舒了一口长气。但这样的感觉只是短暂的，父亲的目光骤然在他暗黑的心房亮起，扫来扫去地搜寻什么。一股无法言明的情绪以更加凶猛的气势奔涌而来。

刚刚下过雪，路面很滑。雾霾笼罩之下，中午时间如同黑夜。吴世雄踉踉跄跄地往家疾奔，风一阵阵刺透他的心脏，他紧紧捂着胸口，怕血流淌出来。一路上，他期待着会有妻子的来电，但是没有。这样大的事情她不可能不知道。一个念头已经铸成坚冰。

一屋子人，都是亲属。大家情绪很好，见他进屋，欣喜的目光都集中过来。父亲这么大岁数了，民间叫喜丧，这他理解。穿过人群奔到父亲的房间，他一下子怔住了，眼睛里抓拍到这样一幅画面：父亲躺在床上打吊针，他对面是打开的电视。电视移过来了？他曾经想过把电视移过来，但是又担心妻子抱怨。而妻子此时站在输液架前，正换一瓶新药，神情专注得如同一个护士。姐姐站在一旁，似要出手帮助，却又心存畏忌。

你终于回来了是不是？又去哪嘚瑟了？你他妈的倒省心了，家里的事情都压给我！看到他，妻子的脸就黑下来，嘴里迸出一连串怨恨的话。

原载《飞天》2017年第6期

大象席地而坐

胡　迁

　　第一次听说这个事情，是在黎凯的家里，他说花莲市的动物园里有一头大象，"它他妈的就一直坐在那，可能有人老拿叉子扎它，也可能它就喜欢坐在那，然后所有人就跑过去，抱着栏杆看，有人扔什么吃的过去，它也不理。"他原话就是这么说的。他还告诉我他一直想去那看看这头大象，那是一年前的事情了。前天，黎凯跑到他家楼顶上跳了下去，因为他老婆劈腿了。但我知道黎凯对他老婆没有那么在意。黎凯回到家里，他本来要去出差，但是发现自己的皮鞋拿错了，两只不一样；他常年吃一种安眠药吃坏了脑子。他就把火车票改签，然后回家，门大概被反锁了吧，因为他的钥匙打不开。等他进了屋，发现他老婆衣冠不整。

　　黎凯说："我找我的皮鞋。"

　　她说："都在鞋柜里。"

　　黎凯就去翻鞋柜，终于找到两只一样的，他本来想就这么出门，但发现他老婆嘴上有个牙印。我觉得他安眠药吃得还不够多所以才会发现那个牙印。

　　"家里有人？"黎凯说。

　　"根本没有，你怎么回来了？"

"我来拿东西啊。"

"那你要待在这儿吗？"

"什么？"

"你要待在家里吗？"他老婆显然很慌张。

于是黎凯先走到厕所看，又去卧室，他还特意翻了翻衣柜。我不知道他最后怎么知道的，反正他打开了他们家那个大得不像话的洗衣机，因为他老婆每周都要把床单被罩洗一遍。他打开之后，我正坐在里面。

他说："那只皮鞋是你的？"

我说："是。"

洗衣机在阳台上，我正考虑怎么出来呢。实际上我不知道该怎么从洗衣机里爬出来。不过我已经把脑袋伸了出来。

我看到，黎凯拉开窗户就跳了下去。我没听到什么动静。黎凯老婆冲了过来，趴在窗户上往下看。

我就赶紧跑了。把上次落在他家的皮鞋也带走了。因为他老婆上次送了我双鞋，我就把自己的皮鞋忘在他家。

所以这两天，就有新闻稿登出来，"苦难白领因妻子出轨激愤自杀"。下面讨论的人分成两拨，一拨人骂他老婆，一拨人骂我。这件事我失误在，首先我认为黎凯一点也不爱他老婆，其实我也不爱，我只不过因为追求一个女人没追上，才去找了黎凯老婆，因为我们在大学时关系很好。

接着，我追求的那个女人，她去了台北。我就跟了过去。

她总是很忙，有一堆事情要做，而我什么事情也不做，也没有任何事情要做。当我缺钱的时候，就去跟着开剧本策划会，里面有很多我这样的人，我们坐在那，帮一个项目出出主意，瞎扯淡，然后每人分些钱。我一个字儿也不给他们写，只去瞎扯淡，所以赚得并不太多。我身边有三个人，可以把我拉去参加这种策划会，一个是做话剧的，他已经结婚了；一个是我的大学同学，他前一阵拍了个反响还不错的电影；还有一个是我的前女友，她本职就是做编剧。这样，不管我跟其中的任何一个人说起我没钱了，他们都会拉我去开剧本会，他们并不想跟我扯上这种工作关系，只是怕我也许哪天会死掉，才会帮我。但我没想到已经转行的黎凯如此果断。有一次我和那个拍电影的同学一起去四海骑摩托车，一辆汽车压了中线，我压弯出了问题，栽进悬崖旁的地沟里，假如没有地沟我就会从一百米高的山峰上滚下去，当时他担忧地跑过来看我。我有点混乱，因为我根本不知道是冲下悬崖还是安然无恙，对这一生是比较好的解决办法。但我还是感到一丝庆幸。所以这个同学就给我介绍了一个大项目的策划会，我现在可以跑去台北也是因为这笔钱。

到了台北，我去中华电信办手机卡。这里有三个柜台，其中有个老太太在买手机，她坐在那买了有一个钟头；另一个柜台是个老头，他要换卡，估计坐了更久的时间。剩下的我们十几号人就等那一个柜台。我真不想老了也变成那样。我换了新手机卡，给她打电话。

"是我。"我说。

"你换号了？"她也许并不想接到我的电话。

"没有，我到台北了。"

"真假？"

"我在西门町的峨眉街换了手机卡。"

"来做什么？"

"瞎晃，顺便找你。"

"疯了吧？我可没空陪你，安排得很满。"

"没关系，吃个饭就行。"

"不行的，今晚已经约了人，他们作家就是很傲娇，谈得并不顺畅。"她说。

"那就吃个夜宵。"

"这……晚点联系。"

327

她把电话挂了。

我去商店里买了双拖鞋，把从黎凯家里拿回来的皮鞋换下来塞进包里。但包里占据空间最大的就是这双皮鞋，于是我又把它拿出来，扔到垃圾箱里了。倒不是因为在意黎凯是否穿过。

之后我坐在一家超市门口，买了一打啤酒。门口放着两个小圆凳子，我一个人占据了两个凳子，有个东南亚人想来坐，但我没有把啤酒拿下来，他站了一会儿就走了。如果在他们老家我可不敢这么干。我从下午五点，一直待到晚上十点，中间去一家宾馆用了几次洗手间。我运气很好，离开的时候没有人来坐这两个小圆凳子。这是我今年运气最好的事了。十点刚过，我给她打电话。

"你来士林吧。"她说。

我到了士林，站在一个咖啡馆门口，等了半小时，她出来了。

她，以及一个作家，还有一个不知道做什么玩意的人，他们三人在门口告别。她一脸笑容，作家也一脸笑容，那个不知道做什么的也一脸笑容。我总觉得这个作家很难缠，是为了多见她几面，因为她很好看。

等他们告别完，我朝她招了招手。

我看着她，她说："怎么了？"

"没怎么。"

"那你看我做什么？"

"该看什么呢？"

"谁知道呢，我不喜欢别人看我。"

"得了吧。"

我们沿着街道走了一会儿，进了一家看起来好像很有名的鹅肉老字号。她好像一天没吃东西的样子，吃了半个鹅腿，还有一份皮冻之类的东西。我一口也吃不下。

"你来找我做什么？"她擦了擦嘴。

"跟你待一会儿。"

"那就要跑过来？"

"我没有事情做，但跟你待着比较放松。"

"我们不太可能的，因为不是一路人，所以你跑这么远来找我，也没什么用。"

"那你跟什么人是一路呢？"

"反正不是你，因为你不知道我的点，我也理解不了你。"

"听起来可真复杂。"

"对，就是你这种冷嘲热讽，让人很不舒服，我跟你待着并不舒服。"

"两天前，我睡了一个朋友的老婆，让他看到了，他就跳楼了。我来台北是为了把这个事混过去。"

"你为什么要做这种事呢？"

"因为你不见我。"

"那你现在告诉我了，我以后可能更不会见你了。"

"不管告不告诉你，见你都会越来越困难。"

她微微皱着眉头，我仔细观察着她。我一直想从她身上找到某个破绽，以此来让自己从这个阴影里走出去。

从鹅肉店出来后，不到五百米就走到了通河边，我们找了个地方坐了下来。不能跟她去喝酒的地方，因为她每次只抿几口，让人觉得很烦躁。

我说："那个作家说什么了？"

"他不满意剧本，要自己弄。"

"但作家写不了剧本，你怎么说的？"

"我不能这么说。"

"你可以这么说，就说，你可以自己弄，但你写不了剧本。"

"可以这样说服别人吗？"

"百试不爽，我去开策划会，如果原著作者来了，他总是不满意，我就这么说的，你可以自己写，但一个月后就拿坨屎过来，这里的每个人看了以后还不告诉你，都说挺好的。"

"你不怕事情黄吗？"

"他已经签了合同，黄了他拿不到后面的钱，而且版权都签走了。"

"我说不出口。"

"但你在对付我上可没什么说不出口。"

"因为你一直缠着我。"

"最开始可不是这样。"

"最开始不是这样，但相处一段时间，我发现并不合适，我不舒服。"

"你说过了，你不舒服，我不觉得人什么时候舒服过。"

"那是你，我有喜欢的人，跟他在一起就很舒服。"

"你们认识多久了？"

"半年。"

"然后怎么样了？"

"关系很好啊。"

"怎么个好法？"

"他善解人意，对我很好，我见到他很开心。"

"那怎么半年了也没什么进展呢？"

她不说话。我闻到河里的腥味，但又好像不是，我侧头一看，果然两个东南亚人正朝这儿走着。然后她朝我靠了靠。我把她搂过来，她也没推脱。之前就是这样，我在家里也把她搂过来，她也没拒绝。再之前也一样，总是这样。

东南亚人走过去之后，她把我的手移开，朝一侧坐了坐。

"你就一直在台北待着吗？"我说。

"对啊，忙完就回去。"

"我带你去花莲看个东西。"

"不去。"

"你不知道看什么就不去？即便你不去，我也告诉你吧，那是我听过最好玩的事，一头大象坐在动物园里，每天坐在那。"

"好玩吗？"她抬起眼睛看着我。

"一年前，那个哥们告诉我的，前几天他就跳楼了，我刚才说过吧？搞不懂为什么。你真的不想去看看？"

"我不想跟你去任何地方。"

"那你现在为什么坐在这里呢？"我几乎脱口而出。

"那我走了。"她站起来。

我拉过她的胳膊，她就坐下来。这太无聊了。

"你走吧。"我说。

她站起来，但我一动不动，她看着我，说："你不跟我一起走吗？"

"为什么？"

"我不想你一个人在这儿待着。"

"你有什么不想的呢？"

她怨怼地看了我一眼，起身迈步。

我想着在河边坐一会儿，但还是有点担心她，就跟在她身后二百米的位置。她住得离这里并不远，其间她看了两次手机地图，只有几百米的距离。到了那家宾馆，我看着她进去，就离开了。

半夜，我找了机场对面的一个宾馆，窗户是双层真空，所以可以看到各个时辰飞机的起飞与降落，但听不到任何声音。白天，这间屋子幽暗无比，远离市区，所以我可以坐在一把椅子上。在这两天里，我每天上午起床，中午去街道里面吃一个便当，晚上带回一瓶酒，然后坐在椅子上看着机场。

在宾馆住了两个晚上，第三天我收拾好行李去了花莲，一百二十公里，火车跑了三个小时。这算个镇子，这个镇子全是针对游客的夜市，里面最有名的是烤野猪肉，味道跟牛皮纸差不多，但每个人吃得津津有味。他们得飞两千公里来到这里，买一份牛皮纸，吃下去，发个朋友圈说这是阿里山野猪肉。我在小镇游荡了两天，一直待在气温酷热的室外，因为燥热能缓解一点不安。除了夜市，我所住的民宿老板是个头发染成浅色的中年男人。在上午，我出门的时候，他站在门口。

"你是做什么的？"他说。

"做电气焊的。"我说。

"电气焊？"

"就是焊接铁器。"我并没有撒谎，因为我爸会一点，所以我也会一点，我几年前还去焊接铁门的店铺里做过一阵子。

"那很好。"他说。

我不知道好在哪。

我说："你呢？"

"我是一个流浪汉。"

"流浪汉有这么一栋楼？"

"我年轻时周游世界，现在年纪大了，在这里定居，这个地方很好，很安静。"

"是挺安静的。"

"现在我主要做木雕，你的房间里没有，但客厅里的桌子，楼道里的，都是我做的。"

"厉害。"

"电气焊也一样吧？"

"不一样，电气焊就做一些铁门、招牌。"

"做木雕呢，可以跟木头交流，让你的心更平静，我喜欢木头，跟它们讲话也非常舒服。"

听到舒服二字，我心里很懊丧。我说："我有点头痛，你知道药店在哪吗？"

他有点蒙，也许来的游客都要听他讲个一小时，兴之所至还会回到客厅一边摸着那张桌子一边讲，游客也会觉得自己跟木头交流了，平静了。那民宿里有吉他、书架、电视机、垃圾桶、狐臭，我住的房间还是一体式空调，都他妈滚蛋吧。

我报了两个旅行团。第二天早上我站在门口等司机，我肚子有点痛，等了半小时后，就去对面的网吧找厕所。中间这个司机给我打电话，说麻烦我快一点，我说我马上。然后我从厕所出来，站在一个玩游戏的人背后，看着他打完那一盘，就出去上了车。这个司机一路上都拉着脸。

第一个旅行团是去当地最高的山，中间有条沿着溪流徒步的石子路，穿着拖鞋走这条路可真难受。这条路很长，有几公里，头顶上方是悬崖，下面是条混着白色泥巴的河。走到这条路的尽头时，脚也肿了，浑身都是汗水。我坐在一块大石头上，看着那个铁门上挂的牌子，"未开放区域"。过了会儿一个女人朝门里走，她打开铁门，然后站在里面，想把门重新锁上，但那根铁棍总是跟锁眼对不上，门又很沉。这准是气焊出了问题。她大约尝试了十分钟，我根本不想走过去帮她，虽然我知道原因是这个铁门的门轴被那块石头挤歪了。两个中年男人笑哈哈地走过去，说："我们来帮你吧。"他俩很高兴，一起抬着门，锁眼扣上了，然后他们三人都很高兴。女人锁好门后，朝前方没修好的路走去。两个中年男人互相看了一眼，仍旧很高兴。

我沿着石子路往回走，路上我看到河岸上有一只死鸟。我去年养了只柴犬，但狗贩子卖的是病狗，那只柴犬得了犬瘟和细小，每天吐一堆虫子，我照顾它有半个月。每天晚上，我得爬起来，去给它灌药，打针。有一天早上，它哀号一声，但我实在太困了，我大约给它打过有五十针。中午我过去看，它四肢已经僵了，舌头伸出来。我觉得它体内的虫子大概还活着。

第二天，我去了另一个旅游团。来到一片山丘，山上云雾缭绕，还有大片的金针花海，有一个小村子看起来如同瑞士，但这有什么用呢。

那辆车是另一家旅行社，他们负责的线路不同，车上的四个人会说闽南语，他们用闽南语说话。

听了半路我实在不耐烦，我说："你们非要讲闽南话吗？这车上就我一个人听不懂，这是你妈的什么意思呢？"

"诶？你怎么讲脏话？"

"我讲什么脏话了？"

"你讲脏话了。"

"那你们就别说闽南话！"

之后所有人不再说话，他可能会把我扔下去，但他已经四十多岁，基本上打不过三十岁的我，所以我丝毫不担心。我把一车人的心情都搅和得糟糕透顶。

在下山时，路过一个牧场，我去喝牛奶，看到有只鸵鸟站在牛群里，它瞎了一只眼睛，站在草地上一动不动。我感到很悲伤，需要扶着木头栅栏。我看着那只鸵鸟，不一会儿突然觉得很开心，因为我搅和得一车人都很失望。等我朝旅游车走去，那个司机本来在跟另一辆旅游车的司机讲闽南话，我盯着他，他就不说了，我走过去，"给我个火。"他掏出火机递给我。我盯着那个司机看他还讲不讲闽南话，抽完一根烟后，我上了车。

这辆车可以把人送去不同的地方，可以是所住的民宿，也可以是书店或饭店，我让司机把我送到动物园，当时已经四点半了，他说动物园五点半关门，我说你就送我到就好了。

司机把我放到动物园门口。他最后冲我笑了笑，大概终于摆脱了我。就跟我所追求的那个女人一样，终于摆脱了我。

我进了动物园，这个园子很小，每隔一段路程会有地图标示，顺着标示，我找到了那头大象。其实来看的人并不多，也许是因为动物园已经快关门了。

我走过去，那头大象坐在土地上，在它周围有粪便，不知道干吗用的草，还有几个傻不楞登的树桩子，他们把它当什么啊。周围是一圈栅栏，还有其他两头大象准备回它们的棚子。我跟它离着有四五十米，我也不知道它看着哪。可能什么也没看，它坐着一动不动，总让人觉得哪里有点奇怪。

这个栅栏有两米高，我看到它面前二三十米的位置上有零碎的胡萝卜、苹果、汉堡剩下的那几口面包什么的。

我很艰难地翻越了栅栏，这太可笑了，因为我八九岁就可以翻过两米的围墙。我跳了下去，有别的大象看到我也没什么反应。

我跑向那头坐着的大象。身后有人喊着什么根本听不清楚。因为我得看看它为什么要一直坐在那，这件事可能是我这辈子最大的一个问题了。

等我贴着它，看到它那条断了的后腿。它看上去至少有五吨重，能坐稳就很厉害了，我几乎笑了出来，说实话我很想抱着它哭一场，但它用鼻子勾了我一下，力气真大，然后一脚踩向我的胸口。

那几个动物园的人跑过来的时候，我还能看到他们嘴里骂着什么呢。

原载《西湖》2017年第6期